KB041241

❖ 전국시대 일본의 지도

- 도호쿠東北
- 간토關東
- 주부中部
- 긴키近畿
- 주고쿠中国
- 시코쿠四国
- 규슈九州

도호쿠
요네자와
니가타
사도섬
주부
노토
에치고
시라카와
가가
엣추
고즈케
시모스케
후쿠이
다카야마
시나노
히타치
비와
호수
에치젠
히다
무사시
간토
미노
세키가하라
이가
가이
에도
시모우사
나고야
오와리
스루가
사가미
이즈
가즈사
세
오카자키
도토우미
오다와라
가마쿠라
미카와
요코스카

戰國志

전국지 4

풍림화산風林火山

초판 1쇄 발행 2015년 9월 20일
초판 2쇄 발행 2015년 11월 20일

지은이 요시카와 에이지
옮긴이 강성욱
펴낸이 한승수
펴낸곳 문예춘추사

편 집 김성화, 조예원
마케팅 안치환
디자인 김선영

등록번호 제300-1994-16
등록일자 1994년 1월 24일

주 소 서울특별시 마포구 연남동 565-15 지남빌딩 309호
전 화 02 338 0084
팩 스 02 338 0087
E-mail moonchusa@naver.com

ISBN 978-89-7604-274-3 04830
978-89-7604-269-9(전 10권)

*책값은 뒤표지에 있습니다.
*잘못된 책은 구입처에서 교환해 드립니다.

요시카와 에이지 지음
강성욱 옮김

문예춘추사

차 례

간자 · 7
권화勸化 · 16
풍림화산風林火山 · 34
미카타가하라三方ヶ原 싸움 · 40
만卍 · 55
공성계空城計 · 62
노파의 교훈 · 69
별이 지다 · 76
십칠 조의 상소 · 86
에치젠 멸망 · 95
오빠와 동생 · 107
정략결혼 · 118
세객 · 129
어린 인질 · 141
무사 회합 · 154
오다니 성의 최후 · 164
주군의 덕목 · 173
행복 · 180
시동 도라노스케 · 192
비육지탄髀肉之嘆 · 201
노부나가의 정치 · 213
미카와三河 무사 · 221
미하타御旗와 다테나시楯無 · 230
내부의 적 · 238
나가시노長篠 성 탈출 · 250
출정 전야前夜 · 266
필살의 땅 · 278
무사의 혼 · 285
시다라가하라設樂ヶ原 싸움 · 297
전후담戰後談 · 314
미래의 적 · 321
아즈치安土 · 332
아즈치 축성 · 348

✾ 전국지 4권 등장인물

우에스기 겐신上杉謙信(1530~1578)
에치고의 다이묘로 형을 대신해 당주에 오른 뒤, 내란에 빠져 있던 에치고를 통일한다. '에치고의 용', '군신軍神'으로 불리며 다케다 신겐을 비롯한 호조 우지야스, 오다 노부나가 등과 각축을 벌였으며, 아시카가 장군가의 요청을 받고 서진을 해서 세력을 확대해 나가다 뜻을 이루지 못하고 병으로 쓰러져서 생을 마감한다.

아사쿠라 요시카게朝倉義景(1533~1573)
에치젠 아사쿠라 가의 최후(제11대)의 당주로 막부 정치의 부활을 꿈꿨으나 노부나가가 요시아키를 장군으로 옹립한 뒤 노부나가와 대립하게 된다. 그 뒤 아네 강 싸움에서 노부나가와 이에야스 연합군에게 대패를 당하고 아사이 가와 협력해 대항하지만 결국 에치젠으로 쳐들어온 노부나가 군에게 패하여 도망치다 견송사에서 자결한다.

아사이 나가마사浅井長政(1545~1573)
기타오우미의 다이묘이자 아사이 가의 마지막(3대) 당주이며 노부나가의 처남이다. 노부나가와의 불가침조약을 깨고 노부나가와 이에야스 연합군이 에치젠을 공격할 때, 아사쿠라 가에 가담하여 노부나가의 배후를 급습한다. 이에 격분한 노부나가가 나가마사의 거성인 오다니 성을 포위하자 끝까지 항전하다 자결한다.

이시다 미쓰나리石田三成(1560~1600)
이시다 겐자에몬의 아들로 어릴 적 이름은 사기치佐吉. 히데요시가 나가하마 성주가 된 무렵부터 시동이 되어 그를 섬긴다. 노부나가가 죽고 히데요시가 패권을 잡자 측근으로 점차 두각을 나타낸다. 히데요시 사후, 이에야스 세력을 견제하기 위해 맞서다 세키가하라 싸움에서 패하고 참수당한다.

도리이 다다히로鳥居忠広(?~1573)
이에야스의 가신으로 처음에는 미카와 정토진종 봉기에 참전해서 이에야스와 대립하지만 그 뒤 이에야스를 섬긴다. 미가타가하라 싸움에서 다케다 군에게 대패를 당하고 퇴로를 확보하기 위해 분전하다 전사한다.

야마가타 마사카게山県昌景(1529~1575)
다케다 가의 가신으로 '다케다 사천왕' 중 한 명이다. 그의 야마가타 부대는 군장을 모두 붉은색으로 꾸려 적들이 붉은색만 봐도 두려움에 떨 만큼 최강정예의 부대였다. 가쓰요리를 보좌하며 나가시노 싸움에서 노부나가와 이에야스 연합군과 싸우다 전사한다.

바바 노부후사馬場信房(1515~1575)
다케다 가의 가신으로 '다케다 사천왕' 중 한 명. 다케다 노부도라 대부터 다케다 가를 섬겼으며 신겐 사후 나가시노 싸움에서 대패를 당한 가쓰요리의 퇴로를 확보하기 위해 후위를 맡아 분전하다 전사한다.

하시바 고이치로 히데나가羽柴小一郎秀長(1540~1591)
도요토미 히데나가豊臣秀長. 히데요시의 이복동생으로 어릴 적 이름은 고치쿠다. 히데요시의 깊은 신뢰를 받아 시고쿠 공략에서 히데요시를 대신해 총대장을 맡는다. 훗날 도요토미 정권에서 정무와 군사, 양쪽 면에서 크게 활약하다 병사한다.

가토 도라노스케加藤虎之介(1562~1611)
가토 기요마사加藤清正. 히데요시와는 친척 사이로 히데요시가 나가하마의 성주가 된 무렵부터 시동이 되어 섬긴다. 히데요시 사후에는 이에야스의 가신이 되어 공을 세워 구마모토 번의 번주가 되고 병사한다.

이마가와 우지자네今川氏真(1538~1615)
스루가의 이마가와 가의 제10대 당주. 부친인 이마가와 요시모토가 오케하자마 싸움에서 노부나가에게 패하고 죽자 그 뒤를 이어 당주가 되지만 다케다 신겐과 이에야스의 공격을 받고 멸망한다.

오오가 야시로大賀弥四郎(?~1574?)
처음에는 이에야스 가의 일꾼이었으나 산술에 능해 대관으로 발탁되어 권력을 누린다. 하지만 이에야스 가를 전복시키려는 음모를 꾸미다 사전에 발각되어 처자식과 함께 처형된다.

다케다 가쓰요리武田勝頼(1546~1582)
가이의 제20대 당주로 다케다 신겐의 아들이다. 신겐의 대를 이어 적극적인 군사행동에 나서 무명을 떨치지만 강직하고 저돌적인 성격 때문에 가신들의 근심을 사기도 한다. 결국 나가시노 싸움에서 누대의 용맹한 중신들과 기마 부대를 잃고 거성을 불태우고 도주하다 일족과 함께 자결한다.

오쿠다이라 사다마사奥平貞昌(1555~1615)
오쿠다이라 노부마사奥平信昌. 처음에는 이마가와 가를 섬겼으나 오케하자마 싸움 이후에 다케다 가에 가담한다. 그 뒤 이에야스의 딸을 정실로 맞아들이며 이에야스의 가신이 된다. 이에 격분한 가쓰요리가 대군을 이끌고 나가시노 성을 공격하자 오백의 병력으로 성을 지켜 싸움을 대승으로 이끄는 계기를 마련한다.

| 일러두기 |

1. 이 책은 일본 고단샤講談社에서 발간한 요시카와 에이지 역사·시대 문고(吉川英治歷史時代文庫) 22~32권, 『신서 태합기(新書太閤記)』(전11권, 1990년 4월 23일~1990년 8월 3일)를 저본으로 삼았다.
2. 원서는 총 11권으로 구성되어 있으나 분량을 고려해서 총 10권으로 재편집했다.
3. 가능한 원본에 가깝게 번역했으나 고유명사의 명백한 오류는 바로잡았으며, 원서 내용을 해치지 않는 범위 안에서 대화와 본문이 연결되는 부분을 일부 수정하여 우리 독자가 읽기 편하게 했다.
4. 원서 문장의 길이가 너무 길어 읽기에 불편한 부분은 내용을 해치지 않는 범위 안에서 문장을 끊어 번역했다.
5. 한자 표기는 정오正誤에 상관없이 원서를 따랐으나 동일 인물이나 지명의 상반된 표기가 있는 경우에는 올바른 한자를 찾아 표기했다.
6. 이 책의 삽화 및 지도는 내용에 맞게 새로 제작한 것이다.

간자

가이甲斐 군의 정예는 출정이 보류되어 허무하게 여름을 보냈지만 9월이 되자 재차 동서쪽에서 기회가 찾아왔다.

신겐은 세상의 소리에 귀를 기울인 채 시대의 흐름을 주시하고 있었다. 그러던 어느 날, 신겐은 후에후키笛吹 강가로 말을 타고 나갔다. 종자도 몇 명 거느리지 않고 가벼운 마음으로 가을 햇살을 받으며 말을 타고 가는 모습은 자신감으로 가득 차 있었다.

앞쪽에 건덕乾德 산이라고 쓴 산문의 현판이 보였다. 신겐이 귀의한 가이센快川 국사國師가 사는 혜림사惠林寺였다. 미리 연통을 넣은 듯 사람들이 마중을 나와 신겐을 정원으로 안내했다. 잠시 들른 것이라 그는 일부러 가람에 들어가지 않았다. 정원에는 두 칸 정도 되는 다실과 참배객이 손을 씻는 작은 미즈야水屋가 있었다. 푸른 이끼 냄새가 짙게 배어 있는 석천石泉의 홈통 아래에는 노랗게 물든 은행나무 낙엽이 쌓여 있었다.

"국사, 당분간 이별을 해야 할 듯하여 오늘 이렇게 찾았소이다."

신겐의 말에 가이센이 고개를 끄덕이며 말했다.

"드디어 결심을 하셨습니까?"

"그렇소. 때가 오기만을 기다리고 있었더니 이번 가을에는 이 신겐에게도 다소의 시운時運이 찾아온 듯하오."

"9월 들어 오다 쪽은 작년에 이어 다시 대군을 이끌고 에이 산을 토벌하기 위해 서쪽으로 움직이고 있다는 말을 들었습니다만."

"그렇소이다. 기다린 보람이 있었소이다. 일찍이 교토의 장군가에서도 내게 계속 밀서를 보내 오다의 뒤를 치면 아사이와 아사쿠라가 함께 일어날 것이고 에이 산과 나가시마도 도울 것이니, 미카와의 이에야스를 일축하고 하루빨리 교토까지 상락하라고 하셨소. 하지만 기후를 지날 때 이마가와 요시모토의 전철을 밟지 않기 위해서라도 때를 기다리고 있었던 것이오. 이제 기후의 빈틈을 타 일거에 산엔三遠과 비노尾濃를 돌파하여 교토까지 올라갈 생각이오. 그리하면 올 연말과 정월은 교토에서 맞을 수 있을 것이오. 국사께서도 그동안 별고 없이 잘 지내도록 하시오."

"흐음, 그리만 된다면야……."

가이센은 뭔가 미덥지 못한 듯 그렇게 대답했다. 신겐은 군사軍事에서 정치에 이르기까지 무슨 일이든 물으며 가이센을 깊이 신뢰했다. 그러다 보니 신겐은 가이센의 얼굴 표정에 민감할 수밖에 없었다.

"국사는 내 계획에 무슨 걱정되는 점이라도 있으시오?"

"……."

가이센이 얼굴을 들며 말했다.

"일생의 대의일진대 어찌 제가 동의하지 않을 수 있겠습니까. 하나 한 가지 마음에 걸리는 것은 요시아키 장군의 잔꾀입니다. 연신 신겐 님을 재촉하기 위해 보낸 밀서는 신겐 님뿐 아니라 에치고의 겐신에게도 보냈다고 합니다. 또 지난 6월에 작고한 주고쿠中國의 모리 모토나리毛利元就에게도 똑같이 출병을 재촉했습니다."

"그 일이라면 나도 모르는 게 아니오. 흉중의 대책을 천하에 펼치기 위해서는 어찌 됐든 상락을 하지 않고서는 불가능한 일이 아니겠소."

"저도 신겐 님과 같은 인물이 가이의 분지에 머물다 생을 마감하는 것은 보고 싶지 않습니다. 가는 길목마다 많은 어려움이 도사리고 있겠지만 신겐 님의 군사는 이제껏 싸움에서 패한 적이 없는 정예이니 걱정하지 않습니다. 단지 몸만은 천수를 다할 수 있도록 잘 보존하시길 바랍니다. 그 외에 다른 드릴 말씀은 없으니 무사히 다녀오시길 바랍니다."

그때 차를 끓이기 위해 안쪽으로 샘물을 길으러 간 승려 한 명이 갑자기 수통을 내던지더니 큰 소리를 외치며 나무 사이에서 달려 나왔다. 사슴이 내달리는 듯한 소리가 사원 안쪽에 울려 퍼졌다. 그 발소리를 쫓아다니던 승려가 이윽고 숨을 헐떡이며 다실 앞으로 달려와서 고했다.

"방금 수상한 자를 놓쳤으니 속히 수배령을 내리십시오."

가이센이 경내에 수상한 사람이 있을 리가 없다고 하자 승려가 이렇게 말했다.

"아직 화상께는 말씀드리지 않았습니다만, 실은 그자는 어젯밤 늦게 산문을 두드려서 저희 방에 재웠던 객승입니다. 그것도 때가 때인지라 모르는 승려라면 재우지 않았을 텐데 이전에 성의 간자 조직에 있던 자로 성의 가신들과 종종 이곳을 찾았던 와타나베 덴조라는 자입니다. 별일은 없을 것이라고 여겨 다른 사람들과 의논한 후 하룻밤 재워주었는데."

"잠깐, 그게 더 이상하지 않은가? 몇 년 전에 오다 쪽에 염탐을 보낸 후로 소식이 끊긴 자가 갑자기 한밤중에 게다가 승려 행색으로 문을 두드리고 하룻밤 재워달라고 하다니. 어찌 잘 알아보지 않았는가?"

"저희가 부주의했습니다. 그런데 그가 말하길 오다 가의 영지에 잠입해서 염탐을 하는 도중에 고슈甲州의 간자라는 것이 발각되어 몇 년 동안 감옥에 갇혀 있었는데, 다행히 기회를 틈타 도망쳐서 변장을 하고 돌아왔다고 했습니다. 그리고 내일은 고후에 있는 조장인 아마카스 산페이 님을 찾아갈 예정이라고 해서 그만 감쪽같이 믿고 말았습니다. 그런데 방금 제가 미즈야에서 수통을 들고 나오는데 그자가 도마뱀처럼 다실의 북쪽 창 아래에 달라붙어 안에서 하는 말을 엿듣고 있었습니다."

"뭐라, 이곳에서 신겐 님과 하는 이야기를 엿듣고 있었단 말인가?"

"예, 발소리에 저를 돌아보더니 깜짝 놀란 표정으로 총총히 정원 안쪽으로 걸어가기에 멈추라고 소리를 쳤지만 못 들은 척 황망히 달려가기 시작했습니다. 그래서 제가 '수상한 자다'라고 소리치자 무서운 눈으로 저를 노려보았습니다."

"이미 도망쳤겠군."

"큰 소리로 다른 사람들을 불렀지만 모두들 점심을 먹으러 갔는지 아무도 없었고, 또 제가 당해낼 수 없는 자였던 탓에……."

신겐은 승려를 쳐다보지도 않고 아무 말 없이 듣고 있다가 가이센과 눈이 마주치자 조용히 말했다.

"함께 온 자 중에 아마카스 산페이가 있으니 그에게 쫓도록 하는 것이 좋겠소. 이리로 불러주지 않겠소."

가이센은 즉시 승려에게 산문 쪽으로 가라고 일렀다.

이윽고 산페이가 다실 앞 정원으로 와서 엎드리더니 무슨 일인가 하고 신겐을 올려다보았다.

"몇 년 전, 자네 밑에 와타나베 덴조라는 자가 있었는가?"

신겐이 묻자 산페이는 잠시 생각을 하다 말했다.

"생각이 났습니다. 비슈尾州의 하치스카 촌 출생으로 숙부인 고로쿠가 대장장이에게 지시해서 만든 새 철포를 가지고 이곳으로 도망쳐와 그것을 주군께 받치고 몇 년 동안 녹을 받던 자가 아닌지요?"

"그 철포 일은 나도 기억하고 있네만 그자가 다시 오다 가에 붙은 듯하다. 자네가 쫓아가서 그자의 목을 베어오라."

"쫓아가라 하심은?"

"자세한 내막은 저기 있는 승려에게 들은 후에 가도록 하라. 서두르지 않으면 놓칠 것이다."

산페이는 황망히 물러나 혜림사 문 앞에서 말 한 마리를 타고 어디론가 쏜살같이 달려갔다.

니라사키韮崎에서 서쪽으로 고마가타케駒ケ岳와 센조仙丈 등의 산자락을 관통해서 이나伊那 고원을 넘어 가는 산길이 있었다.

"어이!"

산속에서 사람 소리가 드물게 울려 퍼졌다. 한 객승이 문득 멈춰 서서 뒤를 돌아보았지만 더 이상 소리는 들리지 않았다. 객승은 다시 서둘러 고갯길을 올라갔다.

"어이, 행각승."

두 번째 목소리는 훨씬 가까운 곳에서 들렸다. 객승은 자신을 보고 승려라고 부르는 소리가 들리자 삿갓에 손을 댄 채 한동안 서 있었다. 얼마 뒤, 한 사내가 숨을 헐떡이며 올라오더니 비웃으며 말했다.

"오랜만이군, 와타나베 덴조. 언제 고슈로 돌아와 있었나?"

객승은 흠칫 놀란 듯하더니 이내 평정을 되찾고 삿갓 아래에서 쿡쿡 웃었다.

"흠, 누군가 했더니 아마카스 산페이 님이셨구려. 이거 오랜만입니다. 여전하시군요."

산페이의 비웃음에 덴조 역시 비웃음으로 대응했다. 두 사람 모두 적지에 들어가 아군을 위해 적의 기밀을 염탐하는 임무를 맡고 있었다. 그러니 뻔뻔하거나 침착하지 않으면 그런 일을 할 수 없지 않느냐 하는 태도였다.

"잘 지냈는가?"

산페이가 더없이 침착한 태도로 되받아쳤다. 자국에서 적의 밀정을 발견했다고 해서 소란을 피우는 것은 보통 사람들이나 할 짓이었다. 간자의 눈으로 보면 백주 대낮에도 간자들이 활개를 치며 돌아다니고 있었기 때문에 그다지 놀랄 일도 아니었다.

"그젯밤에는 혜림사에서 머물고 어제는 가이센 화상과 신겐 님의 밀담을 엿듣다 절의 승려에게 발각되자 도망쳤다고 하던데. 안 그런가 덴조?"

"그렇소. 귀공도 그곳에 와 있었소?"

"공교롭게도."

"그것만은 몰랐구려."

"자네에게는 불행이라 할 수 있군."

덴조는 마치 다른 사람의 일이라는 듯 '과연 그럴까'라는 눈빛으로 콧방귀를 뀌었다.

"다케다의 간자, 아마카스 산페이는 아직 이세 국경이나 기후 부근에서 오다 가의 허를 염탐하고 돌아다니는 줄 알았는데 언제 돌아왔소? 과연 빠르시오. 내 칭찬해드리리다."

"말장난은 그만. 아무리 나를 칭찬한다고 해도 내 눈에 띈 이상, 살려 보낼 수는 없다. 이 땅을 살아서 벗어날 수 있을 줄 알았는가?"

"나는 아직 죽을 마음은 눈곱만큼도 없소. 하나 그러고 보니 산페이, 그대의 얼굴에 저승꽃이 핀 듯하구려. 설마 죽고 싶어서 나를 쫓아온 것은 아닐 터인데."

"주명을 받들어 목을 가지러 왔으니 그리 알라."

"누구의 목을 말이오?"

"자네의 목이다!"

산페이가 칼을 뽑아들자 와타나베 덴조도 지팡이를 겨누며 자세를 잡았다. 지팡이의 끝과 칼끝 사이의 거리는 꽤 거리가 있었다. 서로 장시간 노려보는 사이에 두 사람 모두 호흡이 거칠어졌고 한 발 한 발 죽음을 향해 다가가는 두 사람의 얼굴은 백짓장처럼 창백해졌다. 그런데 문득 무슨 생각인지 산페이가 칼을 내리며 말했다.

"덴조, 지팡이를 거둬라."

"두려워졌는가?"

"당치않다. 두려운 것이 아니라 서로 같은 일을 하는 자로서 그 소임을 다하다 죽는 것은 괜찮지만 서로 싸우다 죽는 것은 덧없는 일이다. 어떠냐? 네가 입고 있는 법의를 내놓고 가지 않겠는가? 그렇게 하면 그것을 가지고 돌아가서 자네를 죽였다고 말해주겠다."

간자라고 불리는 이른바 전국 시대의 밀정들은 다른 무사들에게는 없는 특별한 신념을 가지고 있었다. 그것은 무사와는 소임이 다른 데에서 오는 생명에 대한 가치관의 차이였다. 주군의 말 앞에서 죽고, 주군을 위해서라면 자신의 목숨을 털끝보다 가볍게 여기며 떳떳하게 죽을 수 있는 것이 보통의 무사들의 신조라면 간자의 생각은 그 반대였다.

어떤 수치나 고통을 당하더라도 목숨만큼은 보존해서 돌아가야 했다. 설사 적국에 들어가서 아무리 귀중한 정보를 얻더라도 살아서 돌아오지 못한다면 아무런 소용이 없었다. 그래서 간자가 적국에서 죽는 것은 그것이 아무리 장엄한 죽음이라고 해도 개죽음과도 같았다. 설사 그로서는 무사도를 지키는 것이라고 해도 결국 주군을 위해서는 무익한 죽음이자 개죽음에 불과했다.

그래서 간자는 겁쟁이라는 말을 들어도 살아남아서 반드시 그 임무를 완수해야만 했다. 궁지에 몰리면 비열하고 교활하고 무사답지 못한 행동이라는 생각이 들어도 끝까지 살아서 돌아가는 것이 간자 조직에 몸을 담고 있는 사람의 소임이었다. 산페이와 덴조는 바로 그러한 신념을 가진 특수한 신분에 속한 사람들이었다.

방금 전 아마카스 산페이가 칼을 거두며 같은 일을 하는 사람으로서 서로 죽이는 것은 덧없는 일이라고 이성적으로 말하자 덴조도 즉시 지팡이를 거두며 말했다.

"나도 애초에 이걸 바란 것은 아니었지만 내 목을 가지고 가겠다고 해서 상대를 한 것뿐이오. 이 법의로 끝날 일이라고 하면 놓아두고 가겠소."

덴조가 몸에 걸치고 있던 법의의 한쪽 소매를 찢어서 산페이의 발아래로 던졌다.

"서로 말이 통하니 잘된 듯하군. 아마카스 산페이 님, 그럼 이만 여기서 헤어지도록 합시다. 언젠가 다시 만나자고 하고 싶지만 우리가 만나면 그것이 마지막일 터이니 앞으로 두 번 다시 만나지 않기를 서로 빌도록 합시다."

와타나베 덴조는 그렇게 말하고는 문득 상대가 무서워졌는지 목숨을 건진 듯 서둘러 사라졌다.

덴조가 고개의 내리막길에 이르렀을 때, 산페이는 수풀 사이에 숨겨놓았던 철포와 화승줄을 주워들고 덴조의 뒤를 쫓았다. 이윽고 철포 소리가 들렸다. 뒤이어 철포를 내던지고 쓰러진 적의 숨통을 끊기 위해 사슴처럼 달려가는 산페이의 모습이 저편 언덕에 보였다.

와타나베 덴조는 나무를 베어낸 산길 수풀에서 하늘을 향해 쓰러져 있었다. 산페이가 덴조의 몸에 올라타서 칼로 그의 가슴을 찌르려는 순간, 덴조가 갑자기 벌떡 일어서더니 두 손으로 산페이의 양발을 덮쳤다.

"앗!"

산페이가 뒤로 쓰러지자 덴조는 온 힘을 다해 산페이의 명치를 머리로 들이박았다.

"각오해라!"

하치스카 촌의 노부시 고루쿠의 조카인 와타나베 덴조는 광폭한 야인 기질을 유감없이 발휘했다. 그는 산페이의 목을 조르면서 몸을 일으키더니 옆에 있는 돌을 양손으로 번쩍 들어 산페이의 얼굴을 향해 내리쳤다. 석류가 깨지는 듯한 소리가 났다. 어느 틈엔가 덴조의 모습은 더 이상 보이지 않았다.

권화勸化

노부나가가 나가시마에서 퇴각한 뒤에도 요코야마 성의 도키치로는 고슈江州 각지를 전전하며 고투하고 있었다. 하지만 봉기의 불길은 좀처럼 진압되지 않았다. 한곳의 불을 끄면 다른 쪽에서 다시 불길이 일었고 그곳으로 달려가면 다시 후방에서 불길이 일었다.

노부나가는 나가시마 정벌에 직접 나선 뒤 현지의 실정을 깨달았다. 그는 즉시 병사를 이끌고 물러나며 탄식하듯 말했다.

"이곳을 공격하는 것은 어리석은 짓이다. 화재의 진원지를 밝히지 못하고 불길이 치솟는 벽과 담장에 물을 뿌리는 것과 같다."

그 뒤로 노부나가는 각지의 봉기에 일일이 대응하며 일망타진하려고 했던 전법을 단념했다. 도키치로에게도 그런 취지의 명령이 내려졌다.

"현명한 생각이시군. 올여름은 유유자적 낮잠이나 자면서 보내라는 말씀이구나."

노부나가의 심중을 헤아린 도키치로는 즉시 요코야마 성으로 돌아가 병사들의 노고를 위로하며 강북의 산성에서 여름을 시원하게 보내고 있었다. 하지만 매일 훈련과 수련을 게을리할 수 없는 병사들에게 그런 휴식은 전쟁터에 있을 때보다 괴로운 법이다. 병사들은 백 일 정도 휴식 시간을 가졌다.

9월이 되자 출전 명령이 내려지고 성문이 활짝 열렸다. 요코야마를 나와 호숫가에 이르기까지 병사들은 어디로 싸우러 가는지 알지 못했다. 호수에는 큰 배가 세 척이나 정박해 있었다. 병사와 말이 모두 배에 오르고 나서야 이시石 산이나 에이 산으로 간다는 것을 알게 되었다. 새로 건조한 병선들에서는 나무 냄새가 났다. 올 정월부터 니와 나가히데가 부교가 되어 부지런히 만든 병선이었다.

가을빛이 완연한 호수를 건너 맞은편 기슭인 사카모토坂本에 이르자 이미 노부나가를 위시한 사사, 시바타, 사쿠마, 아케치, 니와 등의 장수들이 도착해 있었다. 에이 산의 기슭은 눈길에 닿는 곳마다 오다 군의 깃발로 뒤덮여 있었다. 아군들조차 언제 왔을지 모를 정도였다.

사람들은 작년 겨울 이곳의 포위망을 풀고 기후로 퇴각할 때, 니와 고로사에몬에게 언제라도 호수를 건널 수 있는 큰 병선을 만들어놓으라고 명령한 노부나가의 원모遠謀를 떠올렸다. 그리고 나가시마 공격을 중지하고 퇴각할 때, 노부나가가 한 말도 머릿속에 떠올렸다.

노부나가는 각지에서 일어난 봉기의 불길을 바라보며 그것은 벽에 비친 그림자에 지나지 않고 불길의 화근은 바로 이곳, 에이 산 위라고 꿰뚫어본 것이 틀림없었다.

오늘, 다시 에이 산을 에워싼 노부나가의 눈에는 일찍이 본 적이 없었던 결의와 투지가 불타오르고 있었다. 그 때문인지 중군의 장막 안에서 여느 때와는 달리 노부나가의 격앙된 목소리가 밖에까지 들렸다. 마치 적진 한가운데에서 포효하는 듯한 목소리였다.

"뭐라, 공격할 때, 불을 지르면 산 위에 있는 사찰이 불에 탈 위험이 있으니 화공은 쓰지 않는 것이 좋겠다고? 바보 같은 소리. 대체 전쟁이 무엇인가! 무엇을 위해 전쟁을 하는 것인가? 그대들은 모두 한 부대의 장수로서 여태껏 그것도 모른 채 싸워왔던 것인가!"

장막 안에는 사쿠마, 다케이 세키안, 아케치 쥬베 등의 장수들이 의자에 앉은 노부나가를 둘러싼 채 머리를 숙이고 있었다. 흡사 부모가 자식을 꾸짖는 듯한 광경이었다. 아무리 주군이라고 하지만 말이 지나친 듯했다. 사쿠마 노부모리와 다케이 세키안, 그리고 아케치 쥬베는 원망스러운 듯 노부나가의 눈을 응시하고 있었다.

"……."

무엇을 위한 싸움인가. 그들은 그것을 고려하고 근심하기 때문에 얼굴을 들어 간언하는 것이었다.

"감히 말씀을 올리겠습니다. 저희 역시 그것을 모르는 게 아닙니다. 하지만 수백 년 동안, 호국의 영지로 숭앙받고 있는 에이 산을 불태워버리라는 명에는 신하 된 자로서, 아니 신하이기 때문에 따를 수가 없습니다."

노부모리는 죽음을 각오한 듯했다. 죽음을 받아들일 각오가 아니면 노부나가의 얼굴을 똑바로 보며 그런 말을 할 수가 없을 터였다. 노부나가에게는 평소에도 직언을 하기 어려운 면이 있었는데 지금은 불같이 격앙된 상태라 더더욱 직언을 하기 어려웠다. 노부나가의 모습은 흡사 칼을 든 수라와도 같았다.

"시끄럽다!"

노부모리에 이어 세키안과 미쓰히데가 입을 열려고 하자 노부나가가 소리치며 말했다.

"자네들은 늘 제국의 승도들이 교화敎化를 빙자해서 백성들을 선동하고 재물을 끌어모아 무기를 비축하며 유언비어를 퍼뜨리고 분란을 일으킨다고 했다. 또 평소에 종파를 이용해서 사사로이 권력을 휘두르는 것을 지켜보며 뭐라고 분개했는가."

"저희도 그러한 악폐를 징벌하는 데는 아무런 이의도 없습니다. 하지만 특수한 권능을 부여받은 교단의 개혁은 하루아침에 이룰 수 있는 것이 아닐 것입니다."

"그것은 누구나 알고 있는 상식과도 같다. 팔백 년 이래로 그러한 상식에 사로잡혀 있었기 때문에 산문의 부패와 타락을 한탄하면서도 아무도 그것을 개혁하지 못하고 오늘에까지 이르렀던 것이다. 시라카와白河 천황께서도 '짐의 마음대로 할 수 없는 것은 스고로쿠雙六[1]의 합과 가모賀茂 강의 물[2]'이라고 말씀하셨다. 사서史書에도 산법사山法師[3]들이 히요시日吉 산왕사山王社의 신위神位를 모신 가마를 지고 올 때마다 조정의 위엄조차 빛을 잃었다고 나와 있다. 겐페이源平 시절 소란할 때나 그 후의 난세 때마다 에이 산이 호국의 소임을 다했는가? 민심을 보살피고 힘이 되어준 적이 있었는가?"

노부나가는 갑자기 오른손을 세차게 옆으로 저었다.

"지금 보는 바와 같다. 수백 년 이래로 나라가 큰 환란에 빠졌을 때에도 그들은 자신들의 특권을 지키기에 급급했다. 우매한 백성들이 바친 재물로 성곽과 같은 돌벽과 산문을 쌓고 총과 창을 비축했다. 게다가 평소의 행태를 보면 양식이 있는 자라면 할 수 없는 문란하고 탐욕적인 생활을 아무렇지 않게 보내고 있다. 그러한 것들을 불태우는 데 있어 무슨 거리낌이 있을 것인가. 나는 오히려 정색을 하고 직언을 하는 그대들의 마음을 이해할 수 없다. 그대들이 아무리 만류해도 나는 반드시 그리할 것이다."

---

1) 주사위 두 개를 던져서 나온 숫자를 합해 말을 이동시키는 놀이로 우리의 윷놀이와 비슷하다.

2) 예부터 반복적으로 범람하는 가모 강이 일으키는 수해를 말한다.

3) 히에이 산 연력사의 승려들. 참고로 다이라平 가의 영화와 몰락을 그린《헤이케모노가타리平家物語》1권에 제72대 천황인 시라가와 천황이 자신이 마음대로 할 수 없는 세 가지를 들며 한탄했다는 일화가 나오는데, 그것은 '가모 강의 물'과 '스고로쿠의 합', 그리고 '산법사山法師'다.

"주군의 말씀은 모두 지당하오나 저희 세 명은 죽는 한이 있더라도 주군께서 마음을 돌리시길 청합니다."

노부모리와 세키안, 미쓰히데는 동시에 손을 땅에 짚고 노부나가 앞에서 움직이지 않았다.

에이 산은 천태종, 이시 산은 정토진종으로 종파는 다르지만 부처를 모시는 불교 종파였다. 그들은 교의教義로 인해 서로 다른 종파로 갈려 있었지만 노부나가에게 대항할 때는 일치단결하고 있었다. 아사이와 아사쿠라와 내통하거나 장군가를 이용하며 각지의 잔당들에게 편의를 제공하고 있었다. 거기에 에치고와 고슈로 밀사를 보내거나 노부나가의 영지에서 봉기를 일으켜 혼란을 획책하는 등 이 모든 게 에이 산에 있는 승려의 계책과 지령에 의한 것이었다.

이 특수한 세계, 불가항력과도 같은 산지를 일소하지 않고서는 오다군은 행동에 제약이 뒤따를 수밖에 없고 노부나가의 이상을 성사시킬 수 없다는 사실을 세 사람도 잘 알고 있었다. 그런 상황에서 노부나가는 이곳에 도착하자마자 명을 내렸다.

"모든 산을 에워싸고 산왕사山王社 스물한 개의 불당을 비롯해서 산 위의 중당과 승방과 당탑, 또 일체의 가람과 불경과 신불을 남김없이 불태워버려라."

또 화공을 준비하며 명을 내렸다.

"지위 여하를 막론하고 중의 행색을 한 자는 한 명도 살려두지 마라. 아이와 여자라고 해도 봐주지 마라. 일반 백성이라고 해도 불길을 보고 도망쳐 나오는 자는 적이라고 간주해라. 한 줌의 흔적도 남기지 말고 모두 죽이고 불태워버려라."

제장들은 노부나가의 명을 전해 듣고 전율했다.

"미친 게 아닐까!"

다케이 세키안이 그렇게 중얼거리자 사쿠마 노부모리와 아케치 미쓰히데를 비롯한 대부분의 장수들도 노부나가의 생각을 반대했다. 그래서 일단 세 사람이 주군 앞에 나가서 직언을 하기로 했다. 그리고 이 세 사람이 주군의 노여움을 사서 할복을 하면 모든 장군이 주군 앞에 나가 죽는 한이 있더라도 무모한 행동을 만류해야 한다며 의견을 모은 상태였다.

에이 산을 공격해서 점령하는 것은 좋았다. 하지만 모두 불을 태우거나 살육을 저지를 필요는 없었다. 만약 그런 폭거를 감행한다면 민심은 노부나가를 버릴 것이었다. 그리고 세상에 넘쳐나는 반노부나들은 그 일을 세상에 퍼뜨리며 악용할 것이고 노부나가는 유래 없는 악명을 뒤집어쓸 것이 자명했다.

"저희는 주군을 망치는 싸움을 할 수 없습니다."

제장들을 대표해서 직언하는 세 사람의 논지는 명확했다. 세 사람은 신하 된 자로서 눈물로 고했지만 노부나가의 심중은 이미 정해져 있는 듯 재고할 기색조차 보이지 않았다. 오히려 그의 굳은 의지를 한층 더 결연하게 만들어준 듯했다.

"더 이상 할 말도 들을 말도 없으니 물러가라. 그대들이 내 명을 받들지 않겠다면 다른 자에게 명을 내리겠다. 다른 자들도 따르지 않겠다면 나 혼자서라도 할 것이다. 이는 반드시 해야 할 일이다."

"이 산 하나를 공격해서 빼앗는 데 모든 사람을 죽일 필요가 있겠습니까. 오히려 피를 흘리지 않고 빼앗는 것이 진정한 대장의 면모이자 최고의 싸움인 줄 압니다."

"그런 말로 날 현혹시키지 마라. 팔백 년 이래의 대적이다. 뿌리째 불태워버리지 않으면 다시 싹이 돋을 것이다. 이 산 하나라고 그대들은 말하지만 나는 에이 산 하나에 분노하는 것이 아니다. 이 산을 모두 불태우는 것은 세상에 있는 모든 산의 불각을 구하는 것이며, 이 산의 중들을 모두 죽이려는 것은 세상의 불온한 자들이 준동하는 것을 미연에 방지하고 그들을 구하는 길이기 때문이다. 눈앞의 아비규환 따윈 내겐 아무것도 아니다. 내가 아니면 누가 그 일을 할 수 있겠는가. 내가 이 세상에 태어난 것도 하늘이 내게 그 명을 내리시기 위함일 것이다."

세 사람은 노부나가의 경략과 재능을 누구보다 잘 알고 있었지만 노부나가가 자신의 입으로 '내가 아니면 누가 그 일을 할 수 있겠는가'라고 말하자 노부나가에게 귀신이라도 씌었나 싶어 걱정스러운 마음이 들었다. 노부모리에 이어 다케이 세키안이 노부나가의 의자 앞으로 다가가 몸을 숙이며 말했다.

"주군께서 뭐라 하셔도 저희는 신하 된 자로서 간언을 올릴 수밖에 없습니다. 애석하게도 간무桓武 천황과 덴교 대사 이래의 사적을 잿더미로 만들어버리라고 하심은……."

"시끄럽다! 닥치지 못하겠는가! 나는 내 마음속에 간무 천황의 칙령을 받들어 불태우려는 것이다. 덴교 대사의 대자대비를 가슴에 품고 그대들에게 살육의 명을 내리는 것이다. 모르겠는가?"

"모르겠습니다."

"모른다면 방해하지 말고 물러가라!"

"소신을 죽이기 전까지는 간언을 멈추지 않을 것입니다."

"발칙한 놈. 일어서라!"

"어찌 일어설 수 있겠습니다. 살아서 주군의 오늘과 같은 모습을 보고 주가가 망하는 것을 지켜볼 바에는 죽음으로써 만류할 것입니다. 고래로 뉴도 기요모리入道清盛를 비롯해 수많은 예를 보더라도 불사불각佛舍佛閣을 불태우고 승려를 살육한 자 중 제명을 다한 자는 없습니다."

"그와 나는 다르다. 그는 자신의 일문을 옹호한 것에 불과하다. 나는 그런 어리석은 몽상가의 꿈을 이 세상에 이루기 위해 수많은 피를 뿌리려는 것이 아니다. 나는 나를 위해 싸우는 것이 아니다. 내 싸움은 구폐舊弊와 일체의 악을 파괴하고 새로운 세상을 건설하려는 것이다. 하늘과 백성과 시대의 사명을 띠고 싸울 뿐이다. 그대들은 소심하고 시야가 좁다. 그대들의 한탄은 소인의 슬픔에 불과하다. 그대들이 따지는 이해利害는 나 한 사람조차 설득하지 못한다. 나라와 백성들을 위한 길이라고 생각하면 에이산과 같은 악을 재로 만드는 것이 무에 그리 대단한 일이겠는가."

"이상은 그러할지라도 백성들의 눈에는 악귀의 소행으로 보일 것입니다. 백성들은 인仁은 반기지만 준엄함은 받아들이질 못합니다. 비록 그것이 주군의 큰 사랑에서 나온 것이라 할지라도 말입니다."

"지금과 같은 난세에 좌고우면하면 무엇을 할 수 있겠는가. 고래로 영웅들 모두 한때의 인심을 두려워하다 말대에까지 화근을 남겼지만 나는 그 화근을 뿌리 뽑을 것이다. 기왕 할 바에야 철저하게 할 것이다. 그렇지 않으면 오늘 중원으로 나온 의미가 없을 것이다."

거센 파도도 잠시 잠잠해질 때가 있는 것처럼 노부나가의 목소리도 다소 평정을 되찾는 듯했다. 세 신하가 자신의 말을 반박할 여지를 찾지 못하고 고개를 숙였기 때문일지도 몰랐다.

마침 그날 점심 무렵 호수를 건너 이곳에 도착한 도키치로가 인사를 하기 위해 노부나가를 찾아왔다. 도키치로는 아까부터 밖에서 서성거리다 장막의 벌어진 사이로 얼굴을 들이밀었다.

"기노시타 도키치로입니다. 들어가도 괜찮겠는지요?"

장막 안에 있던 사람들의 시선이 일제히 입구 쪽으로 향했다. 그때까지 불같은 형상이었던 노부나가와 얼음처럼 차가운 얼굴로 죽음을 각오하고 있던 세 사람은 도키치로가 얼굴을 내밀자 구원의 손길이라도 본 듯한 표정을 지어 보였다.

"방금 전에 배가 닿았습니다. 호수의 가을은 각별해서 치쿠부시마竹生島

부근은 벌써 단풍이 들었습니다. 왠지 전쟁터로 향하는 마음이 들지 않아 서툴지만 배 안에서 노래를 지었는데 나중에 싸움이 끝난 뒤에 들려드리겠습니다."

도키치로는 장막 안으로 들어와서 혼자 떠들기 시작했다. 도키치로의 얼굴에서는 어디를 봐도 안에 있는 사람들과 같은 험한 인상과 근심 어린 기색을 찾아볼 수 없었다.

"무슨 일이라도 있으신지요?"

도키치로는 꼼짝도 하지 않고 아무 말도 하지 않는 군신들을 번갈아 바라보며 쾌활한 목소리로 말했다.

"아, 방금 밖에서 들었습니다만 그 일로 이렇게 아무 말씀도 하지 않으시는 것입니까? 신하는 주군을 근심한 나머지 죽음을 각오하고 간언하고 주군께서는 신하의 충정을 알고 계시는 데다 그것을 뿌리치고 생각하는 바를 이루려 하실 만큼 폭군이 아닌 탓에……. 그것참 곤란하게 된 듯합니다. 어느 한쪽이 옳다 그르다 할 수도 없으니."

노부나가가 불쑥 도키치로를 바라보며 입을 열었다.

"도키치로."

"예."

"마침 잘 왔네. 무슨 일인지 듣고 있었다니 내 생각과 세 사람의 생각도 알고 있을 터."

"알고 있습니다."

"자네는 내 명을 받들 것인가 말 것인가? 내 명이 옳지 않다고 생각하는가?"

"그렇게 생각하지 않습니다. 기꺼이 받들도록 하겠습니다. 하나, 잠깐 기다려주십시오. 본래 주군께서 내린 명령의 취지는 제가 서신으로 주군께 올린 계책으로 제가 주군의 결단을 권한 것이 아닙니까?"

"무, 무슨 말인가. 언제 자네가 그러한 계책을."

"맞습니다. 잊으셨을지 모르지만 올봄 무렵일 것입니다. 저도 아까부터 밖에서 아케치 님과 다케이, 사쿠마 두 분의 충언을 듣고 눈물을 지었습니다만, 세 분이 가장 근심하는 것은 이른바 에이 산을 불태우면 세상인심이 주군에게서 멀어진다는 것입니다. 그로 인해 주군을 위해 죽음을 각오하고 간언하지 않으면 안 된다고 생각하신 듯합니다."

"그렇소. 주군의 명대로 행한다면 세상 사람들에게 원성을 사고 사방의 적들이 그것을 악용하면 후대에까지 오명을 씻을 수 없을 것이오."

"바로 그 점이 다소 잘못된 듯싶습니다. 에이 산을 공격한다면 단호하고 철저하게 짓밟아야 한다고 한 것은 제가 주군께 올린 계책이지 주군의 생각이 아닙니다. 그러니 모든 악명이나 오명은 제가 져야 할 몫이라고 각오하고 있습니다."

"주제넘소이다. 어찌 그대와 같은 일개 장수를 세상 사람들이 책망하겠소. 오다 군으로 행한 일은 모두 주군께 되돌아올 것이오."

"맞는 말씀입니다. 그런데 세 분께서 어찌 도키치로의 편을 들지 않으십니까? 세 분과 제가 주군의 명령 없이 그렇게 했다고 세상에 말하면 되지 않겠습니까? 진정한 충은 죽음으로써 간언하는 것이라고 하지만 제가 보기에는 충언을 하고 죽는 것은 진정한 충신이라고 할 수 없고 충의 역시 부족하게 여겨집니다. 차라리 살아서 주군을 대신해 악명이든 비난이든 박해든 모든 오명을 자신이 받는 것이 진정한 충신이라고 생각하는데, 세 분 생각은 어떠신지요?"

노부나가는 긍정도 부정도 하지 않고 잠자코 듣고 있었다. 잠시 뒤 다케이 세키안이 먼저 입을 열었다.

"기노시타, 그대의 말에 동의하오. 나는 동의하오만?"

세키안이 돌아보자 아케치와 사쿠마도 이의가 없다는 뜻을 표했다. 그들은 노부나가가 내린 명령의 범위를 벗어나 자신들 마음대로 행동한 것으로 하고, 에이 산을 철저하게 불태우기로 결론을 내린 것이었다. 그렇게 하면 노부나가의 결심도 관철시킬 수 있고 죽음을 각오하고 충언한 세 신하의 도리도 다한 것이라는 도키치로의 제안을 받아들인 것이었다.

"명안이군."

세키안은 탄성과도 같은 목소리로 도키치로의 기지를 칭찬했지만 노부나가는 전혀 기뻐하는 얼굴이 아니었다. 오히려 주제넘은 행동이라는 듯한 표정을 지었다. 미쓰히데의 얼굴에도 그와 같은 기색이 얼핏 보였다. 미쓰히데도 솔직히 마음속으로는 도키치로의 제안에 감탄을 했다. 하지만 자신들이 진심으로 간한 충언이 도키치로의 한 마디 때문에 의미가 퇴색된 것 같아 가슴 한구석에 질투심이 일었던 것이다. 하지만 미쓰히데는 총명했기에 이내 그러한 사심을 부끄럽게 여겼다. 그리고 죽음으로써 주군에게 충언한 자신이 잠시라도 그런 부끄러운 생각에 빠진 것을 깊이 반성하며 경계했다.

세 사람은 그렇게 결심했지만 노부나가는 도키치로의 말 따윈 전혀 개의치 않는 듯했다. 그는 속속 각 부대의 부장을 불러 앞서 세 사람에게 내린 명과 똑같은 명을 직접 내렸다.

"오늘 밤, 본진의 나팔 소리를 신호로 일제히 산을 공격하라."

장수들 중에는 다케이, 아케치, 사쿠마와 마찬가지로 화공에 반대하는 사람도 많았지만 세 사람이 이미 명령에 복종했기 때문에 모두 두말없이 명을 받들고 자리에서 물러갔다. 진영이 먼 부대에는 중군의 사자가 말을 타고 전령을 전했다. 마침내 산기슭의 모든 진영에 명이 전달되었다.

태양은 저녁놀을 빨갛게 물들이며 시메이가타케 너머로 지고 있었다. 호수 위에는 무지개와 같은 커다란 빛이 걸려 있었고 수면에는 잔물결이 일고 있었다.

"보아라……."

노부나가는 언덕에 서서 에이 산의 정상과 그보다 더 위에 무리를 지어 있는 구름을 바라보았다. 그러고는 주위에 있는 사람들에게 말했다.

"하늘도 내 뜻을 고무하고 있다. 바람이 강해졌다. 화공을 하기에는 더할 나위 없는 날씨다."

그러는 동안에도 가을바람은 점점 강해져 사람들의 옷자락이 바람에 휘날릴 정도였다. 노부나가 주변에는 대여섯 명이 있었는데, 그때 저녁 바람을 품고 부풀어 오른 저편 장막 주변에 아군 한 명이 누군가를 찾는 듯 여기저기 살피며 돌아다니고 있었다.

"무슨 일이냐? 주군께서는 여기에 계신다."

다케이가 큰 소리로 외치자 그 무사가 먼발치까지 달려와서 무릎을 꿇고 고했다.

"주군을 찾고 있었던 것이 아니라 기노시타 님을 찾고 있었습니다."

도키치로가 가까이 다가와 무슨 일인가 묻자 무사가 다시 고했다.

"방금 와타나베 덴조라는 승복 차림을 한 자가 고슈에서 돌아왔다며 즉시 뵙고 싶다고 언덕 아래에서 기다리고 있습니다. 뭔가 화급을 다투는 일인 듯 연신 재촉을 하는데 어찌하시겠는지요?"

조금 떨어진 곳에서 그 말을 들은 노부나가가 도키치로를 돌아보며 물었다.

"도키치로, 고슈에서 돌아온 자가 그대의 휘하인가?"

"주군께서도 알고 계시리라 여겨집니다만 하치스카 히코에몬의 조카인 와타나베 덴조라는 자입니다."

"흐음, 덴조 말이군. 하면 뭔가 새로운 소식을 들을 수 있겠군. 나도 함께 들을 터이니 이곳으로 부르도록 하라."

무사가 언덕 아래로 달려가더니 잠시 뒤 한 행각승을 데리고 왔다. 덴조였다. 덴조는 그곳에 와서 도키치로와 노부나가에게 고슈에서 보고 들은 일을 상세히 고했다. 그중에서도 중요한 일은 덴조가 혜림사에서 가져온 가이 군의 출병에 관한 기밀이었다.

"흐음."

노부나가의 입에서 신음 소리가 흘러나왔다. 그러는 사이에도 배후는 늘 불안했다. 작년, 에이 산을 공격했을 때와 비교해서 그 위험과 불안은 조금도 가시지 않은 상태였다. 오히려 다케다 가와의 관계와 나가시마 방면의 상황은 더 악화되었다. 단지 작년에는 에이 산에 아사이와 아사쿠라의 대군이 함께 있었지만 이번에는 적에게 그럴 틈을 주지 않았기 때문에 눈앞의 적은 그때보다 많지 않았다. 오직 위험은 배후에서 도사리고 있을 뿐이었다.

"다케다 가가 이미 그런 뜻을 에이 산 쪽에 전했을 것이다. 저들은 분명 내가 또다시 급히 군사를 데리고 물러갈 것이라고 낙관하고 있을 것이다."

노부나가는 덴조에게 수고했다고 격려한 뒤 언덕 아래로 돌려보냈다.

"이 또한 하늘이 돕고 있는 것과 같다."

노부나가는 도키치로와 세키안을 돌아보며 회심의 미소를 지었다.

"고甲 산을 넘어 비노로 달려오는 다케다 군이 빠를지, 에이 산을 분쇄하고 교토와 세쓰를 석권한 후 돌아가는 오다 군이 빠를지. 우리에게는 큰 자극이 될 것이며 필승의 신념을 더욱 고취시켜줄 것이다. 모두 자신의 부대로 돌아가라. 별이 보이기 시작했다."

노부나가는 언덕 위에서 내려와 진막 안으로 들어갔다. 이윽고 에이 산의 산자락을 둘러싼 곳곳의 진영에서 저녁밥을 짓는 연기가 피어올랐다. 저녁이 되자 바람은 한층 강해졌고 평소에 들리던 삼정사의 종소리도 들리지 않았다. 얼마 뒤 중군이 있는 언덕 위에서 나팔 소리가 울리자 곳곳의 진지에서 함성이 일었다.

그날 밤부터 9월 13일 새벽에 걸쳐 에이 산은 아수라장으로 변했다. 산허리에서 산 정상에 이르는 십여 곳의 봉우리에 방루를 쌓던 승병들의 진지를 돌파한 오다 군은 온 산을 돌며 불을 지르고 강풍에 함성을 질렀다. 검은 연기가 골짜기를 뒤덮고 불길이 미친 듯이 산을 집어삼켰다. 커다란 불기둥이 에이 산 곳곳에서 치솟아 호수까지 빨갛게 물들였다. 그 거대한 불기둥의 위치로 봤을 때 근본중당과 산왕사의 일곱 불당까지 불타는 게 분명했다. 또 산 위에 있는 대강당부터 종루와 곳간, 사찰들의 승방과 보탑을 비롯해 봉우리와 골짜기의 말사에 이르기까지 불에 타지 않은 가람은 한 곳도 없었다.

'간무 천황의 칙령을 받들고, 덴교 대사의 허락을 받아 불을 지르는 것이다!'

무서운 기세로 치솟아 오르는 불길을 올려다볼 때마다 제장들은 노부나가가 한 말을 떠올리며 스스로를 독려했다.

장수의 신념은 병사들에게 전해지기 마련이었다. 병사들은 불길을 뛰어넘고 검은 연기 속을 뛰어다니며 노부나가의 신념을 그대로 수행했다. 팔천의 승려들은 모두 죽음을 맞이했다. 비명 소리가 메아리쳤다. 골짜기로 기어 내려가거나 동굴에 숨었다. 나무 위로 도망쳤던 승려들도 논의 해충을 박멸하듯 모두 잡혀서 죽임을 당했다.

그날 한밤중 무렵, 노부나가는 직접 산 위로 올라가 자신의 영단과 부하들의 용맹이 한데 어우러져 펼쳐낸 미증유의 광경을 두 눈으로 똑똑히 목격했다.

에이 산 측은 오판을 하고 있었다. 그들은 그날 저녁까지 산기슭에 있는 노부나가의 대군을 보고도 허세라고 생각하며 무시했다. 또 머지않아 황망히 총퇴각을 하리라 생각하고 그때 추격을 해서 공격하면 된다고 방심했다. 그들이 그렇게 생각한 연유는 산에서 멀지 않은 교토에서 그들을 안심시키는 정보가 빈번하게 산의 본진으로 전해졌기 때문이다. 교토에는 바로 장군 요시아키가 있었다. 요시아키는 각지의 승려와 신도에게 있어 반노부나가의 본산인 에이 산에 은밀히 병량과 무기를 지원하며 끊임없이 선동을 부추겼다. 그런 요시아키에게 가장 먼저 고슈에서 '신겐이 움직였다!'는 파발이 전해졌고 그것은 다시 에이 산에 전달되었다.

"당장이라도 고슈의 군사가 노부나가의 배후를 칠 것이다. 그럼 노부나가는 다시 나가시마에서의 전철을 밟게 될 것이다."

에이 산의 승단에서는 그렇게 판단하고 그저 전해지는 형세만을 믿었던 것이다. 그리고 그들이 오판을 한 다른 또 하나의 이유가 있었다. 그들은 팔백 년 이래로 누려온 특권에 안주하며 시대의 변화를 외면했다. 스스로 불도의 도량을 속세보다 더 세속화하고 나라로부터 특별한 대우를 받으며 부패만 일삼았다. 또 민심을 저버리고 오직 금빛 대일여래의 불상만 떠받들며 어떤 용맹한 군사라도 자신들의 특권과 신앙의 보루를 넘볼 수 없을 것이라고 믿었던 것이다. 하지만 노부나가는 그들의 예상을 처참하게 짓밟았다. 온 산을 불태우고 대살육을 감행했다. 하룻밤 사이에 온 산이 지옥으로 돌변했다. 상황이 그리되자 비록 늦은 감은 있지만 불길이 맹렬히 타오르는 한밤중 무렵, 공포와 절망의 나락에 빠진 에이 산의 대표가 노부나가의 진영에 사자를 보냈다.

"어떤 막대한 보상이라도 하겠습니다. 또 어떤 조건이라도 반드시 따르겠습니다."

화친을 청하러 온 사자에게 노부나가는 미소를 지으며 매에게 먹이를 던져주듯 좌우의 무사들에게 말했다.

"대꾸할 가치도 없다. 저자도 베어버려라."

에이 산에서 두 번째 사자를 보내왔다. 사자는 노부나가에게 합장을 하며 호소했다.

"부디 자비를……."

"안 된다!"

노부나가는 고개를 젓더니 그 자리에서 사자를 베어버렸다.

밤이 샜다. 검은 연기 아래 불에 탄 검은 고목과 재로 변한 에이 산의 봉우리와 골짜기는 시체들로 뒤덮여 있었다.

"저 속에는 당대의 석학과 현자와 촉망받는 젊은 승려도 있었을 터인데."

어젯밤 살육의 선봉에 섰던 아케치 미쓰히데는 재로 변한 산에 서서 얼굴을 감싸고 가슴 아파했다. 그날 노부나가는 미쓰히데에게 다음과 같은 명을 내렸다.

"시가志賀 일군을 그대에게 내릴 터이니 앞으로 사카모토 성에서 지내도록 하라."

노부나가는 하루가 지난 뒤 교토로 들어갔다. 그날도 에이 산에서는 검은 연기가 피어올랐다. 그제부터 타고 있던 잔불이었다. 대학살의 변을 피해 교토로 숨어든 승려들도 꽤 있는 듯했다. 그들은 노부나가를 '살아 있는 마왕'이라거나 '지옥의 사자' 또는 '폭루暴淚의 파괴자'라며 공포의 상징으로 불렀다. 지옥으로 변한 에이 산을 보고 어젯밤의 참상을 전해 들은 교토 사람들은 노부나가가 병사를 이끌고 교토로 온다는 소식에 이번에는 교토를 공격하는 건가 싶어 벌벌 떨고 있었다.

"요시아키 장군의 거처도 재화를 피할 수 없을 것이다."

사람들 중에는 낮부터 문을 닫아걸고 짐을 싸서 도망칠 준비를 하는 사람도 있었다. 하지만 노부나가의 군사는 가모加茂 강변에 주둔해 마을로 들어가는 것을 금했다. 금지령을 내린 사람은 바로 그들을 통솔하고 있는 그젯밤의 마왕이었다.

노부나가는 부장 몇 명만을 데리고 한 사원으로 들어갔다. 그는 그곳에서 갑주를 벗고 밥을 먹은 뒤 우아한 의관으로 갈아입고 나왔다. 그리고 화려한 안장을 얹은 말로 갈아타고 열다섯 명의 부장을 거느린 채 유유히 대로를 걸어갔다. 노부나가의 모습은 무척이나 평화롭게 보였다. 특히 백성들을 바라보는 그의 얼굴과 시선은 부드럽기 그지없었다.

"아무 일도 없을 듯하군."

길가로 몰려나온 사람들은 노부나가를 보고는 걱정이 안도로 바뀌었고 환희에 차서 함성을 질렀다. 그렇게 환호성이 울리는 네거리에서 갑자기 철포 한 발이 울려 퍼졌다. 총알이 노부나가를 스치고 지나갔지만 그는 태연히 철포 소리가 난 쪽을 돌아볼 뿐이었다. 주위에 있던 부장들은 말에서 뛰어내려 철포를 쏜 사람을 붙잡으려 달려갔고, 사람들은 일제히 철포를 쏜 사람을 붙잡으라고 소리 질렀다.

백성들이 자신의 편이라고 믿고 있던 자객은 예상 밖의 상황에 당황하다 도망치지도 못하고 붙잡히고 말았다. 산문 제일의 용맹한 승려라는 말을 듣던 법사는 사로잡힌 뒤에도 노부나가를 향해 불적이라거나 마왕이라며 고함을 쳤다. 하지만 노부나가는 아무 반응도 보이지 않고 유유히 말을 타고 가던 길을 갔다. 이윽고 노부나가는 황거가 가까워지자 말에서 내렸다. 그리고 경내의 샘에서 손을 씻은 뒤 천황의 거처가 있는 문 앞으로 다가가 앉았다.

"얼마 전 불길에 많이 놀라셨으리라 생각되옵니다. 황상의 심금을 어지럽힌 죄를 용서해주시길 바랍니다."

노부나가는 사죄하며 오랫동안 부복하고 있었다. 그러고는 황거의 새로 지은 문과 담장을 올려다보며 만족한 듯 좌우의 부장들에게 말했다.

"황거의 공사도 거의 마무리된 듯하군."

노부나가는 문 옆에 정렬해 있는 신하들을 바라보다 조용히 돌아갔다.

가업을 소홀히 하는 자는 그 죄를 물을 것이며, 유언비어를 퍼뜨리는 자는 즉시 목을 칠 것이니, 모두 오늘과 같이 본분에 충실하라.

노부나가 대관代官

노부나가는 법삼장法三章을 적은 팻말을 도성 곳곳에 세우게 하고 기후로 돌아갔다. 해자를 깊게 파고 철포를 든 채 죽음을 각오하고 있던 장군 요시아키를 만나지 않고 돌아간 것이었다. 요시아키는 안도하며 기후로 돌아가는 노부나가의 뒷모습을 께름칙한 마음으로 지켜보았다.

풍림화산風林火山

전화戰火의 연기는 에이 산만 뒤덮은 게 아니었다. 미카와의 서부지방에서 덴류天龍 강을 따라 형성된 부락들과 미노美濃의 일곽까지 들불이 번진 것처럼 연기가 피어올랐다. 다케다 신겐의 정예군은 고슈甲州의 산봉우리들을 넘어 남쪽으로 몰려 내려왔다.

"아시나가足長 신겐이다!"

하마마쓰를 본거지로 하는 도쿠가와 이에야스의 군사들은 눈을 부릅뜨고 신겐의 군사들과 맞서 싸웠다. 그들의 목적은 신겐의 상락을 저지하는 것이었다.

"서쪽으로 지나가게 해서는 안 된다!"

그것은 동맹국인 오다를 위해서가 아니었다. 고슈와 산엔이 숙명과도 같이 인접해 있다 보니 다케다 군에게 돌파당하면 도쿠가와 가의 존위 자체가 위태로워지기 때문이었다.

이에야스는 올해 서른 살이었다. 그의 휘하인 미카와 무사들은 십 년 동안 온갖 고난과 빈곤을 견뎌왔다. 이제 드디어 성인이 된 주군을 맞이해 노부나가와 동맹을 맺고 한편으로 이마가와 가의 영토를 잠식해가는 중이었다.

"이제부터다!"

미카와는 신하는 물론이고 백성과 초목까지 희망과 투지로 가득 차 있었다. 신겐의 군사에 비해 장비나 물자가 부족한 신생국이었지만 투지에 있어선 전혀 뒤지지 않았다. 그런 미카와 무사들이 신겐을 '아시나가足長'라고 부르는 연유가 있었다. 일찍이 노부나가가 보낸 서신 속에서 '아시나가'라는 경구를 본 이에야스가 딱 들어맞는 말이라며 가신들에게 이야기했기 때문이다.

신겐은 어제는 북쪽의 우에스기 군과 고신甲信(고슈甲州와 신슈信州) 경계에서 싸우다가 오늘은 죠슈上州나 소슈相州로 가서 호죠北條 가를 위협한 뒤 다시 말을 돌려 산슈三州와 엔슈遠州, 미노까지 가서 싸우다 돌아왔다. 그리고 신겐은 반드시 직접 싸움을 지휘했다. 세상에서는 신겐에게 '일곱 명의 대역 무사'가 있다고 했지만 사실 신겐은 모든 싸움에서 직접 지휘하지 않으면 성에 차지 않는 듯했다. 그래서 노부나가가 그를 두고 '산으로 둘러싸인 나라에 있으면서 오지랖이 넓다'는 뜻으로 '아시나가'라고 비꼰 것이었다.

신겐이 '아시나가'라면 노부나가는 '아시바야足早', 즉 발이 빠르다고 할 수 있었다. 노부나가는 에이 산에 도착하기 전에 이에야스에게 사자를 보내 전했다.

"고슈의 정예군과는 정면 대결을 피하는 것이 좋을 듯하오. 적이 공격하면 하마마쓰에서 오카자키로 물러나는 한이 있더라도 참기를 바라오. 지금은 후일을 기약하는 것이 좋을 것이오."

하지만 이에야스는 사자가 보는 앞에서 측신들을 돌아보며 말했다.

"이 성을 버릴 바에는 화살을 부러뜨리고 무문을 닫는 편이 나을 것이다."

노부나가에게 있어 이에야스는 하나의 전선일 뿐이었지만 이에야스에게 있어 미카와와 엔슈는 절대적인 것이었다. 그 땅을 제외하면 뼈를 묻을 땅이 없었다. 노부나가는 사자의 말을 듣고 성급한 사람이라고 중얼거렸다. 하지만 그 때문인지 에이 산의 일이 끝나자마자 질풍처럼 기후로 돌아가 있었다. 시기를 가늠하는 데 민감했던 신겐은 노부나가의 신속함에 혀를 차더니 다시 때가 올 것이라며 고甲 산 너머로 물러가버렸다.

그렇게 한 해가 저물고 겐기元龜 3년, 봄을 맞이했다. 봄, 아쓰다 신궁에서는 본전을 수리하는 공사를 하고 있었다. 오닌의 난 이래로 오랜만에 하는 공사였다. 백성들이나 호족들은 오랫동안 불안에 떨며 생활에 쫓기고 있었다. 그러던 차에 봄을 맞아 황폐해진 신궁의 숲에서 톱질 소리가 들리자 다들 깜짝 놀랐다.

"대체 누가 기특하게도 시주를 한 것일까?"

"연말에 노부나가 님이 아쓰다 신궁의 사관인 오카베 마타에몬岡部又右衛門 님을 기후로 불러 사재를 내리며 명을 하셨다고 하더군."

그 말을 들은 사람들은 의외라고 생각했다.

"그 노부나가 님이?"

사람들은 하룻밤 사이에 에이 산의 당탑부터 가람에 승방과 누각까지 모두 불태워버린 노부나가가 무슨 연유에서 공사를 벌이는지 도무지 알 수 없다는 듯한 표정을 지었다. 하지만 근래 가도를 오가는 여행객들은 교토 부근과 각지 사람들이 에이 산을 불태운 것은 바로 에이 산이라고 말하고 있다고 전했다. 신불은 불태우려고 해도 불태울 수 없다는 것을 노부나가가 모를 리 없다는 것이었다. 그리고 노부나가가 아쓰다 신궁을 수축하는 것만 봐도 다른 사람들보다 몇 배나 신을 숭배한다는 것을 알 수 있다고 했다. 또 그가 불교를 증오할 리도 없다고 했다. 그것은 노부나가가 어릴 적 충언을 하고 자결한 노신을 위해 정수사를 건립하고 공양하는 것만 봐도 알 수 있다고 했다. 그리고 매년 정월 초하루가 되면 의관을 단정히 하고 멀리 있는 황궁을 향해 배례를 하고 선조의 위패를 모신 사당에 엎드려 부모의 영정에 일 년의 보고를 올린다고 했다.

오케하자마로 출전하는 새벽녘에 '인간 오십 년, 하천에 비하면'이라고 노래하며 춤을 춘 것은 분명 불교에서 온 가치관인데, 그런 상황에 처한 노부나가가 불렀으니 무사도라고 하지만 그 근간에는 불교의 정신이 흐른다고 해도 무방할 것이라며 노부나가에 대해 세세히 논하는 사람들도 있었다. 어찌 됐든 근래 세상 사람들은 노부나가를 두둔하는 쪽과 싫어하는 쪽으로 나뉘었다. 에이 산을 불태운 것을 두고 세상은 두 편으로 나뉘어 시시비비를 따지는 치열한 논쟁을 벌이고 있었다. 싫다고 하는 쪽에서는 여전히 그를 악마처럼 여기며 깊은 반감을 가지고 있었지만 두둔하는 쪽에서는 '머지않아 천하는 노부나가의 손에 들어갈 것'이라고 예상하는 사람까지 나타났다. 한편 노부나가를 적으로 간주하는 사람들도 그의 방식을 보고 무서운 사람이라고 생각하게 되었다.

"하루가 늦어지면 일 년을 허송세월하는 것과 마찬가지다."

신겐은 다년간의 숙원인 상락을 하루빨리 이루기 위해 은밀하게 모든 외교책을 동원해 호조와 수교를 성사시켰다. 하니반 우에스기와는 여전히 교섭이 진척되지 않았다.

신겐은 어쩔 수 없이 10월을 기해 고후를 출발했다. 고에츠甲越(가이甲斐와 에치고越後) 국경은 눈 때문에 길이 일찍 끊기다 보니 일단 겐신은 걱정하지 않아도 된다고 판단했던 것이다. 총 삼만의 대군은 신겐이 다스리는 가이, 시나노, 스루가, 엔슈의 북부, 미카와 동부, 고즈케上野 서부, 히다飛驒 일부, 엣추越中 남쪽에 걸친 약 백삼십만 석 영지에서 징발한 병사들이었다.

한편 하마마쓰 성안에서는 다음과 같이 주장하는 사람들이 있었다.

"오직 지키는 것이 능사다."

"오다 쪽 원군이 도착할 때까지."

도쿠가와 가의 병력은 전 영토를 통틀어도 다케다 쪽의 절반인 일만 사천도 되지 않았지만 젊은 이에야스는 오다 쪽 원군을 기다릴 정도의 적이 아니라며 출군을 명했다.

가신들은 모두 지난 아네 강에서의 싸움에서 노부나가를 도왔으니 당연히 오다 쪽에서 대군을 보내 도와주리라 기대하고 있었다. 이에야스는 짐짓 가신들의 그런 분위기를 일소하듯 지금이야말로 나라의 존망이 걸린 때라고 각오를 다지며 한편으로는 진실로 믿을 수 있는 것은 자신밖에 없다는 것을 깨닫게 하기 위해 조용히 말했다.

"물러서도 멸망하고 나아가도 멸망한다면 오직 앞으로 나아가 건곤일척의 한복판에서 무사로서 떳떳이 죽는 것이 나을 것이다."

이에야스는 어릴 때부터 모진 고난을 겪으면서도 잔재주를 부리거나 주눅이 들지 않았고 어딘지 어른스러운 모습이었다. 지금 용광로의 쇳물이 끓듯 살기가 충만한 하마마쓰 성안에 앉아 있으면서 다른 누구보다 치열하게 주전론을 주장하는 이에야스의 말투는 평소와 조금도 다를 게 없었다. 가신들 중에는 이에야스의 주장이 평소와 너무 달라 의심스러워하는 사람조차 있었다. 하지만 이에야스는 척후병들의 보고를 상세히 들으며 출전 준비를 착착 진행해갔다.

그러는 동안에도 패전을 알리는 보고가 끊이지 않고 전해졌다. 신겐의 대군은 벌써 엔슈를 공격하고 있다고 했다. 또 이다飯田의 두 성이 적에게 넘어갔다고도 했다. 후쿠로이袋井, 가케가와掛川, 기하라木原 지방의 촌락 중 고슈甲州 군에게 짓밟히지 않은 곳은 없었다. 특히 정찰에 나섰던 혼다, 오쿠보, 나이토의 삼천 선봉군이 덴류 강 부근의 히도고토자카一言坂에서 다케다 군에게 발각되어 전멸에 가까운 궤멸을 당하고 이케다 촌에서 하마마쓰로 패주했다는 보고가 들어왔다. 그러자 성안 사람들의 얼굴은 흙빛이 되었다.

하지만 이에야스는 묵묵히 군무를 보고 있었다. 그는 교통로 확보에 주의를 기울이며 10월 말까지 수비 준비를 완전하게 해놓았다. 그리고 덴류 강의 후타마타二俣 성에 원군과 무기와 식량 등을 보낸 뒤 하마마쓰 성에서 출전했다.

덴류 강의 기슭인 간마시神增 촌까지 군사를 진군시킨 이에야스는 신겐의 중군을 중심으로 고슈의 이만 칠천여 대군이 차축과 톱니바퀴처럼 곳곳에 진을 치고 있는 광경을 바라보았다.

"아, 과연."

이에야스는 언덕에 서서 한동안 두 손을 모은 채 감탄했다. 멀리서 신겐의 중군을 바라보자 네 개의 깃발이 펄럭이는 모습이 들어왔다. 가까이 다가가면 깃발에 적힌 글자가 똑똑히 보일 터였다. 적과 아군 모두 알고 있는 손자의 병법이었다.

其疾如風 빠르기는 질풍과 같고
其徐如林 고요하기는 숲과 같으며
侵掠如火 공격할 때는 불과 같고
不動如山 움직이지 않을 때는 산과 같다

'움직이지 않을 때는 산과 같다'는 글자 그대로 신겐은 며칠 동안 꼼짝도 하지 않았다. 이에야스 역시 미동도 하지 않고 덴류 강을 사이에 둔 채 신겐과 대치하고 있었다. 겨울은 11월로 접어들고 있었다.

미카타가하라三方ケ原 싸움

이에야스에게 과분한 것이 두 가지 있으니, 가라노카시라唐頭[4]와 혼다 헤이하치本多平八.

다케다 군이 점령한 히도고토자카 위에 누군가 시를 써서 세워놓았다. 물론 다케다 쪽 병사가 쓴 것이었는데 진지를 버리고 패주는 했지만 퇴각하는 군의 후위를 맡아 용맹을 떨친 혼다 헤이하치로를 두고 한 말이었다. 오쿠보 타다요와 나이토 노부나리도 용감히 싸웠지만 특히 혼다 헤이하치로의 활약은 실로 대단했기에 도쿠가와 가에도 무사가 있다는 뜻에서 노래한 것이었다.

"상대하기에 부족함이 없는 적이다. 이번 싸움이야말로 고슈와 도쿠가와가 전력을 다해 자웅을 겨루는 건곤일척의 승부가 될 것이다."

고슈 군은 전율을 느낄 정도의 맞수를 발견한 듯 사기가 한층 충만해 있었다. 신겐은 그런 본진을 에다이시마江臺島로 이동시키는 한편 이나 가

4) 중국에서 건너온 야크의 뿔을 단 투구.

쓰요리와 아나야마 바이세쓰 등의 부대를 후타마타 성으로 보내면서 시간을 지체하지 말고 빼앗으라는 엄명을 내렸다. 그에 맞서 이에야스도 곧바로 원군을 보냈다.

"아군에게는 중요한 방어선이자 적에게는 공격하기 유리한 거점이다. 수장인 나카네 마사데루中根正照를 돕도록 하라."

이에야스는 자신이 직접 후속 부대가 되어 전투를 독려했다. 하지만 변화무쌍한 다케다 군이 즉시 진용을 바꿔 좌우에서 공격을 가하자 배후에 있는 이에야스의 진영은 하마마쓰와 차단될 위기에 처하고 말았다. 게다가 그사이 성의 물길까지 끊겨버렸다. 적이 후타마타 성의 가장 치명적인 약점을 공략한 것이었다. 후타마타 성은 한쪽이 덴류 강과 접해 있었기 때문에 병사들의 생명줄과도 같은 물을 성벽에서 돌출되어 있는 망루에 도르래를 달아 우물물을 푸는 것처럼 강에서 끌어올리고 있었다. 다케다 군은 그것을 노리고 상류에서 뗏목을 흘려보내 망루의 다리를 파괴했다. 그러자 성의 병사들은 그날부터 물을 차단당하고 말았다. 그야말로 눈앞에 큰 강을 두고도 밥을 짓는 물조차 부족한 상태가 되었다.

12월 19일 밤, 수장 이하 모든 병사들은 마침내 어둠을 틈타 퇴각을 했다. 성이 빈 것을 알게 된 신겐이 명령했다.

"요다 노부모리依田信守, 그대는 성을 지키며 사노佐野와 도요다豊田, 이와타磐田의 각 군郡과 연락을 취해 가케가와와 하마마쓰 방면의 적의 퇴로에 대비하라."

신겐의 포진과 전진은 바둑 명인이 한 수 한 수 바둑을 두듯 신중했다. 이렇게 이만 칠천의 다케다 군은 북소리를 울리며 이와이다祝田, 오사카베刑部, 이나사引佐 강으로 진군했고 신겐의 중군은 그곳에서 이이다니正伊谷를 넘어 미카와 동부로 진출할 계획이었다.

코가 떨어져 나갈 만큼 매서운 21일 낮, 미카타가하라三方ケ原 방면에서

붉은 먼지가 피어오르고 있었다. 한동안 비가 내리지 않아서 대기는 바싹 메말라 있었다.

"이이다니, 이이다니로 가라!"

중군의 전령이 각 부대에 신겐의 명령을 전달하자 장수들 사이에서 이론이 일었다.

"이이다니로 가라는 것은 하마마쓰 성을 포위할 생각이신 듯한데 그건 오산이 아닐까?"

사람들이 그토록 위험하게 생각한 이유는 아침부터 오다의 원군이 이미 속속 하마마쓰에 도착했고, 또 후속 부대의 병량이 얼마나 되는지 알 수 없다는 첩보가 올라왔기 때문이다.

적에게 가까이 가면 갈수록 적의 전체 모습을 볼 수 없었다. 정보도 마찬가지였다. 눈앞에 있는 적지에서 척후들이 끊임없이 적의 동정을 알려왔지만 너무 세세하고 단편적이라 오히려 대세를 오판할 수 있는 가능성이 농후했다. 길가의 촌락에서 들은 풍설에도 주의해야 했다. 그중에는 분명 적들이 퍼뜨린 유언비어도 섞여 있기 때문이었다. 하지만 오다의 원군이 속속 남하해서 하마마쓰에 합류하고 있다는 풍설은 아무래도 사실인 듯했다.

"만일 노부나가가 대군을 이끌고 하마마쓰를 돕기 위해 온다면 지금은 신중하게 행동할 때다."

신겐 휘하의 장수들이 중군으로 몰려가 신겐에게 직언을 했다.

"하마마쓰 성에 이르러 해를 넘기게 된다면 아군은 한겨울에 진을 쳐야 할 것입니다. 그러면 밤낮으로 적의 기습을 받을 것이고 또 병량이 부족해지고 병자들이 속출해서 아군의 힘이 소진될까 걱정이 됩니다."

"퇴로를 차단당할 우려도 있습니다."

"계속해서 오다 쪽의 원군이 가세하면 아군은 적지에 갇혀 형세가 역전될 수도 있습니다."

"그렇게 된다면 상락의 숙원을 접고 허무하게 퇴각할 수밖에 없을 것입니다. 애초에 이번 출정의 목적은 하마마쓰 성 하나를 공략하는 것이 아닌 상락에 있었던 만큼……."

신겐은 바늘처럼 반쯤 눈을 감고 중앙에 앉아 부하들의 직언에 일일이 고개를 끄덕였다. 그러고는 천천히 입을 열었다.

"모두의 의견은 잘 알았다. 하지만 나는 오다의 원군은 기껏해야 삼천에서 사천에 지나지 않을 것이라고 생각한다. 그 연유는 만일 기후의 군사 대부분을 하마마쓰로 돌린다면 내가 사전에 말을 해놓았으니 아사이와 아사쿠라가 강북에서 그의 배후를 칠 것이고, 또 교토의 장군가가 각지의 승병들에게 일제히 격문을 보낼 것이다. 그러니 오다 군을 크게 걱정할 필요는 없다."

신겐은 그렇게 말한 뒤 다시 조용히 말을 이었다.

"내 오랜 숙원인 상락을 이루기 위해서는 그 길 위를 가로막고 있는 바위와 같은 이에야스를 피해 지날 수는 없다. 언젠가 기후를 공격하면 당연히 이에야스는 군사를 이끌고 내 배후를 끊고 오다를 도울 것이다. 그럴진대 오다가 전력으로 돕지 못하는 지금이야말로 하마마쓰 성을 격파하고 올라가는 것이 상책이 아니겠는가?"

장수들은 신겐의 말에 따를 수밖에 없었다. 주군의 말이기 때문이 아니라 전술에 있어서도 스승과 같은 사람이었기 때문이다. 하지만 자신의 부대로 돌아가는 장수들 중에 야마가타 마사카게는 옅은 잿빛 구름에 가려 한층 을씨년스럽게 보이는 겨울 해를 올려다보며 혼자 탄식했다.

"싸움을 좋아하시는 것은 실로 천성이구나. 무장으로서는 보기 드문 역량을 지니셨으나……."

한편 하마마쓰 성에 다케다 군이 방향을 전환했다는 사실이 전해진 것은 21일 밤이었다. 그리고 노부나가의 원군인 다키가와 가즈마스, 히라데 노리히데平手汎秀, 사쿠마 노부모리가 이끄는 삼천 정도의 군사가 하마마쓰 성 아래에 도착해 있었다.

"생각보다 소수군."

실망하는 사람도 있었지만 이에야스는 그다지 기뻐하지도 불평하는 기색도 보이지 않고 첩보가 속속 올라오는 동안에 군사 회의를 열었다.

"일단 오카자키로 퇴각한 후에."

대부분의 장수와 오다 쪽 부장들이 그렇게 자중하기를 원했지만 이에야스는 주전의 뜻을 꺾지 않았다.

"적에게 화살 한 발 쏘지 않고 어찌 성을 버리고 물러갈 수 있겠는가."

하마마쓰에서 북쪽으로 약 열 정町 떨어진 곳에 가로 이 리, 세로 삼 리가 넘는 고원이 있었는데 바로 미카타가하라였다. 그리고 이 미카타가하라 고원을 가로 방향으로 나누고 있는 단층이 있었는데, 깊이가 열여덟 척이나 되는 낭떠러지 아래에는 맑은 물이 흐르고 있었다. 바로 사이가타니犀ケ崖였다.

22일 미명, 하마마쓰를 나선 이에야스 군은 사이가타니의 북쪽에 진을 치고 다케다 군이 지나가기를 기다리고 있었다.

"대체 무슨 생각이신지……."

군을 감찰하는 임무를 맡은 도리이 다다히로는 진영에서 만난 이시가와 가즈마사를 붙잡고 한탄했다.

"싸움을 하기도 전에 뭘 그리 걱정을 하는가?"

"평소에는 우리의 혈기를 꾸짖으시며 성급해하지 말라고 하시던 주군께서 이번에는 처음부터 다른 누구보다 더 공격을 주장하고 계시네. 혹여 마음속으로 옥쇄를 각오하신 게 아닌가 싶어 걱정이 되네."

"흐음, 지금과 같은 상황이라면 명예와 치욕 둘 중 하나뿐이네. 주군은 명예를 선택하신 것이 분명하네. 우리가 좋은 주군을 섬긴 것이라는 생각이 들지 않는가?"

"평소에 그리 생각했기 때문에 오랜 역경도 역경이라 여기지 않고 고난도 기꺼이 감수하며 지금까지 주가를 섬겨온 것이 아니겠나. 그런데 그것도 오늘뿐이라고 생각하니 안타까운 마음이 들어서……."

"군을 감찰하는 직분을 맡고 있는 자네가 그리 마음 약한 소리를 하면 어쩌나. 다케다 군 이만 칠천에 비해 아군은 일만에도 미치지 않는 소수지만 우리 미카와 무사의 용맹이 고슈 놈들에 뒤지겠는가? 한 명당 세 명의 적을 맡으면 족하네."

"우리를 걱정하는 것은 아니네. 다만 우리가 펼치고 있는 학익진을 보면 주군의 본진을 중심으로 오른쪽 날개에 전의가 전혀 보이지 않네. 그 부분이 걱정일 뿐이네."

"오른쪽 날개라면 원군인 오다 군 삼천 말인가?"

"그렇다네. 내 생각엔 사쿠마, 다키가와 등의 부장들은 노부나가로부터 원군으로 가도 병사를 잃지 말고 자진해서 싸우지 말라는 말을 듣고 온 것으로 여겨지네."

"그들에게 많은 것을 바랄 수는 없네. 주군께서도 그에 대해 일절 언급하지 않는 것을 보더라도 얼마나 비장하게 각오를 하셨는지 알 수 있네. 우리는 그저 주군과 같은 마음으로 임하면 될 것이네."

어젯밤부터 낮게 드리워져 있는 구름은 아침놀에 붉게 물들어 있었다. 아침에 새삼 세상을 바라보며 이슬보다 더 가없는 자신들의 생명에 대해 생각한 사람은 다다히로와 가즈마사만이 아니었다. 오른쪽 날개를 맡고 있는 오다 군의 진영을 바라보던 도쿠가와 군의 군사들은 주군인 이에야스의 결연한 의지를 그대로 이어받아 각오를 새롭게 다지고 있었다. 그들은 어젯밤 군사 회의 때까지는 이론도 있었지만 이곳에 온 뒤로는 꿈에도 물러난다고 생각하지 않았다. 언제라도 달려 나갈 태세로 투구 아래로 눈을 번뜩이며 입을 굳게 다문 채 전방을 노려보고 있었다.

해가 떠오르더니 금세 구름에 가려졌다. 풀들이 메말라 쓰러져 있는 고원의 넓은 하늘에 한 마리 새 그림자가 소리 없이 가로질러 날아갔다. 이따금 새 그림자 같은 것이 메마른 풀들 위를 기어 다니다 재빨리 되돌아왔다. 척후병이었다. 다케다 군 쪽에서도 똑같이 정찰을 하고 있었다. 아침에 노베野部를 출발한 신겐의 대군은 덴류 강을 건너고 다이보사쓰大菩薩를 지나 오후 무렵 사이가타니 앞까지 와 있었다.

"멈춰라."

신겐 곁에 있는 오야마다 노부시게小山田信茂와 장수들이 전방에 있는 적군의 상황을 수집해서 모여 있었다. 한동안 응시하던 신겐은 부대 하나를 후위로 남겨두고 본군 이하의 대부대를 이끌고 예정대로 미카타가하라를 가로질러 진군했다.

이와이베 부락이 지척이었다. 행군의 선봉은 벌써 그곳에 들어갔을지도 몰랐다. 중군에서는 말 위에 서서 보더라도 끝도 없이 이어지고 있는 아군의 선두가 보이지 않았다.

"시작됐군."

신겐이 말 위에서 왼편을 돌아보며 앞뒤의 직속 부장들에게 말했다.

"아니, 저건."

부장들도 눈을 가늘게 뜨고 바라보며 외쳤다. 저 멀리서 누런 흙먼지가 피어오르고 있었다. 후위로 남겨둔 부대가 소수라는 것을 안 적들이 갑자기 기습을 가한 듯했다.

"아, 포위당했다."

"저리 적은 수로 적에게 포위당하면 한 명도 살아남지 못할 것이다."

"병사 이삼천 명을 이끌고 도우러 가지 않으면."

먼 길을 행군해온 말들은 머리를 숙인 채 뚜벅뚜벅 앞으로 걸어가고 있었지만 고삐를 꼭 움켜쥔 장수들은 노심초사하며 멀리서 피어오르는 흙먼지 아래를 응시하고 있었다.

"……."

신겐은 묵묵부답 아무 말도 하지 않았다. 그렇게 지켜보는 동안에도 저 멀리에서는 벌써 몇 명의 아군이 도미노처럼 쓰러지고 있었다. 신겐 주변에 있는 직속 부장이나 장수뿐이 아니라 긴 행군의 행렬을 이루고 있는 병사들이 모두 옆을 바라보고 있었다. 후위 부대에는 그들의 부모나 자식, 형제도 있었다. 그들은 시선을 그쪽에 고정시킨 채 행군을 하고 있었다. 그때 정찰 대장인 오야마다 노부시게가 행렬을 따라 신겐에게 달려왔다. 노부시게의 목소리는 여느 때와 달리 흥분된 상태였는데, 말을 타고 있다 보니 주변까지 선명하게 들렸다.

"주군, 바로 지금이 적들을 일거에 몰살시킬 수 있는 때입니다. 방금 아군의 후위를 공격하는 진용을 살펴보고 왔는데 적의 일진은 학익진을 펼쳐 보기에는 일견 대군인 듯했지만 이진과 삼진의 뒤쪽은 모두 허술하고 이에야스의 중군 역시 소수만 지키고 있을 뿐입니다. 그뿐 아니라 깃발들도 제각각인데 특히 원군인 오다 군은 전의가 전혀 없음이 분명합니다. 이때를 놓치지 않고 공격하면 반드시 이길 것입니다."

그러자 신겐이 뒤를 돌아보며 말했다.

"살펴보고 오라."

노부시게는 말을 조금 물린 채 그대로 대기하고 있었다. 척후인 무로가 노부도시室賀信俊와 우에하라 노도노카미上原能登守가 달려갔다. 노부시게는 적은 아군의 몇 분의 일에 지나지 않는 소수라는 사실을 알면서도 신중에 신중을 기해 선불리 움직이지 않는 신겐의 냉정함에 경탄했지만, 한편으로는 때를 놓칠지도 모른다는 마음에 초조하기만 했다. 이윽고 무로가와 우에하라가 돌아와서 신겐에게 고했다.

"저희가 정찰한 것과 오야마다의 보고가 일치합니다. 다시없을 천기가 아군에게 찾아온 듯합니다."

"흐음, 그렇군."

신겐은 굵은 목소리로 중얼거렸다.

신겐이 쓰고 있는 투구에 달린 백모白毛가 전후좌우로 움직이더니 이윽고 장수들에게 차례로 명령이 떨어졌다. 나팔 소리가 울렸다. 그러자 이만 수천의 선봉군에서 말단에 이르는 행군의 행렬이 일제히 지축을 울리며 흩어졌다가 다시 어린진魚鱗陣을 펼쳤다. 그러고는 공격을 알리는 북소리가 울리자 곧장 도쿠가와 진영을 향해 진군했다.

여담이지만 당시 다케다 대군이 신겐의 지휘 아래 신속하게 진용을 바꾸고 일사불란하게 움직이는 것을 보고 이에야스는 후일 비록 적이지만 실로 대단하다고 칭찬을 했다.

"나도 병가에서 태어난 이상, 신겐 정도의 나이가 되면 한 번은 그와 같이 대군을 자유자재로 움직여보고 싶다. 그가 지휘하는 모습을 보고서 만약 지금 누군가 신겐을 독살하라는 말을 한다 해도 짐독鴆毒으로는 죽이고 싶지 않다."

신겐의 지휘는 적의 대장조차 감탄할 정도로 신묘했다. 그 휘하의 용맹무쌍한 장병들도 각각 자신들의 무기와 마구와 깃발 등을 비장하고 화려하게 장식하고 수만 마리의 매가 신겐의 주먹 위에서 먹잇감을 노리고 일제히 날아오르는 것처럼 함성을 지르며 적의 얼굴이 보일 만큼 가까운 곳까지 달려 나갔다.

도쿠가와 군들도 수레바퀴가 돌아가듯 학익진의 방향을 바꿔 돌진해 들어오는 적들에 맞섰다. 적과 아군이 일으키는 먼지 때문에 일순 사방이

어두워졌다. 그 어둠 속에서 저녁 햇살을 받은 창들만이 반짝반짝 빛을 발하고 있었다. 고슈 쪽이 창 부대를 전면에 내세우고 돌진해 들어오자 도쿠가와 쪽도 창 부대를 전면에 배치해서 맞섰다. 저쪽에서 와하고 함성을 지르면 이쪽에서도 똑같이 함성을 질렀다. 먼지가 옅어지자 적의 얼굴과 모습은 잘 보였지만 아직 양군의 사이는 꽤 벌어져 있었다. 하지만 섣불리 창의 대열에서 단 한 발짝도 내딛는 사람은 없었다.

이런 상황에서는 전쟁에 이골이 난 백전노장이라고 해도 이가 덜덜 떨리고 눈초리가 치켜 올라가고 온몸의 털이 곤두서며 전율을 느낄 터였다. 이때 느끼는 공포는 평소와는 전혀 달랐다. 의식이 떨리는 것이 아니라 온몸이 저절로 덜덜 떨리며 평상시의 감각이 본능적으로 변하고 있었다. 그것은 순식간에 이루어지는 것이기 때문에 피부에 소름이 돋으면서 피부색이 닭 볏처럼 자줏빛으로 변했다.

대낮이었지만 천지가 어두웠다. 귀에 들리는 소리가 무엇인지, 눈에 보이는 것이 무엇인지 한순간 분간조차 할 수 없어서 앞으로 나가지도 뒤로 물러서지도 못한 채 그저 창끝만 겨누고 함성만 지르고 있었다. 그 전선에서 가장 먼저 앞으로 튀어나간 용자에게는 나중에 첫 번째 창이라는 뜻인 '이치방一番 야리槍'라는 명예가 주어지고 모두에게 칭송을 받는다.

그와 같은 행동은 시간이 흐르면 아무것도 아닌 일이지만 그 순간만큼은 천군만마를 이끄는 무사라고 해도 쉽게 취할 수 없는 행동이었다. '이치방 야리'는 바로 거기에 가치가 있었고 큰 의의가 있었다. 무사 최대의 기회가 지금 몇천 몇만에 이르는 양군의 무사들 앞에 공평하게 주어져 있었다. 하지만 어느 누구도 그 한 발, 단 일보도 쉽사리 떼지 못했다.

"도쿠가와 가의 가토 구로지加藤九郎次, 이치방 야리!"

그때 누군가가 맞은편 전열에서 천둥처럼 고함을 지르며 달려 나왔다. 이름도 들은 적이 없는 말단 병사였다. 아마 도쿠가와 가의 일개 무사에 불과한 듯했다. 하지만 구로지가 이치방 야리를 외치자 뒤에 있는 몇천의 병사가 지축을 울리며 몇 발짝 전진했다.

"구로지의 아우, 가토 겐시로源四郎! 니방二番 야리!"

병사들 속에서 포효하듯 외치는 소리가 들렸다.

먼저 앞으로 나선 사람이 형인듯 했다. 형인 구로지는 다케다 군 앞까지 다가가기도 전에 앞으로 밀고나온 적의 전열에 파묻혀 수많은 적의 창 속으로 자취를 감추고 말았다.

"니방 야리는 나다! 가토 구로지의 아우다. 고슈 놈들아 각오해라."

겐시로는 근처에 있는 적들을 향해 창을 네다섯 번 후려쳤다. 적병이 고함을 치며 창으로 찔러 들어오자 겐시로는 몸을 뒤로 젖혔다. 그리고 갑옷 몸통을 스치고 지나간 적의 창을 붙잡고 일어선 순간, 어느새 아군이 물밀듯 밀려오고 있었다. 고슈 군도 일제히 그에 맞서 돌진해왔다. 두 개의 성난 파도가 서로 뒤엉키고 부서지는 광경을 피와 창과 갑주가 그려내고 있었다.

"앗, 형님!"

겐시로는 아군 병사와 말발굽에 허우적거리며 고함을 치고 있었다. 그는 네 발로 엉금엉금 기어 고슈 군의 발목을 붙잡아 쓰러뜨리고 목을 베어 옆으로 집어 던졌다. 그 뒤로 그의 모습을 본 사람은 아무도 없었다.

난전이 벌어졌다. 그렇지만 도쿠가와 군의 오른쪽 날개와 다케다 군의 왼쪽 날개 사이에서는 아직 이렇다 할 접전이 벌어지지 않고 있었다. 그들은 일 정町이나 떨어져 있었다. 흙먼지 속에 북소리와 나팔 소리가 격렬하게 들려왔다. 신겐의 직속부대가 그 뒤에 있는 듯했다. 양군 모두 전면에 철포대를 내세울 틈도 없었던 탓에 고슈 군은 최전선에 '미즈마타노 모노水俣者'라고 부르는 신분이 낮은 병사들로 이루어진 부대를 앞세워 돌팔매질을 하게 했다. 비가 쏟아지듯 무수한 돌이 날아왔다. 이곳 전선에는 사카이 타다쓰구의 제1진과 제2진 외에 오다 쪽 원군이 있었다.

"제기랄."

타다쓰구는 말 위에서 혀를 찼다. 고슈 군의 전열에서 던지는 돌에 맞은 말이 미친 듯 날뛰어서 손을 쓸 수가 없었다. 그의 말뿐 아니라 대기하고 있던 창 부대 뒤에 있는 기마병들의 말도 모두 앞발을 구르며 날뛰었다. 창 부대의 병사들은 타다쓰구의 명령을 기다리고 있었는데, 타다쓰구는 찢어질 듯한 목소리로 다음과 같이 명을 내렸다.

"이 채가 바람을 가르기 전까지는 아무도 움직이지 마라!"

돌을 던지고 있는 적의 전열은 고슈 군의 앞길을 개척하던 공병이었다. 그러다 보니 '미즈마타노 모노' 부대는 무섭지 않았다. 하지만 그 뒤쪽에 고슈의 정예군이 손에 침을 바르며 기회를 엿보고 있었다. 고슈 군 중에서도 가장 강하다는 소리를 듣고 있는 야마가타 부대, 나이토 부대, 오야마다 부대였다. 그리고 나이토 마사토요와 오바타 노부사다 등의 깃발도 보였다.

"미즈마타노 모노들로 하여금 우리를 화나게 해 유인하려는 계략이다."

타다쓰구는 적의 계책을 꿰뚫어보고 있었지만 이미 왼쪽 날개에서 난전이 벌어진 상태였다. 더욱이 제2진인 오다 군이 지켜보고 있고 본진의 이에야스가 어떻게 생각할지 몰라 걱정스러운 마음이 들었다.

"공, 공격하라!"

타다쓰구는 마침내 투구의 끈이 끊어질 듯 입을 크게 벌리고 공격 명령을 내렸다. 적의 계략을 알고 있으면서도 어쩔 수 없이 서전부터 불리한 상태를 자초할 수밖에 없었던 것이다. 도쿠가와 전군에 패전을 안겨다준 치명적인 실패는 바로 이렇게 시작되었다. 비 오듯 쏟아지던 돌들이 감쪽같이 멎었다. 그와 동시에 돌팔매질을 하던 칠팔백의 미즈마타노 모노 병사들이 좌우로 갈라지며 재빨리 전선에서 물러났다.

"아뿔싸!"

사카이 타다쓰구의 눈에 적의 제2진이 보였을 때는 이미 늦었다. 미즈마타노 모노와 다음 진영의 기병 사이에 또 다른 일렬, 철포대가 잠복하고 있었던 것이다. 철포대는 모두 배를 땅에 대고 몸을 숙인 채 총구를 왼손과 볼에 대고 있었다.

탕탕탕, 철포 소리가 무차별적으로 울리면서 화약 연기가 땅에서 피어올랐다. 탄도가 낮았기 때문에 공격해 들어오던 사카이 부대의 병사들 대부분은 발목 부분에 총상을 입었다. 벌떡 일어선 말은 배에 총을 맞았다. 쓰러지기 전에 말에서 내려 병사들과 함께 돌진하는 장수도 있었고, 아군의 주검을 뛰어넘어 창을 부여잡고 돌진하는 병사도 있었다.

"퇴각하라!"

다케다 쪽 철포대에 명령이 내려졌다. 맹렬한 기세로 돌진해오는 적의 창 부대와 맞서면 철포대는 전멸할 것이 분명했다. 철포대는 뒤에 있는 아군의 기병대가 앞으로 나갈 수 있도록 가능한 신속하게 흩어졌다. 말 머리를 나란히 하고 있던 제1진인 고슈 군의 최강 야마가타 부대와 제2진인 오바타 부대가 완전 무장을 하고 앞으로 달려 나갔다. 사카이 타다쓰구 부대는 철저하게 무너졌다.

"적이 무너졌다."

고슈 군 사이에서 함성이 일었다. 오야마다 부대는 우회해서 도쿠가와 쪽 제2진과 오다 군의 측면을 향해 먼지를 일으키며 달려갔다. 눈 깜짝할 사이에 고슈의 대군들이 강철과 같은 원을 그리며 포위망을 그리고 있었다. 오다 군과 사카이, 혼다, 오가사하라 등의 깃발들이 그 포위망 속에 갇혀 우왕좌왕했다.

"흐음! 졌다!"

중군의 다소 높은 진영에서 아군의 전선을 지켜보던 이에야스가 신음

하듯 외쳤다.

"그런 듯합니다."

이에야스 곁에 서서 같이 지켜보던 도리이 다다히로가 분한 듯 입술을 깨물었다. 다다히로는 이번 싸움만은 승산이 없다며 쉬지 않고 간언했다. 그리고 이에야스에게 오늘 밤 적이 이와이다에 야영하기를 기다렸다가 불을 지르고 기습할 것을 권했다. 하지만 노회한 신겐은 일부러 후위에 소수의 부대를 남겨놓고 이에야스를 유인한 것이었다.

"이미 손을 쓰기에는 늦었습니다. 속히 전군에게 퇴각 명령을 내리고 일단 하마마쓰로 가시는 것이."

"……."

"퇴각은 빠르면 빠를수록 좋을 것입니다."

"……."

"주군. ……주군!"

"시끄럽다!"

이에야스는 다다히로의 얼굴도 쳐다보지 않았다. 해가 저물자 시시각각 미카타가하라의 들판에 하얀 저녁안개와 어둠이 짙게 깔리고 있었다. 전령의 깃발은 겨울바람을 타고 속속 비보를 전해왔다.

"오다 가의 사쿠마 노부모리 님께선 가장 먼저 패주하고 다키가와 가즈마스 님 또한 패퇴하였고 히라데 나가마사平手長政(노리히데) 님은 전사하셨습니다. 사카이 님 홀로 고전을 하고 있습니다."

"적, 다케다 가쓰노리의 부대가 야마가타 부대와 힘을 합쳐 아군의 왼쪽 날개를 에워쌌습니다. 이시가와 가즈마사 님은 부상을 입으셨고, 나카네 마사데루 님과 아오키 히로쓰구 님은 차례로 전사하셨습니다."

"마쓰타이라 야스즈미松平康純 님은 적의 한가운데로 돌진하여 전사하셨습니다."

"혼다 타다마사本多忠眞 님과 나루세 마사요시成瀬正義 님을 비롯해 휘하의 팔백여 군사가 신겐을 노리고 적진 깊숙이 들어갔지만, 적들에게 둘러싸여 살아 돌아온 군사는 몇 명이 되지 않습니다."

패전을 전하는 비보가 끊이지 않았다.

"송구합니다!"

무슨 생각인지 도리이 다다히로가 느닷없이 이에야스를 껴안더니 부하와 함께 그를 말 위에 밀어 올렸다.

"도망쳐라!"

다다히로가 말의 엉덩이를 후려치며 말을 향해 고함쳤다. 이에야스를 태운 말이 질풍처럼 달려 나가자 다다히로와 직속 부장들도 그 뒤를 좇아 내달렸다.

만권

해가 지기를 기다렸다는 듯이 눈발이 날리기 시작했다. 거센 눈바람이 휘몰아쳐 패군의 깃발과 병마 들은 방향을 분간할 수 없었다.

"주군은? 주군은 어디에?"

"본진은 어디에?"

"내 부대는?"

고슈 군의 철포대가 방향을 잃은 패군의 무리를 향해 자욱한 눈보라 속에서 철포를 퍼부었다.

"퇴각이다!"

"퇴각 나팔이 울리고 있다."

"본진은 벌써 퇴각한 것이냐?"

새까맣게 무리를 지어 북쪽으로 몰려간 거대한 패군의 물결이 서쪽에서 길을 잃고 우왕좌왕하는 바람에 많은 사상자가 속출했다. 그리고 마침내 그들은 남쪽 방향으로 패주했다. 앞서 도리이 다다히로와 함께 사지를 벗어난 이에야스는 뒤따르는 병사들을 돌아보며 소리쳤다.

"깃발을 세워라!"

이에야스가 급히 말을 멈추고 명을 내렸다.

"깃발을 세우고 아군을 한 명이라도 더 불러들이도록 하라."

밤의 어둠은 짙어지고 눈발은 한층 거세졌다. 부장들은 이에야스를 둘러싼 채 나팔을 불며 우마지루시를 흔들었다. 그러고 나서 고함을 치며 아군을 불렀다. 패군의 병사들이 속속 그곳으로 몰려들었다. 누구 한 명 피에 물들지 않은 사람이 없었다. 이에야스의 중군이 그곳에 있다는 것을 안 고슈의 바바 미노와 오바타 카즈사 두 부대가 즉시 화살과 철포를 쏘아대며 공격을 가하자 당장이라도 퇴로가 끊어질 듯했다.

"이곳도 위험하다. 내가 일부 군사를 이끌고 적진을 공격할 테니 모두 주군을 보호하며 서둘러 퇴각하도록 하라."

미즈노 사곤水野左近이 무리들 속에서 달려 나와 비장한 목소리로 이에야스와 부장들에게 마지막을 고했다.

"주군을 위해 죽을 각오를 한 자들만 나를 따르라."

미즈노 사곤은 주위의 부하들에게 그렇게 외치며 부하들이 따라오든 말든 개의치 않고 적진 한가운데로 달려갔다. 그의 뒤를 따라 삼사십 명의 병사가 달려갔다. 적군 사이에서 창과 칼이 부딪히는 소리와 함께 고함과 포효가 눈보라 소리와 뒤엉켜 들리기 시작했다.

"사곤을 죽게 내버려두지 마라."

이에야스는 더 이상 평소의 그가 아니었다. 호위 무사가 만류하려 말의 재갈을 저지했지만 이에야스는 그것을 뿌리쳤다. 깜짝 놀란 호위 무사가 몸을 뻗었을 때는 이미 이에야스의 모습은 만卍 자로 뒤엉켜 있는 적진 한가운데로 달려가고 있었다.

"주군, 주군!"

그날 하마마쓰 성을 지키고 있던 나쓰메 시로지로사에몬夏目次郎左衛門은 아군의 패전 소식을 듣고는 불과 삼십 명의 기마병을 이끌고 달려왔다. 그리고 방금 도착한 뒤 분전하고 있는 이에야스의 모습을 발견하고 말에서 뛰어내려 창을 왼쪽에 들고 이에야스에게로 달려갔다.

"평소의 주군답지 않게 무모하게 이 무슨 짓이십니까! 돌아가십시오. 어서 빨리 성안으로 돌아가십시오!"

지로사에몬은 이에야스의 말고삐를 붙잡고 간신히 방향을 틀었다.

"지로사에몬 아니냐? 놓아라! 적군의 한가운데에서 이 무슨 짓이냐!"

"저를 보고 미쳤다고 하신다면 주군은 어리석을 뿐입니다. 이런 곳에서 개죽음을 당하기 위해 오늘날까지 고생한 것입니까? 평소에 하던 말씀은 다 무엇입니까? 공을 세우고 싶으시다면 후일 천하대사를 도모할 때 세우십시오!"

지로사에몬은 눈물을 흘리며 외치고는 들고 있던 창으로 이에야스가 탄 말의 엉덩이를 힘껏 후려쳤다.

어젯밤 이곳을 출발한 누대의 가신과 근신 가운데 더 이상 얼굴을 볼 수 없는 사람이 많았다. 삼백 명이 전사했고 부상을 당한 사람도 헤아릴 수조차 없을 만큼 많았다.

"분하다."

"제길."

저녁부터 한밤중에 걸쳐 비참한 패군의 멍에를 뒤집어쓴 이에야스 군은 제 자신에게 화가 난 듯한 표정으로 눈이 퍼붓는 성 아래로 속속 돌아오고 있었다. 성문들마다 밝혀놓은 화톳불 때문에 하늘은 붉게 물들어 있었다. 그러다 보니 붉은 눈발이 흩날리는 것처럼 보였고 그것은 분주히 뛰어다니는 무사들이 흘리는 피눈물처럼 보였다.

"주군은 어떻게 되셨나?"

병사들은 반쯤 미쳐 있었으며 울고 있었다. 이미 주군인 이에야스가

하마마쓰 성으로 돌아왔을 것이라고 생각해 돌아왔는데 성을 지키던 병사들이 아직 돌아오지 않았다고 전했다. 아직 적의 포위망 속에 있든지 아니면 전사를 했든지, 어느 쪽이든 주군보다 먼저 도망쳐온 것은 하마마쓰 백성들을 보기에도 부끄러운 일이라 병사들은 성안으로 들어가지 않고 발만 동동 구르고 있었다.

그때 서쪽 성문에서 철포 소리가 들렸다. 도쿠가와 쪽 사람들은 적군이 쳐들어왔다고 생각하고 마지막을 예감했다. 이곳까지 고슈 군이 들이닥친 상황이라면 주군인 이에야스의 생사도 불분명했다.

"적이 여기까지."

"이렇게 된 이상!"

그들은 절망적인 상황을 예감하면서 죽을 각오를 하고 철포 소리가 난 곳을 향해 달려가기 시작했다. 그러자 성문 부근에서 우왕좌왕하던 아군의 무리를 헤치고 눈보라와 함께 기마 무사들이 달려 들어왔다. 예상치도 못했던 아군의 장수들을 본 병사들은 환호성을 지르고 칼과 창을 들어올리며 그들을 맞이했다. 한 명, 두 명 차례로 말을 타고 오는 기마 무사들 중 여덟 번째에 이에야스가 있었다.

"주군이다! 주군이야!"

"무사하시다!"

갑옷의 한쪽 소매도 찢겨져 나갔고 눈과 피로 범벅이 된 모습이었지만 이에야스의 모습을 본 사람들은 그렇게 외치며 몰려들었다. 그런데 그때까지 반쯤 미쳐 있던 장병들은 겉모습은 비참하게 보였지만 뜻밖에 싱글싱글 웃고 있는 이에야스의 모습을 보고는 크게 안심을 하고 다시 질서를 되찾았다.

이에야스를 포함한 스무 명의 기마 무사들은 성 아래 네거리에 말을 세우고 아직 뒤따라오고 있는 듯한 부하들을 기다렸다. 사십 명의 창 부대는 뒤쫓아온 야마가타 부대와 치열한 접전을 벌이다 한발 늦게 성으로 돌아왔다. 그리고 사십 명의 창 부대는 스물일곱 명으로 줄어 있었다. 그중에 한 명인 다카기 규스케高木九助가 창끝에 적장의 수급을 달고 왔다. 멀리서 그것을 본 이에야스가 그를 부르며 손짓했다. 무슨 일인가 하고 규스케가 달려가자 이에야스는 안장 위에서 얼굴이 닿을 듯 몸을 구부리더니 속삭였다.

"무슨 말인지 알겠나? 규스케, 큰 소리로 맘껏 허세를 부리도록 하라."

그의 말뜻을 알겠다는 듯 규스케는 성 쪽으로 힘껏 달려가서 쌓인 눈을 걷어차며 외쳤다.

"여러분, 들으시오. 오늘 난전에서 다케다 하루노부 뉴도 신겐武田晴信入道信玄의 목을 이 다카기 규스케가 땄소이다. 눈으로 직접 보고 귀로 똑똑히 들으시오. 바로 이 몸이오. 신겐의 목을 딴 것은 바로 나 규스케란 말이오!"

규스케는 성의 당교를 달려서 건너며 계속해서 외쳤다. 걱정하고 있는 성의 장병들 모두 들을 만큼 큰 소리였다.

"뭐? 신겐을 죽였다고?"

"신겐의 목을 땄다고? 정말인가?"

"저 목소리는 다카기 규스케다. 적장의 목을 창끝에 꿰고 미친 것처럼 외치고 다니고 있다."

성의 병사들이 술렁거렸다. 그리고 그 웅성거림은 절망을 순식간에 희망으로 바꾸어놓았다. 절망의 나락에서는 그것이 좋은 말이든 나쁜 말이든 비상식적인 말이 통할 때가 있었다. 게다가 생사조차 모르던 이에야스가 웃음 띤 얼굴로 무사히 돌아온 모습을 보고 사람들은 모두 신겐이 죽었다는 말을 믿게 되었다.

이에야스는 성문 안으로 들어가 성을 지키던 병사들에게 에워싸여 말에서 내려서야 온몸으로 한숨을 내쉬었다.

"물을, 물을 한 모금 다오."

이에야스는 그렇게 말하고 가신들을 둘러보다 병사 한 명이 국자째 떠온 물을 벌컥벌컥 들이마셨다. 그때 검은 가죽으로 만든 갑주로 온몸을 두른 마흔 정도 되는 무사가 부하들 속에서 뛰어나와 무릎을 꿇었다.

"주군, 오랜만에 뵙습니다."

이에야스가 국자에 남은 물을 뿌리고 시종에게 건네면서 물었다.

"그대는 누구인가?"

"소신 이시가와 젠스케石川善助입니다."

"뭐, 이시가와 젠스케라고?"

"사 년 전, 술자리에서 벗과 싸움을 해서 출사가 금지되어 어쩔 수 없이 타국을 전전하던 마구간지기 젠스케입니다. 벌써 잊으셨는지요?"

"잊은 것은 아니네만 자네가 무슨 일로 여기 온 것인가? 자네는 오다가에서는 삼십 관의 녹을 받았지만 그 후, 다른 가문을 섬기며 녹을 삼백 관이나 받는 직책을 맡고 있다고 들었네만."

"마에다前田 님의 배려로 분수에 넘치는 녹을 받고 있습니다만 늘 주군의 은혜를 잊지 못하고 있다가 이번에 고슈 군의 공격으로 덴류 강과 다른 요새가 차례로 무너지고 옛 주가의 존망이 위태롭다는 말을 들었습니다. 그래서 마에다 님께 청하여 삼백 관의 녹을 반납하고 제 휘하의 부하 팔십을 이끌고 힘을 보태고자 밤낮으로 달려왔습니다. 부디 이전의 불충은 용서하시고 예전처럼 말단 마구간지기라도 좋으니 소신을 받아주시길 청합니다."

젠스케는 이에야스의 발밑에 이마를 대고 간절히 호소했다. 그의 얼굴에서 의와 충성을 본 사람들은 큰 감동을 받았지만 이에야스는 그다지 기뻐하는 모습을 보이지 않았다.

"부질없는 짓을 했구나."

이에야스는 오히려 기분이 상한 듯 말했다.

"자네의 도움을 받지 않더라도 도쿠가와 군이 싸움에서 지는 일은 없을 것이다. 애써 마에다 님이 내린 녹을 내던지고 오다니 바보 같은 짓을 했구나. 하나 이미 이곳까지 왔으니 어쩔 수 없는 노릇, 싸움이 끝날 때까지 아무 진영에나 들어가서 싸우도록 하라."

그렇게 말하는 동안에도 패군이 꼬리에 꼬리를 물고 성안으로 들어왔다. 무사 대기소와 성벽 아래뿐 아니라 대현관의 처마 아래에서도 부상자의 신음 소리가 들려왔다. 이에야스는 그들에게 눈길도 주지 않고 그들 사이를 지나 본성으로 들어가다 불현듯 직속 부장들을 돌아보며 진심으로 이야기했다.

"젠스케는 그가 마음껏 싸울 수 있는 진영에 배치해주도록 하라. 내 그리 말하기는 했지만 근래 보기 드문 사내다."

망루에 서서 내려다보자 눈은 잠시 멈춘 듯했지만 고슈의 대군은 어느새 밀물처럼 성 밖 가까이까지 들이닥치고 있었다. 그들의 선봉대의 소행인 듯 성문에서 마을에 걸쳐 불길이 활활 타오르고 있었다.

공성계 空城計

"히사노, 히사노!"

본성의 큰 방에서 이에야스가 큰 소리로 시녀를 불렀다. 그의 목소리는 전쟁터 한가운데 있는 듯 우렁찼다. 아직 평상시로 돌아오지 않았던 것이다.

"옛!"

시녀 히사노가 종종걸음으로 다가와 무릎을 꿇었다. 그녀의 옷자락에서 이는 바람에 등잔불이 흔들릴 때마다 이에야스의 한쪽 얼굴에서 불빛이 명멸했다. 뺨은 불그레하게 빛났고, 머리카락은 비참할 정도로 흐트러져 있었다.

"빗을 가져오너라."

이에야스는 그렇게 말하고 자리에 털썩 주저앉았다. 히사노가 머리를 빗겨주자 배가 고프다며 밥을 가져오라고 했다. 시종들이 밥상을 차려오자 이에야스가 젓가락을 집으며 다시 말했다.

"마루의 장지문을 모두 열어라."

어두운 실내를 환하게 밝힐 수 있을 만큼 많은 눈이 내리다 보니 촛불이 흔들리더라도 문을 열어놓는 편이 좋았다. 마루에서는 무사들이 여기저기 무리를 지어 휴식을 취하고 있었다. 이에야스가 밥을 먹으면서 한 무사에게 물었다.

"산고로, 부상을 당했는가?"

젊은 근신인 노나카 산고로野中三五郎가 입에 헝겊을 물고 팔꿈치의 상처를 묶으며 대답했다.

"아닙니다. 별것 아닙니다."

"이리 오너라."

이에야스는 손짓으로 산고로를 부르더니 그에게 잔을 건넸다. 술잔 바닥에 초승달 모양의 그림이 그려져 있었다. 산고로가 술잔을 비운 뒤 술잔 바닥을 바라보며 물었다.

"이 술잔을 제게 주실 수 없는지요?"

"그것으로 무엇을 하려고 그러는가?"

"제겐 영광이니 이 초승달을 가보로 삼고 싶습니다."

이에야스가 고개를 끄덕이며 젓가락을 놓았다. 아직 거리는 꽤 떨어져 있었지만 적군의 총성이 요란하게 들려왔고 정원에 쌓이는 눈도 우왕좌왕하는 성의 병사들로 인해 금세 진흙으로 변했다.

눈이 멎고 처마 너머로 보이는 밤하늘은 한없이 맑기만 했다. 불에 타고 있는 성 아래 마을 쪽에서 불꽃이 날렸다. 패군의 비장한 신음 소리가 없었다면 아름다운 하늘이었다.

"마쓰이 사곤은 있는가?"

"여기 있습니다."

"가까이 오라. 오늘 퇴각하는 도중에 잘했다. 내게 내일은 없을지도 모르니 지금 칭찬을 하는 것이다."

이에야스는 다른 사람들에게도 오늘 전쟁터에서 보인 분투에 대해 일

일이 격려와 칭찬의 말을 건넸다. 싸움의 한복판에서 이에야스는 언제 그런 것들을 보았는지 의아할 정도로 세세한 부분까지 알고 있었다.

특히 노나카 산고로에게 초승달 술잔을 준 데에는 이유가 있었다. 밤중에 이에야스가 도망쳐오는 도중에 여덟 명 정도의 적이 앞에서 길목을 막았는데, 산고로가 분전을 해서 활로를 열고 나가 야구로長弥九郎라는 적의 목을 쳤기 때문이다. 나가 야구로는 본래 도쿠가와 가를 섬기다 고슈 쪽으로 변절한 사내였던 터라 이에야스도 똑똑히 기억하고 있었다. 이에야스가 야구로를 향해 칼을 겨누며 고함을 칠 정도로 분노한 모습만 보더라도 그의 목은 다른 적보다 한층 가치가 있었다.

마쓰이 사곤은 고슈의 하라미이시 츄야孕石忠弥의 목을 베었다. 오늘 난전 중에 하라미이시 츄야가 이에야스가 타고 있는 말의 꼬리를 붙잡자, 이에야스는 앞발을 들고 발버둥치는 말 위에서 칼을 휘둘러 말의 꼬리를 잘랐다. 하라미이시 츄야는 뒤로 벌렁 자빠졌지만 다시 벌떡 일어나 창으로 이에야스를 찌르려고 했다. 그 순간 마쓰이 사곤이 달려들어 하라미이시 츄야를 죽인 것이었다. 그의 목도 서너 번째로 가치가 있었다. 이번 싸움에서 대패를 당했지만 결코 후회는 없었다. 병사들도 고전을 했지만 잘 버텨주었다.

이에야스는 만족했다. 부하들의 공을 칭찬한 것도 다른 의도가 있어서가 아니라 진심으로 만족했기 때문이다. 그는 밥을 다 먹자마자 본성을 나와 성안의 방비를 둘러보고 아마노 야스카게와 우에무라 마사카쓰植村正勝에게 적의 총공격에 대비하라고 명을 내렸다. 그리고 수비를 위해 성문에서 현관까지 도리이, 나이토, 미즈노, 사카이를 배치했다.

"고슈의 대군이 전력을 기울여 성을 공격하더라도 성안으로는 결코 단 한 명도 들어오지 못할 것입니다."

장수들은 이에야스를 안심시키고 격려하기 위해 입을 모아 결사 항전의 뜻을 피력했다. 이에야스는 그들의 말에 크게 고개를 끄덕였다. 그리고 장수들이 자신의 위치로 달려가려 하자 그들을 불러 주의를 주었다.

"성의 정문과 그 밖에 문들은 물론 현관까지 모두 닫아서는 안 된다. 모든 성문을 열어두도록 하라. 알겠는가!"

"예? 그게 무슨 말씀이십니까?"

장수들은 깜짝 놀랐다. 자신들의 의사와는 전혀 반대되는 명령이었던 것이다. 이미 성의 정문은 물론이고 모든 철문을 닫아걸고 있었다. 적의 대군은 총퇴각하는 아군을 쫓아 이미 성 근처까지 와 있었다. 곧 밀어닥칠 거대한 해일을 앞에 두고 왜 자진해서 성문을 열어두라고 명령하는 것인지, 사람들은 이에야스의 심중을 이해할 수 없었다.

"그럴 필요는 없을 듯합니다. 뒤에 아군들이 퇴각해오면 문을 열고 맞아들이면 될 것입니다. 그 때문이라면 성문을 열어두지 않으셔도……."

도리이 모토타다의 말에 이에야스가 웃으며 그의 생각이 잘못되었다는 것을 일깨워주었다.

"뒤늦게 퇴각해오는 아군을 위해서가 아니다. 분명 이곳으로 밀물처럼 기세등등 들이닥칠 적을 대비하기 위해서다. 단지 성문만 열어두지 말고 성의 정문 밖 대여섯 곳에 화톳불을 크게 피워놓고 성안에도 화톳불을 많이 피워놓아라. 단, 방진은 엄중하게 하고 일절 소리를 내지 말고 적의 움직임을 지켜보도록 하라."

지금과 같은 상황에서 참으로 대담한 작전이었다.

"예, 알겠습니다!"

장수들은 이에야스가 배짱 좋게 말하자 이의를 제기하지도 못하고 각자의 위치로 달려갔다.

이에야스의 말대로 성의 철문이 활짝 열리고 새빨간 화톳불이 해자 밖에서 현관까지 활활 타오르기 시작했다. 이에야스는 그것을 바라보면서 다시 본성 쪽으로 걸음을 옮겼다. 몇 명의 핵심 부장들은 진실을 알고 있었지만, 성의 병사들은 대부분 '신겐의 목'을 자신이 쳤다는 다카기 규스케의 말을 믿고 있었다. 그러다 보니 성으로 몰려오는 적들은 대장을 잃은 패잔병에 지나지 않는다고 여겼다.

"히사노, 피곤하구나. 한 잔 따라주거라."

이에야스는 대청으로 돌아와 차가운 술 한 잔을 마신 뒤 그대로 자리에 누웠다. 그리고 시녀가 이불을 덮어주자 코를 골며 잠이 들어버렸다. 그로부터 얼마 지나지 않아 고슈 군의 정예인 바바 미노노카미와 야마가타 마사카게의 부대가 해자 근처까지 새까맣게 들이닥쳤다. 하지만 미노노카미나 마사카게는 하마마쓰 성문을 정면에서 바라보고 급히 말을 멈추었다. 그러고는 당장이라도 성으로 쳐들어가려는 군사들을 제지했다.

"미노 님, 어찌 생각하시오?"

야아가타 마사카게가 미노의 곁으로 말을 가까이 대며 도저히 풀 수 없는 수수께끼를 앞에 둔 사람처럼 물었다.

"……?"

미노노카미도 꼼짝 않고 적의 성문을 바라보았다. 화톳불은 멀리 있는 그의 얼굴을 당장이라도 태울 듯 성문의 안팎에서 활활 타오르고 있었다. 더욱이 성의 철문은 팔 자로 활짝 열려져 있었다.

문은 없어도 있는 것과 같았고, 있어도 없는 것과 같았다. 성은 흡사 고슈 군에게 어떻게 할 것이냐고 질문을 던지고 적막에 휩싸인 듯했다. 몸의 귀를 기울이면 멀리서 화톳불 타오르는 소리가 들려올 것이다. 또 마음의 귀를 기울이면 본성 안에서 문은 없다는 듯 문을 활짝 열어놓고 잠이 든 패군의 우두머리 이에야스의 잠꼬대가 들려올지도 몰랐다.

"경거망동하지 마라. 생사는 한순간의 바람과 같고 하늘은 유구하니, 살고 죽는 것은 오직 하늘의 뜻이다."

하지만 그것은 마음의 귀가 없으면 들을 수 없는 소리였다. 이윽고 마사카게가 말했다.

"우리가 너무 빨리 추격해오니 당황한 나머지 적은 성문을 닫을 틈도 없이 겁을 집어먹고 있는 듯하오. 자, 공격합시다."

"잠깐, 기다리시오."

바바 노부후사가 제지했다. 바바 미노노카미 노부후사는 신겐의 휘하 중에서도 유수의 무장이자 병학에 능한 무장이었다. 하지만 지자智者는 지智로 인해 자신의 발목을 붙잡을 때가 있었다. 노부후사는 마사카게에게 불가함을 역설했다.

"지금과 같은 상황에서 패군은 당연히 성문을 굳게 닫아걸어야 하오. 그런데 이에야스는 곳곳에 화톳불을 피워놓고 성문을 열어두었소. 그것은 이에야스가 두려워하는 게 아니라 침착하다는 뜻이오. 그는 계략을 세우고 우리의 허를 찔러 공격할 기회를 기다리고 있을 것이오. 참으로 무서운 사람이오. 도쿠가와 이에야스는 젊지만 함부로 공격해 들어갔다가 패하여 고슈 군의 이름을 더럽히고 후일의 웃음거리가 되어서는 안 될 것이오."

마침내 두 사람은 성 앞까지 진군해놓고도 군대를 돌려 물러가고 말았다. 이에야스는 잠결에 근신의 말을 듣고 벌떡 일어나서 기뻐했다.

"나는 아직 죽지 않았다!"

그리고 즉시 도리이 모토타다와 와타나베 모리쓰나에게 군사를 내려 적을 추격하게 했다. 하지만 야마가타와 바바의 두 부대도 당황하지 않고 맞서 싸우면서 나구리名栗 부근에 불을 지르고 추격대를 따돌렸다.

한편 아마노 야스카게와 오쿠보 타다요의 기습 부대가 샛길로 잠행해서 신겐의 본진이 있는 사이가다니 부근의 적에게 철포를 퍼붓고 성으로 돌아왔다. 몇십 명의 고슈 군이 눈에 미끄러져 사이가타니로 떨어져 차가운 강물에 빠져 죽었다고 했다. 비록 대패를 당했지만 도쿠가와 군은 마지막에 자신들의 기개를 보여주었던 것이다. 그로 인해 신겐은 또다시 상락을 포기하고 허무하게 고 산 너머로 퇴각할 수밖에 없었다.

하지만 이에야스 군이 큰 희생을 치른 것은 명백한 사실이었다. 고슈 군의 희생자가 사백아홉 명인 데 비해 도쿠가와 쪽 사상자는 천백팔십 명에 이르렀다. 의외였던 것은 전의도 없이 교묘하게 이리저리 피해 다니던 오다 쪽 원군에서 사상자가 많았다는 사실이다. 삼천 명 중 십분의 일에 가까운 이백 명이나 되었다. 이른바 전쟁에서의 위험은 누구에게나 평등한 것이어서 용감한 사람이 더 위험하다고 할 수 없었던 것이다.

노파의 교훈

소한小閑을 즐긴다는 것은 그럴 여유가 있는 사람에게나 해당되는 말이었다. 전국 시대에 태어나 올해 서른둘, 게다가 역경을 헤쳐온 약속국의 이에야스는 소한을 즐길 틈이 없었다.

"그럼에도 그래서는 아니 됩니다."

노신이 간했다.

"화살을 당긴 채로 놓아두면 줄은 느슨해지기 마련입니다. 큰 산에 오르기 위해서는 여유를 가지라는 말처럼 때론 마음의 여유도 필요합니다. 때론 다망함에서 벗어나 심신을 휴양하지 않으면 안 됩니다. 그리하면 가신들도 한숨 돌리고 영민들도 그 모습을 보며 평안함을 느끼고 온 나라가 안정을 찾을 수 있을 것입니다."

이에야스는 고개를 끄덕이며 말했다.

"옳은 말이오. 그럼 매사냥이라도 하는 것이 좋겠구려."

"좋은 생각이십니다."

고슈의 신겐은 물러갔지만 미카타가하라 이래 여전히 다사다난한 한 해를 보내고 덴쇼天正 원년(1573년)을 맞은 초봄 무렵이었다. 사냥을 하기에는 이른 때였다. 하지만 매사냥이 목적이 아니었다. 이에야스는 아홉 명의 신하와 함께 산과 들을 돌아다니다 돌아왔는데, 이와이베 촌락에 이르자 날이 저물었다. 집집마다 화톳불을 피우고 영주가 지나는 길을 환하게 밝히고 모두 나와 처마 아래에서 무릎을 꿇고 있었다.

"잠깐 멈춰라."

이에야스가 갑자기 선두에 있는 가신을 향해 말했다. 그러고는 길 한쪽에 있는 오래된 집을 바라보았다. 그 집 앞에는 밤인데도 백발이 눈에 띌 정도로 나이 든 노파가 얼굴을 들고 있었다. 마을 사람들은 노파가 무슨 책잡힐 잘못이라도 했나 싶어 눈을 크게 뜨고 바라보았다.

"무슨 일이신지요?"

가신들도 의아하게 생각했다. 이에야스가 말에서 내려 노파에게 다가갔다.

"할멈, 방금 나를 보고 오열하지 않았소? 갑자기 울음소리가 내 귀에 들렸소. 어찌 울었는지 그 연유를 말해보시오."

이에야스가 허리를 구부리고 바짝 엎드린 노파에게 부드러운 목소리로 물었다.

"……."

노파는 고개를 숙인 채 아무 말도 하지 않았다.

"주군께서 물으시지 않는가. 괜찮으니 어서 대답하라."

가신 중 한 명이 주의를 주자 이에야스는 가신들을 멀찌감치 물렸다. 그러고는 노파에게 다시 물었다.

"무서워할 것 없네. 그저 자네의 오열하는 소리가 문득 내 가슴을 후벼파는 듯해서 물어보는 것이네. 어찌 나를 보고 울었는가?"

노파는 그제야 얼굴을 들고 대답했다.

"저 같은 촌구석에 사는 늙은이는 온전히 예를 갖춰 말하는 게 서툽니다. 그저 정직하게 말씀을 드리겠사오니 노여워하지 마시길 바랍니다. 나리의 모습을 보니 갑자기 너무 한스러워서 그만 울음이 터진 것입니다."

"내가 한스럽다는 것인가? 자네는 누구의 아내인가?"

"가토 마사쓰구加藤政次라고 하는 향사의 후처입니다."

"그럼 하마마쓰의 신하로 얼마 전 미카타가하라에서 전사한 가토 구로지와 겐시로 형제의 모친이란 말인가?"

"나리께서는 그와 같은 미천한 젊은이들을 잊지 않고 계셨습니까?"

"나를 본 순간, 전쟁터에서 두 명의 자식을 잃은 슬픔이 복받쳐 오른 것이로군."

"그렇사옵니다. 둘 다 남달리 효심이 깊은 아들이었던 터라……."

노파는 다시 오열했다. 이에야스는 심장을 도려내는 듯한 심정이었지만 그 노파 외에도 똑같은 슬픔을 겪고 있는 사람이 많다는 것을 깨닫고 자신의 솔직한 심경을 들려주어야겠다고 생각했다.

"할멈, 자네에게 다른 아들은 없는가?"

"얼마 전 전쟁에서 죽은 둘 말고는 자식이나 손자도 없습니다."

"친척은?"

"몇 명 있습니다."

"그럼 친척의 아들을 기르며 장자로 삼도록 하게. 언젠가 내가 그 아이를 거두도록 하겠네."

"황송합니다……."

노파는 머리를 숙였지만 그다지 기뻐하지 않았다. 이에야스는 자신을 올려다보는 노파의 눈을 보며 여전히 무슨 말인가를 하고 싶어 한다는 생각이 들었다.

"자네의 아들인 구로지와 겐시로는 미카타가하라에서 이치방 야리와 니방 야리를 자처해서 장렬하게 산화한 무인으로 그 이름은 후대에 전해질 것이네. 이미 은전이 내려졌겠지만 더 바라는 것은 없는가?"

이에야스가 묻자 노파는 황망히 고개를 저으며 얼핏 원망스러운 기색으로 이에야스를 올려다보았다.

"황송한 말씀이오나 두 아들을 전쟁에서 잃은 어미에게 은전이 무슨 소용이 있겠습니까. 저는, 저는 그저……."

또다시 오열하는 노파의 모습을 보며 이에야스는 노파가 자신에게 하고 싶은 말이 있다는 것을 깨달았다. 이에야스가 부드러운 목소리로 다시 묻자 노파가 말했다.

"두 명 모두 무사의 자식이고 저 또한 무사의 아들을 둔 어미인데 어찌 전쟁에서 죽은 것을 한탄하겠습니다. 하지만 나리께서 도쿠가와 가의 영화에만 뜻을 두고 이리 한가로이 지내시는 것을 보니 제 자식들이 대체 무엇을 위해 죽었고 그것이 무슨 명예인가 하는 마음이 드는 것은 금할 수 없습니다."

노파는 더 이상 울지 않았다. 앞날이 얼마 남지 않은 목숨을 내놓고 말하는 것처럼 보였다.

"저를 비롯한 이곳 마을 사람들은 이세伊勢의 아마데라스오가미天照大神[5] 님의 뜻에 따라 전국 각지로 옮겨온 선조들의 후예들로 대대로 이곳에 정착해서 농사를 지어온 조정의 백성들입니다. 겐페이原平와 겐무建武 이후, 또 오닌의 난 등 긴 세월을 거치는 동안 이곳을 다스리는 영주님은 바뀌셨지만 저희가 농사를 짓고 있는 이 땅은 변하지 않았습니다. 그런 땅을 경작하고 안온하게 생활하는 것도 영주님들의 보호가 있어서 가능한 일이라는 것을 잘 알고 있습니다. 하지만 영주님들이 모두 선량했던 것은 아니었습니다. 조정의 백성을 함부로 죽이는 영주님도 없지 않으셨습니다."

---

5) 일본의 시조신. 그 아마데라스오가미天照大神를 제사 지내는 신사가 이세 신사다.

"할멈, 그럼 자네는 내가 그런 영주라고 생각하고 있는 것인가?"

"제 자식들은 나리께선 그런 무장이 아니라며 공경했고 그래서 무사 봉공을 하며 싸움에 참가한 것입니다. 하지만 사실 그대로 말씀드리자면 전쟁 때문에 해마다 공납의 징수는 많아지고 젊은이들은 징발당합니다. 게다가 보릿가을이나 수확 때가 되면 타국의 병사들에게 논밭을 훼손당해 마을 사람들이 말로는 다할 수 없을 만큼 곤궁한 상태입니다. 겨울이 되면 굶어 죽는 사람, 약도 쓰지 못해 죽는 사람, 아이를 가져도 낳지를 못하는 사람이 넘쳐납니다. 이것이 이세의 오가미大神 님을 섬기던 후예들인가 하고 평소 한탄하고 있었는데, 마침 오늘 영주님이 지나가는 모습을 뵙자 갑자기 가슴이 먹먹해졌습니다. 제 자식들의 두 목숨으로 저희에게 내리는 은전 대신 이 마을을 인자하게 보살펴주시길 바라는 마음에 저도 모르게 눈물을 흘린 것입니다."

가신들은 걱정이 됐는지 이에야스를 재촉했다.

"밤이 늦었으니 노파에게 더 묻고 싶으신 게 있으면 후일 성으로 부르시는 게 어떻겠습니까?"

이에야스는 마치 꿈에서 깬 듯 중얼거렸다.

"으음, 성에 있는 사람들이 걱정하고 있겠군."

이에야스는 노파에게 가까운 시일 안에 다시 부를 것을 약속하고 묵묵히 자리를 떴다. 그는 말을 타고 앞뒤로 기마 무사의 보호를 받으며 하마마쓰 쪽을 향해 어두운 밤길을 달려갔다.

"시골이라고 해도 무지한 자들만 있는 것이 아니다. 분별력을 지닌 무서운 백성들도 있다. 세상은 이렇듯 어지러워도 역시 황국皇國이라는 사실에는 변함이 없고 그 땅에서 살아가는 민초들 역시 다른 나라의 민초들과 다르다."

젊고 치열한 무사 정신을 가진 이에야스였지만 그날만큼은 노파에게 머리를 들 수 없었다. 그러한 자책감이 든 것은 이에야스의 마음속에 노파와 같은 민초들의 마음이 있기 때문이었다.

"앗, 후일로 미뤄서는 안 되는 것이었다!"

이에야스는 한참을 걸어오던 도중 무슨 생각이 들었는지 갑자기 말 위에서 뒤돌아보며 가신에게 명을 내렸다.

"달려가서 방금 그 노파를 즉시 성으로 데려오너라. 자해를 하지 않도록 눈을 떼지 말고 정중하게 잘 달래서 데려와야 할 것이다."

"옛!"

기마 무사 두 사람이 말을 돌려 달려갔다. 그런데 이에야스가 하마마쓰 성문에 이르렀을 무렵, 두 사람이 돌아와서 고했다.

"주군의 생각이 맞았습니다. 급히 노파의 집으로 달려갔더니 불단을 모신 방문을 닫아걸고 자해를 했습니다."

"늦은 것이더냐?"

이에야스는 큰 충격을 받았지만 가신들에게는 아무 말도 하지 않았다. 나중에 한 노신이 이 일에 대해 물었다.

"그때, 어찌 가토 형제의 노모가 자해할 것이라고 생각하셨는지요?"

그러자 이에야스가 대답했다.

"영주인 내게 그렇게까지 말할 수 있는 자는 아마도 누대의 가신 중에서도 없을 것이다. 바로 그 자리에서 죽음을 결심했기 때문에 자신의 생각을 그대로 내게 밝힌 것이다. 그로 인해 나는 난세의 무문으로서 앞으로 나아가야 할 대의를 깨닫게 되었다. 아무쪼록 노파의 장례를 정중하게 치러주도록 하라."

그리고 그는 가신들을 모아놓고 말했다.

"근래, 이세 국경은 진정되었고 오다 가와 동맹을 맺었으며 이마가와 우지자네도 우리에게 굴복하여 다소 영토도 넓어졌다. 그로 인해 가신들의 생계도 곤궁에서 벗어나 사치스런 기풍이 엿보이는 듯하다. 돌아보니 나도 부지불식간에 그러했다. 나는 여섯 살 무렵부터 타국의 볼모가 되어 옷 한 벌과 한 끼의 밥을 얻기 위해 고충을 겪어왔지만 그보다 더한 빈곤과 역경을 겪어온 누대의 가신들조차 지금과 같이 변한 것을 생각하면 무섭다는 생각이 든다. 아직 이 정도 작은 성과에 만족하기는 너무 이르다. 나부터 그런 생각을 고칠 것이니 그대들도 어려웠던 시절의 마음을 갖기 바란다."

이에야스는 다음으로 군사와 경제를 담당하는 부교와 노신을 불러 명을 내렸다.

"농민들의 세금을 경감하고 군비는 한층 증강할 수 있도록 번의 정무를 일신할 방법을 찾도록 하라."

주군인 이에야스가 솔선해서 실천하자 번은 일치단결해서 각각 새로운 시정을 실천에 옮겼다. 피폐했던 농민들의 생활이 개선되었고 가신들은 이전보다 더 검소하고 강직해졌으며 국방도 한층 강화되었다. 작은 나라였던 도쿠가와 일국은 영민과 영주, 또 사람과 물자가 대동단결된 강건한 나라로 변모되었다.

별이 지다

지금은 기후라고 이름을 바꾼 예전 이나바 산의 높은 산성 위에서 마을 지붕 위로 하얀 눈이 펄펄 내렸다.

"본성의 매화나무 숲에 있는 매화들도 지고 있겠군."

사람들은 그런 생각을 할 정도로 여유로웠다. 그리고 생활이 안정되다 보니 해가 갈수록 성주를 신뢰했으며, 다른 나라에 사는 것보다 이곳에서 사는 게 행복하다는 사실을 깨달았다.

법령은 엄격했지만 국주는 허언을 하지 않았다. 영민에게 약속한 일은 반드시 실행했고 실리를 가져다주었다.

"전쟁은 반드시 이길 것이니 안심하라."

국주가 그렇게 말하면 전쟁에서 반드시 승리했다. 그리고 국주는 그 기쁨을 영민들과 함께 나눴다. 삼 일 밤낮으로 술을 마시고 춤을 추고 노래하고 즐길 수 있도록 장려했다.

"인간 오십 년, 하천에 비하면 몽환과 같구나."

노부나가가 술에 취하면 부르는 노래를 영민들도 알고 있었다. 하지만 무로마치 무렵 세상을 무상하다고만 생각하며 이 노래를 부른 은둔승의 마음과 지금 이 노래를 부르는 노부나가의 마음에는 커다란 괴리감이 있었다.

"사람은 언젠가 죽는다."

노부나가는 이 부분을 가장 좋아해서 이 부분에 이르면 소리 높여 불렀다. 아마도 거기에는 그의 생명관이 함축되어 있는 듯했다. 목숨에 대해 깊이 생각하지 않는 사람은 온전한 삶을 살 수 없다. 그는 언젠간 죽는다는 사실을 깨닫고 있었다. 마흔 살, 남은 날이 길지 않았다. 그 짧은 시간에 비해 그의 포부는 너무나 크기만 했다. 무한과도 같은 이상이 있었다. 그 이상을 향해 장애를 극복해가는 날들이 더없이 유쾌했다. 그럼에도 사람에게는 천수라는 것이 있었다. 노부나가는 그것이 안타까울 따름이었다.

"오란於蘭, 북을 치거라."

오늘도 그는 춤을 추려는 듯했다. 이세의 사자를 환대하고 사자가 돌아간 뒤에도 아직 흥이 가시지 않아 낮인데도 혼자서 술잔을 기울이고 있었다. 옆방에서 북을 가져온 오란이 노부나가 앞으로 다가가 말했다.

"방금 요코야마의 기노시타 도키치로 님이 성에 도착하셨습니다."

한때 아사이와 아사쿠라는 미카타가하라 싸움의 결과를 보고 크게 고무된 듯 도발을 하다 신겐이 물러간 뒤 자신들의 영토에 틀어박혀 오직 지키기에 급급했다. 당분간 지금과 같은 상황이 지속될 거라고 생각한 도키치로는 은밀히 요코야마 성을 나와 기나이畿內부터 교토를 유람하듯 돌아보았다.

다른 성의 장수들도 전란 중에 성에만 틀어박혀 있지 않았다. 실제로는 성에 있으면서 성을 비운 것처럼 위장하거나, 성에 있는 것처럼 보이고 성을 비우는 등 허허실실 전법을 그대로 응용하고 있었다. 물론 도키치로도 변장을 한 채 잠행 중이었고, 잠행 중에 갑자기 기후 성을 찾게 된 것이었다.

노부나가는 도키치로가 있는 방으로 들어가 상좌에 앉으며 아주 기분이 좋은 듯 말했다.

"도키치로인가!"

도키치로는 일반 사람들처럼 소박한 행색으로 엎드렸다가 얼굴을 들어 웃으며 말했다.

"놀라셨는지요?"

노부나가가 의아한 얼굴로 물었다.

"무엇이 말인가?"

"이리 갑자기 찾아봬서 말입니다."

"그럴 리 있는가. 자네가 반달 전부터 요코야마에 없다는 것쯤은 알고 있었네."

"그래도 제가 오늘 이렇듯 찾아뵐 거라고 생각하지 못하셨을 것입니다."

"하하하, 자네는 내가 장님인 줄 알고 있나 보군. 교토에서는 교토 여인과 실컷 놀고 오우미지에 가서는 나가하마長浜의 호족 집에서 몰래 오유를 불러 은밀히 만나고 오지 않았나?"

"예에?"

"뭐가 예에인가? 어떤가, 자네야말로 놀라지 않았나?"

"이거 정말 놀랐습니다. 주군께서는 모든 것을 알고 계십니까?"

"이 산은 높으니 열 주州를 내려다볼 수 있네. 하나 나보다 자네의 행동을 더 잘 알고 있는 자가 있네. 누군지 알겠는가?"

"첩자가 저를 미행하고 있습니까?"

"자네 부인일세."

"농담하시는 걸 보니 오늘은 조금 취하신 듯합니다."

"취한 건 맞네만 사실이네. 자네 부인이 살고 있는 스노마타가 멀다고 생각하는 건 크게 잘못된 생각이네."

"아무래도 제가 때를 잘못 택한 듯합니다. 부디 용서해주십시오."

"하하하, 나는 노는 것은 뭐라고 하지 않는 사람이네. 은밀하게 벚꽃 구경을 하는 것도 좋은 것일세. ……하지만 나가하마에서 오유를 만나면서도 어찌 네네를 부르지 않았는가?"

"예, 그게……."

"두 사람이 만난 지도 꽤 되지 않았나?"

"제 아내가 주군께 쓸데없는 푸념이라도 한 것은 아닌지요?"

"걱정하지 말게. 그런 일은 없었네. 그저 나는 자네뿐 아니라 가신들에게도 하는 말이네. 전쟁에 나가면 오랫동안 집을 비우는 때가 많으니 무사한 모습을 가장 먼저 아내에게 보여주어야 한다고 생각하네……."

"옳은 말씀입니다만."

"자네의 생각은 다르단 말인가?"

"그렇습니다. 근래 몇 달 동안은 아무 일도 없습니다만 제 마음은 전쟁터에서 벗어나지 않았습니다."

"또 말장난을 하자는 겐가?"

"아닙니다. 그만 항복하겠습니다."

두 사람은 한바탕 웃었다. 그리고 술상 앞에 앉은 뒤에는 시종인 오란까지 물리더니 진지한 얼굴로 목소리를 낮춰 이야기를 했다.

"근래 교토의 정세는 어떠한가? 무라이村井에서 사자가 계속 소식을 전해오지만 자네의 생각을 듣고 싶네."

노부나가가 기대에 찬 표정으로 말했다. 도키치로가 하려던 말도 다르지 않아 보였다.

"다소 거리가 먼 듯합니다. 주군께서 가까이 오시든지 제가 가든지 좀 더 가까이에서."

"내가 가겠네."

노부나가가 술병과 잔을 들고 상좌에서 내려와 말했다.

"옆방의 장지문도 닫도록 하게."

도키치로가 일어서서 문을 닫으려고 하는데 문득 란마루의 얼굴이 보였다.

"날이 벌써 저물어 불을 가져와 여기에 놓았습니다."

란마루는 그렇게 말하고 바로 물러났다. 도키치로는 촛불을 들이고 문을 닫은 뒤 노부나가 바로 앞에 자리를 잡고 앉았다.

"정세는 여전합니다. 단지 지금은 신겐의 상락이 틀어져버렸기 때문에 무로마치 장군의 얼굴에 실망한 기색이 역력합니다. 하지만 귀족들은 노골적으로 오다 가를 경원하는 기색을 드러내고 책략을 꾀하고 있습니다."

"그럴 테지. 어렵사리 신겐이 미카타가하라까지 진군했는데 퇴각했다는 말을 들었으니. 요시아키의 얼굴이 눈에 보이는 듯하군."

"그럼에도 상당한 정치가임은 분명합니다. 교토의 백성들에게 가뭄에 콩 나듯 은전을 베풀거나 뒤로 주군의 선정을 두려워하게 만들면서 주군을 비방할 좋은 재료로 에이 산의 일을 활용해 각지의 승단을 부추기는 듯합니다."

"흐음, 골칫거리군."

"하나 너무 염려하실 필요는 없습니다. 천하의 승단도 에이 산의 모습을 보고 간담이 서늘해진 듯합니다. 그 일만큼은 성공한 것이나 다름없습니다."

"교토에 머무는 동안, 후지다카는 만나지 않았는가?"

"호소카와 님은 결국 장군가의 미움을 받아 어느 시골에서 칩거하고 계시다고 합니다."

"요시아키 장군이 내친 것인가?"

"어떻게든 오다 가와 중재를 하여 두 가문이 원만한 관계를 유지할 수 있도록, 또 무로마치 장군가의 명맥을 유지하기 위해서라도 그것이 가장 좋은 일이라고 믿고 계셨던 분이라 요시아키 장군에게 몇 차례 간언을 올린 것 같습니다."

"요시아키의 귀에는 누구의 말도 들어오지 않는 듯하군."

"아직도 무로마치 장군가와 같은 구시대의 유물을 너무 과대평가하고 계신 것은 아닌지요? 시대의 갈림목에서 과거와 미래라는 두 개의 커다란 파도에 허우적대다 사라지는 것은 지난날의 위세와 유물에 미련을 버리지 못하고 세상의 변화를 잘못 판단하는 자들입니다. 그 거대한 파도 위에서 가만히 바라보면 깨달을 수 있는 일조차 장군직이나 일국, 작은 성 등을 가지고 있으면 그 무게에 눌려 시대의 파도에 올라탈 수 없습니다. 어찌 보면 안타까운 일이기도 합니다."

"현재의 움직임은 그 정도인가?"

"아닙니다. 아주 큰일이 있습니다. 말씀드리는 게 늦었습니다만……."

"큰일이라고?"

"그렇습니다. 이것은 아직 세상에 알려지지 않은 일입니다만 와타나베 덴조가 누구보다 빨리 알려 준 것이니 믿어도 될 듯합니다."

"무슨 일인가?"

"애석하게도 고슈의 거성이 마침내 떨어진 듯합니다."

"뭐? 신겐 말인가?"

"이번 2월, 오사카베에서 산슈三州(미카와의 다른 이름)를 공략하기 위해 출전하여 노다野田 성을 포위하던 중 밤에 철포를 맞았다고 합니다."

"……?"

노부나가는 한동안 도키치로의 입술을 가만히 응시했다.

신겐의 죽음. 만일 그것이 사실이라면 그 즉시 천하의 형세가 바뀔 일이었다. 그 정도로 신겐의 존재는 너무나 컸다. 특히 노부나가에게는 직접적인 영향을 미치는 일이었다. 노부나가는 큰 충격을 받았다. 갑자기 뒤에 있는 호랑이가 홀연 사라진 듯한 심경이었다. 믿고 싶었지만 도저히 믿기지 않았다. 그는 신겐이 죽었다는 말을 듣는 도중 안도감이 드는 것마저 자중했다. 노부나가는 형언할 수 없는 기쁨을 느꼈지만 탄식하며 말했다.

"그렇군! ……그것이 사실이라면 고금을 통틀어 보기 드문 아까운 장수가 세상을 떠난 것이다. 앞으로의 시대를 우리 손에 맡기고."

도키치로는 노부나가와 같은 복잡한 심경은 아닌 듯했다.

"그 총상이 어디에 났는지, 즉사했는지, 부상이 어느 정도인지는 아직 자세히 모릅니다. 하지만 급히 노다 성의 포위를 풀고 고슈로 퇴각한 다케다 군의 사기는 꺾일 대로 꺾였다고 합니다."

"그럴 것이네. 고 산의 군사들이 아무리 용맹하다고 해도 신겐을 잃고서는."

"여행 도중에 와타나베 덴조에게 은밀히 소식을 듣고 덴조를 다시 고슈로 보냈으니 좀 더 자세한 사실을 알아내서 돌아올 것입니다."

"다른 나라는 아직 모르고 있나?"

"아무런 징후도 보이지 않습니다. 아마 고후 일문으로서는 혹여 신겐이 죽었더라도 한동안은 비밀에 부치고 신겐이 건재한 듯 행동할 것입니다. 그러니 만일 고슈에서 뭔가 적극적으로 움직이는 징후가 있으면 십중팔구 신겐의 죽음은 사실이든가 중태라고 봐도 무방할 것입니다."

"음, 흐음……."

노부나가는 전적으로 동의한다는 듯 두 번이나 고개를 끄덕였다. 그리고 갑자기 차가운 술잔을 손에 들더니 '인생 오십 년, 하천에 비하면'이라는 노래를 읊조렸다. 하지만 춤을 추고 싶은 기분은 들지 않았다. 그는 자신의 죽음보다는 다른 사람의 죽음을 볼 때 마음이 크게 움직였고 복잡한 심경이 들었다.

"자네가 보낸 덴조는 언제 돌아오는가?"

"삼 일 안에는 돌아올 것입니다."

"요코야마 성으로 말인가?"

"아닙니다. 이곳으로 오라고 일러두었습니다."

"그럼 그때까지 자네도 이곳에 머물도록 하게."

"저도 그럴 생각입니다만 객사는 성 밖에 잡았으면 합니다."

"왜인가?"

"별다른 이유는 없습니다만."

"그렇다면 성안에 머무는 것이 어떠한가? 오랜만이고 하니."

"그렇게까지 오랜만이라고는 생각하지 않습니다."

"내 옆에 있는 것이 궁색한가?"

"아닙니다. 실은."

"실은, 뭔가?"

"실은 성 밖 객사에 동행이 기다리고 있는데 오늘 밤 돌아가겠다고 약속하고 온 터라."

"동행이 여자인가?"

노부나가가 어이없다는 듯 물었다. 신겐이 죽었다는 말을 들은 노부나가의 마음과 도키치로의 마음은 그 정도로 괴리가 있었다.

"피곤할 테니 오늘 밤은 객사로 돌아가도록 하게. 하지만 내일은 동행을 데리고 등성하도록 하게."

노부나가가 물러나는 도키치로에게 말했다. 도키치로는 돌아가는 도중에 꾸중을 들은 듯한 기분이 들었지만 한편으로는 노부나가를 순진한 주군이라고 생각했다. 그래서 다음 날, 오유를 데리고 등성하는데도 그다지 신경을 쓰지 않았다. 노부나가는 어제와 다른 서원에서 술기운 없이 도키치로와 오유를 맞이했다.

"다케나카 한베의 동생이라고 들었는데, 맞는가?"

노부나가가 친근하게 물었다. 오유는 노부나가를 처음 보기도 하고 도키치로도 함께 있다 보니 몸 둘 바를 모르겠다는 듯 고개를 숙인 채 작은 목소리로 대답했다.

"예, 처음 뵈겠습니다. 제 오라버니는 뵌 적이 있는 줄 압니다. 저는 오유라고 합니다."

노부나가는 오유를 유심히 바라보더니 감탄해 마지않았다. 그리고 도키치로에게 한 소리 하고 싶었지만 미안한 마음이 들어 진지하게 물었다.

"그 뒤로 한베는 건강한가?"

"오라버니가 진중에 있다 보니 오랫동안 만나지 못하고 가끔 편지만 주고받고 있습니다."

"지금 그대는 어디에 머물고 있는가?"

"연고가 있는 분이 후와의 쵸테이켄 성에 계셔서 그곳에 몸을 의탁하고 있습니다."

"그렇군. 그곳에는 아직 히구치 사부로베樋口三郎兵衛가 있겠군."

노부나가는 그렇게 말하고 도키치로의 얼굴을 바라보았다. 그리고 도키치로의 재주를 칭찬하는 듯한 미소를 지어 보였다.

"그런데 아직 와타나베 덴조는 돌아오지 않았는지요?"

도키치로는 부끄러운 듯 일부러 엉뚱한 질문을 했다.

"거 생뚱맞게 무슨 소린가? 어젯밤 자네의 입으로 덴조는 삼 일 정도 걸린다고 말하지 않았는가."

"깜빡했습니다."

도키치로의 얼굴이 새빨개졌다. 노부나가는 그것으로 만족한 듯했다.

도키치로가 부끄러워서 어쩔 줄 몰라 하는 모습을 보고 싶었던 것이다.

"오유, 천천히 푹 쉬다 가게."

노부나가는 여자에게는 다정했다. 도키치로는 기쁘기도 했지만 마음을 졸이며 하루를 보냈다.

밤이 되자 노부나가가 술자리에 오유를 불렀다. 그곳에는 노부나가의 가족들과 가신들도 함께 있었다.

"도키치로는 가끔 보았지만 그대는 내 춤을 본 적이 없을 것이네."

노부나가가 오유에게 그렇게 말하며 자고 가라고 권했지만 오유는 그만 물러가기를 청했다. 노부나가는 강요하지 않았다. 다만 도키치로에게 무뚝뚝하게 말했다.

"도키치로도 그만 돌아가라."

도키치로와 오유는 사람들의 놀림을 받으며 성에서 나왔다. 하지만 도키치로는 얼마 지나지 않아 혼자 황망히 술자리가 벌어진 옆방으로 돌아왔다.

"주군은 어디에 계신가?"

"방금 침소로 드셨습니다."

도키치로는 여느 때와 달리 분주히 노부나가의 침소로 갔다. 그리고 오늘 밤 중으로 꼭 이야기할 것이 있다며 만나기를 청했다.

십칠 조의 상소

노부나가는 침소에 들었지만 아직 이불을 덮고 눕지는 않았다. 도키치로는 사람들을 물리기를 청했다. 그리고 숙직이 멀리 물러간 뒤에도 여전히 주의를 기울이며 주위를 살폈다.

"도키치로, 무슨 일인가?"

"예, 옆방에 아직 한 명이 있는 듯해서 말입니다."

"란마루이니 걱정하지 않아도 되네. 아직 소년이니 신경 쓰지 않아도 되네."

"송구합니다만 신경이 쓰입니다."

"물리는 것이 좋겠나?"

"예."

"란마루, 너도 물러가 있어라."

노부나가가 옆방을 향해 말하자 란마루는 아무 말 없이 인사를 하고 일어서서 물러갔다.

"이젠 됐는가? 그래 무슨 일인가?"

"실은 조금 전, 돌아가다가 산기슭에서 뜻밖에 덴조를 만났습니다."

"와타나베 덴조가 돌아왔단 말인가?"

"밤에 산을 넘어 돌아왔다고 합니다. 그리고 신겐의 죽음은 기정사실이었습니다."

"역시 ……그랬군."

"자세한 것은 아직 듣지 않았지만 고후는 겉으로 아무 일도 없는 듯 보이지만 실의에 잠긴 기색이 역력하다고 합니다. 이젠 명백한 사실로 받아들여도 무방할 줄 압니다."

"아직 외부에는 비밀에 부치고 있는 것이로군."

"그럴 것입니다."

"하면 다른 나라는 아직 모르고 있겠군."

"현재로서는……."

"덴조에겐 입조심을 하라고 단단히 일러두었는가?"

"염려하지 마십시오."

"하나 간자들 중에는 속내를 알 수 없는 자들도 있네. 확실한가?"

"그는 하치스카 히코에몬의 조카이고, 의義로서 저를 섬기고 있으니 그 점에 대해서는."

"만의 하나라도 그런 일이 있어서는 안 될 것이니, 상을 내리고 일이 끝날 때까지 성안에 잡아두는 것이 좋을 것이네."

"안 됩니다."

"어째서?"

"사람을 그리 다루면 다음 대사에 있어 이번과 같이 죽을 결심을 하고 일할 마음이 들지 않을 것입니다. 또 사람을 믿지 않고 공에 따라 상을 내리는 방법을 취하면 후일 적이 막대한 돈을 제안하면 마음이 움직일 수도 있습니다."

"그럼 어디에 머물게 했는가?"

"다행히 오유가 돌아가려던 참이라 오유의 가마 호위를 명해 쇼테이켄 성으로 보냈습니다."

"밤을 틈타 고슈에서 돌아왔다면 목숨을 건 것이나 마찬가지인데, 자네는 그런 자에게 자신의 여자를 배웅하라고 명한 것인가? 그런데도 덴조는 자네를 원망하지 않았는가?"

"기뻐하며 데리고 갔습니다. 못난 주인이지만 저에 대해 잘 알고 있는 터라."

"사람을 다루는 방법은 자네와 내가 조금 다른 듯하군."

"그리고 비록 여자이지만 오유에게 만일 덴조가 다름 사람에게 기밀을 누설할 기색을 보이면 즉시 죽이라고 일러두었으니 안심하십시오."

"자랑은 그만두게."

"송구합니다. 저도 모르게 그만."

"하여튼 고 산의 맹호가 쓰러진 이상 지체할 시간이 없네. 세상에 신겐의 죽음이 알려지기 전에 일을 도모해야 할 것이네. 도키치로, 자네는 지금 당장 요코야마로 서둘러 돌아가게."

"저도 그럴 생각이었습니다만 오유가 쇼테이켄으로 돌아간 터라."

"쓸데없는 말은 하지 마라. 나도 잠을 잘 시간이 없다. 날이 새는 대로 바로 출전할 것이다."

노부나가의 생각은 도키치로의 생각과 일치했다. 평소에 엿보고 있던 기회, 오래전부터 품어온 숙원을 이룰 때가 바로 지금이라고 직감했다. 그 숙원이란 말할 것도 없이 애물단지와도 같은 장군가를 처리하는 일이었다. 무로마치 막부라는 복잡다단하고 기괴한 존재가 일으키던 수많은 말썽을 일거에 해결하고 중앙을 하나로 통합하는 일이었다. 그리고 갑자기 그 숙원을 실현시킬 때가 찾아온 것이었다.

다음 날 3월 22일, 노부나가는 대군을 이끌고 기후 성을 출발해 호숫가에 이르러 군사를 두 편으로 나눴다. 오른쪽에는 노부나가를 중심으로 한 군사가 중간에 합류한 니와 나가히데의 군사와 큰 병선을 타고 호수의 서쪽을 향해갔다. 또 시바타와 아케치, 하치야蜂屋 등의 왼쪽에 있던 군사들은 육로로 호수의 남쪽을 향해 진군했다. 이들은 여전히 준동하고 있는 승단 내의 반노부나가 세력을 축출하고 도중에 있는 검문소와 방루 등을 격파하기 위한 군사였다.

"노부나가가 왔다."

교토 도성 안은 난리가 났다. 특히 니죠고쇼二條御所라고 칭하는 요시아키의 관사에 있는 사람들은 아연실색해서 싸울 것인지, 화친을 청할 것인지 급히 회의를 열었다.

요시아키는 큰 숙제를 안고 있었다. 그는 올해 덴쇼 원년 정월에 노부나가가 요시아키에게 보냈던 열일곱 개의 조항을 간하는 서신, 즉 의견서에 대해 아직 명확한 답변을 하지 않았던 것이었다. 십칠 조의 간서에는 노부나가가 평소에 요시아키에 대한 불만과 고충, 울분 등이 조목별로 적나라하게 적혀 있었다.

먼저 요시아키가 니죠에 입관한 뒤에도 이전과 다름없이 황실을 섬기는 데 있어 성심성의를 다하지 않고 있으며, 그 불충은 이전의 요시테루 장군도 마찬가지였는데 지금도 여전히 천황을 섬기려는 마음이 희박하고 막부의 신하들 모두 그 소임을 소홀히 하고 있다며 힐책했다. 이 첫 번째 조목을 시작으로 열여섯 개의 조목에 걸쳐 요시아키의 불신, 악정, 음모, 불공정한 공사 소송부터 횡령 등의 사적인 부조리 등을 낱낱이 적었다. 이른바 그것은 탄핵상소라고 할 수 있었다.

장군인 요시아키가 노부나가에게 분수에 넘치는 짓을 했다며 화를 내는 것은 당연한 일이었다. 평소 요시아키의 마음속에는 노부나가의 비호를 받으며 장군직에 올랐다는 부채 의식과 반발심이 있었다. 비겁한 사람의 분노는 때론 맹목적일 때가 있었다.

"노부나가와 같은 지방의 일개 영주에게 굴복할 수는 없다. 내가 그에게 굴종할 이유는 없다."

요시아키는 간서를 집어던져버렸다. 노부나가가 아사야마 니치죠, 도리타 도코로노스케, 무라이 나가토노카미 등의 사신을 차례로 보냈지만 만나지 않았다. 그리고 그에 대한 대답인 듯 교토로 들어오는 통로인 가타다堅田와 이시야마 방면에 검문소와 방루를 쌓았다.

노부나가가 기다리고 있던 '때'와 도키치로가 도모하고 있던 '때', 즉 그 방루들을 격파하고 요시아키에게 십칠 조에 대한 대답을 요구할 절호의 시기였다. 그리고 그 시기는 신겐의 갑작스런 죽음으로 인해 두 사람이 예상했던 것보다 훨씬 빨리 찾아온 것이었다.

어떤 시대든 시대의 뒤안길로 사라질 사람이 품고 있는 우스운 신념이 있었는데, 그것은 바로 '나는 그런 사람이 아니다'라는 착각이었다. 요시아키 장군이야말로 그와 같은 착각에 빠져 잘못을 저지르기 쉬운 성격이었고 그런 위치에 있는 사람이었다. 또 다른 의미에서 노부나가와 같은 사람에게 요시아키와 같은 존재는 그저 평소에 쓰다가 효용 가치가 다하면 버리는 귀중품에 불과했다.

하지만 이 장군가는 자신의 가치를 알지 못했고 지식을 갖추고 있었지만 그 지식마저 무로마치라는 구시대에서 한 치도 벗어나지 못했다. 교토라는 좁은 지역의 문화가 마치 일본의 전부인 양 생각하며 잔꾀를 부리고 본원사의 승단과 노부나가를 적으로 삼고 있는 각지의 군웅들에게 의존하기만 했다. 요시아키는 신겐의 죽음을 아직 모르고 있는 듯했다. 그래서 더 강하게 대응할 수 있었다.

"나는 장군가로 무가의 기둥이다. 에이 산과 다르다. 만일 노부나가가 니죠에 화살을 쏜다면 그는 반역자가 될 것이다. 전국의 무문이 용서하지 않을 것이다."

요시아키는 일전도 불사할 태도를 보이며 긴기近畿의 무가들에 격문을 날렸다. 당연히 멀리 있는 아사이, 아사쿠라, 에치고의 우에스기, 고슈의 다케다 가에도 급사를 파견한 뒤 경비를 한층 강화했다.

"장군의 얼굴이 보고 싶구나."

그 말을 들은 노부나가는 일소에 부치며 하루도 쉬지 않고 군사를 이끌고 오사카로 진출했다. 허를 찔린 것은 이시야마 본원사였다. 그들은 갑자기 노부나가의 군사가 들이닥치자 어찌할 바를 몰라 우왕좌왕했다. 하지만 노부나가는 그들은 자신의 상대가 안 된다는 듯 진을 치고 움직이지 않았다. 그는 가능한 병력의 손실을 피하고 싶었던 것이다.

정월에 노부나가의 사자들은 노부나가가 보낸 십칠 조 의견서에 대한 대답이 무엇인지 듣기 위해 이따금 교토를 오갔다. 또 거기에는 최후통첩의 의미도 담겨 있었다. 사법을 관장하는 장군가라는 직책에 있는 요시아키로서는 자신의 통치에 대한 노부나가의 의견서 따위에 귀를 기울일 마음이 털끝만큼도 없었다. 하지만 십칠 조 중 두 개의 조목만큼은 그로서도 무작정 물리칠 수 없는 곤혹스런 문제였다.

그것은 제1조의 '무문 동량棟梁의 직에 있고 왕성 아래 거하면서 조정에 입궐하지도 않고 정사를 돌보지 않는 불충의 죄'와 제2조의 '천하의 태평을 도모하고 치안과 백성들의 행복을 돌볼 위치에 있으면서 각지에 밀사를 보내 난을 획책하는 등 천황을 보필하는 신분에 어울리지 않는 폭거'를 지적한 부분이었다.

"소용없습니다. 단지 문서나 사자를 보내 힐책해서는 받아들이지 않을 것입니다."

세쓰에서 노부나가를 맞이한 아라키 무라시게荒木村重가 말했다. 요시아키를 떠나 모습을 감춘 호소카와 후지타카도 노부나가의 진영으로 찾아와서 한탄했다.

"아마도 제가 죽는 날까지 장군가의 각성은 기대할 수 없을 듯합니다."

노부나가도 잘 알고 있다는 듯 고개를 끄덕였다. 하지만 에이 산에서 보인 과감하고 단호한 방법을 이곳에서 다시 쓸 수 없었고, 똑같은 방법을 되풀이할 만큼 책략이 부족하지도 않았다.

"교토로 진군하라."

4월 4일, 노부나가는 진군 명령을 내렸다. 하지만 그것은 단지 대군의 위용을 백성들에게 보이기 위한 시위에 지나지 않았다.

"그것 보아라. 오래 진을 치지는 못할 것이다. 노부나가가 또 이전처럼 기후에 불안을 느끼고 급히 군사를 물려 돌아갈 것이다."

요시아키는 주위 사람에게 득의양양 말했다. 하지만 속속 올라오는 보고를 듣자 그의 얼굴빛이 변하기 시작했다. 이번에도 군사를 물려 돌아갈 것이라고 깔보고 있던 노부나가가 오사카에서 대군을 이끌고 그대로 도성 안으로 들어왔던 것이다. 그리고 함성도 지르지 않고 훈련할 때보다 더 조용하고 신속하게 요시아키가 있는 니죠를 에워싼 것이다.

"황거가 가까우니 대궐을 시끄럽게 해서는 안 될 것이다. 엄숙함을 유지하며 말발굽 소리와 함성을 삼가고 오직 요시아키 장군의 죄만 물으면 될 것이다."

노부나가의 명이 말단 병사들에게까지 엄격하게 전해진 결과였다. 총소리도 들리지 않았고 활 소리도 들리지 않았다.

"야마토, 노부나가는 나를 대체 어떻게 할 셈인 듯한가?"

요시아키의 물음에 미부치 야마토三淵大和가 말했다.

"지금과 같은 상황에서도 아직 노부나가의 마음을 모르시겠습니까? 그는 분명 장군을 공격하기 위해 온 것입니다."

"하나 나는 장군이다."

"난세에 그러한 직책이 무슨 도움이 되겠습니까. 결전을 치를 각오를 하시든가 화친을 청하는 방법밖에 없을 것입니다."

미부치 야마토는 그렇게 말하며 눈물을 흘렸다. 야마토는 요시아키가 떠돌아다니던 무렵부터 호소카와 후지타카와 함께 그의 곁을 떠나지 않았던 공신이었다. 후지타카가 간언이 받아들여지지 않아 몸을 숨긴 뒤에도 그는 여전히 요시아키 곁에 머물렀다.

"지금의 인내는 명예나 보신을 위해서가 아니다. 내일 어떻게 될 것인지 이미 알고 있지만 이 우둔한 장군을 어찌 버릴 수 있겠는가."

어느 날 야마토는 녹원사鹿苑寺의 승려에게 그렇게 절절히 토로했다.

어느덧 오십 고개의 절반을 넘긴 무장은 분명 구원받을 수 없는 요시아키의 성정과 시대의 흐름을 알면서도 니죠에 머물고 있었다.

"화친을 청하라? 장군인 내가 노부나가 따위에게 화친을 청하지 않으면 안 될 이유가 어디 있는가?"

"끝까지 장군가라는 명분에 얽매이신다면 이대로 자멸하는 길밖에 없습니다."

"싸워서 이길 수는 없겠는가?"

"이길 수 없습니다. 이길 수 있다는 생각에 이곳에 방어진을 치셨다면 어불성설입니다."

"그럼 대체 무엇 때문에 자네를 비롯한 무장들은 갑주를 차고 있었는가?"

"하다못해 저승길에 마지막 꽃이라도 장식하기 위해서입니다. 누대의 아시카가 가문이 마지막을 고하는 지금, 그 니죠의 무덤에 꽃을 바치는 무사가 있다는 것을 보여주기 위함에 지나지 않습니다."

"선불리 철포를 쏘지 말고 잠시 기다리라."

요시아키는 안으로 들어가 히노와 다카오카 등의 귀족과 이마를 맞대고 의논하기 시작했다. 그리고 점심 무렵이 지날 때쯤 히노가 은밀히 성 밖으로 사자를 내보냈다. 얼마 뒤, 노부나가 쪽에서 교토의 부교인 무라이 사다가쓰를 보냈고, 저녁이 다 돼서 노부나가의 공식적인 사자인 오다 오스미노카미 노부히로織田大隈守信廣가 들어왔다.

"이후로 각 조를 엄격히 지키도록 하겠네."

요시아키는 씁쓸한 얼굴로 노부나가의 사자에게 마음에도 없는 말을 맹세했다. 그는 어쩔 수 없이 화친을 청한 것이었다.

노부나가의 군사는 물러갈 때도 역시 조용하게 기후로 돌아갔다. 하지만 그로부터 불과 백 일도 되지 않아 군사들이 다시 니죠를 에워쌌다. 4월에 화친을 맺은 뒤에도 요시아키는 전혀 반성하지 않았던 것이다.

에치젠 멸망

초가을, 7월의 장마가 노부나가의 진영인 니죠의 묘각사妙覺寺 큰 지붕을 쓸쓸하게 적시고 있었다.

이번 출전을 위해 병선을 타고 비와 호를 건너왔을 때부터 비가 많이 내렸고 바람도 거셌다. 그로 인해 병사들은 전의를 한층 장엄하게 불태웠다. 비와 진흙에 젖은 군대는 아시카가 장군가의 관사를 두껍게 에워싸고 명령을 기다리고 있었다. 목을 치든 포로로 사로잡든 요시아키의 운명은 이미 노부나가의 손에 달려 있었다. 노부나가의 군사들은 우리 밖에서 머지않아 도살할 고귀한 맹수를 바라보는 듯한 느낌이었다.

"어떻게 하실 생각입니까?"

"지금에 와서 별수 있겠는가. 이번엔 용서하지 않을 것이네. 세상을 대신해서 단호히 단죄하는 수밖에."

"그렇지만 상대는 장군의 직책을 가진 귀족입니다."

"그걸 누가 모르는가."

"한 번 더 그냥 넘어갈 여지는 없으신지요?"

"없네. 결코 없네."

노부나가와 도키치로의 목소리가 밖으로 새어 나왔다. 어슴푸레한 해질녘, 사원의 일실 밖에서는 비가 내리고 있었다. 아직 늦더위가 남아 있는 7월의 장마여서 금빛 불상과 수묵화가 그려진 장지문의 그림에 곰팡이가 필 듯 무더웠다.

"한 번 더 생각하시길 청하는 것은 짧은 소견에서 드리는 말씀이 아닙니다. 장군의 직책은 조정의 명에 의한 것이니 그 관직을 함부로 대할 수 없기에 드리는 말씀입니다. 그리고 세상의 반노부나가 세력들에게 장군을 죽였다는 빌미를 제공한다면 명백한 하책이 될 수도 있기 때문입니다."

"음, 그렇긴 하군."

"다행히 요시아키 장군은 유약하다 보니 이미 벗어날 수 없는 궁지에 몰려 있다는 사실을 알면서도 자결도 하지 않고 그렇다고 결전을 벌이지도 않은 채 장마에 해자의 수위가 높아진 것을 의지해서 문을 닫아걸고 있습니다."

"그럼 대체 어떻게 하라는 말인가? 자네의 계책은 무엇인가?"

"일부러 한쪽 포위를 열고 장군이 도망칠 길을 만들어주는 것입니다. 타국으로 도망갈 수 있도록 말입니다."

"앞날의 후환이 되지 않겠는가? 지방의 세력과 야심을 품고 있는 무리들에게 이용당할 수도 있네."

"아닙니다. 사람들은 점차 요시아키라는 인물에 대해 염증을 느끼게 될 것입니다. 그런 사실을 자연스레 깨닫게 된다면 장군가가 중앙에서 쫓겨난 것도 어쩔 수 없는 일이었다고 납득하고 주군의 처분이 옳았다는 것을 깨닫게 될 것입니다."

그날 저녁, 노부나가의 군사는 한쪽 포위망을 풀고 경계를 느슨히 했다. 요시아키의 군사들은 계략이라고 의심하며 한밤중까지 아무런 반응을 보이지 않았다. 그런데 비가 잠시 멈춘 새벽녘에 돌연 한 무리의 병마가 해자의 다리를 건너서 도성 밖으로 도망을 쳤다.

"분명 그들 속에 요시아키 장군이 있었던 듯합니다."

노부나가는 보고를 듣고 진영 앞으로 나갔다.

"그런가. 빈집이 되었군. 누대로 이어져 내려온 장군가는 아시카가 요시아키 대에 이르러 제 스스로 직책을 내던지고 도망쳤다. 무로마치 막부는 오늘 이곳에서 종말을 고했다. 빈집을 공격해도 아무 소용은 없으나 한 차례 공격을 가하고 함성을 지르도록 하라. 십오 대에 걸친 아시카가 악정의 종말에 고하는 조문을 하라."

니죠의 사저는 한차례 공격으로 노부나가 군에 넘어가고 말았다. 사저 안의 신하들은 대부분 항복했다. 히노와 다카오카는 나와서 노부나가에게 사죄를 했지만 미부치 야마토는 휘하의 부하 육십 명과 함께 끝까지 굴복하지 않고 싸웠다. 한 명도 도망치거나 항복하지 않고 그를 비롯한 육십 명은 장렬히 산화했다. 수백 년 동안 부패할 대로 부패한 해자의 바닥에도 한 줄기 맑은 물이 흐르고 있었던 것이다.

요시아키는 교토에서 우지宇治의 마키시마槇島로 도망쳤지만 애초부터 아무런 계책도 없었고 병력도 얼마 되지 않는 패잔병이었다. 이윽고 노부나가의 추격대가 평등원平等院의 강 하류와 상류에서 밀어닥치자 버티지 못하고 사로잡혔다.

"의자를 내드려라."

노부나가가 사로잡힌 요시아키를 보고 좌우의 장수들에게 말했다. 요시아키가 고개를 숙인 채 힘없이 의자에 앉았다.

"모두 장막 밖으로 물러가라."

단둘만 남자 노부나가가 의복을 단정히 하고 요시아키를 똑바로 바라보며 말했다.

"잊지 않으셨겠지만 일찍이 장군은 이 노부나가를 아버지라고 생각한다고 말씀하신 적이 있습니다. 한때 와해되었던 무로마치 관저를 간신히 니죠에 재건한 날이었습니다."

"……."

"기억이 나십니까?"

"내 어찌 그때의 일을 잊을 수 있겠소."

"비겁하십니다. 저는 비록 이렇게 되었지만 장군의 목숨 따위를 거두려고 하는 것이 아닙니다. 어찌 거짓말을 하십니까."

"용서하시오. 내가 잘못했소이다."

"그 한 마디로 족합니다. 하지만 장군과 같은 사람은 참으로 곤란한 분입니다. 장군의 자리에 오르는 몸으로 태어났음에도."

"죽고 싶네. 내, 내 목을 쳐주시게."

"하하하, 그만두시지요. 장군께서는 배를 가르는 법도 모르지 않습니까. 나는 장군을 진심으로 미워할 마음이 들지 않습니다. 단지 장군의 불장난은 우리 둘 사이에만 머물지 않고 온 나라로 옮겨 붙을 염려도 있습니다. 아니, 무엇보다 주상의 심금을 괴롭힐 것입니다. 그 큰 죄에 대해 조금이라도 생각하도록 하십시오."

"잘 알았네."

"그럼 한동안 어딘가에서 삼가고 있는 편이 좋을 것입니다. 어린 장군의 몸은 이 노부나가의 슬하에 두고 보살피도록 하겠습니다."

노부나가는 어디로든 자유롭게 가라며 요시아키를 풀어주었지만 그것은 사실상 추방이었다. 요시아키의 아들은 도키치로가 엄중하게 경비를 해서 가와치에 있는 와카에若江 성으로 보냈다. 한편으로 보면 원한을 은혜로 갚았다고 할 수 있지만 요시아키의 입장에서 보면 인질로 붙잡아 간 것에 지나지 않았다. 와카에 성에는 미요시 요시쓰구三好義繼가 있었는데, 그는 잠시 그곳에 몸을 의탁한 요시아키를 더 불안하게 만들었다.

"이곳에 있으면 아무래도 신변이 위험하실 듯합니다. 노부나가는 비록 그렇게 말했지만 언제 마음이 변해 장군을 죽이려고 할지 모릅니다."

미요시 요시쓰구는 골칫거리인 귀인을 자신의 집에 두고 싶지 않았던 것이다. 요시아키는 허둥지둥 기슈紀州 방면으로 도망을 쳤다. 그리고 구마노熊野의 승려와 사카이雜賀의 무리를 선동해 노부나가를 죽일 궁리만 했다. 그는 그렇게 장군의 이름과 권위를 들먹이면서 세상 사람들의 비웃음을 사고 있었다. 하지만 기슈에도 오래 있지 못하고 비젠備前 쪽으로 건너가 우키다浮田 가의 식객으로 머물고 있다는 소문이 들렸다. 그리고 그 뒤로 한동안 소식이 들리지 않았다.

시대는 마침내 일변했다. 무로마치 막부의 멸망은 먹구름에 가려져 있던 하늘의 한쪽이 갑자기 열리더니 그 파란 속살의 일면이 드러난 것과 같았다. 불필요한 존재가 나라의 중추에 자리 잡고 명맥을 유지하는 시대만큼 무서운 것은 없다. 하극상이 벌어지는 것은 당연했다. 너무나 오래전부터 무로마치 막부의 허약함은 공공연한 사실이었다.

막부가 있었지만 통일이 된 적은 없었다. 무문은 각지에서 사권을 휘두르고 승단 역시 산속에 재력을 모아놓고 권력을 휘두르고 있었다. 그렇게 되자 귀족들 역시 박쥐와 같이 어제는 무가에 붙었다가 오늘은 승단에 아부하며 정사를 자신들 마음대로 농단했다. 승려, 무가, 조정, 막부가 모두 제각각 나라를 잊고 사사로이 권력 암투를 해왔던 것이다.

논과 밭도 남아나지 않았다. 적어도 오닌의 난 이래로 이러한 메뚜기와 같은 해충 세력이 나라와 국토를 마음껏 유린해왔다고 해도 과언이 아니었다. 그 시기 말기의 인물인 아시카가 요시아키는 그래도 사람이 좋은 편이었다. 하지만 그렇다고 그대로 내버려두면 그가 손에 틀어쥐고 놓지 않으려는 막부와 장군직과 같은 권력은 세상에 백해무익했다. 하루를 방치하면 그 하루만큼 나라는 혼란스러울 것이었다.

"마침내, 해냈군!"

세상은 눈을 크게 뜨고 노부나가의 행동을 바라보았다. 사람들은 파란 하늘을 봤지만 아직 먹구름이 가신 게 아니었다. 앞으로 어떻게 될지 아무도 장담할 수 없었다. 한쪽에 드리워진 먹구름이 걷히자 하늘은 격변의 형상을 띠었다. 그것은 평소 자연의 본모습과 다를 게 없었다. 아니, 천지는 격변하는 듯 보이지만 실은 더없이 서서히 움직이고 있었다.

근래 이삼 년 동안 과거의 인물이 된 사람이 많았다. 서쪽의 거대한 번이었던 모리 모토나리가 죽은 해인 재작년에는 도카이의 영웅 호보 우지야스가 세상을 떠났다. 하지만 노부나가에게 있어 올해 다케다 신겐의 죽음과 요시아키의 퇴장만큼 큰 의미를 지니는 일은 없을 것이다.

특히 끊임없이 북쪽의 배후를 위협했던 신겐의 죽음은 노부나가에게 전력을 집중할 수 있게 해주었다. 앞으로는 각국의 무문이 무로마치 막부가 사라진 자리를 노리고 깃발을 앞세워 경쟁하듯 중원으로 진출할 것이 분명했다. 그로 인해 전란은 한층 격화될 것이다. 노부나가는 그들이 그에 앞서 '에이 산을 불태우고 장군가를 쫓아낸 역적, 노부나가 타도'를 외치리라 예상하고 있었다. 그러기 때문에 그 기선을 제압하고 그들이 서로 연합하지 않는 동안 차례로 그들을 제거해야 한다고 생각했다.

"도키치로, 자네는 먼저 서둘러 돌아가라. 나도 가까운 시일 안에 자네가 있는 요코야마 성으로 갈 것이네."

"그럼 기다리고 있겠습니다."

도키치로는 그 이후의 방침을 알고 있다는 듯 요시아키의 아들을 와카에 성에 호송한 뒤 바로 소대를 이끌고 긴기의 전쟁터에서 기타오우미北近江의 요코야마로 돌아갔다. 노부나가가 기후로 돌아간 것은 7월 말이었다. 달이 바뀌자 요코야마의 도키치로로부터 때가 무르익었다며 출정을 재촉하는 서찰이 도착했다.

잔서가 남아 있는 7월, 야나가세梁ケ瀬에서 다가미田神 산을 거쳐 요고余吾와 기노모토木之本 부근에 대군이 진지를 구축하고 있었다. 에치젠 군사였다. 그들은 바로 이치죠가타니一乗ケ谷에서 나온 아사쿠라 요시카게의 대군이었다.

7월 말, 기타오우미의 연합국인 오다니小谷의 아사이 히사마사와 그의 아들인 나가마사에게서 '오다의 대군이 속속 북상하고 있으니 급히 원군을 보내주시오. 만일 원군이 늦으면 성은 버틸 수 없을 것'이라는 급보가 전해진 것이었다. 회의 자리에서 의심하는 사람도 있었지만 맹약을 맺고 있던 터라 급거 일만 군사를 선발로 삼아 다가미 산으로 보냈다. 그리고 오다 군의 강북江北 침공이 사실이라는 것을 확인하고 즉시 이만여 후속군이 출발했다. 주장 아사쿠라 요시카게도 이번에는 반드시 노부나가를 치기 위해 합세했다.

에치젠의 아사쿠라가 강북의 싸움에 큰 충격을 받은 이유는 아사이의 기타오우미가 에치젠에게 있어 국방의 제일선이기 때문이었다. 숙명의 땅, 오다니 성에 있는 아사이 부자는 그때까지 불과 삼 리밖에 떨어지지 않은 요코야마 성에서 기노시타 도키치로가 진을 치고 있었기 때문에 꼼짝할 수 없었다.

도키치로는 무로마치 막부의 뒷정리가 끝나기도 전에 질풍처럼 기나이의 전쟁터에서 돌아와 기후의 노부나가에게 전기가 무르익었다는 사실을 고하고 노부나가의 대군을 맞아들였다. 그것은 채 반달도 걸리지 않을 만큼 신속하게 이루어졌다.

8월 초순, 노부나가는 이미 아사이 공격을 개시하고 있었다. 그는 도키치로의 안내를 받아 도라고젠虎御前 산의 고지대에서 도키치로와 작전을 짰다.

"저기 하소우八相 산, 미야베노사토宮部之郷, 오다니에서 요코야마에 걸친 삼 리 사이를 가시나무 울타리와 목책으로 차단하면 적이 나올 길은 한 곳밖에 없습니다."

도키치로는 마치 자신의 정원을 설계하는 것처럼 자세히 설명했다. 폭 세 칸의 군용도로가 요코야마까지 이어져 있었다. 노부나가는 오다니 성 근처 오십여 정 사이에 장벽을 세우고 계류의 물을 다른 곳으로 돌려 도로의 안전을 꾀하는 한편, 지구전을 펼칠 계획이었다. 곳곳의 방책들도 모두 반영구적으로 버틸 수 있도록 쌓았다. 이렇게 하면 적도 결전을 벌이기 위해 성에서 나올 수밖에 없을 것이라고 생각했던 것이다.

하지만 아무리 뛰어난 책사라고 해도 상대를 자기 본위로 생각하면 계책이 빗나가는 법이다. 아사이 부자는 끝까지 아사쿠라의 원군을 믿고 있었기에 먼저 성을 나와 공격하지 않았다. 그러다 보니 노부나가는 한 가지 계책에만 의지하지 않았다. 병가에는 반드시 변통이라는 것이 있었다. 그는 돌연 창끝을 바꿔 기노모토木之本를 공격했다. 에치젠 군에 급습을 가한 것이었다.

8월 13일, 오다 군의 수중에 들어온 적의 수급은 이천팔백여 급에 이르렀다. 14일과 15일도 도주하는 적을 좇아 야마가세에서 다가미, 다베, 히키다 등지의 부락들과 잔서에 바싹 메말라 있는 들판을 피로 검붉게 물들였다.

"에치젠이 이렇게 약했단 말인가."

에치젠의 장병들은 자신들이 나약하다는 것을 깨닫고 통곡했다. 무엇 때문에 오다 군에 맞서 전력을 다해 싸우지 못하는 것인지 불가사의할 정도로 나약했다. 사라질 존재는 멸할 수밖에 없는 원인이 있고 그 시기는 한순간에 찾아오기 마련이지만 그 순간에는 그것을 지켜보는 상대나 당사자는 의외라고 생각할 수밖에 없었다. 하지만 모든 흥망성쇠에는 필연이 있을 뿐 기적이나 불가사의는 있을 수 없었다. 주장인 요시카게의 행동만 보더라도 아사쿠라 군이 약할 수밖에 없었다.

요시카게는 패주하는 병사들과 뒤섞여 나야가세에서 도망치기에 바빴지 오다 군의 맹렬한 추격에 반격을 꾀할 계책이나 기력이 없었다.

"틀렸다! 이대로 적의 추격을 따돌릴 수 없다. 말도 나도 지쳤다. 미마사카, 산 쪽으로!"

요시카게는 단지 일신의 안위만을 생각하고 급히 말을 버리고 산속으로 도망쳐 숨으려고 했다.

"대체 어쩌려고 그러십니까!"

중신인 다쿠마 미마사카託間美作가 통곡하듯 질책하며 요시카게의 허리끈을 붙잡아 억지로 말에 태워 에치젠 쪽으로 도망치게 했다. 그리고 요시카게가 도망칠 수 있게 그곳에서 천여 명의 병사들을 이끌고 돌진해오는 오다 군을 막았다. 미마사카를 비롯한 그의 병사들 모두 전멸하고 말았다. 그러한 충성스러운 신하를 잃은 뒤에도 요시카게는 본성인 이치죠타니에 틀어박힐 뿐 선조의 땅을 사수하려는 마음이 없었다. 그는 성으로 돌아오자마자 처자식과 일족을 데리고 오노大野 군의 동운사東雲寺 깊이 들어가 숨어버렸다. 성안에 있다가는 만일의 경우 도망칠 길도 없기 때문이었다.

대장이 그러하니 다른 장졸들 역시 모두 뿔뿔이 흩어질 수밖에 없었다. 홀로 본성에 남아 있던 구와야마 세이자에몬桑山清左衛門이라는 장수는 너무나 한심한 나머지 목을 놓아 통곡했다고 한다.

"번의 시조인 노리카게教景 공 이래로 오 대째 내려온 에치젠의 명문 분가分家, 동족과 대대로 보살피고 양성해온 무사가 몇십만일진대, 지금 선조의 땅을 적병에게 유린당하고 본성도 적의 수중에 넘어가려 하는데 함께 죽고자 하는 자가 단 한 명도 없다니! 무사도가 사라진 것인가, 군의 부덕함인가!"

세이자에몬은 몇 명의 무사들과 죽음을 각오하고 적군과 맞서 싸우다 성안의 이치죠타니에 있는 역대 번주의 묘 앞에서 배를 가르고 피를 흘리며 쓰러졌다.

그에게는 딸이 있었다. 이름은 전해지지 않지만 방년 십팔 세였다고 한다. 그녀는 일찍부터 미인으로 명성이 자자했는데 미인이 많다는 '고시지越路의 꽃' 중에서도 번 제일의 미인이라는 말을 들었다. 그녀는 아버지를 도와 성안에 있었는데, 부친인 세이자에몬을 찾던 도중 적병에게 붙잡히고 말았다. 흥분한 적병들은 그녀를 잡아끌고 어디론가 데려가려고 했다. 그녀는 필사적으로 반항했지만 소용이 없자 호소하기 시작했다.

"더 이상 반항하지 않을 테니 붓과 종이를 가져다주십시오. 어머니에게 편지 한 통만 남기게 해준다면 순순히 따라가겠습니다."

앞뒤를 에워싼 채 병사들이 붓과 종이를 건네자 그녀는 빠르게 무언가를 쓰고 그것을 땅에 내려놓더니 갑자기 은장도를 뽑아 스스로 목숨을 끊었다. 편지는 붉은 매화꽃잎이 떨어진 듯 점점이 물들었고 먹이 채 마르지 않은 편지에는 다음과 같은 글귀가 적혀 있었다.

시간이 지나면 무정한 구름도 산자락에 걸린 달을 감싸주련가.

난공불락의 성도 때가 되면 함락되기 마련이었다. 몇만의 군사가 있어도 그 근간에 균열이 생기면 우수수 지는 낙엽처럼 덧없이 무너지기 마련이었다. 서른일곱 개의 문이 있는 에치젠 본성은 바야흐로 최후를 향해 가고 있었지만 이름도 없는 '고시지의 꽃' 한 송이는 결연한 의기를 보였다.

요시카게의 최후는 실로 한심하기 짝이 없었다. 노부나가의 군사가 마침내 이亥 산을 둘러싸자 그는 더 이상 동운사에도 있지 못하고 야마다山田의 로쿠보六坊로 도망쳐서 그곳의 견송사堅松寺에 숨었다.

"더 이상 도망칠 방도도 없습니다. 요시카게 님은 에치젠 삼십칠 문의 수장이니 설사 항복해서 포로가 되더라도 노부나가가 살려두지 않을 것입니다. 그러한 치욕을 당하느니 차라리……."

마침내 일족인 우오즈미 카게카타魚住景賢와 아사쿠라 카게마사朝倉景雅 두 사람이 자결을 권했다. 이미 견송사를 포위하며 다가오는 병마의 소리가 해명처럼 시시각각 가까이 다가오고 있었다.

"이젠 틀렸단 말인가."

요시카게의 창백한 얼굴에는 두려움이 역력했다. 그에게 죽음을 권하고 함께 죽을 생각이었던 두 사람이 산문 쪽에서 땅을 뒤흔드는 발소리를 들은 찰라, 갑자기 요시카게가 할복을 하고 쓰러졌다.

"아, 목숨을 끊었다."

카게카타와 카게마사는 그 모습을 보자마자 급히 자리를 뜨려고 했다. 요시카게를 속였던 것이다. 게다가 두 사람은 이전에 노부나가에게 항복을 청해 요시카게가 있는 곳으로 적을 안내한 사람들이었다.

"이놈들, 어딜 가려느냐?"

근신인 도리이鳥居와 가토 카게마사, 시종인 다카하시 진자부로高橋甚三郎 등이 화를 내며 두 사람을 본당 밖까지 쫓았지만 때는 이미 늦었다. 노부나가의 군사가 성난 파도처럼 경내로 밀려들었다.

에치젠은 그렇게 멸망했다. 애처롭게도 요시카게는 아직 젊었다. 마흔 하나밖에 안 된 한창 나이였다. 게다가 대대로 부강한 나라의 명문에서 태어나 천혜의 요새와 비옥한 땅을 보유하고 다시없을 절호의 시대를 맞이했으면서도 안타깝고 허무하게 생을 마감하고 말았다. 요시카게나 아시카가 요시아키는 서로 닮은 점이 많았다. 두 사람은 격변하는 시대를 끝까지 안일하게 살다 결국 차례로 세상을 떠날 수밖에 없었다.

요시카게의 죽음이나 아시카가의 멸망에 비하면 신겐의 죽음은 더 안타까웠다. 고슈는 한때 신겐의 죽음을 비밀에 부쳤지만 가을이 되자 모두 알게 되었다. 신겐이 죽은 뒤 용맹한 무사들까지 정기를 잃고 의기소침하게 지낸 것만 봐도 신겐의 존재가 얼마나 컸는지 짐작할 수 있다. 또 신겐의 인품은 요시아키나 요시카게와 같이 수양이 부족한 젊은 사람들과 비교할 수 없을 정도로 뛰어났다.

신겐은 일국을 다스리는 다이묘가 무사를 거느릴 때 무용이 뛰어나고 행실이 올바른 사람만을 존중하는 풍조를 비웃곤 했다.

"나는 내 취향에 따라 똑같은 유형의 인물만을 거두고, 사람을 일률적으로 보는 것을 가장 싫어한다. 봄은 벚꽃처럼 곱게 물들고, 가을은 단풍처럼 수려하며, 여름은 청량하고 담담하며, 겨울은 묵묵하면서도 진중하다. 이것은 모두 사람에게도 있는 특질일진대 어느 것이 옳고 어느 것이 나쁘다고 할 수 없다. 이른바 사람들을 천체와 같이 원활하게 부리면 모두 유능하지 않은 자가 없다."

그의 인간관과 가신을 양성하는 마음가짐을 엿볼 수 있는 말이다. 또 그는 분별이라는 말을 자주 썼으며 잔꾀나 기지를 싫어했다. 한번은 가까운 친척에게 이렇게 말했다.

"원려遠慮, 즉 항상 먼 앞날의 일까지 내다보고 생각하는 마음으로 평소의 주변 일을 처리하는 것이 백난百難의 길을 헤쳐 나가는 방법이다."

그러고는 다음과 같이 말하며 큰 소리로 웃었다고 한다.

"하나 오직 사람의 수명만은 먼 앞날을 내다보고 대비하기 어렵다."

마침내 신겐은 대비하기 어려운 그곳으로 가버렸다. 그리고 이제는 영원한 방관자가 되어 지상의 쟁패를 무연하게 내려다보고 있을 것이다. 그의 입장에서는 꽤나 자조감이 들 듯싶다.

오빠와 동생

가을이 한창이었다. 8월 25일과 26일경, 노부나가는 기타오우미의 오다니를 둘러싼 도라고젠 산의 진지에 있었다. 그는 이곳에 온 이후로 오다니 성의 함락을 기다리는 듯 꼼짝도 하지 않았다.

노부나가는 에치젠 싸움이 끝난 뒤 전광석화처럼 뒷수습을 하고 이치죠가다니의 연기가 사그라지기도 전에 급히 이곳으로 돌아와 아무 일도 없었다는 듯 이런저런 지시를 했다. 항복한 에치젠의 무장인 마에나미 요시쓰구前波吉繼를 도요하라豊原 성에 두고, 아사쿠라 카게아키朝倉景鏡에게 오노 성의 수비를 명하고, 도미타 야로쿠로富田弥六郎에게 후츄府中 성을 맡기는 등 평소 영지의 사정에 밝은 에치젠의 무장을 많이 등용했다. 그리고 아케치 미쓰히데에게 감찰 역할을 맡겼다.

미쓰히데 외에 그 일을 맡을 적임자가 없었다. 그는 일찍이 떠돌이 신세였던 불우한 시절에 아사쿠라 가의 가신이 되어 이치죠가다니 성 아래에서 살았다. 그 당시 미쓰히데는 출세를 하지 못해 아사쿠라의 가신들에게 홀대를 당했지만 지금은 완전히 반대 입장이 되어 아사쿠라 일족을 감시했다. 그러니 그의 가슴속에는 분명히 남다른 감회가 일었을 것이다.

지금 미쓰히데는 노부나가에게 재주와 식견을 인정받는 총신 중 한 명이었다. 사람을 보는 데 남달리 명민했던 그는 수년간 전쟁과 봉공을 통해 노부나가의 성격을 잘 이해하고 있었다. 멀리 떨어져 있어도 노부나가의 얼굴, 말 한 마디, 표정 등을 거울로 들여다보듯 알 수 있었다.

미쓰히데는 독단적으로 일을 처리하지 않았다. 에치젠에서 하루에도 몇 번이나 파발을 보내 일일이 노부나가에게 의견을 물었다. 노부나가는 날마다 도라고젠 산의 진영에서 흡족한 마음으로 그가 보낸 문서와 서찰을 보며 지시를 내렸다.

"전쟁이 이번 같기만 하면 얼마나 좋을까."

"바보 같은 소리, 그런 마음이 위험한 거네. 당장 오늘 밤에 어떤 명령이 내려질지 모르네. 적인 아사이 일족만 하더라도 지금과 같은 상태라면 만만치 않은 상대네."

"끝까지 지킬 심사일까?"

"당연하지 않겠나. 기타오우미 여섯 군을 합쳐 삼십구만 석의 본성과 외성을 장기판의 말을 빼앗듯 그리 쉽게 빼앗을 수 없을 거네."

진영 밖 보초들도 한가로이 잡담을 나누었다. 구름 한 점 없는 푸른 하늘 아래 겹겹이 이어져 있는 산들은 가을빛이 완연했다. 그 산자락 밑으로 보이는 청명한 호수와 새소리에 하품이 나왔다.

"아, 기노시타 님이 오신다."

도키치로는 요코야마 성에서 바로 산 맞은편까지 진지를 구축했다. 그는 저편에 있는 못에서 네댓 명의 부하를 이끌고 큰 걸음으로 내려왔다. 무슨 말을 하는지 부하들과 웃고 있었는데 가을 햇살에 하얀 이가 선명하게 보였다.

도키치로는 가까이 다가오더니 좌우의 보초들에게 친근하게 아는 체를 했다. 스노마타 성을 쌓고 요코야마 성을 맡아 오다 군의 장수 가운데 임무와 지위가 단연 막중했지만 여전히 변한 게 없었다.

"그는 사람이 좀 가벼운 듯하다."

부장들 중에는 자신들의 진중함과 비교하며 그를 경솔하다고 평가하는 사람들이 있는가 하면 그 반대로 평가하는 사람도 있었다.

"아니네. 그는 직책에 얽매이지 않는 것이네. 하루아침에 녹봉이 아무리 많이 올라도 사람이 전혀 변하지 않고, 또 일꾼에서 무사가 되고 일성을 다스리는 지위에 올라도 변하지 않았네. 분명 상당한 지위까지 오를 걸세. 아무튼 장점이 많은 사내야."

하지만 그곳에 있는 사람들 중에 도키치로에게 큰 호감을 가지는 사람은 백 명 가운데 한 명 정도였다. 도키치로는 불쑥 본진에 얼굴을 내밀더니 어느 틈에 노부나가와 함께 산 쪽으로 올라갔다.

"괘씸하군."

시바타 가쓰이에와 사쿠마 노부모리 등이 진영 밖까지 나와 침을 뱉으며 말했다.

"저러니 사람들에게 미움을 받는 것이다. 잔재주를 믿고 나대는 자만큼 얄미운 자는 없는 법이니."

그들은 노부나가를 따라 저편의 못 쪽으로 가는 도키치로의 뒷모습을 바라보고 있었다.

"우리한테 아무 말도 하지 않고……. 알리지도 않고서."

"위험하지 않은가? 아무리 백주대낮이지만 산속에는 적의 자객들도 있을 텐데. 만약 멀리서 철포라도 쏘면 어쩌시려고."

"주군도 주군이네."

"아니네. 기노시타가 문제네. 사람이 많으면 눈에 띈다고 주군께 아첨한 게 분명하네."

가쓰이에와 노부모리뿐 아니라 다른 장수들도 기분이 좋지 않았다. 또 산의 고지대에 올라 도키치로가 평소의 달변으로 노부나가에게 계책을 고할 것이 분명했기 때문이다. 그들은 애초부터 자신들을 무시하고 두 사람이 그러는 것 자체가 불쾌했던 것이다.

도키치로는 사람들의 그런 생각을 모르는 건지 무관심한 건지 때때로 소풍이라도 가듯 산의 적막을 깨뜨릴 정도로 웃으며 노부나가와 함께 산을 올랐다. 그의 부하와 노부나가의 시종을 합쳐도 불과 이삼십 명의 소대에 불과했다.

"산에 오르니 땀이 나는군요. 주군, 손을 잡아드릴까요?"

"실없는 소리."

"거의 다 왔습니다."

"벌써 말인가? 좀 더 높은 산은 없는가?"

"공교롭게도 이 부근에는 없습니다. 하지만 이 산도 꽤 높은 편입니다."

도키치로가 땀을 훔치며 사방을 둘러보았다. 노부나가는 그곳에 멈춰서서 부근의 골짜기와 못을 내려다본 뒤 곳곳에 도키치로의 군사들이 만일의 사태에 대비해 나무 사이에 숨어 경계를 하고 있다는 것을 알았다.

"너희는 모두 잠시 여기서 쉬고 있도록 하라. 이 앞부터는 사람이 많으면 눈에 쉽게 띌 것이다."

도키치로는 그렇게 말하고 노부나가와 단둘이서 남쪽으로 돌출된 능선 쪽으로 십여 걸음을 걸어갔다. 그곳에는 수목이 없었다. 사료로 쓰기에 맞춤인 듯한 부드러운 이삭과 풀이 일대를 덮고 있었다. 바람에 흔들리는 억새 사이로 얼핏 도라지꽃이 보였다. 마타리와 칡꽃이 가죽 허리띠에 엉켜 붙었다. 두 사람은 아무 말도 하지 않고 한 걸음 한 걸음 걸어갔다. 바다를 마주하는 듯 앞쪽에는 아무것도 없었다.

"주군, 허리를 구부리시지요."

"이렇게 말인가?"

"가능한 풀들에 가리도록."

그렇게 기듯 벼랑의 가장자리까지 가자 눈 아래 분지에 홀연 성곽 하나가 보였다.

"오다니 성입니다."

도키치로가 목소리를 낮추고 손으로 가리키자 노부나가는 고개를 끄덕였다. 아무 말도 하지 않는 그의 눈동자에 깊은 감정의 물결이 일렁거렸다. 그것은 단순히 적의 본성을 바라보는 눈빛이 아니었다. 대군으로 포위된 성안에는 자신의 동생인 오이치가 성주의 아내가 되어 어느덧 자식 네 명을 낳고 살고 있었던 것이다.

자리에 앉자 풀과 꽃이 두 사람의 어깨를 감쌌다. 물끄러미 눈 아래 성곽을 바라보던 노부나가가 시선을 도키치로에게 돌렸다.

"필시 오이치는 나를 원망하고 있겠군. 동생의 뜻은 묻지도 않고 아사이 가로 시집을 보냈으니. 나라를 보존하기 위해선 어쩔 수 없었네. 가문을 위해 희생하라는 말을 듣고 울면서 가마를 타고 간 그 아이의 모습이 지금도 눈에 선하네."

"저도 똑똑히 기억하고 있습니다. 수많은 짐과 화려한 가마와 말과 사람에 둘러싸여 호북으로 시집을 가신 날을 말입니다."

"오이치는 불과 열다섯, 아무것도 모르는 소녀였네."

"작고 사랑스러운 신부의 모습은 흡사 왕소군王昭君[6]과 같았습니다."

"……도키치로."

"예."

---

6) 중국 전한前漢 원제元帝의 후궁이었다가 원제의 명으로 흉노의 호한야선우呼韓邪單于에게 시집간 절세미인이다. 중국 왕조 정책의 희생양이 된 대표적인 여성이라고 할 수 있다.

"자네는 알 것이네. 내 고충을."

"그렇기 때문에 저도 고뇌하고 있습니다."

"저 성 하나."

노부나가는 턱짓을 하며 말을 이었다.

"짓밟아버리는 건 손쉬운 일이네. 오이치를 무사히 밖으로 구출하고 싶은 사적인 고뇌와 일국의 수장으로서의 전쟁을 해야만 하는 고뇌가 상충하네. 그렇지만 나는 이렇듯 그 어느 것도 포기하지 못하고 있네."

"무리가 아닐 것입니다."

도키치로는 머리를 숙였다. 그 역시 정이 깊다 보니 노부나가의 마음을 이해할 수 있었다.

"일전에 오다니의 지형을 보고 싶다며 안내를 하라고 은밀히 말씀하셨을 때나, 이곳에 계시며 먼저 에치젠을 공략하신 것도 그러한 고뇌 때문이라는 것을 헤아리고 있었습니다. 주제넘은 말일지 모르지만 기탄없이 말씀을 올리자면 그 번뇌가 바로 주군의 장점이자 인간의 지극한 정일진대 신하들에게 어찌 흉이 되겠습니까. 송구합니다만 이번에 저는 주군의 미덕을 또 하나 발견했습니다."

"자네뿐이네."

노부나가는 혀를 차며 말했다.

"이곳에 진을 치고 내가 허무하게 세월을 보내고 있는 것을 보고 시바타와 사쿠마를 비롯해 다른 부장들은 모두 이해할 수 없다는 얼굴을 하고 있네. 특히 가쓰이에는 내 어리석음을 위태롭게 생각하며 속으로 비웃고 있는 듯하네."

"주군께서 어떻게 하면 좋을지 망설이고 계시기 때문입니다."

"어찌 망설이지 않을 수 있겠는가. 이대로 오다니의 외성을 하나씩 분쇄해서 적을 압박하면 아사이 나가마사는 반드시 처자식들을 데리고 함께 죽을 것이네."

"그럴 것입니다."

"도키치로, 자네는 아까부터 내 심정을 이해한다고 하며 더없이 태연하게 듣고 있네. 자네에게 혹 계책이라도 있는 것인가?"

"없지도 않습니다."

"그런데 어찌 빨리 내 고충을 풀어주지 않는 것인가?"

"근래에는 계책을 올리는 것을 스스로 삼가고 있는 중이어서."

"어째서인가?"

"주군의 휘하에 다른 인물도 많이 있기 때문입니다."

"다른 사람들의 질투를 두려워하는 것인가? 그것도 신경이 쓰이는 일이긴 하지. 하지만 중요한 것은 내 마음이네. 그러니 어디 한번 말해보게. 아니, 좋은 계책이 있으면 들려주게."

"이미 보고 계십니다."

도키치로는 눈 아래 있는 오다니 성 전체를 손가락으로 가리켰다.

"이 성의 특징은 다른 성들에 비해 세 개의 성곽이 독립된 듯 각각 확연하게 나눠져 있습니다. 즉, 첫 번째 성곽에는 대전大殿이라고 불리는 아사이 히사마사淺井久政가 살고, 세 번째 성곽에는 아들인 나가마사 님과 부인이신 오이치 님과 자제분들이 살고 계십니다."

"음, 그런가?"

"그렇습니다. 그리고 첫 번째 성곽과 세 번째 성곽 중간에 보이는 저 두 번째 성곽을 이른바 교고쿠京極 성곽이라고 부르는데 그곳은 노신인 아사이 겐바淺井玄蕃와 미타무라 우에몬三田村右衛門, 오노기 도사大野木土佐 세 신하가 지키고 있습니다. 따라서 이 오다니 성을 치기 위해서는 꼬리나 머리를 치는 것보다 저 교고쿠 성곽을 먼저 빼앗으면 두 개의 성곽은 단절되어 고립무원의 섬과 같을 것입니다."

"그렇군. 자네가 말하는 의미는 가운데에 있는 교고쿠 성곽만을 공격해서 빼앗은 뒤 나머지를 공략하는 것이군."

"그것도 힘으로 무작정 빼앗으려고 하면 당연히 첫 번째, 세 번째 성곽에서 원군을 보내 아군은 협공을 받아 격전이 벌어질 수밖에 없을 것입니다. 그렇게 되면 일거에 적을 섬멸하든지 물러서서 공격을 늦출 수밖에 없을 터인데, 어느 쪽이든 성안에 계시는 오이치 님의 생명은 보장할 수 없을 것입니다."

"그럼 어떻게 하면 좋겠는가?"

"아사이 부자에게 사자를 보내 설득해서 항복하게 해야 성과 오이치 님을 지킬 수 있을 것입니다. 그렇게 하는 것이 최고의 전술임은 분명합니다."

"이미 두 번이나 사자를 보냈다는 것을 자네도 알고 있지 않은가? 안도 이가노카미를 사자로 삼아 성으로 보내 항복을 하면 오다니의 영지는 그대로 주겠다고 했네. 또 믿고 있던 에치젠까지 내 손에 들어온 사실을 알려주었지만 아사이 부자는 저리도 강경하게 대응할 뿐이네. 그들이 저러는 것은 내 동생이 성안에 있으니 함부로 공격하지 못할 것이라고 생각하기 때문일 걸세. 그 역시 오이치의 생명을 방패로 삼은 허세에 지나지 않지만……."

"아니, 그것만이 아닙니다. 요 일이 년, 제가 요코야마 성에서 유심히 지켜본 결과 나가마사 님은 과연 영기도 있고 욕심도 있는 분이었습니다. 다만 그 욕심이 작다고는 해도 아시카가 장군이나 에치젠의 요시카게와는 비교할 바가 아닙니다. 하여 이곳을 공략한다면 최선의 계책이 무엇일까 평소에 방법을 찾고 있었습니다. 그것이 오늘 공을 이룬 듯, 이미 저 교고쿠 성곽만은 단 한 명도 병력을 손실하지 않고 제 손에 넣을 수 있었습니다."

"뭐라? 지금 뭐라 말했는가?"

노부나가는 자신의 귀를 의심했다. 도키치로는 거듭 말했다.

"저기 보이는 두 번째 성곽입니다. 저 성곽만은 이미 아군의 수중에 들어왔으니 안심하시라고 말씀드린 것입니다."

"그것이 정말인가?"

"지금과 같은 때에 어찌 주군께 거짓말을 할 수 있겠습니까."

"믿을 수가 없네."

"그러실 것입니다. 곧 알게 되실 것입니다. 지금 이곳에 승려와 노장을 불렀으니 만나보십시오."

"그 두 사람이 누구인가?"

"미야베 젠쇼宮部善性라는 승려와 교고쿠 성곽을 맡고 있는 노신 중 하나인 오노기 도사입니다."

도키치로가 손을 흔들자 저편에서 병졸 하나가 몸을 구부린 채 수풀 사이로 달려왔다. 도키치로는 그에게 명을 내렸다. 그리고 노부나가를 향해 몸을 돌리며 말했다.

"방금 부르러 보냈으니 곧 이곳으로 데려올 것입니다."

노부나가는 여전히 어리둥절한 표정을 지어 보였다. 도키치로를 믿었지만 아사이 가의 노신을 어떻게 마음대로 이곳으로 데려올지 의심스런 마음을 지울 수가 없었다. 시간이 꽤 흘렀다. 그사이에 도키치로는 아무 일도 아니라는 듯 내막을 밝혔다.

"요코야마 성을 주군께 받고 나서 얼마 되지 않을 무렵 있었던 일입니다."

도키치로는 그렇게 말을 꺼냈다.

노부나가는 천천히 이야기를 시작하는 도키치로의 얼굴을 물끄러미 바라보며 적잖이 놀랐다. 요코야마 성은 아사이와 아사쿠라를 견제하는 전선의 요충지였기 때문에 도키치로의 부대에게 맡겼던 것이다. 일시적으로 주둔시킨다는 생각으로 명을 내린 것이었지 성지城地를 주겠다고 약속한 기억은 없었다. 그런데 도키치로 쪽에서는 성지를 받은 것처럼 말하고 있었다. 하지만 때가 때인 만큼, 그리고 그 이후 이야기를 빨리 듣고 싶었기에 노부나가는 쩨쩨하게 그런 것을 따질 수가 없었다.

"그 무렵이란 에이 산을 공격한 다음 해, 자네가 기후에 새해 인사를 하러 온 초봄을 말하는 것인가?"

"그렇습니다. 그 도중에 다케나카 한베가 이마하마 부근에서 지병이 도진 탓에 예정이 늦어져 요코야마 성에 이르렀을 때는 이미 밤중이었습니다."

"이야기를 길게 듣고 있을 심경이 아니니 빨리 요지를 말하게."

"제가 성에 없는 틈을 타서 적들이 요코야마 성을 공격했습니다. 즉시 적을 물리쳤습니다만 그때 사로잡은 적들 중에 미야베 젠쇼라는 승려가 있었습니다."

"생포한 자인가?"

"그렇습니다. 목을 치지 않고 정중히 대하며 틈이 날 때마다 앞으로의 시세와 무문의 본분에 대해 논하고 일깨웠는데, 그러는 사이 그가 자진해서 옛 주인인 오노기 도사를 설득하고 도사는 다시 다른 노신을 설득해 저를 따르게 했습니다."

"정말인가?"

"진중에 허언은 없을 것입니다."

"흐음……."

노부나가는 도가 지나칠 정도로 자신만만해하는 도키치로를 어이가 없다는 표정으로 바라보았다. 얼마 뒤 도키치로가 '진중에 허언은 없다'라고 장담한 대로 미야베 젠쇼와 오노기 도사가 도키치로의 부하의 안내를 받으며 그곳으로 왔다. 두 사람은 멀리 풀 속에서 엎드려 있었다. 노부나가가 도사에게 도키치로의 말이 사실이냐고 두세 번 묻자 도사가 공손히 대답했다.

"저 혼자 항복한 것이 아닙니다. 교고쿠 성곽에 있는 다른 두 명의 노신도 적대를 하는 것은 어리석은 일이며 오히려 주가의 멸망을 재촉하고 영민들을 고통받게 하는 것이라며 깊이 뉘우치고 기노시타 님께 서약서를 올린 것과 같이 이미 마음을 굳히고 있습니다."

"서약서까지 가지고 있는가?"

노부나가가 돌아보며 묻자 도키치로가 웃으며 대답했다.

"백지 상태에서 주군께 말씀드릴 수는 없을 듯하여."

얼마 뒤, 노부나가는 산을 내려갔고 도키치로와 젠쇼는 요코야마 성으로 돌아갔다. 또 오노기 도사는 혼자 샛길을 따라 오다니의 두 번째 성곽으로 은밀히 돌아갔다.

정략결혼

나가마사는 젊었다. 아내인 오이치와의 사이에 네 명의 아이를 두고 있었지만 아내는 스물셋이었고 그 역시 서른에서 한 살이 적은 나이였다. 나가마사는 넓은 오다니의 땅을 삼등분해서 각각 성을 쌓은 뒤 세 번째 성곽에 머물고 있었다. 오다니 성이란 그렇게 세 개의 성을 합쳐서 부르는 이름이었다.

해질녘까지 남쪽 골짜기에서 소총 소리가 격렬하게 들리고 있었다. 이따금 격천장을 뒤흔드는 대철포 소리도 들렸다.

"아아……."

오이치는 겁에 질린 눈으로 품에 있는 아이를 꼭 껴안았다. 아직 젖을 떼지 않은 다쓰達였다. 바람도 불지 않는데 등잔불은 그을음을 일으키며 흔들렸다.

"무서워! 어머니."

둘째딸인 하쓰初가 오이치의 오른 소매에 매달리자 장녀인 차차茶茶는 입을 꼭 다물고 그녀의 왼쪽 무릎을 붙잡았다. 그리고 나가마사의 장자인 만쥬마루萬壽丸는 아직 어리지만 사내아이여서인지 어머니 곁으로 오지 않고 곁에서 시중을 드는 시녀를 상대로 막대기를 휘두르고 있었다.

"보여줘, 싸우는 걸 보여줘!"

만쥬는 촉이 없는 창으로 시녀를 때리며 떼를 쓰고 있었다.

"만쥬야, 시녀를 왜 때리느냐? 싸움은 아버지가 하고 계시니 얌전히 있으라고 아버지께서 말씀하신 것을 잊었느냐. 다른 사람을 괴롭히면 커서도 좋은 대장이 되지 못한다."

만쥬는 어머니의 말을 어느 정도 알아들을 수 있는 나이였다. 그런데도 만쥬는 아무 말 없이 듣고 있다 갑자기 큰 소리로 응석을 부리며 울기 시작했다. 보모도 어찌하지 못하고 그저 지켜보기만 했다. 많이 잦아들기는 했지만 그사이에도 끊임없이 소총 소리가 들려왔다. 장녀인 차차는 예닐곱 살이었다. 그래서인지 아버지의 역경과 어머니의 슬픔, 그리고 성의 사람들이 품고 있는 적개심을 어느 정도 알고 있었다. 차차가 조숙한 말투로 말했다.

"만쥬, 그런 억지를 부리면 안 돼. 어머니가 불쌍하지도 않니? 아버지가 적들과 싸우고 계신 걸 몰라? 그렇죠, 어머니?"

"뭐라고?"

차차가 힐책하자 만쥬가 창을 휘두르며 달려와 차차를 때리려고 했다.

"나보고 뭐라고!"

"어머!"

차차는 소매로 얼굴을 가리며 어머니 뒤로 숨었다.

"그만두어라."

오이치가 꾸짖으며 창대를 빼앗고 조용히 타일렀다. 그때 거친 발소리가 들렸다.

"뭐라? 오다 따위가! 얼마 전까지 촌구석에서 기회를 엿보다 튀어나온 자에 지나지 않는다! 그런 노부나가에게 굴복할 내가 아니다! 아사이

가는 다른 가문과 다르다!"

아사이 나가마사가 두세 명의 무장을 거느리고 내실로 들어왔다.

"오, 모두 여기에 있었구나!"

어두침침한 등잔불에 있다 넓고 탁 트인 곳에서 처자식의 모습을 발견하자 그는 안심한 듯 자리에 앉았다.

"아, 좀 피곤하군."

나가마사가 갑옷을 벗더니 숨을 거칠게 쉬며 뒤에 있는 부장들에게 말했다.

"자네들도 좀 쉬도록 하라. 해질녘 상황으로 보아 적이 한밤중에 야습해올지도 모르니 지금 쉬어두는 것이 좋을 것이다."

부장들이 물러가자 나가마사는 숨을 크게 내쉬었다. 전쟁 중이라도 이곳에서는 한 가정의 아버지이자 남편이라는 사실을 깨달았던 것이다.

"부인, 총소리가 무섭지 않았소?"

오이치는 아이들에게 둘러싸인 채 하얀 얼굴을 옆으로 저었다.

"아닙니다. 여기에 있으니 아무것도."

"만쥬와 차차가 무서워서 울지 않았소?"

"칭찬해주세요. 모두 얌전히 있었습니다."

"그랬소?"

나가마사가 억지로 웃어 보이며 말했다.

"안심하시오. 끈질기게 기습해왔던 적도 성에서 총을 쏘아 모두 산기슭 쪽으로 쫓아버렸소. 설사 앞으로 몇 날 며칠 동안 오다 군이 공격해오더라도 굴복할 내가 아니오. 아사이 일족이 아니오! ……노부나가 따위에게."

그는 침을 뱉듯 소리치다 갑자기 입을 닫았다. 오이치가 등잔불을 외면하며 품에 있는 젖먹이에게 얼굴을 묻었던 것이다.

'노부나가의 동생!'

나가마사는 마음이 흔들렸다. 오이치를 보자 어딘지 노부나가와 얼굴이 닮은 듯했다. 고운 목덜미부터 갸름한 옆얼굴의 선까지 모두 오다 가의 피를 이어받았으니 당연한 일이었다.

"부인, 울고 있는 것이오?"

"아닙니다. 우는 것이 아닙니다. 모유가 나오지 않는지 아이가 가끔 젖꼭지를 깨물어서."

"모유가 나오지 않는다?"

"예, 근래 들어."

"가슴속에 근심이 있어서일 게요. 요즘 눈에 띄게 마른 듯하구려. 부인은 이 아이들의 어머니임을 잊지 마시오. 그것이 부인의 소임이오."

"알, 알고 있습니다."

"모진 남편이라고 생각할 것이요."

오이치는 분연히 격천장을 올려다보더니 아이들을 안은 채 남편의 곁으로 몸을 기댔다.

"그리 생각하지 않습니다. 어찌 당신을 원망하겠습니까. 모두 숙명이라 여기고 있습니다."

"사람인 이상, 그저 숙명이라고 말한다고 해서 포기할 수 있는 것이 아니오. 바늘을 삼키는 것보다 괴롭겠지만 무장의 아내라는 것을 깨닫고 각오하지 않으면 진정한 각오라고 할 수 없을 것이오."

"깨닫고 있습니다. 하지만 여자로서는 기껏 어머니라고 생각하는 것 외에는."

"그럴 것이오. 평소에 세상의 지식이나 바깥일도 듣지 못하다가 갑자기 깨달으라는 말을 들으면. ……지금 분명하게 말해야겠소."

"……."

"부인, 나는 당신을 아내로 맞아들일 때부터 오랫동안 함께할 아내라고 생각하지 않았소. 아버님께서도 아사이 가의 여인이라고 인정하지 않았소."

"예? 지금 뭐라 말씀하셨습니까? 지금, 지금 그 말씀은?"

"사람은 지금과 같은 상황에 직면하면 진실을 말하기 마련이오. 당신에게 내 마음을 털어놓을 기회가 다시없을 것이오. 난세의 무인의 표리와 계략의 어려움, 또 인간적인 고뇌……. 지금 세상의 이면을 가르쳐주는 것이오. 슬퍼하거나 의심하지 말고 차분하게 들으시오."

나가마사는 당장이라도 울음을 쏟을 듯한 오이치의 얼굴을 보며 그렇게 달랜 뒤 이어 말했다.

"노부나가가 당신을 내게 시집보낸 것은 정략 때문이오. 나는 그것을 꿰뚫어보고 있었던 것이오. 처음부터 노부나가의 속내를."

나가마사는 말을 끊더니 잠시 뒤 다시 말을 이었다.

"하지만 당신을 알아가면서 우리 사이에는 그 무엇도 끊을 수 없는 사랑이 생겼소. 또 네 아이가 태어났소. 지금 당신은 더 이상 노부나가의 동생이 아니오. 나가마사의 아내이자 나가마사 아이들의 어머니이오. ……적인 노부나가를 위해 눈물을 흘리는 것은 용서할 수 없소. 왜 그리 야위는 것이오? 어찌 아이들에게 줄 모유를 마르게 한 것이오?"

지금의 운명적인 상황은 모두 '정략'이라는 속박에서 기인했다. 나가마사는 정략에 의해 시집온 오이치를 맞아들이면서 노부나가를 정략적인 사내라고밖에 생각하지 않았다. 물론 노부나가에게 정략적인 측면도 있었다. 하지만 노부나가는 진심으로 매제인 나가마사를 사랑했다. 처음부터 사랑했던 것이다.

나가마사는 약관인 열여섯 살에 장수로 진두에 서서 미나미오우미南近江의 로카구 죠테이六角乘禎를 무찌르고 영토를 확장했다. 그 지방으로 노부나가가 진출했을 무렵에는 아사이 가의 영토는 아이치愛知 강을 경계로 할 만큼 눈부신 업적을 이루고 있었다.

"아사이의 아들은 장래가 밝다."

노부나가는 나가마사의 무용을 높이 사 동생인 오이치와의 혼담을 적극적으로 추진해서 성사시켰다. 하지만 그 결혼에는 처음부터 무리가 있었다. 에치젠의 아사쿠라와 아사이 가가 삼대에 걸쳐 친밀한 관계를 유지하고 있기 때문이었다. 단순한 군사동맹이 아닌 구은舊恩의 관계였고, 이런저런 호의로 엮여 있어 떼려야 뗄 수 없는 사이였다. 그런데 그런 아사쿠라와 오다는 숙명의 적국이었다. 노부나가가 기후의 사이토를 공략할 때 아사쿠라 쪽에서 얼마나 방해를 하고 얼마나 사이토를 도왔는지만 보더라도 서로에 대한 감정을 짐작할 수 있었다.

"그 일이라면 아무것도 걱정할 것은 없다. 이 노부나가가 편지 한 통을 써서 청하기만 하면 될 것이다."

노부나가는 혼인에 방해물을 제거하기 위해 그다운 해결책을 꾀했다. 아사쿠라 가에 한 통의 서약서를 보내 앞으로 아사쿠라 땅에는 군사를 들이지 않겠다고 약조했던 것이다. 아사쿠라 요시카게는 편지를 받고 히사마사와 나가마사에게 방심하지 말라고 은밀히 주의를 줬다. 그리고 항상 뒤에서 노부나가의 야심과 행동에 대해 알려주었다.

젊은 나가마사는 신혼 초부터 아버지나 구은이 있는 아사쿠라 가에게 끊임없이 그런 말을 들었던 터라 아무것도 모르는 천진스런 아내까지 한편으로 보았다. 그러던 중 아사쿠라와 아시카가 사이에 밀맹이 이루어졌고, 어느 틈엔가 고슈의 신겐과 에이 산 등의 반노부나가 연맹에 그도 들어가게 됐다. 그 계기가 된 것은 작년 노부나가가 에치젠의 가네가사키를 공격했을 때였다. 나가마사가 불시에 노부나가의 배후를 친 것이었다. 원정을 나가 있던 노부나가의 퇴로를 끊고 아사쿠라와 호응해서 오다의 궤멸을 꾀했을 때, 나가마사는 노부나가에게 '정략에 의해 시집온 아내는 개의치 않겠다'는 의지를 분명하게 표명했다. 그는 노부나가가 거짓말이라며 의심할 정도로 단호했다. 노부나가는 진심으로 나가마사를 사랑하던 만큼 있을 수 없는 일이라고 생각했던 것이다.

그 이래로 자신이 높이 평가해서 누이동생까지 시집보냈던 나가마사의 무용과 아사이의 세력은 오히려 발밑의 화근이자 족쇄가 되어버렸다. 그리고 마침내 일거에 에치젠을 제압한 지금, 오다니 성은 더 이상 화근이자 족쇄가 되지 못했다. 오직 노부나가의 마음 하나에 달려 있었다. 하지만 노부나가의 가슴속에는 여전히 나가마사를 죽이고 싶지 않은 마음이 컸다. 그것은 나가마사의 무용을 아끼는 마음도 있었지만 동생에 대한 애정으로 고뇌하는 마음이 더 컸던 것이다. 에이 산을 불태울 때는 마왕이라고 불리기를 마다하지 않았던 주군이 망설이자 사람들은 의아하게 생각했다.

아직 아침 안개가 짙게 깔려 있었다. 커다란 태양이 산등성이 위로 솟아 있었지만 오다니의 분지에서는 안개 때문에 사방으로 뻗어나가고 있는 산들의 능선조차 보이지 않았다.

'아사이 성은 작구나. 작은 성이구나…….'

그리 멀지 않은 곳이었다. 안개 속에서 목소리가 들렸다. 그것도 한두 명이 아니라 많은 사람이 노래를 하며 손뼉을 치고 있었다. 춤을 추고 있는 듯싶었다.

"어디지?"

"무슨 일이지?"

아침 일찍 일어난 차차와 만쥬가 방에서 튀어나왔다. 그리고 큰 복도를 지나 목소리가 들리는 곳을 향해 맨발로 정원으로 뛰어내려 성곽의 끝까지 가서 북쪽을 바라보았다.

"저기다! 저기서 사람들이 춤을 추고 노래를 부르고 있다."

만쥬가 기뻐하며 외치자 차차가 눈을 가늘게 뜨고 살피며 물었다.

"어디? 어디?"

북쪽 산 중턱이었다. 구름 사이로 쏟아지는 빛처럼 안개가 걷힌 산허리 부근에 햇빛을 받아 빛나는 곳이 있었다. 흡사 대불의 무릎처럼 보이는 언덕이었다. 분명 적이었다. 일개 소대 정도로 보이는 노부나가 쪽 병사들이 화창한 가을 아침에 장단을 맞추며 춤을 추고 있었다.

"어이, 잘 들리는가!"

병사들이 소리치고 있었다. 그리고 다시 일제히 노래를 불렀다.

"아사이 성은 작구나. 작은 성이구나. 아아, 착한 아이구나. 차차, 착한 아이구나."

그때 차차와 만쥬의 머리 위에서 갑자기 소총 소리가 연달아 울려 퍼졌다. 망루의 총안銃眼에서 그들을 향해 총을 쏜 것이다.

"무서워!"

차차는 몸을 숙이며 귀를 막았다. 만쥬는 사내아이답게 하얀 벽을 올려다보며 총안에서 나는 연기를 바라보았다. 노랫소리가 멈췄다. 적의 모습도 안개에 가려졌다.

"없어졌다. 에이, 시시해."

만쥬는 아직도 바라보고 있었다. 뒤쪽에서 보모와 어머니의 목소리가 들렸다. 오이치는 아까부터 보이지 않는 두 아이를 이곳에서 발견하자 가슴이 철렁 내려앉았는지 소리를 쳤다.

"위험하게 왜 이런 곳에 있는 거니?"

오이치는 차차를 끌어안고 보모는 만쥬의 손을 잡아끌며 본성 쪽으로 데리고 왔다.

"뭘 하는 것이오?"

나가마사가 한 무리의 노신과 부장과 함께 한심하다는 듯 입술을 굳게 다물고 서 있었다.

"아이들이 성 밖에서 들리는 노랫소리에 이끌려 먼 곳까지 나가 보고 있어서 말입니다……."

나가마사가 쓴웃음을 지으며 말했다.

"안으로 데리고 가시오."

"예."

"아니, 잠깐만. 다른 아이들도 함께 그 부근에서 구경하는 것이 좋겠소. 적들도 오랫동안 진을 치고 있어 무료한지 놀고 있는데 그것을 철포로 대응하는 건 속 좁은 일일 게요. 얘들아, 지금 재미있는 걸 보여주도록 하마."

나가마사는 병사들을 향해 적들에게 노래로 되돌려주라고 명을 내렸다. 따분하게 성에 틀어박혀 있던 병사들이 기뻐하며 큰 소리로 노래를 부르기 시작했다.

"적들도 노래로 대응한다."

그러자 노부나가의 병사들도 다시 아까 그 자리에 모습을 드러내 노래로 대응했다.

"아사이 님은 다 익은 밤처럼 가시 갑옷에 귀여운 아이들을 끌어안고 무서워 떨고 있구나. 아아, 이제 곧 떨어질 가련한 신세, 가련한 성이구나."

즉흥적으로 입에서 나오는 대로 부르는 노래였다. 적이 한바탕 노래를 부르고 잠잠해지면 성안에서 질세라 대응했다.

"노부나가 님은 다리 밑의 도둑 거북이. 불쑥 나왔다 들어가고, 불쑥 나왔다 집어넣으니 목놀림이 능수능란하구나. 이번에 나오면 잡아 찻솥로 써야겠구나."

웃음소리가 건너편 산까지 메아리쳤다. 그것을 계기로 총격전이 다시 시작됐다. 방금까지 노래하고 춤을 추던 병사들이 피를 흘리고 픽픽 쓰러지며 부상을 입었다. 날마다 이런 생활 속에서 오이치는 네 명의 아이를 부둥켜안고 마음속으로 싸우고 있었다.

골짜기를 날아다니는 직박구리의 울음소리에 가을은 날이 갈수록 깊어졌다. 풀에 맺힌 이슬도 차갑게만 느껴지는 어느 날 아침이었다.

"주군, 큰일입니다."

후지가케 미카와노모리藤掛三河守가 평소와는 달리 황망한 목소리로 외쳤다. 나가마사는 종이 모기장을 쳐놓고 자는 아내와 아이들의 근처에서 잠을 잤지만 갑주를 벗은 적이 없었다.

"미카와, 무슨 일인가?"

나가마사가 곧장 침소에서 나와 상기된 목소리로 물었다. 나가마사는 적들이 아침에 기습한 것이라고 직감했다. 하지만 미카와의 입에서 나온 이야기는 더 큰일이었다.

"두 번째 교고쿠 성곽이 하룻밤 사이에 노부나가 군에게 점령당하고 말았습니다."

"뭐, 뭐라?"

그럴 리 없다고 말하는 듯했다.

"의심은 접어두고 먼저 망루 위로 가셔서."

"그, 그럴 리가, 있을 수 없는 일이다."

나가마사는 망루를 향해 달려갔다.

교고쿠 성곽과는 거리가 꽤 떨어져 있었지만 망루 위에 서면 바로 눈밑을 보듯 훤히 보였다. 살펴보자 저편의 성 꼭대기에 몇 개의 깃발이 펄럭이고 있었다. 그런데 어느 깃발도 아사이 가의 신하인 오노기 도사와 미타무라 우에몬과 아사이 겐바의 깃발이 아니었다. 아침 하늘에 자랑스러운 듯 펄럭이는 우마지루시 중 하나는 분명 적장인 기노시타 도키치로의 것이 분명했다.

"노신들이 아사이 가를 배신한 것인가. 부끄러움을 모르는 자들은 마음대로 떠나도 좋다. 이렇게 된 이상, 내 생각대로 할 수밖에 없다. 좋다. 노부나가에게 똑똑히 보여주마. 아니, 아사이 나가마사가 어찌 행동하는지 세상천지의 무문에게 똑똑히 보여주마."

나가마사의 얼굴에서 더 이상 웃음을 찾아볼 수 없었다.

세객

나가마사는 말없이 망루의 어두운 계단을 내려왔다. 신하들은 마치 깊은 땅속으로 함께 걸어 들어가는 듯한 기분으로 뒤따라갔다.

"대체 어찌 이런 일이!"

어두컴컴한 계단 중간에서 부장 한 명이 울음 섞인 목소리로 외쳤다.

"오노기 도사, 아사이 겐바, 미타무라 우에몬 세 명 모두 아군을 배신하다니."

또 다른 부장이 오열하듯 말했다.

"노직에 있으면서, 더군다나 중요한 교고쿠 성곽을 맡긴 신망을 무참히 짓밟다니!"

다른 사람들도 입술을 깨물며 세 사람의 불충에 분노했다.

"짐승만도 못한 자들!"

나가마사가 뒤를 돌아보며 말했다.

"그만두어라. 어리석은 것은."

그즈음 그들은 계단을 다 내려와 다소 밝고 넓은 마루에 서 있었다. 거대한 우리와 같은 그곳에서 수많은 부상자가 멍석을 깔고 신음하고 있었다. 나가마사가 지나가자 누워 있던 무사들이 벌떡 일어나더니 다시 엎드렸다.

“헛되이 죽게 하지 않을 것이다.”

나가마사는 사람들에게 그렇게 말하며 지나갔다. 밖으로 나오자 그의 눈에도 눈물을 흘린 듯한 흔적이 보였다. 하지만 그는 결코 부장들에게 불평이나 불만을 하지 않았다.

“적에게 항복하든 나를 따라 죽든 거취는 각자가 선택하는 것이니 함부로 비방하지 마라. 이번 싸움은 노부나가에게도 명분이 있고 이 나가마사에게도 명분이 있다. 그는 천하의 개혁에 뜻을 두고, 나는 무문의 이름과 의를 위해 싸우는 것이다. 그대들도 노부나가에게 항복하는 것이 좋다고 생각하면 노부나가에게 가라. 나는 결코 잡지 않을 것이다.”

나가마사는 그렇게 말하고 곳곳의 방비를 둘러보기 위해 걸음을 옮겼다. 그리고 백 걸음도 채 가지 못했는데 교고쿠 성곽을 잃은 것 이상의 변고가 전해졌다.

“주군, 주군! 분, 분합니다!”

저편에서 한 부장이 새빨갛게 피로 물든 모습으로 달려오며 고했다.

“규타로가 아닌가. 대체 무슨 일인가?”

나가마사는 불길한 예감에 사로잡혔다. 와쿠이 규타로湧井休太郎는 이곳 세 번째 성곽의 무사가 아닌 그의 부친인 히사마사의 측신이었다.

“방금 히사마사 님께서 자결하셔서 여기까지 적을 뚫고 유품을 가져왔습니다.”

규타로는 그렇게 말하고 무릎을 꿇었다. 그리고 숨을 헐떡이며 히사마사의 상투를 감싼 옷소매를 꺼내 나가마사의 손에 바쳤다.

“그럼 두 번째 성곽뿐 아니라 아버님이 계시는 첫 번째 성곽까지 함락되었단 말인가?”

"채 날이 밝기도 전이었습니다. 교고쿠 성곽의 샛길에서 한 부대의 병사가 오노기 도사노카미의 깃발을 휘저으며 성문 밖까지 오더니 화급히 대군을 뵐 일이 있다며 문을 열라고 해서 아군이라 생각하고 성문을 열었습니다. 그러자 수많은 적이 그 틈을 노려 공격해 들어왔습니다."

"그, 그들이 적이었는가?"

"대부분 기노시타 도키치로의 병사들이었습니다만 길을 안내하는 자와 깃발을 흔든 자는 분명 오노기의 병사들이었습니다."

"그럼 아버님은?"

"끝까지 맞서 싸우다 직접 전각에 불을 지르고 자결하셨습니다. 그곳에 달려온 기노시타 군이 즉시 불을 끄고 소리가 나지 않도록 움직여 성을 함락시켰습니다."

"그래서 불길이나 연기가 보이지 않았던 것이군."

"만일 첫 번째 성곽에 불길이 일었다면 세 번째 성곽의 병사가 즉시 성문을 열고 도왔을 것입니다. 그렇게 됐다면 히사마사 님이 돌아가신 것을 안 나가마사 님과 가족분들이 모두 불을 지르고 자결할 것이고, 그것을 두려워한 적의 작전인 듯합니다."

규타로의 숨은 거기까지인 듯했다. 그는 돌연 땅을 손으로 움켜쥐더니 마지막 일성을 쥐어짰다.

"이만 하직을 고하겠습니다."

규타로는 그렇게 말하더니 손을 짚은 채 땅바닥에 얼굴을 부딪치며 쓰러졌다. 적과 맞서 싸우다 칼에 맞아 죽는 것보다 더 괴로워하며 숨을 거뒀다.

"또 한 명이 떠났구나. 아아, 참으로 장렬한 최후다."

누군가 나가마사의 뒤에서 낮은 목소리로 탄식했다.

"나무아미타불."

염주 소리가 들렸다. 뒤를 돌아보자 기노모토木之本의 유잔雄山 화상이 그곳에 서 있었다. 그는 얼마 전 정신사淨信寺가 병화에 휩싸인 뒤 오다니 성에 와 있었다.

“대군께서도 오늘 아침에 돌아가신 듯합니다.”

유잔의 말에 나가마사는 동요하지 않고 말했다.

“화상에게 부탁할 것이 있소.”

조용한 말투였다.

“다음은 내 차례일 것이오. 하여 생전에 사람들을 모아놓고 형식적으로나마 장례를 치르려 하오. 이 오다니의 깊은 계곡에는 예전에 화상에게 받은 계명을 새긴 비석이 세워져 있소. 수고스럽겠지만 그것을 성안으로 옮겨다줄 수 있겠소? 승려인 그대가 간다면 적들도 말없이 보내줄 것이오.”

“알겠습니다.”

유잔은 곧장 성을 나섰다. 이윽고 부장 한 명이 달려와 고했다.

“후와 가와치노카미 미쓰하루라고 하는 자가 성문 아래에 와 있습니다.”

“후와 가와치가 누구인가?”

“오다 군의 직신입니다.”

“적인가!”

나가마사는 침을 뱉듯 소리쳤다.

“쫓아버려라! 노부나가의 가신 따위에게 아무 볼일도 없다. 돌아가지 않으면 성문 위에서 돌이라도 던져 쫓아버려라.”

부장은 나가마사의 뜻을 받들고 즉시 돌아갔는데 다시 다른 부장이 와서 고했다.

“아무리 뭐라 해도 적의 사신이 성문 아래에 서서 돌아가지 않습니다. 싸움은 싸움이고 교섭은 교섭이라며 일국을 대표해서 온 사자에게 예도 차리지 않고 돌려보내는 법이 어디 있느냐며 따지고 있습니다."

나가마사는 들을 필요도 없다는 듯 고개를 저으며 말했다.

"위협을 해서 쫓아버리라고 했거늘 상대의 말을 어찌 전하느냐!"

그때 또 다른 부장이 와서 고했다.

"잠깐이나마 만나주시는 것이 진중의 예가 아닌가 싶습니다. 주군께서 적국의 사자를 만날 수도 없을 정도로 이성을 잃었다고 소문을 내면 좋을 게 하나도 없습니다."

"그럼 만나기만 할 테니 일단 들여보내도록 하라."

"예. 그럼 어디로?"

"저쪽으로 데려오라."

나가마사는 무사 대기소의 큰 마루를 가리키며 성큼성큼 걸어갔다.

부장과 무사 들은 반대편으로 달려가서 오다 가의 사자를 성안으로 들였다. 아사이 가의 병사들 중 절반 이상은 그 성문으로 평화가 찾아오기를 바라고 있었다. 그들이 나가마사를 진심으로 따르지 않는 것은 아니었지만 나가마사가 주창하는 의와 전쟁의 의의는 소승적이었다. 그리고 그것은 에치젠과의 관계나 노부나가에 대한 단순한 반감에서 기인하는 것이며 노부나가가 표방하는 대의와 패업과는 비교할 수 없을 만큼 대국적이라는 사실을 알고 있었다. 이른바 그들은 대승과 소승에 대해 생각하게 되었던 것이다.

오다니 성이 견고하게 버티고 있을 때라면 몰라도 이미 첫 번째 성곽과 두 번째 성곽이 적의 수중에 들어가서 성이 고립무원이 된 상태라 틀어박혀 봤자 전혀 승산이 없었다. 그러다 보니 그들은 목숨을 걸고 지킬 가치가 있는지 고민하지 않을 수 없었다. 그리고 그들 사이에서 오다 가의 사신을 승자처럼 맞이하는 분위기가 느껴졌다.

사자인 후와 가와치노카미는 성의 큰 객실에서 나가마사와 마주 앉았다. 그를 바라보는 눈길들이 빙 둘러쳐진 장막을 따라 노골적으로 적의를 드러내고 있었다. 그리고 부상당한 손을 천으로 감아 목에 걸고 있는 사람들이 무서운 얼굴로 가와치노카미를 응시하고 있었다. 가와치노카미는 그 속에서 극히 온후한 태도를 보였다. 그는 무장이라는 사실이 믿어지지 않을 만큼 온화한 인품을 지닌 인물이었다.

"주군인 노부나가 님의 말씀을 그대로 전하도록 하겠습니다. 나가마사 님께서 분해하고 계실 거라고 말씀하셨습니다."

"전쟁터이니, 그런 입에 발린 말은 그만두고 용건만 말하시오."

"주군이신 노부나가 님께서도 아사쿠라 가에 대한 의리에 경탄을 금치 못하고 계십니다. 하지만 그것은 아사쿠라 가가 존립할 때의 일이라며, 에치젠이 멸망하고 에치젠과 깊은 관계였던 아시카가 장군도 교토를 멀리 떠나 모든 은원恩怨이 과거의 일이 되었는데 오다와 아사이 두 가문이 싸울 이유가 있느냐고 말씀하셨습니다. 더군다나 매형과 매제 사이에 싸울 필요가 있느냐고 하셨습니다."

"그것은 매번 듣던 이야기에 불과하오. 화친을 청하는 것이라면 몇 번을 찾아와도 거절할 것이오. 그러니 더 이상 쓸데없는 말은 마시오."

"실례되는 말이지만 이젠 성을 열 수밖에 없을 것입니다. 지금까지 싸우셨으니 무문의 면목을 충분히 세운 거나 다름없습니다. 떳떳하게 성지를 양도하시고 후일의 안위를 강구하시는 게 어떻겠습니까? 그렇게 하신다면 노부나가 님께서도 결코 소홀히 대하지 않을 것이고 야마토 일국을 맡기실 것입니다. 노부나가 님께서는 진심으로 나가마사 님을 걱정하고 계십니다."

나가마사가 세객의 말을 비웃으며 말했다.

"그러한 교언에 현혹될 내가 아니라고 오다 님께 전하시오. 이 성을 건넬 일은 결코 없을 것이오. 또 오다 님이 걱정하시는 것은 이 나가마사가 아니라 육친인 동생일 것이오."

"아닙니다. 그건 잘못 알고 계신 것입니다."

"뭐라고 하든 나는 아내의 연줄에 매달려 목숨을 보존하려는 생각이 추호도 없으니 돌아가 그리 전하시오. 그리고 아내인 오이치도 지금은 노부나가의 동생이 아니라는 사실을 오다 님이 깨달을 수 있도록 잘 말씀드리는 것이 좋을 것이오."

"그럼 무슨 일이 있어도 이 성과 운명을 함께할 생각이십니까?"

"나를 비롯한 오이치도 그리 각오하고 있소."

"……어쩔 수가 없군요."

후와 가와치노카미는 더 이상 아무 말도 하지 않고 인사를 하고 돌아갔다. 그 뒤 성안에는 절망 이상으로 일종의 침울하고 공허한 분위기가 감돌았다. 화친을 청하러 온 사자에게 평화를 기대했던 장수와 병사 들이 낙담한 탓도 있었지만, 그때까지 죽음을 각오하고 있던 사람들이 혹시나 살 수 있을지 모른다고 생각한 탓도 있었다. 그러다 보니 사람들은 쉽게 이전과 같은 상태로 돌아가지 못했다.

성안이 침통해진 데에는 또 다른 이유가 있었다. 전시 중이었지만 나가마사의 부친인 히사마사의 임시 장례가 치러진 다음 날까지 본성 안쪽에서 독경을 읊는 소리가 들렸기 때문이다. 오이치를 비롯한 네 명의 아이들도 그날부터 모두 하얀 비단 의복을 입고 검은색 허리띠와 머리끈을 매고 있었다. 그 모습은 죽음을 각오하고 있는 가신들의 눈에도 너무나 애달프게 보였다. 거기에 다시 얼마 전, 성 밖으로 나갔던 정신사의 유잔이 골짜기 안쪽에서 인부의 등에 석탑을 지고 돌아왔다. 석탑에는 나가마사의 생전 계명이 새겨져 있었다.

덕승사전천영종청대거사德勝寺殿天英宗清大居士

8월 27일 전날 밤, 나가마사는 석탑을 성안의 대현관에 세워놓고 향로와 붓순나무 꽃 등을 바치고 생전 장례식을 거행했다.

"본성의 성주, 아사이 나가마사 님께서는 무문의 명성을 다해 지는 꽃처럼 장렬한 최후를 고하셨소. 제사諸士들께서는 대대로 은혜로 보살펴준 주군께 삼가 받들어 하직 인사를 고하도록 하시오."

유잔이 사람들에게 그렇게 고하는 동안 나가마사는 정말로 죽은 사람처럼 석탑 뒤에 앉아 있었다. 무사들은 처음에는 '이렇게까지 하지 않아도'라고 말하듯 석연치 않은 표정으로 웅성거렸다. 하지만 오이치와 아직 어린아이들이 차례로 분향을 하고 일족들도 차례로 분향을 하는 동안 여기저기서 흐느껴 우는 소리가 들려왔다. 큰 방을 가득 채운 남자들은 모두 눈을 감은 채 고개를 숙이고 있었다.

"자, 날이 새기 전에 석탑을 물속에 넣으러 가시오."

식이 끝나자 유잔 화상이 앞장서서 비석을 짊어진 몇 명의 무사를 이끌고 성 밖으로 나갔다. 그리고 산기슭 쪽으로 내려가더니 호숫가에서 작은 배를 타고 치쿠부시마竹生島에서 동쪽으로 팔 정 정도 간 곳에서 비석을 호수 밑으로 던지고 돌아왔다.

"생전 장례식도 끝났다. 이젠 성안의 장병들도 내 결의를 깨닫고 모두 결사의 각오를 했을 것이다. 자, 언제든지 오너라. 내 최후의 날이여."

나가마사는 자신을 향해 다가오는 죽음에 대해 그렇게 분연히 외쳤다. 그 역시 단순한 무장이 아니었다. 화친에 희망을 걸고 있던 일부 병사들의 느슨해진 마음을 놓치고 있지 않았다. 그가 치른 장례식은 성안의 분위기를 일신하는 데 효과가 있었다.

"주군께서 직접 결사의 결의를 보여주신 이상."

모두 옥쇄를 결심했다.

"여기까지다."

"죽는 것이다."

모두 그렇게 각오했다. 비장한 나가마사의 결의가 그대로 가신들에게 투영되었고 병사들의 결의를 떨쳐 일으키려는 그의 책략은 분명 성공적이었다. 하지만 그는 범장凡將은 아니었다. 그렇다고 걸출한 무장의 그릇도 아니었다. 나가마사는 병사들이 기뻐하며 죽음을 맞이하게 할 방법을 몰랐다.

손자가 말하는 병법의 극치는 병사들이 기뻐하며 죽을 수 있게 하는 데 있었는데 그는 그런 경지까지 이르지 못했다. 그의 병사들도 대대로 지위의 고하를 막론하고 죽는 것을 기피하지 않았다. 하지만 죽는 보람을 크게 느끼지 못했다는 데에는 의심의 여지가 없었다.

이제 죽으려고 하는 무사들은 '죽는 보람'을 느끼고 '기뻐하며 죽을 수 있는 싸움' 외에 바라는 게 없었다. 또 그것은 인간의 희망 중 최대치이자 마지막 가치였다. 무사들이 얼마나 그것을 열망하고 있는지 상상하기란 어렵지 않았다. 따라서 예부터 명장은 반드시 그와 같은 병사들의 갈망을 허되게 하지 않았다. 싸움에 임하기 전에 그런 의의와 정의가 없다면 싸우지 않는 것이 병법이었다. 그런 점에서 나가마사의 가신들은 다소 결의가 부족했을 것이다. 그 역시 그들이 섬긴 대장의 의지로 어쩔 수 없이 단념하고 싸움에 임할 수밖에 없었던 것이다.

병사들은 이제 적의 총공격만을 기다리고 있었다. 그런데 그날도 적들은 소총도 한 발 쏘지 않았다. 늦가을 아름다운 산의 풍광과 구름이 흘러가는 파란 하늘이 결사의 각오를 둔감하게 만들고 있었다.

"왔다!"

점심 무렵, 성문을 지키는 병사가 고함쳤다. 부근의 총안이나 석축 위로 보이는 철포들이 철컥 소리를 내며 표적을 찾기 위해 분주히 움직였다. 그런데 왔다는 적은 단 한 명이었다. 그것도 저편에서 더없이 태평한 걸음

걸이로 오고 있었다. 사자라면 적어도 시종을 한 명 거느린 채 말을 타고 오기 마련이었다. 그러다 보니 성병들은 의심스런 눈초리로 적병이 다가오는 것을 바라볼 수밖에 없었다. 그때 부장이 철포를 겨누고 있는 병사에게 외쳤다.

"역시 사자로 가장한 적장이다. 한 발 쏘아라."

위협을 가하라는 명이었는데 서너 명이 동시에 철포를 쏘아댔다. 그러자 사자가 깜짝 놀라 그 자리에 멈춰 서더니 금색 바탕에 붉은 동그라미가 그려진 부채를 머리 위로 펼치며 큰 소리로 외쳤다.

"멈춰라. 기노시타 도키치로를 철포로 쏘다니. 너희 성주인 나가마사님께 말씀을 드리고 난 연후에 그리해라. 나를 쏘아 죽인다고 해서 아사이가 싸움에서 이길 수 있는 것도 아니니 나중에 후회할 짓을 하지 마라."

도키치로는 그렇게 말을 하는 동안 벌써 성문 아래까지 달려왔다.

"오다 가의 기노시타께서는 무엇 하러 왔는가?"

아사이 쪽 부장이 도키치로의 의도를 의심하며 아래를 향해 외치자 도키치로가 성문을 올려다보며 외쳤다.

"일족의 누구라도 좋으니 안쪽에 말을 전해주기 바라오."

무언가 자신들끼리 의논하는 듯한 소리가 들려오더니 얼마 뒤 아사이 쪽 부장이 얼굴을 내밀고 말했다.

"소용없소. 무엇 때문에 왔는지 모르지만 말을 전해줄 수 없소. 분명 노부나가 님의 명을 받고 세객으로 왔을 터. 소용없는 짓이니 돌아가시오!"

"닥쳐라! 가신의 신분으로 주인의 의향도 묻지 않고 주인의 객을 쫓아 버리는 법이 어디 있는가. 이미 함락된 것이나 마찬가지인 이 성을 빼앗고자 일부러 시간과 공을 들여 세객을 보내거나 술수를 부릴 바보가 어디 있겠는가."

도키치로는 허세를 부리며 다시 말을 이었다.

"내가 온 것은 노부나가 님을 대신해서 나가마사 님의 위패에 분향을 하기 위해서다. 듣기로 나가마사 님께서는 이미 죽을 각오를 하고 생전 장례까지 치르고 비석을 비와 호에 수장하셨다 하는데, 생전 인연을 생각하면 향 하나쯤 올리는 것은 당연한 일 아니겠는가. 아니면 이젠 그런 예의나 정의를 나눌 여유도 없는 것인가? 그것도 아니면 나가마사 님을 비롯한 그대들의 각오는 얄팍한 속임수에 지나지 않는 것인가. 혹은 허세나 겁쟁이들의 객기란 말인가?"

부장은 부끄러웠는지 대꾸도 하지 않더니 이윽고 성문 한쪽을 살짝 열고 말했다.

"노직인 후지카케 미카와노카미 님도 괜찮다면 말씀을 전하겠소?"

그리고 부장은 다짐을 받듯 덧붙였다.

"주군인 나가마사 님은 절대 만나지 않을 것이오."

"나도 나가마사 님을 이미 돌아가신 분으로 여기고 있으니 억지로 강요하지 않겠네."

도키치로는 고개를 끄덕이며 말하고는 좌우를 살피지도 않고 성안으로 들어갔다. 도키치로가 너무나 태연하게 적진 안으로 들어오자 위협적인 표정으로 창을 겨누고 있던 아사이 가의 병사들은 맥이 빠지고 말았다. 도키치로는 안내하는 부장을 따라 중문까지 꽤 긴 언덕길을 무심한 표정으로 올라갔다. 대현관에 이르자 나가마사의 일족으로 노직을 맡고 있는 후지카케 미카와노카미가 마중을 나와 있었다.

"이거 오랜만에 뵙습니다."

도키치로가 평시와 다르지 않는 가벼운 마음으로 인사를 건네자 안면이 있던 미카와노카미도 친근하게 인사를 했다.

"참으로 오랜만입니다. 지금과 같은 상황에 이런 복장으로 만나 뵙다니 마치 꿈인 듯합니다."

과연 노장의 얼굴은 성문에 있던 병사들의 살기를 띤 얼굴과 달랐다.

"오이치 님이 이곳으로 시집오실 때 뵙고 그동안 뵙지 못했으니 실로 오랜만입니다."

"그렇군요. 그 이후로 처음이군요. 그때는 오이치 님의 가마를 마중하기 위해 제가 기후까지 갔었지요."

"모두 경사스럽던 그날을 기뻐했는데 오늘 두 가문이 이렇듯……."

"숙명이라고밖에 할 수 없을 듯합니다. 하지만 지난날 난세의 흥망을 돌아보면 이것도 무문에게 있어 드문 일이라고 할 수 없을 것입니다. 자, 이쪽으로 오십시오. 느긋하게 이야기를 나눌 수는 없지만 차 한잔 대접하겠습니다."

마카와노카미는 앞장을 서서 정원에 있는 다실로 도키치로를 이끌었다. 백발이 성성한 무장의 뒷모습에는 과연 생사를 초월한 듯한 침착함이 엿보였다.

어린 인질

한 동의 다실이 있었다. 나무 사이 통로를 지나 그곳에 앉자 새로운 세상으로 들어온 듯했다. 주객 모두 한동안 청초한 자연과 고적한 다실의 법도에 둘러싸인 채 피비린내 나는 세상에서 벗어나 있었다.

가을 끝 무렵이라 나뭇잎들이 다실 안으로 날려 들어왔지만 화로 주변과 마루에는 티끌 하나 없었다.

"근래 오다 님의 가신들이 차에 빠져 있다고 들었습니다만……."

후지카케 미카와노카미는 국자를 쥐고 솥을 바라보며 온화한 말투로 물었다. 그의 다도 예법을 보고 도키치로가 황망히 말했다.

"주군이신 노부나가 님을 비롯해 모두들 소양이 깊지만 저는 다도에 대해 아무것도 모르고 그저 마시는 것만 좋아합니다."

"상관없습니다."

미카와노카미는 무장의 복장으로 여인과 같이 세심하게 차를 달인 뒤 찻솔로 찻잔의 차를 저었다. 하지만 갑주를 차고 있는 손과 몸은 전혀 불편해 보이지 않았다. 오히려 녹이 슨 주전자와 찻잔밖에 없는 일실에 노장의 옷차림은 하나의 장식처럼 보였다.

'좋은 사람을 만났다…….'

도키치로는 마음속으로 차보다 미카와노카미를 만나게 된 것을 더 기뻐했다. 그리고 노부나가가 그렇듯 어떻게 하면 성안의 오이치를 구해낼 수 있을까 고뇌했다. 이제까지 오다니 성을 공략하기 위한 모든 계책에 자신의 지모가 작용한 만큼 이 문제에 대해서도 책임감을 느끼고 있었던 것이다.

언제라도 마음먹기만 하면 성을 함락시킬 수 있었지만 섣불리 공격할 경우 오이치를 잃을 수도 있었다. 게다가 성주인 나가마사는 이미 내외적으로 결사를 표명하고 있었고 그의 아내인 오이치도 남편을 따라 목숨을 버릴 각오를 하고 있다고 했다. 네 명의 아이를 둔 오이치만 무사히 구출하는 것은 아무래도 노부나가의 무리한 바람일 수밖에 없었다. 하지만 도키치로는 지금 그 임무를 짊어지고 이곳에 와 있는 것이었다.

"변변치 않지만 한잔 드시지요."

미카와노카미가 화로 앞에서 찻잔을 내밀었다. 도키치로는 무릎을 꿇고 찻잔을 들어 세 모금 정도 마셨다.

"참으로 맛이 좋습니다. 빈말이 아니라 오늘만큼 차가 맛있던 적은 없었습니다."

"그렇습니까? 그럼 한 잔 더."

"아닙니다. 입안의 갈증은 가셨습니다. 그런데 심중의 갈증은 아무래도 가시지 않습니다. 미카와 님과는 이야기가 통할 듯합니다. 제 의논 상대가 되어주지 않으시겠습니까?"

"저는 아사이 가의 신하, 도키치로 님은 오다 쪽 사자. 그 입장을 분명히 한 뒤에 듣도록 하겠습니다."

"나가마사 님을 뵙고 싶은데 어떻게 생각하시는지요?"

"그 문제에 대해서는 이미 성문에서 거절한 줄로 알고 있습니다. 도키치로 님도 나가마사 님을 만나지 않겠다고 하지 않았는지요? 그런데 이 자리에서 다른 말씀을 하시는 것은 보기 좋지 않습니다. 또 만나게 해드릴 수도 없습니다."

"살아 계신 나가마사 님을 만나려는 것이 아닙니다. 노부나가 님을 대신해서 나가마사 님의 혼백에 절을 하겠다고 말씀을 드리는 것입니다."

"궤변은 그만두시지요. 설사 말씀을 드린다고 해도 나가마사 님이 만나겠다고 할 리가 없습니다. 지금과 같은 시기에 차 한잔 대접한 게 저로서는 무문 최고의 예를 취한 것입니다. 부끄러움을 안다면 그만 돌아가십시오."

미카와노카미는 단호했다.

'목적을 이루기까지는!'

도키치로는 속으로 그렇게 되뇌며 인내심으로 침묵을 지켰다. 단호한 노장을 상대로 어설픈 연설을 늘어놓으면 득이 될 게 없었다.

"자, 그만 일어서지요. 돌아가시는 길을 안내하겠습니다."

미카와노카미가 재촉하자 도키치로가 무뚝뚝한 표정으로 다른 곳을 바라보았다. 그러더니 아무 대답도 하지 않고 직접 차를 한 잔 만들어 마신 뒤 차 도구를 부엌 쪽으로 물리고 대답했다.

"죄송하지만 잠시 더 머물게 해주십시오."

도키치로는 움직이지 않았다. 아니, 한 발짝도 움직일 수 없다는 표정이었다. 그러자 미카와노카미가 다소 경멸하는 듯한 말투로 말했다.

"아무리 계셔 봤자 헛수고일 것입니다."

"꼭 헛수고라고만 할 수 없습니다."

"저는 두말하지 않습니다. 여기에서 무엇을 하려는 것입니까?"

"솥의 물이 끓는 소리를 듣고 있습니다."

"물이 끓는 소리? 하하하, 도키치로 님은 다도를 모른다고 하지 않았소이까."

"다도는 모르지만 저 소리는 참으로 마음을 유쾌하게 해줍니다. 오랫동안 진을 치고 싸움 소리나 말의 울음소리만 듣고 있어서인지 더없이 마음을 편하게 해줍니다. ……잠시, 이곳에 혼자 앉아 있게 해주십시오. 그동안 깊이 생각도 하시고."

"아무리 생각을 한들 나가마사 님을 만나는 것은 물론 이곳에서 본성쪽으로 단 한 발도 옮길 수 없을 것입니다."

미카와노카미의 말에 도키치로는 아무 대답도 하지 않고 화롯가에 무릎을 대고 연신 감탄을 하며 솥을 바라보았다. 그는 솥을 아시야가마蘆屋釜[7]에서 만들었는지, 아니면 고텐묘古天明[8]에서 만들었는지 알지 못했다. 그저 문득 흥미롭게 본 것은 녹이 슨 솥의 표면에 새겨져 있는 원숭이 조각이었다. 사람인지 원숭이인지 실로 애매모호한 작은 동물이 나뭇가지를 네 발로 지탱하며 방약무인한 자태로 애교를 부리고 있었다.

'누구를 닮았군.'

도키치로는 쓴웃음을 금치 못했다. 마쓰시타 카헤의 저택을 나와 먹지도 못하고 잠잘 곳도 없이 산천을 소요하던 무렵 자신의 모습이 문득 떠올랐다. 옆방에 숨어서 상황을 엿보고 있는지, 아니면 어찌할 수 없어서 문밖으로 나가버렸는지 미카와노카미는 어느새 그곳에 없었다.

"참으로 재미있군. 재미있는 물건이군."

도키치로는 솥과 이야기를 하는 듯 혼자 고개를 젓고 있었다. 그러면서도 절대로 돌아가지 않을 방법을 생각하고 있었다. 그러자 어딘가에서 쿡쿡 웃는 사람이 있었다. 희희낙락 웃다가도 때론 웃음을 참는 소리가 새

---

7) 후쿠오카福岡 현의 아시야마치芦屋町에서 만들었으며, 차를 내리는 물을 끓이는 솥인 차노유가마茶湯釜.

8) 도치기栃木 현의 사노佐野 시에서 만든 솥.

어나왔는데 어쨌든 밝고 천진난만한 웃음소리였다. 도키치로의 귀가 그 소리를 놓칠 리 없었다.

도키치로는 다실 울타리 쪽을 유심히 바라보았다.

"저기 봐. 정말 쏙 빼닮았지?"

"정말로 원숭이 같아."

"누굴까?"

"분명 히에日吉의 사자일 거야."

두 아이의 눈이 보였다. 솥의 조각에 친근감을 느끼고 바라보는 도키치로의 얼굴을 울타리 밖에서 엿보며 재미있어 하는 어린아이들이었다.

"응?"

도키치로는 순간 환희를 느꼈다. 나가마사와 오이치의 아이들 중 만쥬와 차차가 분명하다고 직감했던 것이다.

"저 봐. 웃고 있어."

도키치로가 씽긋 웃어주자 울타리 틈새로 엿보고 있던 만쥬와 차차가 속삭이더니 더 낮은 소리로 말했다.

"원숭이가 웃었다."

도키치로는 그 소리를 얼핏 듣고 이번에는 노려보는 흉내를 냈다.

"이놈!"

그것은 웃음보다 훨씬 더 효과가 있었다. 만쥬와 차차는 재미있는 아저씨라는 생각이 들었는지 울타리 틈새로 말이 입술을 까뒤집는 것처럼 이를 드러내 보였다. 그래도 도키치로가 웃지 않고 노려보고 있자 둘도 노려보기 시작했다. 눈싸움이 시작된 것이다.

"야아, 웃었다!"

만쥬와 차차가 기뻐하며 외쳤다. 도키치로는 머리를 긁적이며 같이 놀자는 것처럼 손짓과 표정으로 유혹했다.

"재미있는 아저씨다……."

두 아이는 도키치로의 손짓에 이끌려 사립문을 열고 안으로 들어왔다.

"뭐 해요?"

"아저씨, 어디에서 왔어요?"

도키치로는 마루에서 내려가 짚신 끈을 매고 있었다. 만쥬가 손에 들고 있는 참억새 끝으로 도키치로의 목을 간질였다. 도키치로는 간지러움을 참으며 양손으로 짚신 끈을 다 묶었다. 아이들은 그가 몸을 편 순간의 표정에서 무언가를 느낀 듯 갑자기 도망치려고 했다.

"앗!"

도키치로는 그렇게 외치며 달려들어 한 손으로 만쥬의 옷깃을 붙잡았다. 그리고 왼손으로 차차를 붙잡으려고 했다. 그러자 차차가 큰 소리로 외쳤다.

"무서워!"

차차는 고함을 치며 도망쳤다. 붙잡힌 만쥬는 너무 놀란 나머지 목소리도 나오지 않는 모습이었다. 도키치로 발아래 벌렁 자빠져 도키치로의 얼굴을 거꾸로 올려다본 순간에야 만쥬는 비명을 질렀다.

"캬악!"

만쥬의 비명과 저편에서 울고 있는 차차의 목소리를 가장 먼저 들은 사람은 도키치로를 혼자 다실에 남겨두고 밖으로 나간 후지카케 미카와노카미였다. 미카와노카미가 한걸음에 달려와 무의식적으로 칼잡이를 잡으며 소리쳤다.

"네 이놈!"

도키치로는 만쥬 위에 올라타더니 오히려 미카와노카미에게 주의를 주었다.

"조심하시오!"

미카와노카미는 칼을 빼들고 달려들려다 도키치로의 손을 보고 멈칫했다. 만쥬의 목을 찌르는 것은 아무 일도 아니라는 듯한 그의 손과 눈빛에 덜컥 가슴이 내려앉았던 것이다. 침착하고 용맹한 노장의 얼굴이 흙빛으로 변했고 하얀 귀밑머리가 곤두섰다.

"네 이놈, 어린 분을 붙잡고 무엇을 하는 것이냐!"

울부짖는 목소리였다. 미카와노카미는 후회와 분노로 몸을 떨면서 조금씩 다가갔다. 미카와노카미가 데리고 있던 무사들도 그 광경을 보고 절규하며 소리쳤다.

"큰, 큰일이다!"

"모두 나와라!"

엉엉 울면서 도망친 차차를 통해 안쪽에까지 상황이 전해지자 순식간에 무사들이 새카맣게 무리를 지어 달려왔다. 그들은 만쥬의 목에 단도를 댄 채 주위를 노려보는 도키치로를 철통같이 둘러쌌지만 도키치로의 손에 들린 칼과 눈빛에 당황해 그저 멀리서 소리만 지를 뿐 어찌할 방도를 찾지 못하고 있었다.

"후지카케 님, 미카와 님."

도키치로는 무리들 중 한 명을 바라보며 외쳤다.

"어떻게 됐소? 대답은? 심히 거친 방법이지만 저로서는 제 주군을 욕보이게 하지 않으려면 이렇게 하는 수밖에 없었습니다. 분명하게 답을 하지 않으면 만쥬 님을 죽일 수밖에 없습니다."

도키치로가 눈을 크게 뜨고 응시하며 다시 말했다.

"후지카케 님, 당신은 무엇을 위해 다도를 즐기고 계시오? 이곳은 차를 즐기는 곳이 아니오? 방금 전 당신께 이곳에서 다도를 배워 나는 그리 믿고 있었소. 이미 살아서 돌아가기를 포기한 나를 이리 둘러싸도 소용없는 일이오. 다실에서 나눈 이야기의 결론은 우리 둘로 족할 것이니 모두 물리시오. 그런 뒤에 담판을 지읍시다."

"……."

"아직도 상황을 모르시겠소? 나를 죽이고 적자를 무사히 구해내는 것은 어차피 어려운 일일 것이오. 그것은 노부나가 님이 이 오다니 성을 함락시키고 오이치 님을 무사히 구출하려는 것과 똑같은 일이오. 나를 철포로 쏘려고 하면 이 칼이 목을 관통할 것이오."

도키치로는 아까부터 혼자 말을 하고 있었다. 그러면서도 그는 적들의 움직임을 예의 주시하고 있었다.

"……."

아무도 움직일 수 없었다. 특히 미카와노카미는 자신의 책임을 통감하면서 도키치로의 말에 귀를 기울였다. 이윽고 그는 한때의 충격에서 벗어나 다실에서 보여준 침착한 모습을 되찾은 듯했다. 미카와노카미가 무사들에게 손짓을 하며 말했다.

"모두, 물러가라. 여기는 내게 맡기고 저편으로 물러가 있어라. 내 목숨과 바꾸는 한이 있더라도 어린 주군을 다치게 하지 않을 것이다. 모두 자리로 돌아가라."

그리고 도키치로를 향해 말했다.

"원하는 대로 모두를 물렸소. 그러니 만쥬 님을 내게 보내주시오. 그런 행동은 그만두고 신의로써 이야기합시다."

"아니 되오!"

도키치로는 머리를 세차게 흔들며 말했다.

"나는 지금 나가마사 님의 소중한 존재를 빼앗았소이다. 하지만 신의를 말한다면 무엇을 의심하겠소이까. 어린 주군을 돌려드리겠소. 하지만 나가마사 님에게 돌려드리고 싶소. 나가마사 님 내외분을 반드시 뵐 수 있도록 해주겠소이까?"

조금 전에 물러간 무사들 사이에 나가마사가 있었다. 멀리서 지켜보고 있던 나가마사가 도키치로의 말을 듣고는 자제심을 잃고 달려왔다.

"나가마사는 여기 있다. 아무것도 모르는 어린아이의 생명을 위협해서 자신의 주장을 관철하는 것은 비열하다. 그대가 오다 가의 장수인 기노시타 도키치로라면 그러한 간계를 부끄럽게 여겨라. 어쨌든 만쥬를 이쪽으로 보낸 뒤 이야기하라."

"오, 나가마사 님. 계셨군요."

나가마사가 격노하며 말했지만 도키치로는 전혀 개의치 않고 공손하게 인사를 했다. 하지만 그는 여전히 만쥬의 위에 올라타서 단검을 겨누고 있었다.

"기노시타 님, 칼을 거두시오. 주군께서 직접 말씀하셨으니 부족함은 없을 것이오. 만쥬 님을 제게 보내주시오."

후지카케 미카와노카미가 떨리는 목소리로 말했다. 도키치로는 그 말을 흘려들으며 나가마사 쪽을 응시했다. 나가마사의 창백한 얼굴과 눈을 물끄러미 응시하던 도키치로가 이윽고 길게 탄식하며 말했다.

"아아, 그대에게도 육친의 애정이 있었구려. 가련한 자를 불쌍히 여기는 마음이 있었구려. 나는 그것을 전혀 알지 못했소이다."

"그대는 저 어린것을 죽일 셈인가?"

"애초부터 그럴 생각은 없었소. 하지만 육친인 그대에게 아무런 애정이 없다고 한다면……."

"자식을 사랑하지 않는 부모가 어디 있겠는가!"

"그렇습니다. 설사 금수라고 해도."

도키치로는 나가마사의 말을 긍정하며 말을 이었다.

"그렇다면 내 주군인 노부나가 님이 오이치 님을 구출하고 싶은 마음에 이 작은 성 하나를 공격하지 못하고 있는 것도 어리석은 일이라고 비웃지 못할 것입니다. 그럴진대 오이치 님의 부군인 나가마사 님은 어떻습니까? 노부나가 님의 약점을 잡고 가련한 모자에게 억지로 이 성의 운명과 함께하라고 하지 않습니까? 그것은 지금 내가 이렇게 만쥬 님을 깔고 앉아 목에 칼을 댄 채 나가마사 님께 이야기하고 있는 것과 똑같은 일일 것입니다. 내 행동을 비겁하다고 하기 전에 자신의 전략이 비열하지 않은지, 잔인하지 않은지 깊이 생각해보시길 바랍니다."

도키치로는 그렇게 말하며 만쥬의 위에서 내려왔다. 그리고 만쥬를 안아 일으켰다. 그제야 나가마사는 안도의 한숨을 내쉬었다. 도키치로는 급히 나가마사에게 다가가 만쥬를 건네고 발밑에 무릎을 꿇었다.

"마음에도 없었던 조금 전의 행패와 무례를 용서해주십시오. 그런 방법을 취할 수밖에 없었던 것도 어떻게 해서든 주군의 뜻을 받들기 위해서였습니다. 또 이미 무장으로서 천지에 각오를 밝힌 아사이 나가마사 님이 후대까지 오명을 남길까 봐 걱정하는 마음에서 한 일이었습니다. 그러니 부디 제 마음을 헤아리시어 오이치 님과 자제분들을 전쟁터에서 내보내주시기 바랍니다. 뛰어난 무장은 남들보다 자비심이 크다고 알고 있습니다. 이 도키치로가 이렇게 간청합니다. 가련하신 오이치 님과 앞날이 전도양양한 어린 자제분들을 위해 나가마사 님의 대승적인 결단과 큰 사랑이 있기를 간절히 청합니다."

도키치로는 적장인 나가마사에게 호소하는 것이 아니었다. 오로지 사람의 양심에 대고 자신의 진정성을 호소했다. 그가 두 손을 가슴에 모으고 나가마사를 올려다보는 것도 결코 거짓이 아니었다. 자연스럽게 두 손을 하나로 모으고 있었던 것이다.

"……."

나가마사는 우뚝 서서 묵연히 눈을 감고 팔짱을 낀 채 그의 말을 듣고 있었다. 그 모습은 갑주를 찬 불상 같았다. 도키치로는 합장한 채 여전히 무릎을 꿇고 있었다. 그가 이 성에 들어올 때, 공언한 대로 살아 있는 나가마사의 영정 앞에 회향을 하고 있는 것과 같은 모습이었다. 오직 기원하는 마음과 오직 죽으려고 하는 마음인 두 사람의 마음은 그 순간 서로 통했다. 적과 아군이라는 구분도 사라지고 나가마사가 노부나가에게 품고 있던 감정과 반감과 같은 일체의 망념도 나가마사의 모습과 마음에서 한 줌의 티끌처럼 하늘 높이 날아가고 있었다.

"나가카쓰永勝(미카와노카미)……."

"옛."

"기노시타 님을 안으로 맞아들여 대접하도록 하라. 일 각 정도 작별 인사를 고하고 싶으니, 그사이에."

"작별 인사라고 하시면?"

"오이치와 아이들에게 이승에서의 작별 인사를 하고 싶네. 이미 죽을 결심으로 장례까지 치른 몸이나 살아서의 이별은 죽어서의 이별보다 괴롭다고 하더군. 노부나가 님의 사자, 그 정도 시간은 허락해주시게."

"예?"

도키치로는 깜짝 놀라 얼굴을 들어 나가마사를 바라보았다.

"무슨 말씀을 그리하십니까. 불초 도키치로의 간청을 들어주시고 오이치 님과 자제분들까지……."

"내 아내와 아이들까지 성과 함께 최후를 맞게 하려고 하다니, 내 생각이 참으로 짧았네. 이미 죽은 몸이라고 마음먹었으면서도 여전히 하찮은 애정과 번뇌에서 벗어나지 못했네. 지금, 그대의 말을 듣고 내 자신이 부끄럽게 여겨졌네. 오이치와 어린아이들의 앞날을 부디 잘 부탁하겠네."

"제 목숨을 바쳐서라도……."

도키치로는 땅에 이마를 댔다. 그 순간 그의 뇌리에는 기뻐하는 노부나가의 얼굴이 떠올랐다. 이기적인 욕심에서 나온 말은 상대에게 닿을 듯하면서도 닿지 않는 법이지만, 충절에서 우러난 진심은 아무리 어렵게 여겨지는 일이라도 상대의 마음을 움직이는 힘이 있었다. 도키치로는 그것을 절실히 느꼈다.

"그럼 잠시 후에 보세."

나가마사는 그렇게 말하고 큰 걸음으로 본성 안쪽으로 사라졌다. 미카와노카미는 도키치로를 노부나가의 정식 사자로 맞아 객전 쪽으로 안내하기 위해 다가갔다. 그러자 도키치로가 자리에서 일어났다. 그의 눈썹에서도 안도하는 듯한 기색이 엿보였다. 도키치로가 미카와노카미에게 말했다.

"송구합니다만 잠시 성 밖의 아군에게 신호할 때까지 기다려주실 수 있는지요?"

"신호를?"

미카와노카미는 의아해했다. 그가 의아해하는 것도 무리는 아니었다. 하지만 도키치로는 당연하다는 듯 말했다.

"예. 주군인 노부나가 님의 뜻을 받들어 이곳에 올 때, 이렇게 약속하고 왔습니다. 만일 제가 목숨을 버려서도 일을 성사시키지 못했을 경우, 반드시 성안에서 불을 피워 실패했다는 신호를 보낼 것이니, 주군께서는 최후의 결심을 하시고 일거에 성을 공격하라고 말입니다. 또 다행히 나가마사 님을 뵙고 일을 성사시켰을 때에는 가져온 제 작은 깃발을 성안에 있는 높은 나무에 걸겠다고 말입니다. 어느 편이든 그때까지는 군사를 움직이지 않고 기다려달라고 말입니다."

미카와노카미는 도키치로의 주도면밀한 일처리에 놀라고 말았다. 아니, 더 놀란 것은 어느 틈엔가 다실의 화롯가에 봉화를 피워 신호를 보낼 구슬을 놓아두었다는 것이다. 도키치로는 성 밖에 신호를 보내고 객전으로 와서는 웃으면서 이야기를 나눴다.

"만일 실패했다고 판단되었을 때에는 다실로 도망쳐서 구슬을 화로 안에 넣을 생각이었습니다. 아마 그리했다면 그것이야말로 다도에 대한 모욕이 될 뻔했습니다. 하하하."

무사 회합

도키치로는 다다미 열다섯 장이나 되는 방에 홀로 덩그러니 앉아 있었다. 후지카케 미카와노카미는 이곳으로 도키치로를 데려오더니 잠시 기다리라는 말만 하고는 일 각 반이 지나도록 오지 않았다.

"오래 걸리는군."

지루할 수밖에 없었다. 사람의 기척도 없는 큰 방의 격천장에는 어느덧 해질녘 그림자가 짙게 드리워져 있었다. 방 안은 등불이 필요할 만큼 어두운 데 비해 성 밖 먼 산은 늦가을 붉은 석양빛을 받아 반짝이고 있었다. 도키치로 앞에 놓인 과자를 담는 굽이 있는 그릇에 과자는 하나도 없이 종이만 남아 있었다. 이윽고 사람의 발기척이 들리더니 차 시중을 드는 사람이 찻잔을 가지고 왔다.

"전쟁 중이라 아무것도 없습니다만 주군께서 야식을 올리라고 하셔서 곧 상을 올리겠습니다."

그는 그렇게 말하고 두 곳 정도에 촛불을 두었다.

"야식은 필요 없소이다. 그보다 후지카케 미카와노카미 님을 뵙고 싶으니 이리 불러주시오."

"알겠습니다."

그가 자리를 뜨고 곧 미카와노카미가 안쪽에서 모습을 보였다. 그의 모습은 얼마 시간이 흐르지 않은 사이에 십 년 치 백발이 늘어난 듯 힘이 없었고 눈가는 눈물을 흘린 듯 젖어 있었다.

"이거 정말 실례가 많습니다. 저 혼자 이렇게 오랫동안……."

"아닙니다. 평소에 예의에 소홀함이 없는 분이 어찌 된 일인지 가족분들과는 벌써 작별 인사를 끝내셨는데……. 날도 벌써 지고 있는데 걱정입니다."

"옳은 말씀입니다. 아까 나가마사 님께서도 그처럼 흔쾌히 말씀하셨습니다만 가족분들과 생이별을 하려 하시니, 아무래도……."

미카와노카미는 고개를 숙이고 손끝으로 눈을 지그시 눌렀다. 도키치로도 문득 눈가가 뜨거워져 시선을 어디에 둬야 할지 몰라 했다.

"특히 오이치 님께서는 끝까지 주군의 곁을 떠나지 않겠다며, 성을 나가 노부나가 님의 곁으로 돌아갈 마음이 없으시다며……."

"아마도 그럴 것입니다."

"제게도 호소하셨습니다. 본인께서는 시집올 때, 이미 이 성을 무덤으로 생각하고 시집오셨다고. 그런 두 분의 말씀을 들은 차차 님도 어린 마음에 무슨 뜻인지 이해하신 듯 어머니와 함께 울면서 왜 헤어져야 하는지, 왜 아버지는 죽어야 하는지……. 도, 도키치로 님, 용서하십시오. 이런 모습을 보여드려서……."

미카와노카미는 종이로 얼굴을 감싸더니 기침을 하며 엎드려 울었다. 그 모습에 도키치로는 군신의 정을 느꼈다. 그리고 나가마사의 심중과 오이치의 비탄을 충분히 헤아리고도 남았다. 남들보다 눈물이 많은 도키치로는 이내 눈물을 흘리며 몇 번이나 코를 풀거나 천장을 올려다보았다. 그러면서도 바로 지금이 중요하다는 사실을 잊지 않았다. 작은 정에 이끌려 사명을 소홀히 하는 것을 경계했다. 그는 눈물을 훔치고 이렇게 요구했다.

"기다리라고 약조하셨지만 무작정 기다릴 수만은 없습니다. 언제까지 기다리라고 시간을 정해주셨으면 합니다."

"알겠습니다. 그럼 제 생각입니다만 오늘 밤 해시亥時까지 기다려주시길 바랍니다. 해시가 되면 반드시 오이치 님과 자제분들을 성 밖으로 나갈 수 있게 하겠습니다."

도키치로는 더 이상 재촉할 수가 없었다. 그렇다고 해서 한가로이 기다리고 있을 수도 없는 상황이었다. 성 밖에 있는 아군은 나가마사의 대답 여하에 따라 오늘 일몰 전에라도 오다니 성을 공격해 함락시킬 만반의 준비를 마치고 대기하고 있는 참이었다. 낮에 성안에서 작은 깃발을 내걸고 일이 성사됐다는 신호를 보내긴 했지만 그래도 시간이 너무 많이 흐른 상태였다.

성 밖에 있는 노부나가를 비롯한 장수들이 성안의 상황을 알 리가 없었다. 그러다 보니 노부나가가 장수들의 분분한 의견에 둘러싸여 곤란해할 게 분명했다. 도키치로는 그런 주군의 얼굴을 떠올렸다.

"무리도 아닐 것입니다. 해시까지 기다리라고 말씀하셨으니 천천히 석별의 정을 나누도록 하십시오. 그때까지 성의 안위는 제가 책임을 지도록 하겠습니다."

도키치로가 흔쾌히 말하자 미카와노카미가 다시 안으로 들어갔다. 그때는 이미 사위가 어두워져 있었다. 시종과 차 시중을 드는 사람이 차례로 도키치로 앞으로 왔다가 물러갔다. 도키치로 앞에는 전쟁터에서 볼 수 없는 음식과 술이 차려져 있었다.

"그대들도 바쁠 터, 내가 알아서 할 테니 술병과 밥통은 여기에 두고 물러가도록 하시게."

도키치로는 시중들을 물리고 혼자 술을 마시기 시작했다. 엷게 칠을 한 술잔에서 온몸에 가을 정취가 스며드는 듯한 느낌이 들었다.

"……."

한기가 느껴지고 쌉쌀하지만 취할 정도의 술은 아니었다.

"이런 술을 맛있게 먹는 것도 수행이 될 것이다. 길고 긴 몇천 년이라는 시간의 흐름 속에서 보면 죽어가는 자와 살아남는 자의 차이는 한순간일 것이다."

그는 억지로 즐거운 마음을 가지려고 노력했다. 하지만 술을 마실수록 술은 심장에 차갑게 스며들었다. 어딘가에서 훌쩍이며 우는 소리가 온몸을 차갑게 파고드는 듯했다. 오이치의 슬퍼하며 우는 모습과 나가마사의 얼굴과 아이들의 무심한 모습이 자꾸 머리에서 맴돌았다. 본래 도키치로는 다감한 사내였다. 그런 감정이 동하면 남의 일이라도 소리 내서 울고 싶은 기분이 들었다.

'만약 내가 아사이 나가마사였다면' 하고 생각해보기도 했다. 그런데 그렇게 생각하고 나자 기분이 완전히 달라졌다. 평소에 아내인 네네에게 했던 유언이 떠올랐던 것이다.

"언제 어디서 죽을지 모르는 무사의 운명. 내가 죽었을 때 당신이 서른 전이라면 다른 곳으로 시집을 가시오. 하지만 서른이 넘으면 향기가 시들 것이고 인연도 드물 것이오. 하나 인간으로서 인생의 분별력은 깊어질 것이오. 그러니 서른이 넘었다면 당신 스스로 좋은 길을 선택하시오. 시집가라는 말도 가지 말라는 말도 하지 않겠소. 그리고 만약 그동안 아이가 생겼다면 젊든 나이를 먹었든 아이를 본위로 앞날을 도모하시오. 여인의 어리석음에 휘둘리지 마시오. 무슨 일이든 어머니의 입장에서 생각하며 흔들리지 마시오."

도키치로는 홀로 뇌까리며 다시 술 한 잔을 입에 머금었다.

"그렇다. 다른 사람을 생각하는 일이 더 괴로운 법이다. 병가에서는 드문 일이 아니다. 오이치는 살아야 하고 나가마사는 이곳에서 죽어야 무사로서 꽃을 피우는 것이다."

도키치로는 마침내 입안에 머금은 술의 맛이 평소처럼 느껴졌다. 그리고 어느 틈엔가 잠이 들었다. 그렇지만 자리에 눕지는 않았다. 앉은 채 흡사 좌선이라도 하는 듯 꾸벅꾸벅, 때때로 머리를 낮게 숙이고 졸았다. 그는 잠을 자는 데 능숙했다. 남들보다 몇 배로 일을 많이 했을 때에는 남들보다 몇 배나 효과적으로 짧은 수면을 취할 필요가 있었다. 지난날 어려웠을 때 그렇게 노력했고 진중에서 생활하면서 단련이 되어 지금은 잠을 자려고 하면 어디에서든 바로 잠을 잘 수 있었다.

갑자기 북소리에 눈이 퍼뜩 떠졌다. 어느 틈엔가 상과 술도 치워져 있었고 촛불만 타고 있었다.

"꽤 잔 듯하군……."

도키치로는 자고 나니 머리가 개운해지고 피로가 풀리는 것을 느꼈다. 그리고 무언가 몸을 감싸는 양기를 느꼈다. 잠을 자기 전까지는 거대한 묘지와도 같았던 성안의 음울한 기운이 어딘지 부드럽고 따뜻한 느낌이 드는 북소리와 웃음소리로 변해 있었던 것이다. 여우에게 홀린 듯한 기분이 들었다. 잠이 완전히 깨고 나서는 그러한 기운이 더 확연하게 느껴졌다. 북소리뿐 아니라 노래를 부르는 소리도 들렸다. 멀리서 희미하게 들리긴 했지만 사람들이 한꺼번에 웃을 때에는 선명하게 들려왔다.

"안쪽인 듯하다."

도키치로는 사람을 찾아 큰 복도로 나갔다. 넓은 중정을 사이에 두고 저편 대전에 무수한 불빛과 사람의 그림자가 보였다. 산들바람에 술 냄새가 풍겨왔고 무사들이 박수를 치며 노래를 부르고 있었다.

"꽃은 붉고, 매화는 향기, 버드나무는 푸르고, 사람은 마음씨. 사람 중의 사람, 무사인 우리들은 꽃 중의 꽃. 우리 무사들."

도키치로는 마음속으로 평소의 지론을 되뇌었다.

'인생을 즐겁게 보내라. 즐거움이 없다면 그것이 무슨 인생인가. 내일 어찌 될지 모르더라도 아니, 내일 어찌 될지 모르는 신세이니.'

음기를 싫어하고 양기를 좋아하는 도키치로는 문득 자신도 모르게 노랫소리에 이끌려 조금씩 양기를 회복하고 있었다. 무사들이 분주히 지나갔다. 대부분 부엌에서 일하는 사람들인 듯했다. 큰 접시에 가득 쌓아올린 술안주와 술독을 전쟁을 치르듯 열심히 나르고 있었다. 대체 어떻게 된 일인지 의심이 들 정도로 모든 사람들의 얼굴이 생명력으로 빛을 발하고 있었다.

"기노시타 님 아니시오?"

"오, 미카와 님."

"방에 계시지 않아 여기저기서 찾고 있었습니다."

그렇게 말하는 미카와노카미의 뺨에도 술기운이 올라 있었다. 방금 전까지의 초췌한 모습은 온데간데없었다.

"안쪽이 떠들썩하던데 대체 어떻게 된 것인지요?"

"약속한 해시까지가 저희에게는 마지막 남겨진 시간입니다. 언젠가 죽을 운명이고 기왕 죽는다면 장렬히 산화하자며 나가마사 님을 비롯해 장졸들 모두 성안에 있는 술독을 비우고 무사 회합을 하자며 세상과 이별주를 나누고 있는 것입니다."

"오이치 님과 자제분들과의 작별은?"

"그것도 겸해서……."

미카와노카미의 눈가가 다시 붉어지기 시작했다.

어느 무가에서나 평소 무사 회합을 위해 자주 주연을 열었다. 평소의 계급이나 군신 간의 예의범절도 무사 회합의 자리에서는 너그럽게 용서되었다. 상하 일체, 마음껏 즐기고 술에 취해 노래를 부르는 관습이었다.

"그렇군."

도키치로는 고개를 크게 끄덕이며 말했다.

"오늘 밤 이후로 군신 간의 사별과 가족과의 생이별을 합쳐 무사 회합을 하는 것이군요. 그렇게까지 나가마사 님의 심경이 정해진 이상 어쩔 수 없군요. 저도 해시까지 꿔다놓은 보릿자루처럼 멍하니 있는 것은 따분한 일이니 주연의 말석에서라도 함께하고 싶은데 안 되겠는지요?"

"그 때문에 찾아다니고 있었던 참입니다. 주군께서도 그럴 의향이십니다."

"예? 나가마사 님도 말입니까?"

"오이치 님과 자제분들을 오다 가에 맡기면 후일 무슨 일이 있어도 잘 돌봐줄 것이라고. 무엇보다 어린 분들의 앞날을 생각해서라도."

"걱정하지 마시라고 제가 직접 말씀드리고 싶으니 미카와 님, 안내를 부탁드립니다."

"자, 이쪽으로."

도키치로는 미카와노카미의 뒤를 따라 안쪽으로 들어갔다.

사람들의 시선이 일제히 도키치로에게 쏠렸다. 안은 술기운으로 가득 차 있었고 모두 갑주 차림이었다. 그들은 모두 죽음을 결심한 사람들이었다. 함께 죽을 동료이자 같은 각오를 하고 있는 전우라서 그런지 분위기가 화기애애했고 머지않아 질 꽃이 바람에 흔들리듯 마지막 즐거움을 나누고 있었다.

"적!"

도키치로에게 쏠린 시선은 몸이 움츠러들 정도로 살기등등했다.

"이거 실례하겠소이다."

도키치로는 누구에게랄 것도 없이 그렇게 큰 소리로 말하며 들어섰다. 그리고 앞으로 나가더니 나가마사를 중심으로 아사이 일족이 빽빽이 모여 있는 상좌 앞으로 가서 엎드려 절을 했다.

"저에게까지 술잔을 주신다는 말을 듣고 이렇게 왔습니다. 또 어린 자제분들의 앞날은 이 도키치로가 목숨을 바쳐서라도 지킬 것이니 송구하지만 그 일에 대해서는 부디 걱정하지 마시길 바랍니다."

도키치로는 단숨에 그렇게 말했다. 만약 우물쭈물하며 시간을 지체하고 있으면 주위의 날카로운 눈빛이 취기와 적개심에 이끌려 무슨 짓을 할지 몰랐다. 실로 백척간두의 위기라고 할 수 있을 만큼 그는 팽팽한 살기 속에 있었던 것이다.

"부탁하네. 기노시타."

나가마사는 잔을 들어 직접 도키치로에게 내밀었다.

"송구합니다."

도키치로는 잔을 받으면서 다시 한 번 말했다.

"안심하시길 바랍니다."

"음."

나가마사는 만족한 듯했다. 도키치로는 굳이 오이치와 노부나가의 이름을 언급하지 않았다. 아름답고 젊은 오이치와 어린 딸들은 가련한 제비붓꽃이 연못가에 무리 지어 피어 있는 것처럼 한쪽에 둘러친 금빛 병풍 안에 모여 있었다. 도키치로는 그곳의 흔들리는 촛불을 힐끗 곁눈으로 보았다. 아무리 도키치로라 해도 정면으로 바라볼 수는 없었다. 도키치로가 술잔을 나가마사의 손에 공손히 건네며 말했다.

"지금은 적과 아군의 구분도 없습니다. 무사 회합의 주연에 동석하였으니 춤을 한번 추고자 하는데 허락해주시겠는지요?"

"뭐라? 춤을 추겠다고?"

나가마사뿐 아니라 사람들이 눈을 크게 떴다. 비록 체구는 왜소하지만 배짱이 두둑한 도키치로에게 다소 기가 눌린 듯했다. 오이치는 새끼들을 보호하는 어미 새처럼 아이들을 끌어안고 무언가 속삭이고 있었다.

"이 엄마가 옆에 있으니 조금도 무서워할 것 없다."

나가마사의 허락을 얻은 도키치로가 일어서서 한가운데로 나가 춤을 추려고 할 때였다. 만쥬와 차차가 오이치의 무릎에 달라붙었다. 낮에 봤던 무서운 아저씨의 얼굴을 정면에서 보았기 때문이다.

도키치로는 발을 한 번 쿵 하고 굴렀다. 그 순간 그의 손에 있는 붉은 동그라미가 그려진 부채가 쫙 펼쳐졌다. 도키치로는 큰 소리로 노래를 부르며 춤을 추기 시작했다. 그런데 그 춤이 끝나기도 전에 성벽 일각에서 총소리가 울렸다. 그리고 거기에 대응해서 총을 쏘는 소리가 들렸다. 성안과 성 밖에서 서로 총격이 시작된 듯했다.

"아뿔싸!"

도키치로는 부채를 집어던지며 외쳤다. 아직 해시는 아니었다. 하지만 성 밖의 아군들이 그것을 알 리가 없었다. 도키치로는 자신이 두 번째 신호를 하지 않는 이상 총공격을 하지 않을 것이라고 안심했지만 아군의 무장들은 더 이상 참지 못하고 노부나가에게 즉시 공격해야 한다고 재촉했고 마침내 공격 명령이 떨어졌다.

도키치로가 내던진 부채가 벌떡 일어난 무사들의 발밑으로 날아갔다. 그리고 그때까지 도키치로가 적이라는 사실을 잊고 있었던 그들의 의식을 새삼 일깨워주었다.

"공격이다!"

"비겁하다. 허를 찌르다니!"

무장들은 두 편으로 갈라졌다. 한편은 밖으로 달려 나갔고 다른 한편은 도키치로를 둘러싸더니 칼로 벤 뒤 결전에 나서기 전 제물로 삼으려고 했다.

"누가 명령을 내렸느냐! 죽이지 마라! 그자를 죽이면 안 된다!"

그 순간 나가마사가 큰 소리로 소리치자 가신들이 의외라는 듯 성난 표정으로 외쳤다.

"적들의 총공격이 시작되었습니다!"

가신들의 말에 나가마사는 아무 대답도 하지 않고 외쳤다.

"오가와 덴시로小川伝四郎!"

"옛!"

오가와가 대답하자 이내 다시 외쳤다.

"나가지마 사곤中島左近!"

두 사람 모두 평소 나가마사의 아들과 딸을 보호하는 임무를 맡고 있었다. 두 사람이 앞으로 나와 엎드리자 나가마사는 재빨리 후지카케 미카와노카미를 가까이 불러 말했다.

"세 사람이 아내와 아이들을 보호하고 기노시타 도키치로를 안내해 즉시 성 밖으로 탈출하라. 어서 가라!"

나가마사는 명령을 내리고는 도키치로 쪽을 보며 침착하게 말했다.

"그럼 부탁하네."

나가마사는 오이치와 아이들이 자신의 발밑으로 달려와 울부짖는 것을 뿌리치며 무사들에게 작별을 고했다. 그리고 칼을 빼들고 어둠 속에서 들려오는 고함 소리를 향해 달려 나갔다.

오다니 성의 최후

성곽 한쪽에서 커다란 불기둥이 치솟아 올랐다. 달려 나간 나가마사는 자신도 모르게 한 손으로 얼굴을 가렸다. 불이 붙은 나뭇조각이 열풍과 함께 그의 얼굴을 스치고 뒤쪽으로 날아갔던 것이다.

"주군, 주군!"

"함께하겠습니다."

시종인 아사이 오기쿠淺井於菊, 가와세 단자河瀨丹三, 와키자카 사스케脇坂左介 등이 뒤따라왔다.

"오기쿠, 가사를 가지고 있느냐?"

"예, 있습니다."

"이리 건네게."

나가마사는 가사를 집어 어깨 위에 걸쳤다. 뭉클뭉클한 검은 연기가 땅에서 피어오르고 있었다. 어느덧 성안에는 적의 첨병이 앞다퉈 들어와 있었다. 불은 본성 건물에도 옮겨붙더니 처마의 홈통을 타고 빠르게 번졌다. 그 부근에서 몰래 다가오는 적병의 철갑 부대를 발견한 나가마사가 소리쳤다.

"적병이다. 쳐라."

적의 측면을 불시에 공격했다. 아카오 신베赤尾新兵衛와 아사이 이와미淺井石見를 비롯한 측신과 일족도 나가마사의 앞뒤에서 적을 공격했다.

불길과 검은 연기 아래, 갑주 소리가 울려 퍼졌다. 창과 창, 칼과 칼이 서로 부딪히고 고함 소리가 들리자 대지 위에는 순식간에 죽은 사람과 부상을 입은 사람들만 남겨졌다. 성의 병사 절반은 나가마사를 따라 마음껏 싸우다 장렬한 죽음을 맞았다. 그리고 나머지 절반은 부상을 당하거나 행방을 알 수 없었다. 포로로 잡힌 사람이나 항복을 한 사람이 극히 소수였다는 사실만 봐도 오다니 성의 최후는 에치젠의 아사쿠라나 교토의 장군가와는 달랐다. 그것은 노부나가가 나가마사를 동생의 신랑으로 선택한 게 절대로 잘못되지 않았다는 것을 말해주었다.

그리고 그날 밤, 오이치와 어린아이들을 성 밖으로 구출한 도키치로와 후지카케 미카와노카미 일행은 심한 고충을 겪어야 했다. 아군이 도키치로가 나올 때까지 일 각 반이나 기다려줘서 별 어려움 없이 성 밖으로 나올 수 있었지만, 본성을 나올 때부터 이미 성안은 불길에 휩싸여 접전이 벌어지고 있었기 때문에 네 명의 아이를 보호하면서 나오기란 여간 쉬운 일이 아니었다.

후지카케 미카와노카미가 막내인 젖먹이 딸을 업고 나가지마 사곤이 둘째 딸을 업었다. 그리고 오가와 덴시로가 만쥬를 붙들어 매다시피 하며 등에 업었다. 도키치로가 첫째인 차차에게 등을 보이며 자신의 등에 타라고 했지만 차차는 싫다며 어머니인 오이치의 곁에서 떨어지지 않았다. 오이치도 차차를 꼭 끌어안고 우물쭈물했다. 그러자 도키치로가 두 사람을 떼어놓으면 말했다.

"다치기라도 하면 큰일입니다. 나가마사 님이 제게 부탁한다고 말씀하셨으니, 제 등에 얼른."

어르고 달랠 시간이 없었다. 도키치로는 정중하면서도 무섭게 말했다. 오이치는 차차를 안아 도키치로 등에 업히게 했다.

"모두 준비됐습니까? 절대로 제 옆에서 떨어지지 마십시오. 오이치님, 손을 이리……."

도키치로는 등에 차차를 업고 한 손을 내밀어 오이치의 손을 끌며 선두에서 달리기 시작했다. 오이치는 엎어지듯 뒤따라 뛰다 이내 도키치로에게 잡힌 손을 잡아 빼더니 앞뒤에 있는 아이들을 살피며 아수라장과 같은 전쟁터를 미친 듯 내달렸다.

노부나가는 본영을 도라고젠 산의 진지에서 북쪽의 가미야마다上山田로 옮긴 뒤 얼굴을 태워버릴 듯 불타오르는 오다니 성의 불길을 물끄러미 바라보고 있었다. 세 방면의 산과 골짜기가 모두 새빨갛게 물들어 있었다. 성은 거대한 용광로처럼 비명을 지르는 듯했다. 이윽고 불꽃이 검게 연기를 뿜으며 약해졌을 때, 노부나가는 모든 것이 끝났다고 생각했다.

"……바보 같은 녀석."

동생의 운명을 생각하자 울지 않을 수 없었다. 히에이 산의 가람과 불탑과 수많은 생명이 불속에서 사라지는 광경을 보고도 냉철함을 유지했던 그의 눈에 눈물이 흐르고 있었다. 히에이 산의 살육과는 비교도 되지 않는 누이동생 단 한 명 때문이었다.

인간은 누구나 지성과 본능이라는 모순된 두 가지 면을 지니고 있었다. 노부나가는 히에이 산을 불태울 때 커다란 신념이 있었다. 그렇게 많은 생명을 죽였지만 그것만이 그보다 더 많은 생명의 행복을 지키는 것이라는 신념이 있었던 것이다. 즉, 대승을 위해서였다.

하지만 아사이 나가마사와의 싸움에서는 그런 대의가 없었다. 나가마사가 소승적인 의리나 감정으로 싸운 것과 마찬가지로 노부나가의 싸움도 소승적일 수밖에 없었다. 노부나가의 입장에서는 나가마사가 소의를 버리고 자신의 대의를 이해해주길 바랐을 것이다. 노부나가는 끝까지 나가마사를 관대하고 너그럽게 대하고 싶어 했다.

하지만 그러기에는 한계가 있었다. 그가 용서하려고 해도 주위 제장들이 용서하지 않았다. 고슈甲州의 신겐은 죽었지만 그의 장수들과 용맹한 병사들은 여전히 건재했다. 게다가 신겐의 아들인 준걸 다케다 가쓰요리는 신겐 이상이라는 평가를 받고 있었으며, 나가시마長嶋의 정토진종 군도 완전히 제압된 것이 아니었다. 그들은 언제나 노부나가의 허를 엿보고 있었다. 그러한 상황에서 멀리 있는 에치젠을 일거에 공략해놓고 기타오우미에서 한가로이 진을 치고 있는 것은 실로 어리석다고밖에 할 수 없었다.

노부나가는 회의 자리에서 이런저런 의견을 말하고 간언하는 제장들에게 한가로이 오이치에 대한 이야기를 꺼낼 수 없었다. 그랬기에 자신의 어리석은 일면을 누구보다 잘 알고 있는 도키치로를 사자로 보냈던 것이다. 그런데 날이 밝을 무렵 일이 성사됐다는 신호가 있는 뒤에는 해가 지고 밤이 돼도 아무런 연락이 없었다.

"적에게 속은 것이다."

"살해된 듯하다."

"적은 이 틈을 이용해 계책을 꾸미고 있는 것이 분명하다."

장수들은 격노하다 못해 의심이 깊은 나머지 물밀듯이 성루로 몰려가 말싸움을 걸기 시작했고 해질녘에는 이미 일촉즉발의 상황이 전개되었다. 노부나가는 여기까지라고 생각했다. 그리고 마침내 총공격의 명령을 내렸다. 그리고 도키치로를 잃었다고 생각하자 통탄스러운 마음을 금할 수 없었다. 그 아픔은 오이치를 잃은 아픔과 일맥상통했다. 그토록 성을 나올 기회를 주었는데도 육친의 정보다 정절을 택한 누이동생을 칭찬할 수 없었다. 그러는 사이 검은 갑주를 두른 젊은 무사가 앞뒤를 가리지 않고 창끝이 노부나가의 몸에 닿을 곳까지 달려와 급히 멈춰서더니 숨을 헐떡이며 외쳤다.

"주군!"

"창을 내려놓아라!"

"창을 뒤쪽에 두지 못하겠느냐!"

노부나가 주위에 있는 부장들이 소리치자 젊은 무사가 땅에 넙죽 엎드리며 고했다.

"방금 도키치로 님이 도착했습니다. 무사히 성을 나오셔서……."

"뭐라, 도키치로가 돌아왔다고?"

"옛!"

"혼자인가?"

노부나가가 급히 묻자 젊은 무사는 그제야 자신이 말을 잘못했음을 깨닫고 황망히 덧붙였다.

"성안에서 오이치 님, 그리고 어린 자제분들은 아사이 가 무사들의 등에 업혀서……."

"뭐라!"

노부나가는 떨리는 몸으로 다시 물었다.

"틀림없느냐? 네가 직접 보았느냐?"

"도중에 저희가 보호해 불타서 쓰러지는 성문을 곧장 빠져나오게 했습니다. 모두들 극도로 지치신 듯하여 안전한 곳에서 잠시 물을 마시고 계시라 했습니다."

"흐음, 그런가."

"도키치로 님께서 분명 주군께서 가슴 아파하고 계실 터이니 한시라도 빨리 알려드리라고 해서 서둘러 달려왔습니다."

"그랬는가! 아아……."

노부나가는 그렇게 되뇌었다.

"자네는 도키치로의 가신인 듯한데 이름이 무엇인가?"

"시종들을 책임지고 있는 호리오 모스케라고 합니다."

"사자의 임무를 훌륭히 수행했구나. 수고했으니 잠시 쉬도록 하라."

"황송합니다만 아직도 싸움이 한창입니다. 사자의 임무가 끝났으니 다시."

모스케는 그렇게 말하고 곧장 다시 왔던 길로 되돌아 달려갔다.

"천우신조다."

노부나가의 옆에서 누군가 문득 한숨과 함께 중얼거렸다. 시바타 가쓰이에였다. 니와, 하치야, 사쿠마 등의 제장들도 입을 모아 노부나가에게 축하의 뜻을 고했다.

"뜻밖에도 이리 좋은 결과를 얻었으니 더없이 만족하실 줄 압니다."

하지만 축하하는 그들의 말속에는 다른 감정도 담겨 있었다. 그들은 도키치로의 공을 시기하고 노부나가에게 단념하기를 권하며 총공격의 시기를 앞당기라고 재촉한 사람들이었다. 하지만 노부나가는 그것을 개의치 않았다. 지금 노부나가의 기쁨을 막을 수 있는 것은 아무것도 없었다. 노부나가가 기뻐하자 진중이 술렁거렸다. 빈틈이 없는 시바타 가쓰이에는 다른 사람들이 축하하는 데 정신이 팔린 사이 먼저 말을 꺼냈다.

"그 근처까지 마중을 갑시다."

시바타는 노부나가의 허락을 얻어 시종을 데리고 달려 내려갔다. 이윽고 오이치가 도키치로와 사람들의 보호를 받으며 언덕 아래에서 노부나가의 임시 진막이 있는 고지대로 올라왔다. 소대의 병사들이 앞에 서서 횃불을 비추며 오고 있었다. 도키치로는 그 뒤에서 차차를 등에 업고 숨을 헐떡이며 걸어오고 있었다. 노부나가는 가장 먼저 도키치로의 이마에서 빛나는 횃불을 보았다. 다음으로 적의 노장인 후지카케 미카와노카미와 무사들이 각각 등에 아이들을 업은 채 올라오고 있었다.

"……."

노부나가는 말없이 아이들을 한 명씩 바라보았다. 하지만 그의 얼굴에는 아무런 감정도 드러나지 않았다.

스무 걸음 정도 떨어져서 시바타 가쓰이에가 올라왔다. 하얀 손이 가쓰이에의 어깨를 잡고 있었다. 오이치의 손이었다. 그녀는 상심한 상태였다. 가쓰이에는 적장의 부인이지만 주군의 동생인 탓에 병사들에게 업히게 하는 것은 무례라고 생각했다. 그래서 주위를 물리고 그녀의 팔을 자신의 어깨에 두르게 하고 위로를 하며 가장 마지막에 올라온 것이었다.

"오이치 님, 다 왔습니다. 오라버님이 저기 눈앞에 서 계십니다."

가쓰이에는 곧바로 노부나가 앞으로 걸어온 뒤 그녀의 팔을 살짝 어깨에서 내렸다. 의식이 돌아온 오이치가 오열하기 시작했다. 여자의 울음소리가 일순 진중의 소음을 모조리 집어삼켰다. 주위에 있는 장수들도 가슴이 미어지는 듯했다. 하지만 노부나가만은 어찌 된 일인지 갑자기 못마땅한 기색을 보였다. 제장들은 노부나가가 방금 전까지 걱정하던 누이동생이 왔는데도 기뻐하며 맞이하지 않는 것에 의아해했다.

'무엇이 기분을 상하게 한 것일까?'

도키치로조차 이해할 수 없었다. 이렇듯 노부나가의 측신들은 늘 노부나가의 변덕 때문에 고충을 겪어야만 했다. 노부나가의 예민한 얼굴 표정에 모두 침묵을 지키며 안절부절못하자 오히려 노부나가는 쉽사리 기분을 풀 수 없었다. 측신 중에 노부나가의 기색을 눈치채고 찡그린 눈썹을 풀어줄 사람은 그리 많지 않았는데, 바로 도키치로와 지금은 이 자리에 없지만 아케치 미쓰히데 정도뿐이었다.

아무도 분위기를 부드럽게 하려는 사람이 없자 도키치로는 훌쩍 오이치의 곁으로 다가가 울고 있는 그녀에게 말했다.

"오이치 님, 오라버니 곁으로 가셔서 지난날 이야기도 나누시고 이번 일에 대한 예도 올리십시오. 그저 이렇게 기뻐 울기만 하고 계셔서는."

"……."

"왜 그러십니까? 형제자매 사이가 아니십니까."

"……."

하지만 오이치는 움직이지도 오빠인 노부나가에게 얼굴을 들어 보이지도 않았다. 그녀는 분명 남편인 나가마사를 잊지 못하고 있었다. 나가마사를 생각하면 노부나가는 남편을 죽인 적장이었고, 자신은 적진에서 사로잡힌 포로나 다름없었다. 노부나가는 첫눈에 동생의 그런 마음을 알아차렸다. 그러다 보니 동생의 무사한 모습을 보고 만족하면서도 자신의 애정을 알아주지 않는 어리석은 동생에게 불만을 느낀 것이다. 또 왠지 귀찮은 마음이 스멀스멀 피어올랐다.

"도키치로."

"옛!"

"내버려두라. 쓸데없는 말을 할 필요는 없네."

노부나가는 불쑥 의자에서 일어나 진막의 한쪽을 걷어 올리고 불길을 바라보았다.

"오다니도 함락됐군."

성을 불태우는 불길과 그곳의 함성이 사그라지자 봉우리와 골짜기에는 하얀 달빛만이 밤이 새기만을 기다리고 있었다. 그때 무장 한 명과 부하들이 함성을 지르며 달려 올라와 노부나가 앞에 아사이 나가마사를 비롯한 적의 수급을 늘어놓았다. 오이치는 몸부림을 치며 통곡했다. 아이들도 오이치에게 매달려 울기 시작했다. 그러자 노부나가가 큰 소리로 호통을 쳤다.

"시끄럽다! 가쓰이에, 아이들을 데리고 저쪽으로 가라."

"옛!"

"오이치와 아이들을 자네에게 맡기겠으니 어서 빨리 눈에 띄지 않는 곳으로 데리고 가라."

노부나가는 아무런 감정의 동요 없이 큰 소리로 말하고는 도키치로를 불렀다.

"아사이 성은 자네에게 주겠다. 알아서 뒤처리를 하고 성심을 다해 지키도록 하라."

노부나가는 성이 함락된 것을 확인하자 곧바로 기후로 돌아갈 생각인 듯했다.

오이치는 부축을 받으며 산기슭으로 내려갔다. 후일 오이치는 가쓰이에의 아내가 된다. 그리고 세 명의 어린 딸들은 자신의 어머니보다 더 극적인 운명을 맞이하게 된다. 장녀인 차차는 후일 오사카 성의 요도기미淀君, 즉 도요토미의 측실이 되고, 둘째 딸인 하쓰는 교고쿠 다카쓰구京極高次의 아내가 된다. 그리고 막내딸은 두 번이나 시집을 가지만 남편과 사별하게 되어 세 번째로 도쿠가와 이 대 장군인 히데타다秀忠와 혼인을 해서 이에미쓰家光를 낳는다. 그리고 다시 훗날 미즈노오後水尾 천황의 중궁中宮이 된 도후쿠몬인東福門院을 낳게 된다.

주군의 덕목

다음 해 덴쇼天正 2년(1574년) 3월 초순, 네네에게 남편인 도키치로로부터 기쁜 소식이 전해졌다.

어머니의 편지와 당신의 편지를 늘 되풀이해서 읽고 있소.

네네와 노모가 보낸 편지에 대한 답신인 듯했다. 도키치로는 편지를 보낼 때마다 아내와 노모를 기쁘게 해주려고 노력했는데 이번 편지는 유달리 두 사람을 기쁘게 하고도 남았다.

이마하마今浜의 공사는 아직 성벽도 제대로 갖추지 못했지만 어머니를 서둘러 모시고 싶고, 또 당신도 오랜만에 만나고 싶어 기다리고 있소. 그러니 곧장 이곳으로 옮겨올 수 있도록 당신이 어머니께 잘 전해주시오. 다른 이야기는 만나서 천천히 하도록 합시다.

편지만으로는 무슨 일인지 상상하기 어려웠지만 정월 이래로 이 편지가 오기 전까지 도키치로와 네네는 몇 번이나 편지를 주고받았다.

근래 기타오우미의 산간에 진을 치고 있던 도키치로는 한동안 끊이지 않고 싸움을 했다. 얼마간 소강상태가 이어졌지만 분주히 각지를 오가느라 쉴 틈이 없었다. 그런 상태에서 노부나가는 이번에 아사이와 아사쿠라를 평정하자 처음으로 자신의 영토를 건네며 도키치로를 영주永住로 인정하고 가족을 옮길 것을 권했다.

"그대의 가족들을 오우미로 맞아들이면 어떻겠는가?"

오다니 공략은 누가 뭐래도 도키치로의 공이 가장 컸다. 그러다 보니 노부나가는 지금까지 일개 장교에 지나지 않았던 도키치로에게 오다니 성에서 살라고 하고 아사이의 옛 영토 중 십팔만 석의 은전을 내리게 되었다. 그뿐이 아니었다. 노부나가는 도키치로에게 성性까지 내렸다.

"앞으로 기노시타라는 성 대신 하시바羽柴라고 하라. 니와 고로사에몬의 한 글자와 시바타 슈리 가쓰이에의 한 글자를 따서 하시바라고 칭하도록 하라."

니와와 시바타는 모두 오다 가의 중신 중의 중신이었고 노부나가나 도키치로가 생각하는 이상으로 세상에서는 그들을 높게 평가했다.

"황공합니다. 앞으로 하시바 지쿠젠노카미[9] 히데요시羽柴筑前守秀吉라고 하겠습니다."

그 무렵 도키치로는 지쿠젠노카미로 임명되었으니 부족함을 느낄 리 없었다. 도키치로는 일약 다이묘의 반열에 오르고 영지도 이십이만 석에 달하게 되었다. 노부나가는 기노시타 도키치로라는 이름이 지위에 걸맞지 않다고 판단해 성을 내린 것인지 모르겠지만 어쨌거나 히데요시는 그

9) 현재의 후쿠오카 현 북서부인 지쿠젠筑前의 수호직守護職이라는 관직명. 이것은 노부나가의 규슈九州 토벌에 대한 의지를 나타내는 것이기도 하다.

무렵 가을부터 누대의 무장들과 어깨를 나란히 하게 되었다. 그렇다고 히데요시는 오다니 성에 만족하며 안주하지 않았다.

"오다니 성은 보수적이다. 물러나 지키기에는 좋지만 진출하기에는 불리한 지형이다. 그리고 앞으로 계속 큰 뜻을 품고 주군을 섬기려면 이러한 곳에 안주할 수 없다."

히데요시는 삼 리 정도 떨어진 남쪽의 호반에 있는 이마하마야말로 자신이 머물 곳이라는 사실을 간파했다. 그는 기후의 허락을 받아 곧바로 개축을 시작했고 봄에는 백악白堊의 망루와 견고한 성벽과 철문을 완성했다.

"성이 완성되면 곧장 이마하마로 가정을 옮기도록 합시다."

히데요시의 편지를 받은 네네와 그의 모친도 하루빨리 옮기고 싶어 몇 번이나 편지로 재촉했는데 마침내 오늘 스노마타로 답장이 온 것이었다.

스노마타 성은 당연히 그 전에 노부나가에게 헌상을 했다. 히데요시의 모친과 네네는 성안의 저택에서 살고 있었기 때문에 여장을 꾸리는 데도 그리 시간이 걸리지 않았다. 며칠 뒤, 이마하마에서 하치스카 히코에몬 일행이 마중을 하기 위해 도착했다. 노모와 네네는 가마를 탔고 앞뒤에서 따라오는 무사들의 행장도 평화로웠다. 백 명에 가까운 행렬에는 여자와 어린 시녀도 있어서 길가의 밭에서 바라보면 실로 아름답게 보였다.

"기후 성 아래를 지나갈 것이니 너는 히데요시의 아내로서 노부나가 님께 알현을 청해 평소의 은혜에 대한 감사 인사를 드려야 할 것이다."

시어머니의 말에 네네는 그 일을 무엇보다 중요하게 여겼으며, 그녀의 머릿속은 온통 그 일로 가득했다. 네네는 기후 성으로 들어가 노부나가 앞에 서면 몸이 떨려 아무 말도 못할까 봐 걱정했다. 하지만 시어머니를 객사에 남겨두고 혼자 각양각색의 선물을 가지고 막상 기후 성안으로 들어가자 마음이 안정되고 걱정도 완전히 사라졌다. 또 처음 만난 노부나가는 상상외로 허심탄회하게 이야기를 했다.

"지쿠젠이 오랫동안 집을 비우는 동안 집안을 돌보고 노모를 공양하느라 고생이 심했을 것이네. 아니 그보다 외로웠을 것이네."

노부나가가 친근하게 말하자 네네는 자신의 집도 주가의 한 부분을 이루는 가족이라는 사실을 깨닫고 마음이 편안해졌다.

"황송합니다. 다른 일도 아닌 전쟁으로 집을 비우신 것이라 안온히 생활하는 것조차 심히 부끄러울 따름인데 외롭다고 생각하면 천벌을 받을 것입니다. 그저 어머님께서 연로하시기 때문에 그것만이."

네네의 말에 노부나가가 껄껄 웃으며 말했다.

"아니네. 여인의 마음은 다 똑같으니 숨기지 않아도 되네. 외로운 것은 당연한 일 아니겠는가. 그러한 외로움을 참고 견뎌야 남편의 좋은 점을 한층 깊이 알 수 있을 것이네. 누구의 노래인지 뒷부분은 잊었지만 '여행에 나가 아내의 고마움을 알게 된 눈 덮인 객사'라는 노래가 있듯 분명 지쿠젠도 목을 길게 빼고 기다리고 있을 것이네. 거기에 이마하마 성은 새로 지었으니, 그동안 괴로움을 잊고 다시 가정을 꾸린다면 신혼 무렵처럼 새로운 맛도 있지 않겠는가. 이는 군인만이 맛볼 수 있는 기쁨이라 할 수 있을 것이네."

"어머, 그리 말씀하시면……."

네네는 목덜미까지 새빨개져서 머리를 숙였다. 노부나가는 네네가 필시 열여섯 무렵을 떠올렸을 거라고 생각하며 웃음을 지었다. 상이 차려지고 붉은 술잔도 올라와 있었다. 노부나가가 술잔을 받아 한 모금 마셨다.

"네네……."

노부나가가 웃음을 지으며 친근하게 말했다.

"예."

무슨 일인가 하고 네네는 눈을 들었다. 네네도 그제야 간신히 노부나가를 똑바로 바라볼 수 있었다. 그러자 노부나가가 불쑥 이렇게 말했다.

"투기는 하지 말게."

"……예."

아무 생각 없이 대답했지만 네네는 나중에야 그 뜻을 깨달았다. 언제가 남편 히데요시가 아름다운 여인을 데리고 기후 성에 들어갔다는 소문을 듣고 평소에는 입 밖에 내지 않던 말을 문득 곁에 있는 사람에게 한 적이 있었기 때문이다.

"지쿠젠은 다소 그쪽 방면의 행실이 좋지 않은 듯하네. 하지만 상처가 하나 없는 찻잔은 풍취가 없는 법이며 누구나 한 가지 버릇이 있기 마련이네. 그것도 범인의 큰 흠집이라면 곤란하지만 도키치로 정도의 사내는 세상의 사내들 중에서도 몇 안 되는 그릇이네. 그대는 용케도 그런 사내를 발견했네. 나는 평소부터 대체 그러한 사내를 평생의 반려자로 선택한 여자는 어떤 여자일까 하고 생각했는데 오늘 이렇게 만나보니 고개가 끄덕여지는군. 알겠나? 투기하지 말고 사이좋게 지내도록 하게."

네네는 여자의 마음을 잘 아는 노부나가를 대하며 한편으로는 무서운 생각도 들었고, 또 한편으로는 남편이나 자신에게 믿음직스러운 주군이라는 생각도 들었다. 네네는 기쁘면서도 부끄러운 마음에 어떻게 하면 좋을지 몰라 했다.

어찌 됐든 네네의 인상은 좋았고 노부나와의 알현도 잘 끝이 났다. 노부나가는 기후 성을 떠나는 네네에게 손에 들고 갈 수 없을 정도로 막대한 선물을 하사했다. 그녀는 하사품 목록을 먼저 받아들고 객사로 돌아와 마음을 졸이며 기다리는 시어머니에게 성안에서의 일을 이야기했다.

"모두 노부나가 님을 무서워해서 어떤 분일까 걱정했습니다만 세상에서 보기 드물 만큼 착한 분이셨습니다. 그리 우아한 분이 말 위에 오르면 귀신도 무서워할 분으로 변한다는 게 믿어지지 않았습니다. 어머님도 알고 계셨는데 훌륭한 아들을 둔 세상에서 가장 행복한 분이라고 말씀하셨습니다. 또 지쿠젠 정도의 사내는 세상에 몇 안 된다며, 좋은 남편을 고른 제 눈이 높다고 농담도 하셨습니다."

"그러냐? 그랬구나……."

시어머니는 한없이 기뻐하며 네네의 말에 귀를 기울였다.

자고로 명장이라는 말을 듣는 인물은 휘하의 군사들의 존경을 받을 뿐 아니라 그들의 가족에게도 믿음직한 주인으로서 흠모와 존경을 받기 마련이었다. 그리고 깊이 존경하지 않으면 자신들의 남편이나 아들이 주군 앞에서 목숨을 던지는 것을 기꺼워하지 않을 것이었다. 그것도 단지 장렬하게 죽는 것이 아니라 죽는 사람이나 뒤에 남겨진 사람도 함께 기뻐하고 자랑스럽게 여기는 예를 보더라도 주인은 평소에 전략이나 정치 이외에도 많은 소양을 필요로 한다는 것을 알 수 있었다.

민중의 근심을 모르고 또 세상과 사람에 대해 모르는 이른바 다이묘나 귀족 집 자제 같은 사람들은 실력이 모든 것을 결정하는 노부나가의 시대, 즉 전국 시대에서는 존재의 가치가 없었다. 요시아키와 요시카게는 물론 이마가와 요시모토와 같은 사람도 지위나 명문에 안주하고 있었기 때문에 시대의 거센 격랑에 휩쓸려 사라졌다. 그래서 지금과 같은 시대를 호령할 대장에게는 높은 교양과 지위와 권력 외에도 서민의 실체를 잘 알고 있어야 하는 자격이 요구됐다. 문화인으로서의 덕목과 동시에 다른 한편으로는 야성을 지닌 사람이어야 했다. 구태의연한 악폐를 일소하고 새로운 시대를 건설해 나가기 위해서는 그러한 두 가지 요소가 절대적인 힘을 발휘했다. 그것은 순수한 문화인이나 순순한 야성만으로는 성취할 수 없는 일이었다. 그런 점에서 노부나가는 그러한 자격을 지닌 무장이라고 할 수 있었다.

어찌 됐든 네네나 히데요시의 노모도 주군의 은혜를 깊이 느끼며 잠을 잘 때에도 기후 성 쪽으로 발을 뻗지 않을 만큼 주군을 존경했다. 또 아이들을 훈육시킬 때에도 그것을 예의와 정조의 기본으로 삼았다. 격변하는 난세에 비해 사회나 가정이 그다지 문란해지지 않은 것도 개개인의 가정과 주종 사이에 공고한 정조와 가풍의 미덕이 있기 때문이었다.

한편 두 사람은 별다른 어려움 없이 후와를 넘어 화창한 봄빛 아래 펼쳐진 이마하마의 호수에 다다랐다. 그날 이마하마는 마을이 생긴 이래 처음으로 떠들썩했다. 히데요시가 새로운 성을 짓고 이마하마라는 지명을 나가마하長洪로 개명할 정도로 온 마을은 축제 분위기로 들떴다.

행복

이른 봄, 호수는 새벽녘 진홍빛으로 아련히 물들었고 군데군데 짙은 안개가 깔려 있는 산은 어두웠다.

"기상, 기상 시간입니다."

완성된 지 얼마 되지 않은 하얀 성벽의 나가하마 성안에서 새벽 등불이 움직이고 있었다. 어젯밤 잠을 자지 않고 숙직을 했던 호리오 모스케는 히데요시의 침실 옆방에서 나와 숙직실과 시종의 방들을 일일이 찾아다니며 알렸다.

"벌써?"

"그만 일어나자."

사람들이 일어나는 소리가 여기저기서 들렸다. 도라노스케도 일어나 있었다. 일곱 살 무렵, 어머니의 손에 이끌려 처음으로 스노마타 성에 와서 시종으로 봉공한 지 구 년, 도라노스케는 벌써 열다섯 살이었다. 근래에는 선배인 이치마쓰에게도 여간해서 지지 않았다. 후쿠시마 이치마쓰는 어느덧 스무 살이 넘었는데, 지금도 나이 어린 도라노스케가 깨워야 일어났다.

"오이치 님, 주군께서는 벌써 기상하셨습니다."

이치마쓰가 천천히 몸을 일으키더니 아직도 졸린 듯 눈을 비볐다.

"아직 어둡잖아. 참새처럼 날만 새면 이리 요란을 떠는군."

"그럼, 계속 주무십시오. 주군께선 벌써 일어나셔서 옷을 다 차려입고 계시니 말입니다."

"정말이냐?"

이치마쓰는 서둘러 의복을 갖추고 물었다.

"오늘 아침은 왜 이리 일찍부터 성화냐? 저 봐라, 아직 새벽달도 그대로인데."

"나 참. 오늘은 스노마타에서 주군의 가족분들이 도착하는 날이지 않습니까."

"그렇다고 해도 나가하마엔 점심 무렵 도착할 예정이지 않느냐."

"예정은 그렇지만 기다리다 못해 잠을 제대로 이루지 못하신 것이 틀림없습니다."

"그럴 리가 있느냐. 주군은 전쟁터에서도 주무시지 못한 적이 없다."

"그것과 이것은 다릅니다. 오이치 님은 불효자니 주군의 마음을 헤아리지 못하는 겁니다."

"이 녀석, 아침부터 또 건방진 소리를 하는군."

오이치는 눈을 흘겼지만 요즘은 그마저 별 효과가 없었다.

히데요시는 목욕을 좋아했다. 게을러서 신변에 전혀 신경 쓰지 않으면서도 목욕은 좋아해서 틈만 나면 목욕이나 해야겠다고 말했다. 전쟁에 나가서도 오래 진을 치고 있을 때에는 들판에 구덩이를 파게 해서 그 속에 기름종이를 깔고 뜨거운 물을 가득 채운 뒤 들어가 있기도 했다.

"노천탕은 참으로 좋구나. 뜨거운 물속에서 푸른 하늘을 올려다보고 날아가는 새의 가슴을 바라보는 건 천하일품이다."

목욕을 싫어하는 사람들은 뭐가 그리 좋은지 이해할 수 없었다. 아마도 그가 목욕을 좋아하는 것은 사치나 결벽증 때문이 아니라 어릴 적 때에 절어 몇 달이나 떠돌아다니며 목욕을 하지 못하던 때가 많았기 때문이다. 당시의 그런 욕망은 당연히 목욕을 할 수 있는 신분이 되고 나자 습관이 된 듯했다.

히데요시는 아침에 일어나자마자 바로 목욕을 했다. 접동새가 얕은 여울에서 물을 튀기며 놀고 있는 소리가 들렸다. 목욕을 좋아하면서도 그는 금방 물에서 나왔다.

"오후쿠, 오후쿠."

히데요시가 목욕탕 안에서 오후쿠를 불러댔다. 오후쿠는 바로 삼 년 전, 호반의 배를 만드는 작업장에서 일을 하고 있던 다완집 아들로 히데요시가 데려와 요코야마 성의 정원에서 찻잔을 굽고 있었다. 언젠가 히데요시는 오후쿠가 무가에 들어와 찻잔만 굽는 게 안쓰러워 오후쿠에게 한번 전쟁에 나가 새 길을 찾아보는 게 어떻겠느냐고 말한 적이 있었다.

"제발 전쟁만은."

히데요시가 억지로 데리고 가려고 하자 오후쿠는 당장 울음을 터뜨릴 것처럼 벌벌 떨며 빌었다. 그러다 보니 나이가 마흔이 넘었는데도 시종인 오도라나 오이치에게 겁쟁이라고 놀림을 받고 있었다. 히데요시는 그런 오후쿠를 불쌍하게 여겨 사람들과 별로 접촉하지 않아도 되는 목욕탕 일을 시켰다.

"부르셨습니까?"

"오후쿠인가. 옷을 주게."

"지금 면도칼을 갈고 있습니다만."

"아니네. 나가서 깎을 테니 어서 의복을 내오게."

"벌써 목욕을 끝내셨습니까?"

오후쿠는 히데요시 주위를 빙글빙글 돌며 등과 발, 그리고 손톱 끝까지 닦더니 삼나무 문을 열고 그 옆에 무릎을 꿇었다.

"날이 환하게 밝았군. 날씨도 아주 좋군."

히데요시는 그렇게 큰 소리로 말하면서 밖으로 나갔다. 시종인 도라노스케와 이치마쓰가 그의 칼을 들고 입구에 대기하고 있었다.

"지금 일어났는가?"

"옛, 조금 늦잠을 잤습니다."

"아니다. 오늘 아침은 내가 일찍 일어난 것이다. 이치마쓰, 수염을 깎을 테니 거울을 준비하라."

"예."

넓은 방 한쪽 구석에 경대를 세우자 히데요시는 직접 장소를 골라 좀 더 밝은 창가 아래에 두라고 했다. 그곳의 서원 창에는 아침 햇살이 붉게 비치고 있었다. 그곳에 거울을 두자 거울이 빛을 받아 반짝거렸다. 하지만 히데요시는 눈이 부신 것은 개의치 않고 얼굴을 찡그리며 뺨과 턱의 수염을 깎기 시작했다.

히데요시는 몸에는 털이 많은 편이었지만 턱에는 며칠을 깎지 않아도 수염이 잘 자라지 않았다. 아니 듬성듬성 자랐다. 정신은 급격히 발달했지만 아무래도 육체의 발육은 남들보다 뒤처진 경향이 있었다. 그 때문인지 그는 때때로 어린 티가 났다. 나이를 먹어도 어딘지 보통의 어른답지 않은 면이 있었다.

"자, 됐다. 면도칼은 치워도 되네. 이번에는 머리다. 이치마쓰, 내 뒤로 와서 머리에 물을 묻히고 다듬어주게."

"잠시 비녀를 빌리겠습니다."

이치마쓰는 히데요시 뒤에 앉아 히데요시의 칼에 꽂혀져 있는 비녀를 뽑아 물에 담갔다 뺀 뒤 히데요시의 머리를 빗겼다.

"어떠십니까?"

"좋네. 좋아."

"머리를 조금 더 단단히 묶는 것이 어떠신지요?"

"아니네. 너무 단단하면 눈꼬리가 올라가니 지금 정도가 좋네."

"주군."

"왜?"

"여느 때와 달리 오늘은 유독 날이 새기도 전에 일어나셔서 이리 치장을 하시니 모두 의아하게 생각하고 있습니다."

"뭐가 의아한가. 당연하지 않은가. 세상에서 가장 사랑하는 사람을 만나는 날이 아닌가."

"하하하, 주군께서 진지한 얼굴로 그리 말씀하시니, 하하하."

"이치마쓰, 왜 웃는 겐가?"

"아닙니다. 그리 말씀하시면 네네 님도 기뻐하실 것입니다."

"내 아내를 말하는 줄 알았는가? 네네는 두 번째이네."

"두 번째라고 하시면?"

"나의 첫 번째 연인은 바로 어머니네. 모르겠는가?"

"아, 그렇군요."

"내가 초췌한 모습으로 있으면 작은 일에도 근심하시는 어머니께서 쓸데없는 걱정을 하실 것이네. 아들의 야윈 모습을 보고 그런 생각이 들면 이 새로 지은 성의 아름다움과 웅장함은 모두 근심거리로밖에 보이지 않을 것이고, 이곳에서 마음 편히 사실 수 없을 것이네."

"그리 깊은 뜻이 있는 줄 모르고, 송구합니다."

이치마쓰는 머리를 숙이고 나서 히데요시 앞으로 경대를 가지고 갔다. 그런데 그런 이치마쓰보다 히데요시 옆에서 칼을 들고 오도카니 앉아 있던 도라노스케가 방금 히데요시가 한 말에 깊은 감명을 받은 듯한 모습이었다. 히데요시가 불쑥 얼굴을 돌리고 말했다.

"오도라."

"예."

"자네도 고향에 있는 어머니가 보고 싶지 않은가?"

"만나고 싶지 않습니다."

"어째서?"

"저는 아직 주군과 같은 공을 세우지 못했으니 말입니다."

"흠, 기특한 녀석."

히데요시가 위로하듯 도라노스케를 바라보며 말했다.

"그렇지. 여기 나가하마 성 아래에 쓰카하라 고사이지塚原小才治라고 하는 병학을 공부하는 자가 있다고 하니, 가까운 시일 안에 그의 도장을 찾아가서 공부하도록 하라."

도라노스케는 기뻐했다. 그때 근시가 아침 차를 가져와서 권했다. 히데요시는 마침 목욕을 끝내 뒤라 갈증을 느꼈는지 차를 마시려고 찻잔을 들었다. 하지만 찻잔을 보고는 갑자기 말했다.

"연한 차를 다오."

히데요시의 문중에는 아직 다도를 하는 사람이 없었다. 그런 한가한 사람은 쓸모가 없다고 여겨 거두지 않았던 것이다. 그런데 오다니 성의 다실에 앉아 문득 자신을 빼닮은 원숭이 조각이 새겨진 솥을 바라본 뒤 갑자기 다도가 좋은 것이라는 사실을 깨달은 듯했다. 그는 한번 생각한 일에는 이내 빠져드는 성정이었다.

"연한 차로, 알겠습니다."

다도에 식견이 있는 사람이 없었기 때문에 무사들 중에 찻솥을 다루는 법을 조금 알고 있는 사람이 차를 만들어 가지고 온 듯했다. 그래도 히데요시는 크게 만족했다. 주군인 노부나가가 차를 마시는 것을 몇 번 본 적이 있었기에 그는 찻잔을 들고 예를 취하는 것 정도는 알고 있었다.

"아아, 맛있군."

히데요시는 차를 한 모금 마신 뒤 손안에 있는 찻잔을 한동안 바라보았다.

"이건 요코하마 성의 정원에서 오후쿠가 구운 찻잔이군."

"그렇습니다."

가신이 대답했다. 히데요시는 이리저리 찻잔의 앞뒤를 돌려본 뒤 내려놓으며 말했다.

"참으로 재미있군. 역시 사람에겐 자신에게 맞는 천직이 있는 듯하군. 오후쿠를 부르게."

히데요시는 문득 무슨 생각이 떠오른 듯했다. 얼마 뒤, 오후쿠가 주저주저하며 오더니 히데요시 앞에 앉았다.

"자네는 오늘부터 목욕탕 일을 그만두게. 아무래도 그 일은 자네의 천성에 맞지 않는 듯하네."

오후쿠는 소심한 눈을 크게 뜨고 히데요시의 얼굴을 올려다봤다. 그러더니 자신이 뭔가 맡은 일을 소홀히 해서 쫓겨나는 것으로 생각한 듯 눈에 눈물이 한가득 고였다.

"뭘 그리 슬퍼하는가? 나는 자네를 꾸짖는 것이 아니네. 문득 자네의 천직을 발견하고 잊기 전에 자네가 앞으로 갈 길을 열어주려고 생각한 것이네. 벼루를 가져오너라."

"예."

시종이 일어서서 벼루를 가져와 앞에다 놓자 히데요시는 종이를 꺼내 빠르게 편지를 썼다. 그리고 손궤에서 얼마간의 돈을 꺼내 편지와 함께 오후쿠에게 건네며 말했다.

"이것을 가지고 센슈泉州의 사카이로 가면 될 것이네. 돈은 노자로 쓰게. 편지는 사카이의 센노 소에키라는 사람에게 쓴 것이니 그를 만나 자네의 앞길을 도모하게. 자네의 천성을 살릴 수 있도록 배려해줄 것이네."

"그럼 성에서 나가라는 말씀이십니까?"

"그렇다네. 자네를 위해서네."

"당치도 않습니다."

오후쿠는 기뻐하기는커녕 머리를 조아리며 울고 있었다. 히데요시가 천직이라고 말을 해도 그는 그것이 무슨 뜻인지 알 수 없었다. 오히려 히데요시의 온정에서 멀어지는 현실을 슬퍼하고 있었다.

"하하하, 참으로 알 수 없는 자로군. 떠나는 날은 자네 마음대로 정하게. 딱히 서두르지 않아도 되네. 하지만 내가 다망해지면 혹시 잊어버릴 수 있어서 이리 갑작스레 말한 것뿐이네. 오늘은 눈물을 보이지 말게. 오늘은 내게 있어 기쁜 날이니."

히데요시는 그렇게 말하고 훌쩍 정원으로 나가버렸다. 아침 햇살이 주변의 땅을 가득 비추고 있었다. 뚜벅뚜벅 본성의 안쪽 언덕 위로 올라갔다. 한쪽의 숲 속에 오래된 신사가 있었는데 청아한 박장 소리가 메아리치고 있었다.

"오늘 날씨는 어떠한가?"

히데요시는 언덕을 내려오며 마치 자신이 날씨를 만든 것처럼 시종과 부하 들을 돌아보며 자랑스러운 듯 말했다.

히데요시는 아침 식사를 한 뒤 젓가락을 놓자마자 이미 그곳에 없었다. 무사 대기소를 들여다보며 젊은 무사들에게 쾌활한 목소리로 말을 걸었다. 무슨 농담을 한 듯 젊은 무사들이 한바탕 웃어젖혔다.

"어이, 마구간지기."

"옛!"

"말들은 모두 건강한가?"

히데요시는 몇십 마리에 이르는 말들까지 자신의 가족이라고 생각하는 듯했다. 마구간의 무사는 엎드려서 모두 건강하다고 대답했다.

"오늘은 어떤 말을 타고 어머니를 마중 나가도록 할까. 어디, 짚신을 내오게."

히데요시는 무사의 안내를 받으며 자신이 탈 말을 고르러 나갔다. 길게 늘어선 마구간에는 용맹한 군마들이 얼굴을 나란히 하고 있었다. 말들은 히데요시의 얼굴을 알아보는지 아니면 무서워하는 것인지 힘차게 울거나 발을 구르며 요란을 떨었다.

"응? 저 북소리는?"

히데요시는 귀를 쫑긋 세웠다. 말이 요동치는 것도 그 때문인 듯했다. 멀리 성 아래 마을 쪽에서 북소리와 징소리가 크게 들려오기 시작했다.

"저 북소리는 무엇이냐?"

히데요시가 의아한 듯 묻자 마구간지기가 대답했다.

"마을 백성들이 오늘의 입성을 축하하기 위해 어제부터 춤을 추고 있는 것입니다."

"예전에 본 그 춤인가? 오다니에서 나가하마로 옮겨올 때 입성식은 하지 않았는가?"

"예, 오늘은 주군의 어머님과 부인께서 성에 들어오시는 것을 축하하는 것입니다."

"오늘 일은 내 개인의 기쁨일진대 영민들까지 저리 기뻐해주고 있는 것인가?"

"여정에서 도착하시는 두 분을 위로하기 위해 길에는 모래를 뿌리고 문과 처마에 꽃 장식을 하기도 했습니다."

"나도 빨리 보고 싶군."

"아직 시간이 남았습니다."

"오늘은 어찌 이리 아침 시간이 길기만 한 것인가."

"날이 새기 전에 눈을 뜨지 않으셨습니까."

"아, 그렇군."

히데요시는 노모를 만나기도 전부터 어린아이처럼 조바심을 내고 있었다. 그는 '노모와 아내의 가마는 벌써 호수를 보고 있겠지, 그래, 거기까지 와 있을 것이다' 하며 상상하고 있었다.

"잠시 후 성 아래 끝 편에 보이실 것입니다."

성문 쪽에서 기마 무사가 그렇게 외치며 달려왔다. 그 무렵, 히데요시는 이미 성문 안에서 말을 타고 이삼백 명의 보졸과 기마 무사와 함께 대오를 이루고 엄숙하게 기다리고 있었다.

드디어 성문이 열렸다. 성 아래 마을까지 이어진 넓은 대로는 정월처럼 티끌 하나 없었다. 나팔 소리에 맞춰 히데요시의 뒤를 따르는 대열이 앞으로 나가기 시작했다. 히데요시의 복장은 물론이고 시종과 근신 들의 복장은 실로 아름다웠다.

마을의 길가에는 강아지 한 마리도 다니지 못했다. 금빛 병풍과 조화가 양쪽으로 보였고 집 앞에는 사람들이 깨끗한 옷을 입고 나와 멍석 위에 엎드려 있었다. 히데요시의 번들거리는 얼굴이 지나가자 골목과 마을 뒤편에서 북소리와 노랫소리가 들려왔다. 그 속요는 히데요시가 오다니 성에서 나가하마로 옮겨올 때, 영민들이 기뻐하며 춤을 추며 부른 노래였다. 노래의 가사는 시정 사람들이 붙인 것이다 보니 변변치 않았지만 영민들의 진심 어린 마음이 담겨 있었다.

"이쯤에서 기다리도록 하시지요."

히데요시는 소나무 가로수가 보이는 성 아래 길가에서 말을 멈췄다. 그리고 그곳에 임시 가옥을 만들었다.

"아직 보이지 않는가?"

히데요시는 그곳에서 쉬면서 의자에 앉아 있는 동안에도 몇 번이나 처마 아래로 나가 가로수 길을 바라보았다. 이윽고 점심이 가까운 무렵, 저편에서 한 무리의 인마와 가마가 보이기 시작했다. 태양이 갑자기 밝아지고 춤을 추듯 날아다니는 나비 그림자 외에 먼지 한 줌도 보이지 않았다.

"어머니다. 저기 앞에 오는 가마가."

목을 길게 빼며 가신들을 향해 말하는 히데요시의 얼굴은 실로 철부지 같았다. 하지만 그는 자제하는 것인지 네네에 대해서는 묻지 않았다.

"수고했네. 수고했어."

히데요시가 큰 소리로 외치며 걸음을 옮겼을 때, 행렬은 이미 임시 가옥 앞에 멈추고 선두에 있던 하치스카 히코에몬이 말에서 내려 히데요시를 향해 일례를 했다. 히데요시는 큰 소리로 히코에몬을 비롯한 일행들의 원로를 위로했다. 그리고 즉시 두 개의 가마 쪽으로 다가가더니 먼저 아내를 불렀다.

"네네, 별일 없었소?"

히데요시는 싱긋 웃는 네네의 얼굴을 보고 이내 노모의 가마로 다가가 무릎을 꿇고 말했다.

"도키치로입니다. 어머니, 마중을 나왔습니다. 잠시 저쪽 가옥에서 쉬시는 것이 어떤지요?"

노모도 싱긋 웃으며 얼굴을 보였다. 따사로운 봄날이 그의 가슴에 복받쳐 오르는 행복감과 감사함을 선명하게 비춰주고 있었다. 히데요시는 지난날의 어떤 즐거움도 지금 이 순간에는 미치지 못하는 것처럼 가슴 한가득 만족감에 젖어 있었다. 인생의 지극한 즐거움이야말로 바로 지금이라는 사실을 가슴속에 새기고 있었다.

"히데요시 님, 일어나시지요. 당신은 이미 일국의 주인이니 손에 흙을 묻히시면 안 됩니다."

노모는 예전처럼 무릎을 세우고 가마 안으로 아들을 맞아들이고 싶었지만 오히려 모성애가 가득한 눈길로 타이르듯 말했다.

"여행길도 일 리를 가서 쉬고 다시 이 리를 가서 쉬며 히코에몬과 다른 사람들이 배려한 덕에 전혀 피곤하지 않았다. 어서 빨리 새로운 거처가 보고 싶구나."

노모의 말에 히데요시는 바삐 말 위에 올라 노모의 가마를 나가하마성으로 이끌었다. 그때 성 아래 마을은 축제가 벌어진 것처럼 떠들썩했다. 남녀노소를 불문하고 온 마을 사람들이 성주의 기쁨이 자신의 기쁨이자 히데요시의 효행이 자신들의 효행인 것처럼 축하했다. 마을 사람들은 꽃수레를 거리로 끌고 나왔고, 해자 근처에서 서로서로 손을 잡고 원을 그리며 춤을 추었다. 성문이 바로 지척이었는데 성안으로 들어가기까지 반 각이나 걸릴 정도였다.

히데요시는 노모와 아내에게 가장 먼저 북쪽 성곽에 새로 지은 거처를 보여주었다. 뒤편으로는 이부기 산줄기가 보이고 앞쪽으로는 큰 호수와 시메이가타케四明ヶ嶽가 보였으며 정원의 샘 주변에는 꽃과 나무와 진귀한 돌이 있었다. 새로운 거처는 어느 한 곳도 흠 잡을 데가 없었다. 그런데 노모가 문득 아쉬운 표정으로 히데요시를 돌아보며 말했다.

"밭이 없구나. 이곳 본성에는 내가 채소나 콩 등을 기를 밭이 없구나."

히데요시는 고개도 끄덕이지 못하고 어머니의 얼굴을 하염없이 바라보기만 했다. 고개를 끄덕였다가는 눈가의 눈물이 흘러넘칠 것 같았기 때문이다. 한편 네네는 저 멀리 일곽을 보며 여자가 사는 듯한 건물이 있다는 사실을 깨달았지만 기후 성에 들어갔을 때 노부나가가 넌지시 한 말을 떠올리고 자신을 깊이 경계했다.

시동 도라노스케

호반의 성은 날이 갈수록 위용을 더해갔다. 나가하마張浜의 마을에는 밤마다 불빛의 수가 늘어났다. 풍토가 좋고 자연에서 나는 물자도 풍부했다. 영민들은 안심하고 생업에 종사할 수 있는 낙토樂土란 바로 자신들이 살고 있는 곳이라고 생각했다.

여기서 일단, 히데요시의 가족과 가신들에 대해 알아보는 것이 좋을 듯하다. 지금 히데요시가 느끼는 행복은 다 가정에서 비롯된 것이며, 그가 일성의 주인으로 거느리는 가신들이 모두 이곳에 모여 있기 때문이다.

먼저, 가정에는 노모와 아내가 있었다. 그리고 근래 아들 쓰기마루次丸가 생겼다. 하지만 쓰기마루는 네네나 첩실이 낳은 아이가 아니었다. 노부나가가 평소에 두 사람 사이에 아들이 없는 것을 근심하며 자신의 넷째 아들을 히데요시에게 양자로 주었던 것이다.

나카무라의 초가집에서 태어난 히데요시의 동생 고치쿠는 어느덧 어엿한 무장이 되어 하시바 고이치로 히데나가羽柴小一郎秀長로 이름을 개명하고 형을 돕고 있었다. 그 밖에 네네의 동생인 기노시타 요시사다木下吉定와 친족들이 있었다. 중신으로는 하치스카 히코에몬, 이고마 진스케生駒甚助,

가토 사쿠나이加藤作内, 마스다 니에몬增田仁右衛門이 있었고, 젊은 가신으로는 히코에몬의 아들로 고로쿠 이에마사小六家政, 오타니 헤이마 요시쓰구大谷平馬吉繼, 히도쓰야나기 이치스케一柳市助, 기노시타 카게유木下勘解由, 고니시 야구로小西弥九郎, 야마노우치 이에몬 카즈도요山内猪右衛門一豊 등이 있었다.

그리고 후쿠시마 이치마쓰와 가토 도라노스케, 센고쿠 곤베仙石權兵衛와 같은 늘 활기차고 시끌벅적한 시동들도 있었다. 아무도 그들을 개의치 않았기 때문에 싸움이 멎을 날이 없었는데, 그중 후쿠시마 이치마쓰는 코피가 났는지 수시로 종이로 코를 틀어막고 돌아다녔다. 그래도 누구 하나 무슨 일이냐고 묻는 사람이 없었다. 시동들의 목표는 훌륭한 무사가 되는 것이었는데, 무사들만 있는 성안에서 사는 것은 흡사 학생들이 기숙사에서 사는 것과 같았다. 그들은 좋은 일이든 나쁜 일이든 무엇이든 흉내를 냈다. 모든 일을 스스로 알아서 해야 했고 스스로 배워야 했다. 그들 중 도라노스케는 근래 급격히 어른스러워졌다. 다른 시동들이 무엇을 하거나 자신과는 상관없다는 얼굴로 봉공을 끝내면 서책을 옆구리에 끼고 서둘러 성 아래로 나갔다.

"저 녀석, 요즘 책만 들고 다니더니 좀 건방져진 듯하군."

다른 아이들이 괴롭혀도 예전처럼 불같이 화를 내지도 않았다. 싱글싱글 웃으며 전혀 개의치 않았다.

"어줍지 않게 어른 흉내를 내고 있군."

도라노스케와 성격이 맞지 않는 이치마쓰가 탐탁지 않게 여기며 나이 어린 시동들을 부추겼다. 도라노스케는 올해 열다섯이었는데 작년부터 성 아래 사는 군학자인 쓰카하라 고사이지塚原小才治의 집으로 공부를 하러 다녔다. 고사이지는 쓰카하라 도사노카미塚原土佐守라고 하는 검술가의 조카였다. 아직 도장이 없다 보니 스승 한 명에게 군학 강의부터 검술과 검도, 무사의 예법과 진중에서의 마음가짐까지 모든 것을 배웠다.

도라노스케는 공부를 마치고 성으로 돌아가는 중이었다. 어느덧 저물녘이 가까워지고 석양빛이 마을의 두부 가게와 직물 가게의 처마를 붉게 비치고 있었다.

"뭐지?"

도라노스케가 발길을 멈췄다. 그러자 처마 아래에 몰려 있던 사람들이 갑자기 양쪽으로 갈라졌다.

"비켜라! 무슨 구경이 났다고 몰려들어 낄낄거리고 웃고 있느냐!"

술집이었다. 수풀 속에서 대호가 나타나듯 술집 안쪽에서 술 취한 사내가 한 손에 술병을 들고 비틀비틀 걸어 나왔다. 머리 옆쪽이 술잔 모양으로 벗어져 있었다. 술을 아주 좋아하는 사내였는데 한 번 그를 본 사람들은 그를 잊지 못할 정도였다. 그는 나가하마 성의 보병 조장인 기무라 다이젠木村大膳의 부하였는데 무슨 연유인지 모르지만 이치하시市脚의 규베久兵衛라고 불렀다. 하지만 마을 사람들은 그를 그렇게 부르지 않았다. '대머리 규'라는 뜻인 하게규禿久나 '호랑이 규'라는 뜻인 도라규虎久라고 하면 모두 누군지 알고 있었다. 그가 유명한 것은 대머리 때문이 아니라 술을 마시면 난폭해지기 때문이었다.

"내가 출세하지 못하는 것은 술버릇 때문이다. 술버릇만 없으면 오백 석이나 칠백 석의 무사가 됐을 것이다."

스스로 그렇게 호언장담할 만큼 실제로 그의 완력은 보통 무사들이 당해내지 못할 정도로 셌다. 전쟁터에서 셀 수 없을 정도로 공을 세웠다고 자랑하는 말도 거짓말이 아니었다. 그가 무슨 짓을 하든 조장인 기무라 다이젠이 모른 체하며 중용하는 것만으로도 알 수 있었다. 또 사람들이 마을의 부교에게 호소를 해도 부교는 '또 하게규인가'라는 말만 하고 처벌하지 않았다. 그가 세운 무공을 익히 알고 있었고 조장인 기무라 다이젠을 꺼리는 마음도 있었기 때문이다. 그러다 보니 도라규는 한층 기고만장할 수밖에 없었다. 그는 걸핏하면 옆머리가 술잔 모양으로 벗어진 이유에 대해 자랑했다.

"본래 처음부터 이러지 않았다. 스노마타 싸움에서 사이토 쪽 팔십 명의 무사를 거느린 와쿠이 쇼겐과 강가에서 만났을 때, 그자의 창을 빼앗으려 하자 나를 창으로 찌르더군. 그것을 피하다 여기가 살짝 깎인 것이다. 감히 나를 찌르려고 하다니. 괘씸한 놈!"

그는 술집 안에서 낮술을 마시다 술집 일꾼을 두드려 패며 행패를 부렸다. 그 뒤 사죄하러 나온 노파의 팔을 묶고 뒷문으로 도망치는 주인을 붙잡아 위협하며 술을 따르게 하고 자기자랑을 늘어놓았다. 그런데 입구에 몰려들어 그 모습을 구경하던 사람들 중 한 명이 무슨 말을 들었는지 껄껄 웃었다. 그 웃음소리를 들은 도라규가 벌떡 일어서더니 느닷없이 사람들을 헤치고 길가로 나온 듯했다. 사람들은 술에 취해 비틀거리는 도라규를 피해 도망쳤다. 하지만 아까부터 그곳에 우두커니 서 있는 도라노스케는 도망치지 않았다.

하게규는 불쑥 도라노스케에게 다가갔다. 도망칠 것이라고 생각했는데 도라노스케가 한 발도 움직이지 않자 화가 난 듯했다.

"꼬마야, 넌 뭐냐?"

도라노스케는 물큰하게 풍기는 술 냄새에 얼굴을 찌푸리며 말했다.

"성안의 오도라다."

"뭐, 도라虎라고?"

하게규는 코를 킁킁거리며 도라노스케의 작은 몸집을 내려다봤다. 몸집에 비해 눈이 큰 도라노스케도 눈을 크게 뜬 채 하게규를 노려보았다.

"와하하하, 정말 뜻밖이군."

돌연 하게규가 몸을 뒤로 젖히고 웃어댔다. 그리고 도라노스케의 얼굴을 항아리를 들듯 양손으로 잡았다.

"너도 오도라於虎냐? 나도 오도라大虎다. 우리 의형제하는 것이 어떠냐?"

"싫다."

"그러지 말고 의형제하자."

"더러워."

도라노스케는 하게규가 얼굴을 가까이 대자 밀쳐버렸다. 그런데 화를 잘 내는 성격이었던 하게규가 신기하게도 화를 내지 않고 이번에는 도라노스케의 손목을 잡고 술집 쪽으로 잡아끌며 말했다.

"형제끼리 한잔하자."

도라노스케는 자신의 팔이 빠지든지 하게규의 허리가 꺾이든지 둘 중 하나라고 생각하며 한동안 힘을 주고 버텼다. 하지만 상대보다 몸집도 작고 상대는 힘이 세기로 유명한 사람이라 술집 처마 아래까지 질질 끌려가고 말았다.

"저거, 저거 불쌍하게도."

"도망치거라."

"도라규에게 붙잡혔으니 성치 못하겠군."

주변 사람들은 그렇게 웅성거릴 뿐 도와줄 엄두도 못 냈다. 하지만 도라노스케는 침착한 표정으로 한쪽 팔에 끼고 있던 서책을 술집 안으로 내던지고 하게규에게 소리쳤다.

"그만두지 못해!"

"잔말 말고 이리 오너라!"

하게규가 억지로 팔을 잡아끌자 도라노스케가 몸을 비틀면서 왼손으로 칼을 뽑았다.

"아니, 이놈이!"

칼을 보자 익은 감처럼 불그스레하던 하게규의 얼굴이 일순 파래졌다. 그 순간, 하게규의 한쪽 팔이 툭하고 땅으로 떨어지더니 피가 솟구쳤다.

피는 도라노스케의 가슴과 옷은 물론이고 보고 있던 사람들의 얼굴에도 튀었다.

"크악, 네 이놈!"

하게규가 고함을 치며 도라노스케를 향해 달려들었다. 도라노스케의 칼이 허공으로 날아갔다. 거대한 몸과 작은 몸이 이내 뒤엉켜서 흙과 피로 얼룩졌다. 아무리 용맹하다 해도 한쪽 팔을 잃은 하게규의 모습에서는 평소의 위력을 찾아볼 수 없었다. 게다가 출혈이 점점 심해지자 마침내 힘을 잃고 도라노스케의 아래에 깔리고 말았다.

"약한 사람들을 괴롭히다니 네놈은 하시바 가의 수치다!"

도라노스케는 그렇게 외치며 하게규의 눈과 코를 주먹으로 인정사정 보지 않고 갈겨댔다.

"……."

사람들은 숨소리도 내지 못하고 멀리 도망쳐서 바라보고 있었다. 뒷일이 걱정돼서가 아니라 자신들의 예상이 완전히 빗나갔기 때문이다. 도라노스케는 칼과 서책을 주워 다시 옆구리에 끼더니 멀리서 바라보는 사람들에게 말했다.

"이젠 괜찮소. 누군가 묶여 있는 술집 주인을 풀어주시오. 그리고 이자는 봉행소에 건네도록 하시오. 그것이 가장 좋을 것이오."

도라노스케는 그 말을 남기고 곧장 자리를 떴다. 나가하마 성안은 벌써 등불이 켜져 있었고 사람들은 어둠이 내린 마을 네거리를 떠나지 못한 채 웅성댔다. 그리고 도라노스케는 깜깜한 우물가에서 멱을 감았다.

"오도라이냐?"

주군의 명으로 도라노스케를 찾으러 온 이치마쓰가 우물가에서 소리를 듣고 이름을 불렀다.

"어이."

도라노스케는 태평한 듯 대답했다. 알몸인 도라노스케를 보며 이치마쓰가 의아스럽다는 듯 물었다.

"이 밤중에 뭘 하고 있는 거야?"

"빨래."

도라노스케는 옷을 빨고 있었다. 이치마쓰가 진흙탕에서 넘어졌는지 묻자 도라노스케는 '응' 하고 고개를 끄덕이며 계속해서 빨래를 했다.

"주군께서 부르시니 오거라. 무사가 돼서 진흙탕에 자빠지다니. 그러려고 매일 병법을 배우러 다니는 게냐?"

이치마쓰는 타박을 주고 빨간 불빛이 보이는 본성 쪽으로 먼저 가버렸다. 도라노스케는 자신의 방으로 돌아와서 옷을 갈아입고 곧장 히데요시에게 갔다. 그곳에는 술상이 차려져 있었고, 히데요시 옆에는 기무라 다이젠이 굳은 표정으로 앉아 있었다. 도라노스케는 힐끗 그를 바라본 뒤 히데요시의 입가를 응시했다.

"오도라, 네가 오늘 큰일을 저질렀다고 하더구나. 다이젠이 몹시 화를 내며 나를 찾아와서 자신의 부하를 칼로 벤 너를 가만두지 않겠다고 하는구나. 그로서는 당연한 일, 어찌할 것이냐?"

"어찌할 것도 없습니다."

"어찌할 것도 없다니?"

"예, 그자가 잘못했기 때문입니다."

"네가 보병 부대에 속한 규베久兵衛인가 하는 자의 한쪽 팔을 잘랐다고 하던데?"

"그렇습니다."

"다이젠이 나를 찾아와 가문 안에서 일어난 싸움은 양쪽이 모두 처벌받는 것이 철칙이니 너를 건네달라고 하는데 그리해도 좋으냐?"

"괜찮습니다."

"그리 말하지 말고 너는 아직 어리니 내가 보는 앞에서 다이젠에게 머리를 숙이고 사죄를 하는 편이 좋을 것이다."

"싫습니다."

"어째서?"

히데요시의 눈이 촛불에 반짝 빛을 발했다.

"저는 잘못한 것이 없습니다. 그리고 저는 주군을 곁에서 모시는 시동으로 주군께서 곤란해하실 일을 하지 않았습니다."

"하하하, 그러하냐. 좋다. 그렇다면 나는 개의치 않겠다. 다이젠, 어찌하겠는가?"

아까부터 도라노스케의 옆얼굴을 노려보고 있던 기무라 다이젠이 말했다.

"역시 오도라의 신변은 제게 맡겨주셨으면 합니다."

히데요시는 다소 언짢은 표정을 보였지만 다이젠의 말을 다시 듣고 얼굴빛이 밝아졌다. 다이젠이 이렇게 말한 것이었다.

"제 부하인 규베가 평소에 행동이 바르지 못한 것은 알고 있었습니다. 하지만 마을 한복판에서 일개 시동에게 그와 같은 일을 당했는데 조장인 제가 묵시하고 있을 수만은 없어서 주군께 탄원했습니다만, 지금 오도라의 얼굴을 보고 갑자기 생각이 달라졌습니다."

"어떻게 달라졌다는 것인가?"

"바라건대 오도라를 제 양자로 맞아들이고 싶습니다. 안 되면 제 부대의 무사로 삼고 싶습니다."

"오도라만 좋다면 나도 좋다. 오도라, 어떠냐? 다이젠의 아들이 되겠느냐?"

"양자로 들어갈 마음은 눈곱만큼도 없습니다."

"양자라고 해서 업신여기지 말거라. 나도 양자이니라."

"그래도 싫습니다."

"하하하, 다이젠, 오도라가 저와 같으니 어떻게 하겠는가?"

"어쩔 수 없을 듯싶습니다. 제가 포기하겠습니다. 하지만 참으로 좋은 시동인 듯하여 마음은 흐뭇합니다."

다이젠은 히데요시가 따라주는 술을 마시며 연신 도라노스케를 칭찬했다.

비육지탄髀肉之嘆

기무라 다이젠이 소문을 낸 듯 성안 사람들은 도라노스케의 침착하고 대담한 성격을 높이 샀다. 그리고 성 아래 마을 사람들 사이에서 도라노스케는 유명해졌다.

"오도라, 앞으로 백칠십 석의 녹을 더 내릴 터이니 고향의 어머니께 편지를 써서 기쁘게 해드려라."

히데요시의 말에 도라노스케는 기뻐하며 한층 공부에 매진했고 봉공에도 힘썼다. 하지만 같이 생활하는 동년배의 시동들은 불만을 품었다. 시동 중에는 후쿠시마 이치마쓰가 가장 나이가 많고 고참이었는데, 그는 그 아래 시동들인 히라노 곤페이平野權平나 가타기리 스케사쿠片桐組作, 가토 마고로쿠加藤孫六, 와키자카 진나이脇坂甚内, 가스야 스케에몬糟屋助右衛門 등과 틈만 나면 연못의 개구리들처럼 왁자지껄 몰려다녔다.

"오도라, 오도라."

"이치마쓰, 왜?"

"책만 보고 있지 말고 이쪽을 보고 대답해."

"상관없잖아."

"여긴 서당이 아니야."

"참 시끄럽군. 무슨 일이야?"

"모두들 들어봐. 어이, 스케사쿠, 마고로쿠, 진나이, 잘 들어."

"듣고 있어. 오도라에게 무슨 말을 하려고?"

"요즘, 너무 건방을 떨고 있어서 말해두려는 것이다. 오도라, 너 조금 컸다고 잘난 체하지 마."

"뭐가?"

"녹이 늘었다고 갑자기 잘난 체하고 있잖아."

"난 잘난 체한 적 없어."

"아니, 잘난 체하고 있어. 건방지게."

"네가 그렇게 생각하니까 그렇게 보이는 걸 거야."

"나만 그런 게 아니라 모두 그렇게 말하고 있어. 녹이 늘었어도 넌 아직 내 밑이야. 스노마타 성에 있었을 때, 너는 콧물을 흘리며 어머니의 손에 이끌려 왔지? 그때를 잊지 마."

"누구나 어렸을 땐 콧물을 흘려. 그게 뭐 어쨌다고?"

"저 봐. 저렇게 건방져진걸! 우리도 곧 큰 공을 세울 테니 두고 봐."

"얼마든지. 어떤 공을 세울지 모르겠지만 꼭 보고 싶군."

"그럴 거야. 건방진 놈."

"뭐라고?"

"뭐!"

두 사람이 벌떡 일어서자 다른 시동들이 황망히 말렸다. 이치마쓰가 그런 스케사쿠의 머리를 후려쳤다. 말리는 사람을 때리는 법이 어디 있냐며 스케사쿠가 맞받아쳤다. 그러자 여기저기서 시동들이 뒤엉켜 싸우기 시작했다.

조장인 호리오 모스케가 혀를 차며 달려와 일갈한 뒤 간신히 진정되었다. 하지만 얼마 전 새로 간 장지문의 창호지가 찢어졌고, 세간과 책상, 서책도 어지럽게 흩어져 도저히 눈을 뜨고 볼 수 없을 지경이 되었다.

"주군의 눈에 띄면 큰일이니 빨리 치워라. 그리고 구멍 난 창호도 얼른 붙여놓아라."

모스케는 시동들을 꾸짖은 뒤 모두 자신의 자리로 돌아가라고 명령했다. 사자 새끼와 표범 새끼를 한 우리에 넣어놓고 무료하게 만들면 반드시 무슨 일이 생기기 마련이었다. 그런 사자 새끼나 표범 새끼가 목을 길게 빼고 기다리는 것은 성 밖으로 나가 파란 하늘을 보는 일이었다. 그런 상황에서 도라노스케가 히데요시의 허락을 받고 매일 쓰카하라 고사이지의 도장에 다니다 보니 다른 시동들이 그를 시기하는 것은 무리가 아니었다.

"오이치, 너는 내일 주군과 함께 어딜 갈 것이다. 스케사쿠, 곤페이 너희 두 명도 함께 갈 것이다. 아침 일찍 나설지도 모르니 늦잠을 자면 안 된다."

전날 밤, 호리오 모스케의 명을 들은 세 사람은 히데요시의 행선지는 알지 못했지만 너무 기쁜 나머지 잠도 자지 못할 지경이었다.

일행은 무사 열 명, 시동 네 명, 그리고 말의 고삐를 잡은 하인뿐이었다. 그들은 날이 새자마자 성을 나서 이부키 산 쪽으로 달려갔다. 사냥을 간다는 명목이었지만 매나 사냥개도 없었다.

"주군, 어디까지 가시는 것인지요?"

이부키 산기슭에 이를 때쯤 무사 한 명이 묻자 히데요시가 앞에서 계속 달리며 말했다.

"어디까지라는 예정은 없다. 날이 질 때까지 달리다 돌아갈 것이다."

"사슴이나 토끼라도 몰아올까요?"

"그만두어라. 사냥 따윈 관심도 없고 시시하다."

"그럼 단지 말을 타고 멀리 가시려는 생각입니까?"

"단지? 그렇지 않다. 큰 의미가 있다."

"다른 생각이 있으신 것입니까?"

"있다."

"들려주십시오."

호리오 모스케와 후쿠시마 이치마쓰가 히데요시에게 떼를 쓰듯 말했다. 히데요시는 말을 세우고 눈앞에 있는 이부키 산을 올려다보았다. 무사들도 고삐를 늦추며 땀이 밴 얼굴에 바람을 맞았다.

"비육지탄髀肉之嘆이라는 말이 있다. 알고 있는가?"

"알고 있습니다."

"그럼 유비 현덕이라는 이름은?"

"후한後漢의 영웅 아닙니까?"

"맞다. 공명을 맞아들여 촉蜀을 정벌하고 삼국시대에 촉을 세우고 제왕의 자리에 오른 인물. 그가 아직 뜻도 세우지 못하고 공명도 만나지 않았을 때, 동족인 유표에게 몸을 의탁하며 이른바 식객으로 지내던 장년 시절, 이런 일화가 있다."

"어떤 일화입니까?"

"하루는 유표와 동석해서 술을 마시고 있었는데 유표가 문득 뒷간에 갔다가 돌아온 현덕의 얼굴을 보니 눈물을 흘린 자국이 보였다. 의아하게 여긴 유표가 왜 슬퍼했는지 묻자 현덕이 대답하길, '덕분에 무사안온한 날들을 보내고 있어 그 은혜는 고맙게 생각하지만 방금 별실에서 제 몸을 보니 오랫동안 전쟁터의 물도 마시지 못하고 아름다운 객실에서 안주하며 말도 타지 않았던 탓에 넓적다리가 이렇게 살이 찌고 말았습니다. 세월은 빨리 지나가고 인생은 끝이 있으니 이러는 동안에 저도 안일함에 젖어 세상에 아무것도 남기지 못하고 나이만 먹고 있는구나 생각하자 참을 수 없이 슬퍼졌습니다'라며 탄식했다고 한다."

"그렇군요. 유비는 그때 아무것도 이루지 못한 자신의 처지를 한탄한 것이군요."

"나도 마찬가지다. 무사안일은 무서운 것이다. 지금 나는 지극히 위험한 행복에 빠져 있다. 오늘 그것을 깨닫고 넓적다리 근육을 빼기 위해 나온 것이다. 땀을 흠뻑 흘리기 위해서 말이다."

"주군께서는 남몰래 유비 현덕의 뜻을 품고 계셨군요."

"바보 같은 소리. 내게 망촉望蜀의 뜻이 있다고 해도 그런 산속에 있는 나라를 차지하고 조조나 손견과 같은 자와 패권을 다투다 삶을 마감한 유비를 모범으로 삼고 싶지 않다. 그는 해가 지는 나라의 영웅, 나는 해가 뜨는 나라의 백성, 내 바람은 다르다."

"앞으로 크게 기대가 됩니다."

"그러니 넓적다리에 살이 찌지 않도록 하라."

"걱정 마십시오."

모스케가 대답하자 가타기리 스케사쿠와 히라노 곤페이가 안장 위에서 자신들의 허벅지를 두드리며 말했다.

"보시는 대로 이렇게 말라 있습니다."

"더 빼도록 하라. 너희 소년들의 근육은 칼처럼 벼리고 벼려서 가늘어질수록 날카로움이 더할 것이다. 자, 따라오너라."

평야를 내려가는가 싶었는데 히데요시는 나오쓰七尾 촌에서 이부키를 향해 산길을 오르기 시작했다. 이 각이 넘게 산야를 내달리자 배도 고프고 목도 말라왔다.

"어디 밥을 먹을 만한 곳이 없느냐?"

하오의 태양 속에서 히데요시 일행은 먼지를 일으키며 이부키 산기슭을 달려 내려왔다.

"있습니다. 있습니다."

앞서 산기슭의 작은 부락으로 달려갔던 후쿠시마 이치마쓰가 모퉁이까지 말을 돌려 달려와서 손을 흔들었다.

"이 앞에 진언종眞言宗의 삼주원三珠院이라는 좋은 절이 있습니다."

히데요시가 다가오자 이치마쓰가 앞서 달려갔다.

한적한 숲 속에 부엌으로 쓰는 고리庫裡와 본당이 보였다. 히데요시는 산문에 말을 놓고 무사들과 함께 안으로 들어갔다. 사람을 불러도 아무도 나오지 않자 히데요시는 그대로 본당으로 올라가서 한가운데에 앉았다.

얼마 뒤, 고리 쪽에서 사람의 기척이 들렸다. 아마도 승려들은 성주가 와서 휴식을 취한다는 말을 전해 듣고 당황한 듯했다.

"너무 소란을 피우지 마라. 목이 마르니 그저 차나 한잔 마시고 싶구나."

히데요시가 본당 쪽에서 말하자 옆에 있는 방의 칸막이 뒤편에서 누군가 대답했다.

"예, 바로 올리겠습니다."

히데요시는 칸막이 쪽을 돌아보며 고개를 갸우뚱거렸다. 서늘한 목소리였지만 여인의 목소리 같지는 않았다. 고적한 가람이어서인지 청아하고 가련하면서도 힘이 느껴지는 목소리였다. 히데요시가 의아하게 여기는 동안 한 소년이 찻잔을 들고 총총걸음으로 다가왔다.

"…… ."

소년은 아무 말 없이 인사를 하더니 자그마한 비단 보자기에 찻잔을 올려 히데요시 앞으로 내밀었다. 히데요시는 이내 일고여덟 명이 마실 수 있는 미지근한 차가 담긴 큰 찻잔을 받아들고 단숨에 꿀꺽꿀꺽 마셨다.

"한 잔 더 다오."

"예."

소년은 일어나서 돌아갔다. 히데요시는 절간의 아이라고 생각했다. 소년은 곧 차를 가지고 다시 왔다. 찻물은 이전보다 조금 뜨거웠고 양도 반 밖에 되지 않았다. 히데요시는 두 모금 정도 마시면서 소년의 얼굴을 바라보았다.

"꼬마야."

"예."

"이름이 무엇이냐?"

"사기치佐吉라고 합니다."

"사기치. 음, 사기치야, 한 잔 더 다오."

"알겠습니다."

히데요시는 계속해서 소년이 사라진 쪽을 바라보았다. 그런데 이번에는 좀처럼 차를 가져오지 않더니 시간이 얼마 지나 소년은 과자를 가져왔다. 그러고는 조금 지난 뒤에는 이전 찻잔보다 훨씬 작은 백색의 천목天目[10]에 녹색의 말차를 담아 귀인에게 차를 대접하는 예법대로 천천히 걸어와서 히데요시 앞에 놓았다.

"이걸로 갈증이 풀렸구나. 아주 맛있었다."

"황송합니다."

"음, 으음…… ."

히데요시는 무엇 때문인지 그렇게 뇌까렸다. 소년의 용모는 보기 드물게 정갈했다. 지성미라고 해야 할지, 나가하마 성의 오이치, 오도라, 오스케, 오곤 등의 시동들과는 말과 행동이 현저하게 달랐다.

"너는 몇 살이냐?"

"열세 살입니다."

"성은 있느냐?"

10) 철분이 포함된 유약을 발라 구운 공기 모양의 찻잔. 주로 귀인에게 차를 대접할 때 사용한다.

"집안 대대로 이시다石田라는 성을 쓰고 있습니다."

"그럼 이시다 사기치로구나."

"그렇습니다."

"이 부근에는 이시다라는 성이 많은 듯하구나."

"제 가문은 그런 수많은 이시다와는 조금 다릅니다."

소년은 대답할 때에도 명석했고 괜히 무서워하거나 부끄러워하는 모습도 보이지 않았다.

"다른 이시다와는 다르다는 건 무슨 뜻이냐?"

히데요시가 웃으며 묻자 사기치가 대답했다.

"이 부근에서 가장 오래된 가문이기 때문입니다."

사기치는 그렇게 말하고 다시 이어 말했다.

"그 옛날 아와즈粟津 싸움에서 기소 요시나가木會義仲를 죽인 이시다 타메히사石田爲久라는 분이 제 가문의 선조라고 아버님께서 말씀하셨습니다."

"흠, 그 무렵부터 고슈江州의 무가였느냐?"

"예. 겐무建武 무렵 이시다 겐자에몬石田源左衛門이라는 분이 계셨는데, 보리사菩提寺의 과거장過去帳에도 실려 있습니다. 그로부터 훨씬 뒤에는 이 부근의 영주였던 교고쿠京極 가를 섬겼습니다만 언제부터인지 낭인이 되어 아즈사梓 관문 부근에 살며 향사가 되어버리고 말았습니다."

"그 관문 터 부근에 지금도 이시다 저택이라는 이름이 남아 있는데 그것이 네 선조의 땅이더냐?"

"예, 말씀하신 그대로입니다."

"부모는?"

"안 계십니다."

"너는 중이 될 생각으로 절에 들어와 있는 것이냐?"

"아닙니다."

사기치는 고개를 젓더니 미소를 머금은 채 잠자코 있었다. 보조개까지 지성적으로 보였다. 히데요시가 불쑥 물었다.

"주지는 있느냐?"

사기치가 있다고 대답하자 히데요시가 주지를 불러오라고 말했다. 사기치가 주지를 부르러 가려다 말고 물었다.

"지금 성주님의 가신들로부터 밥을 올리라는 말씀을 듣고 주지 스님도 부엌에 들어가 계십니다. 다른 분도 아닌 성주님에게 올리는 상이라 다른 사람의 손에 맡길 수 없다고 하시며 서둘러 밥을 짓고 계신데, 많이 시장하신지요?"

"아, 그러하냐? 그렇다면 나중에 불러도 괜찮다."

"밥이 다 되는 대로 인사를 올리러 오실 것입니다."

사기치는 찻잔을 들고 나갔다.

히데요시는 사기치가 마음에 쏙 들었다. 그의 시동들 중에 들판에서 자란 아이가 많은 것은 그가 농부의 자식이라서 의식적으로 산과 들의 불우한 아이들을 거뒀기 때문이다. 그런데 근래 곰곰 생각해보니 야성적인 아이들만 휘하에 두고 있어서는 언제까지나 야성에서 벗어날 수 없을 뿐 아니라 야성의 장점도 둔해지는 듯했다. 취약한 문화나 무르익은 지성에는 거친 야성이 섞이는 게 본래의 생명력을 부활시키는 방법이었고, 또 지나치게 거칠고 호방한 야성에는 지덕知德의 빛을 비춰야 비로소 완전한 하나의 인격과 새로운 문화를 갖출 수 있는 법이다.

히데요시는 평소에 마음속으로 그렇게 생각하고 있었는데 지금 사기치를 보며 나가하마의 시동들을 떠올렸다. 그는 평소에 시동들을 많이 걱정했는데, 그것은 노신이나 중신보다 나이 어린 인재들을 더 중요하게 여겼기 때문이다. 열서너 살이 돼도 콧물을 흘리거나 잠잘 때 오줌을 싸고 싸움하는 골칫거리들이었지만 히데요시는 시동들이야말로 가문의 보물이라고 여기며 그들이 자라는 모습을 즐거운 마음으로 주시했다.

"열셋. 열세 살치고 너무 조숙하지 않나?"

히데요시는 연신 그렇게 중얼거렸다. 이윽고 그곳으로 주지가 인사를 하러 왔다. 삼주원의 주지는 사기치의 신변을 묻는 히데요시의 질문에 이렇게 답했다.

"여기서 키우고 있습니다만 절에 오래 둘 생각은 없습니다. 본인의 의지도 사문에 있지 않고 양친도 세상을 떴으니 스스로 가명을 일으킬 신세입니다. 사기치의 모친과 저는 먼 친척지간이어서 부디 잘 자라도록 기원하고 있습니다만, 다소 내성적인 성격이라 여자아이 같다는 말도 들을 때가 있어서 무사들 속에서 일가를 이룰 수 있을지 어떨지 걱정하는 마음뿐입니다."

히데요시가 의아해하며 말했다.

"저 아이가 내성적이란 말이오? 하하하, 당치도 않은 소리요. 뭐, 좋소. 그렇다면 저 아이를 내게 주지 않겠소?"

"예? 달라고 하심은?"

"내가 나가하마로 데려가서 시동으로 삼고 싶소. 그대 눈에는 사기치가 내성적으로 보일지 모르나 저 아인 순식간에 사람을 사로잡는 면모를 지니고 있소. 아이에게 나를 따르고 싶은지 아닌지 물어보도록 하시오."

"송구합니다. 싫다고 할 리가 없으나 어쨌든 성주님의 말씀을 전하고 나중에 답변을 올리겠습니다."

"그럼 그동안 나는 밥이나 먹어야겠소이다."

"안내하겠습니다."

승려들이 히데요시를 객실로 안내했다. 그리고 다른 가신들도 그곳으로 맞아들여 공손히 시중을 들었다. 식사가 끝날 무렵, 주지가 사기치를 데려왔다.

"어찌 되었소?"

히데요시가 묻자 주지가 사기치를 보며 말했다.

"보시는 것처럼 크게 기뻐하고 있습니다. 사기치, 어서 공손히 청을 올리도록 해라."

"…… ."

사기치는 히데요시를 보며 싱긋 웃으면서 양손을 바닥에 대고 머리를 숙였다. 히데요시는 아무 말도 하지 않았지만 만족한 눈빛으로 화답했다.

"성으로 가면 저기 있는 오이치, 오곤, 오스케와 사이좋게 지내야 할 것이다."

"예."

"오늘부터 너희와 같은 시동이 될 이시다 사기치다. 얌전하다고 해서 괴롭히면 안 된다."

"예."

"모스케, 자네가 잘 돌봐주게."

"알겠습니다."

호리오 모스케는 사기치를 보고 정중하게 말했다.

"시동들을 맡고 있는 호리오라고 하니 앞으로 잘 부탁하네."

그러자 사기치도 공손히 인사를 했다.

"이 지방의 향사, 이시다 겐자에몬의 아들, 사기치라고 합니다. 모쪼록 앞으로 잘 부탁드립니다."

열세 살짜리 소년이라고는 여겨지지 않았다. 그의 어른스러운 모습을 본 오이치와 오곤은 절을 떠나면서 서로 소곤거렸다.

"어이, 이번 아이는 오도라보다 훨씬 건방진 것 같아."

"애송이 주제에 벌써 무사가 된 것처럼 잘난 체하고 있더군."

"어디 두고 보자."

"한번 혼쭐을 내줘야겠군."

히데요시가 말을 불러 안장에 올라타자 모두 입을 다물었다. 이부키산 위로 뜬 저녁달을 보면서 히데요시는 나가하마 성으로 돌아갔다. 물론 사기치도 뒤따라오고 있었다. 사기치는 후일의 이시다 미쓰나리石田三成가 되었는데, 그날 저녁 그는 앞으로의 인생에 대해 어떤 뜻을 품었을까. 그날 히데요시는 그의 기지機智와 재능을 눈여겨보았는데, 이윽고 알의 껍데기를 깨고 밖으로 나온 봉황 새끼는 그런 히데요시의 기대를 배신하지 않았다.

노부나가의 정치

일 년 사이에 몇 개의 성이 차례로 멸망해서 사라졌다. 새로운 인물이 나오고 옛사람은 쫓겨났으며 낡은 체제는 허물어졌다. 그리고 다시 새로운 성이 세워지고 새로운 문화가 시작되었다. 그렇게 되자 난세의 천하는 결국 종국을 향해 치달을 수밖에 없었고 좀처럼 안정을 찾지 못하는 격변의 세월 또한 넓적다리에 살이 오를 만큼 사람들에게 한가한 시간을 허락하지 않았다.

나가하마 성에 명이 떨어졌다. 다시 에치젠을 정벌하고자 하는 노부나가의 명이었다. 출전의 목적은 반노부나가 세력의 괴멸에 있었다. 노부나가는 작년에 아사쿠라 일족을 멸망시키고 에치젠을 자신의 세력권 내에 두었지만 그것은 채 일 년도 가지 않았다.

전후 정책이 실패로 돌아가자 영민들의 불평은 폭발하고 또 그것을 선동하는 세력에 의해 노부나가의 기반은 허물어졌다. 에치젠 여기저기서 반노부나가의 세력들이 봉기를 일으켰다. 주도 세력은 일향종 문도의 무기와 재력과 신앙으로 결속한 옛 아사쿠라의 잔당을 위시한 연합군이었다. 거기에 서쪽 주고쿠의 모리 가, 북쪽 가이의 다케다 가, 그리고 에치고의 우에스기 가 등이 그들을 원조하고 있었다.

늦가을, 에쓰越 산은 벌써 눈이 내려 새하얗게 변해 있었다. 그 산을 넘어 에치젠으로 들어간 노부나가의 주력군은 니와 고로자에몬 나가히데와 하시바 지쿠젠노카미 히데요시였다. 봉기는 즉시 진압되었고 다음 해 두 장수는 눈에 갇히지 전에 개선을 했다. 때는 덴쇼 2년이었다. 하지만 1월이 지나자 다시 에치젠 영내에서 심상치 않은 분위기가 느껴졌다.

"애물단지와 같구나!"

노부나가도 혀를 찰 정도였다. 그렇다고 해서 화를 내거나 초조해하지는 않았다. 오히려 그러한 책동에는 넘어가지 않는다는 자세로 짐짓 모르는 체했다.

노부나가가 가장 시급한 일로 생각하는 것은 내정의 충실과 군비의 재편성이었다. 그리고 자신의 세력권 안에 있는 백성들에게 앞날의 태평성대와 통업統業의 과실을 보여주는 것이었다. 그것을 이루기 위해 노부나가는 칠 개국에 걸친 대로大路를 보수하고 가교를 놓는 공사에 착수했다. 미노, 오와리, 미카와, 이세, 이가, 오우미, 야마시로를 관통하는 국도였다. 도로의 폭을 세 간間 반으로 정하고 길 양옆에 가로수를 심었고, 불필요한 관문을 철폐했다. 그러자 무역과 여행을 하는 데 굉장히 편리해졌다. 그 길을 걸으며 가로수들을 바라보는 사람들은 노부나가가 천하의 권력을 잡았다는 것을 인정할 수밖에 없었고 인정하지 않는 사람들도 그를 칭찬하지 않을 수 없었다.

아무리 강력한 군사력으로 초토화된 점령지를 뒤덮어도 일반 백성들은 그를 영원한 지배자라고 생각하지 않았다. 사람들은 격변하는 난세의 흥망을 목격하면서 아무리 강력한 군사나 성루라고 해도 하루아침에 허물어지는 것을 오랜 세월 목도해왔던 것이다. 하지만 그런 땅에 새로운 문화를 건설하고 실리와 희망을 가져다주면 사람들은 그에 맞춰 현실을 기꺼이 받아들였다. 철포 소리와 함성 소리에도 묵묵히 밭을 갈며 농사를 짓는 그들은 귀머거리나 장님이 아니었다. 그들 역시 인생을 향유하고 싶은 인간이었던 것이다.

그래서 노부나가는 전쟁을 하고 파괴를 하면서도 한편으로는 그런 일들을 시급한 과제로 삼았다. 그리고 여름이 되자 그는 다시 군사를 나가시마 쪽으로 움직였다. 나가시마 정벌은 이번이 네 번째였다. 이전 세 번의 정벌에서는 모두 별다른 성과를 올리지 못했다.

첫 번째 원정에서는 동생인 오다 노부오키織田信興가 전사했고, 다음 해 겐기 2년에는 숙장인 가쓰이에가 부상을 당하고 우지이에 보쿠젠이 전사했다. 작년 원정에는 부장인 하야시 신지로林新二郎를 비롯해 많은 전사자가 발생하는 등 계속해서 고배를 마시고 있었다. 그 골칫거리 적에 대해 노부나가는 이렇게 말을 했다.

"나는 먼저 에이 산을 불태워 내 굳은 의지를 보여주었다. 그래서 한동안 그들의 반성과 참회를 기다리고 있었다. 그럼에도 그들은 아직도 반성하지 않고 종교의 이름을 빌려 사람들을 현혹하고 거기에 넘어오지 않는 양민들을 죽이고 무리들을 모아 세력을 점점 늘리고 있다. 천하의 화근이 될 것이 분명하니 결단코 더 이상 좌시할 수 없다."

직접 진두에 선 노부나가의 얼굴은 예전 에이 산을 공격할 때와 닮아 있었다. 더욱이 육만의 대군 속에는 오다 가의 대부분의 효장들이 말 머리를 나란히 하고 있었다. 시바타, 니와, 사쿠마, 이케다, 마에다, 이나바, 하야시, 다키가와, 사사 등의 장수들이 참전했고, 하시바 히데요시도 부대를 이끌고 출전했다.

8월 2일, 비바람이 몰아치는 먹물같이 어두운 여름밤을 틈타 노부나가의 대군은 오도리이大鳥居 성을 공격해 성을 지키던 남녀 천여 명을 몰살하고 불태운 것을 시작으로 차례로 작은 성과 요새를 분쇄해 나갔다. 다음

달 중순 무렵에는 나카에中江와 나가시마 두 성을 포위해 함락시키고 불을 질러 성안의 이만여 문도들을 한 명도 남기지 않고 불태워 죽였다. 그런 변을 당하기까지 남녀 신도들은 단 한 명도 항복하려고 하지 않았다.

칠팔백 명 정도 되는 어떤 종단의 부대는 늦더위의 태양이 쨍쨍 내리 쬐는 염천 아래에 반나체의 모습으로 손에 칼과 창을 들고 성안에서 달려 나와 일제히 염불을 외며 맹렬히 저항하다 죽기도 했다. 그로 인해 오다 군의 피해도 적지 않았다.

노부나가의 일족만 하더라도 사촌인 노부나리信成, 이가노카미 센치요伊賀守仙千代, 마타하치로 노부도키又八郎信時 등이 전사했고, 오다 오스미노카미織田大隈守, 도묘 한자에몬同苗半左衛門 등도 큰 부상을 당하고 후송된 뒤 곧바로 죽고 말았다.

그 외에 전사한 장병들은 팔백칠십여 명에 이르렀고 부상자들은 그늘 안에 다 눕힐 수가 없을 정도로 많았다. 희생이 너무 컸다. 노부나가는 사방천지에 죽거나 다친 적과 아군으로 넘쳐나는 광경을 보고 하늘을 바라 보며 신음했다.

후일 천하의 통업을 거의 완성하고 아즈치安土에 임하는 날, 노부나가 역시 호사를 누렸지만, 그의 심사를 깊이 헤아려보자면 단지 자신의 작은 욕망과 영화를 위해서라면 이토록 수많은 희생을 치르고 나서 태연할 수 없었을 것이다.

물욕에 대한 욕심이라면 이미 지금의 노부나가는 일곱 나라의 영주로 충분할 것이었다. 명예나 공명에 대한 욕심이라면 교토로 가서 무엇이든 할 수 있는 위치와 힘을 가지고 있었다. 영내의 불안을 일소하기 위한 의미였다면 더 보수적이고 타협적인 방법은 얼마든지 있었다. 하지만 그는 진실로 바라는 것을 실현하기 위해 큰 희생을 치를 수밖에 없었다. 영웅의 고충은 바로 여기에 있었다. 그럼 그가 원하는 것은 무엇일까. 그것은 파괴가 아닌 건설이었다. 그가 이상으로 삼고 있는 체제와 문화를 세우는 것이었다.

근래 당상의 공경들 중에는 노부나가를 만난 적도 없고 그의 생활과 됨됨이도 모르면서 그에 대해 '노부나가는 역시 시골 사람이라 요리의 맛도 모른다'거나 '파괴할 줄만 알지 만들거나 세우는 것은 모르는 사내'라고 하며 뒤에서 그를 평가절하하고 험담하는 사람이 많았다. 하지만 노부나가는 그렇지 않다는 사실을 교토에도 조금씩 보여주기 시작했다.

먼저 나가시마를 평정해서 도카이도에서 이세에 걸친 다년간의 우환을 제거하자 다음 해인 덴쇼 3년 2월 27일에는 상락에 올랐다. 그가 명한 일곱 나라에 걸쳐 있는 대로의 보수도 거의 완성돼서 교토지京都路와 연결되어 있었다. 대로 양쪽에 심은 가로수도 모두 무성하게 자라 있었다.

"애석하게도 당대의 권력을 잡고 교토에 입성하고도 사리사욕에 눈이 멀어 교토를 황폐하게 만들고 도망쳐서 이윽고 아와즈에서 비참한 최후를 맞이한 것은 무문에게 좋은 교훈이 될 것이다. 그와 같이는 되지 말아야 할 것이다."

노부나가는 종종 좌우의 가신들에게 그렇게 말하며 스스로 경계를 하고 부장들에게도 넌지시 훈계를 했다. 필시 기소 요시나가木曾義仲를 두고 한 말일 것이었다. 요시나가는 무인이라면 누구라도 가지고 있는 약점이 있었다. 아니, 사람이 자만하다 보면 누구나 빠지기 쉬운 함정이기도 했다. 노부나가는 마음속으로 그런 위험에 빠질 수 있다는 것을 반성하고 있었음이 틀림없었다.

꽃 피는 3월, 노부나가는 교토에 들어오자마자 입궐해서 천황에게 상소를 하고 물러났다. 그리고 다시 당상관과 손님 들을 초대해 봄맞이 주연을 열었다. 그리고 천황을 곁에서 모시고 보필하는 측신이나 직신과 같이 명성 높은 권문세가들이 극심한 빈곤에 허덕이며 기품과 자긍심마저 잃고 있는 모습을 불쌍하게 여겨 많은 금품을 선물했다.

또 노부나가는 전에는 조정에서 은전을 내려도 고사했지만 이번에는 자처해서 참의參議에 올라 종삼품이 되었다. 천황에게 상소를 올려 나라奈良의 동대사東大寺에 비장되어 있는 란자다이蘭奢待 명향名香을 하사받았다. 이 향목은 쇼무聖武 천황 무렵 중국에서 도래한 것으로 정창원正倉院에 봉인되어 칙서가 없으면 볼 수 없는 보물이었다.

'란자다이蘭奢待'라는 글자 속에는 동東, 대大, 사寺 세 글자가 숨어 있었는데, 주상에게 그것을 하사받은 사람은 아시카가 요시마사 이후 노부나가가 유일했다. 그것을 하사받을 때에는 실로 장대하고 엄숙한 의식이 열렸다. 의식에는 칙사와 나라奈良의 사람들까지 모두 다 참석할 정도였고, 노부나가는 물론 하나와 구로에몬, 아라키 세쓰노카미, 다케이 세키안 외에도 시바타, 니와, 사쿠마, 하치야 효고노카미 등 배석한 이들의 행장은 화려했고 의식 또한 엄숙하여 실로 장관을 이루었다. 의식은 진시辰時 무렵 시작되었고 명향은 여섯 척 나무 상자에 보관되어 있었다.

노부나가는 일 촌寸 팔 분分 정도 되는 향목을 하사받았는데 그 일 촌 팔 분의 향목 때문에 이런 성대한 의식이 열렸을 뿐 아니라, 그로 인해 나라奈良의 마을과 근교의 사찰과 명소에는 전국 각지에서 몰려든 인파들이 일으키는 먼지가 파란 하늘을 뒤덮을 정도였다.

"노부나가가 하는 짓이 좀 과장되고 야단스럽군……."

나라奈良의 젊은 법사들 중에는 그렇게 말하는 사람도 있었고 또 다음과 같이 말하는 사람도 있었다.

"정치네. 노부나가는 상당히 노련한 정치가네."

노부나가는 분명 무인이면서도 정치가였다. 세상을 보는 안목이 있는 사람이 노부나가를 그렇게 본 것은 정확했다. 하지만 이 시대의 '정치'라는 것은 오늘날 말하는 '정치'와는 다소 차이가 있었다. '정치'라고 하는 말 자체의 의미가 훨씬 고결하고 명료해서 오늘날처럼 더럽혀지지 않았던 것이다. 인간의 천직 중에 가장 원대한 이상과 넓은 인애仁愛를 봉행할 수 있는 직분으로서 모든 사람들은 항상 그 직능에 경앙景仰하고 신망했다.

물론 긴 역사 속에서 그 정치를 손에 넣고도 민중의 신뢰를 배신한 권력자는 얼마든지 있었고, 이전 무로마치 시대의 정치 또한 그러했지만 그렇다고 해서 민중이 정치 자체를 천시하거나 의심하지는 않았다. 봉행하는 '사람'에 따라 다르다는 사실을 알고 있었다.

'정치'라는 고상한 말이 천박하고 사리사욕에 물든 무리의 대명사처럼 땅에 떨어진 때는 메이지 말기부터 다이쇼大正, 쇼와昭和 초기에 걸쳐서다. 본래의 '정치'란 인간의 직능으로 최고의 선사善事를 봉행하는 것이어야만 했다. 그 직무에 임하는 대신이나 고관을 마치 무능하고 어리석은 사람처럼 업신여길 때, 정치는 소시민들의 풍자와 해학의 대상으로 전락하기도 하는데 그러한 시대의 민중들은 반드시 불행했다.

그로 인해 대신과 고관은 위엄이 있고 매사에 늘 신중하고 진중하게 행동해야만 했다. 민중은 그런 정치가를 보고 믿음직스럽게 여기고 안도하기 때문이다.

어느 시대든 민중은 무능한 정치가나 민중의 눈치만 보는 대신을 보고 싶어 하지 않는다. 민중은 본능적으로 높은 묘당에 무릎을 꿇고 절을 하며 환호하고 우러러보고 싶어 한다. 형태상으로는 상하의 구분이 있어도 그런 치세의 민중은 태평성대를 느끼기 때문이다.

노부나가는 그러한 서민들의 마음을 잘 알고 있었다. 란자다이를 하사받기 위해 칙서를 올린 것도 명향을 가지고 싶다는 작은 욕심 때문이 아니었다. 오히려 자신의 광영과 존재를 모든 민중들에게 널리 알리고 각인시키려고 성대한 의식을 거행했다고 하는 편이 적절했다.

또 그와 같은 행사를 통해 그는 공경과 귀족의 문화인들과 접촉하고 깊은 친교를 맺어갔다. 노부나가는 간제観世[11]의 노能[12], 고와카마이幸若舞, 스모, 매사냥, 다도茶道 등을 취미로 가지고 있었다. 말도 좋아했다. 일면 문화인들과 융합을 꾀하면서도 노부나가는 결코 민중을 저버리지 않았다. 막대한 비용을 들여 백성들이 구경할 수 있도록 며칠에 걸쳐 가모加茂의 마장에 큰 경주를 개최하고 자신의 애마 육십 마리를 출전시켜 사람들을 즐겁게 했다. 하지만 그는 무엇을 하고 놀든 거기에 완전히 빠져 자신을 잃는 경우는 없었다.

상국사相國寺에서 산죠三條, 가라스마루烏丸, 아스카이飛鳥井 등 모든 공경들을 초대해 공놀이를 개최했을 때였다.

"대단합니다. 참으로 멋집니다."

"우지자네氏眞 님은 천재입니다."

공경들은 모두 우지자네를 칭송했는데 노부나가는 나중에 측신들에게 이렇게 말했다고 한다.

"이마가와 우지자네가 공을 차는 재주의 십분의 일을 문무에 쏟았다면 사람들에게 그런 잔재주를 보여주고 칭찬받는 신세가 되지 않았을 것을……. 조부 이래 슨엔산 세 나라를 다른 이에게 빼앗기고 그저 공 하나 가지고 노는 모습을 보니 참으로 보기에 가련하다."

11) 남북조 시대의 노能 연기자이자 간제류観世流 유파의 시조인 간아미観阿弥의 예명.

12) 가마쿠라 시대 후기부터 무로마치 시대 초기에 성립된 일본의 전통 가면 가무극歌舞劇.

미카와三河 무사

올해 서른네 살이 된 도쿠가와 이에야스는 하마마쓰浜松 성에 있었다. 아들인 사부로 노부야스三郎信康는 벌써 열일곱이 됐으며, 오카자키 성에 머물고 있었다. 예전부터 그러했지만 여전히 이곳의 사풍士風은 고지식해서 교토의 호사롭고 경박한 문화는 들어오지 않았다. 아니, 받아들이지 않았던 것이다.

군신과 백성 들도 시대와 유행에 영향을 받지 않았으며 미카와 특유의 검소하고 질박한 색채를 유지했다. 아녀자들의 옷 색상이나 무늬도 눈을 자극하지 않을 만큼 수수했고 머리를 묶는 끈도 한 번 쓰고 버리지 않았다. 남자의 복장은 갈색이나 짙은 남색에 기껏해야 잔무늬나 네모 무늬를 넣은 게 전부였다.

'성실한 사람은 가정에 충실하여 자식이 많기 마련'이라는 옛말처럼 이 나라에서는 어느 집에서나 갓난아이의 울음소리가 들렸다. 그 무렵 하마마쓰와 오카자키를 지나는 여행객이라면 꼭 하는 말이 있었다.

"어느 네거리나 아이들밖에 보이지 않는군. 이런 나라에서 아이만 줄곧 낳으니 가난에서 벗어날 수가 없는 것이다."

예전부터 젊은 무사들은 흔히 농담조로 '미카와 무사와 가난은 숙연宿緣'이라고 개탄했는데, 지금도 여전히 미카와는 가난에서 벗어나지 못하고 있었다.

미카타가하라三方ケ原 싸움 이후 채 삼 년도 지나지 않는 덴쇼 3년(1575년), 동맹국인 오다나 적국인 다케다의 번성한 모습과 비교해도 미카와는 가망이 없는 상태였다.

먼저 오다 가의 발흥을 수치로 보면, 근래 삼 년 동안 아시카가 요시아키를 쫓아내고 아사이와 아사쿠라를 격파한 뒤 급속도로 영지를 확장했다. 아네 강의 싸움이 있었던 오 년 전과 비교하면 약 백육십만 석이 증가했고 지금은 총 사백만 석이 넘었다. 다케다 가는 삼 년 전인 미카타가하라 이후, 약 십일만 석의 땅을 획득해서 전 영토를 합쳐 백삼십삼만 석의 부강한 나라가 되었다.

그에 비해 도쿠가와 가는 삼 년 동안 영지가 팔만 석이나 줄었다. 그것도 영지가 넓었을 때에는 그리 눈에 띄지 않았지만 불과 사십팔만 석밖에 없는 현재 상황에서는 군 전체의 군비와 병력, 또 아침저녁으로 소요되는 식량에 직접적인 영향을 미칠 수밖에 없었다.

"잊지 마라. 이 좁쌀 밥은 주군께서 일부러 너희를 굶기려고 내리신 것이 아니다. 해마다 다케다 쪽에 영지를 빼앗기고 있기 때문이다. 다른 나라처럼 배불리 밥을 먹고 싶다면 나라를 강하게 만들어라. 나라를 강하게 만드는 방법은 간단하다. 오늘 어려움을 견디며 먹고 싶은 것과 즐거움을 내일로 미루고 스스로를 단련시키는 길뿐이다."

등불을 밝힐 기름조차 부족한 저녁때가 되면 번의 무사의 가정에서는 자식들에게 그렇게 가르쳤다. 그런 상황에서 오카자키 성의 가신인 곤도 헤이로쿠近藤平六는 전공을 세워 녹을 더 받게 되자 어찌할 바를 몰라 했다. 주군의 은혜에 깊이 감명을 받았지만 그만큼 주가의 녹을 갉아먹는 마음이 들었던 것이다. 그렇다고 전쟁에서 세운 공에 대한 은전을 고사하는 것은 주가의 면목을 훼손하는 일이기도 했다.

"곤도, 자네는 아직 오오가大賀 님을 찾아뵙지 않았다고 하지 않았는가?"

"예. 경황이 없어서 그만……."

"빨리 가서 새로 받은 영지가 어느 마을이고 경계가 어디인지 그곳 관리인 오오가 님께 설명을 듣고, 인도받을 것은 받아두어야 하지 않겠나?"

"예, 오늘 돌아가는 길에 들러서 오오가 님의 말씀을 잘 듣도록 하겠습니다."

곤도 헤이로쿠는 조장의 꾸지람을 듣고 그날 저녁 집으로 돌아가는 길에 도쿠가와 가에서 제일가는 슈도닌出頭人[13]인 오오가 야시로大賀弥四郎의 저택을 찾아갔다.

하마마쓰나 오카자키를 통틀어 오오가 야시로 정도로 큰 저택을 가지고 있는 사람은 없었다. 오오가는 미카와 도오도우미 삼십여 군의 대관代官이었다. 또 지방을 감시하고 세금을 징수하며 오카자키와 하마마쓰의 금전 출납이나 군수품 구입 등 경제와 관련된 중요한 일도 겸하고 있었다. 그래서 늘 그의 집 앞은 손님들로 장사진을 이루었다. 밖에서는 그렇지 않았는데 저택 안으로 들어가면 그곳은 오카자키가 아닌 듯했다. 건축물이나 정원, 일하는 사람들의 복장과 머리는 교토를 그대로 옮겨놓은 듯 화려하고 아름다웠다. 손님이 오면 반드시 선물이 함께 들어오고 안으로 들어가면 진귀한 술과 안주가 나왔다.

"아무래도 나와 맞지 않는 듯하군."

곤도 헤이로쿠는 주인인 오오가 야시로가 나오는 동안 꿔다 놓은 보릿

13) 무로마치 시대와 에도 초기에 걸쳐 막부 혹은 다이묘大名 가의 주군을 섬기며 정무에 참여한 사람.

자루처럼 호사스런 서원에서 편하지 않은 마음으로 오도카니 기다렸다.

"이거, 실례했소이다."

오오가 야시로가 들어왔다. 마흔둘이나 셋 정도 된, 체구가 큰 사내로 이마가 넓은 얼굴에 마맛자국이 가득했다. 하지만 그의 응대하는 모습을 보면 대단한 재사才士라는 것을 금방 알 수 있었다.

"오래 기다리게 했소이다."

오오가는 자리에 앉자 먼저 예부터 취했다.

"이번에 귀공께서 영지를 하사받게 되었다니 참으로 축하할 일이오. 다른 사람의 일처럼 여겨지지 않소이다. 곤도 님은 자제분들도 많아 봉록이 늘게 되면 앞으로 다소 편해질 것이라고 아내와도 이야기했소이다. 하하하, 정말 잘됐소이다."

오오가는 흡사 자신의 일처럼 기뻐해주었다. 미카와 사람의 순박함을 그대로 지니고 있는 헤이로쿠는 오오가가 정말로 기뻐하는 것인지 거짓인지 의심하는 마음조차 없었다.

"아닙니다. 부끄럽습니다. 별다른 전공이 없는데도 뜻밖에 봉록이 늘게 되어 어떻게 해야 할지 송구한 마음만 들 뿐입니다."

"송구한 마음이 든다고요? 봉록을 받고 송구한 마음이 든다고 하는 사람은 곤도 님이 처음일 것이오. 아니, 귀공이 정직한 사람이어서 일 것이오. 그런 면이 무사의 자질일지도 모르겠소이다."

"새로 하사받은 영지에 대해 가르침을 받으라는 조장의 말씀을 듣고 이렇게 찾아뵈었습니다."

"주군의 은명을 받고서도 어찌 오지 않는가 하고 생각하고 있던 참이었소. 곧 영지의 지도를 보여드릴 테니, 오늘은 천천히 머물다 가도록 하시오."

어느 틈엔가 헤이로쿠와 오오가 앞에 갖가지 음식으로 술상이 차려졌다. 그것을 가져오거나 시중을 드는 시녀도 오카자키나 하마마쓰 여인이 아니었다. 일부러 교토에서 불러온 여인들인 듯했다. 술도 평소에 아끼며 마시는 탁주와는 전혀 달랐다. 사람이라면 누구나 하룻저녁의 이러한 호사를 마다할 리가 없었다. 헤이로쿠는 완전히 흥에 취했다.

"이젠, 이젠 됐습니다. 그만 돌아가야겠습니다."

"영지의 사정과 지형도 이젠 충분히 알겠소이까?"

"예. 여러 가지 도움을 주셔서 고맙습니다."

"으음, 그런데 곤도."

"예."

"내 입으로 말하는 건 공치사 같지만, 이번 은전도 실은 내가 넌지시 주군께 중재한 것이오. 그러니 그것만은 기억해주게. 나를 소홀히 생각할 리는 없겠으나."

"……."

헤이로쿠는 홍이 깬 얼굴로 오오가의 마맛자국을 바라보며 아무 말도 하지 않았다.

"그럼 그만 물러가겠습니다."

곤도 헤이로쿠가 급히 자리에서 일어서자 오오가가 깜짝 놀라 말했다.

"아니 벌써 돌아가려는가?"

"예, 가야겠습니다."

"뭐가 신경에 거슬린 것인가? 자네의 봉록이 는 것이 내 천거에 의한 것이라고 솔직하게 말한 것이 마음에 들지 않은 것인가?"

"아닙니다. 그런 게 아니라 머리가 다소."

"그러고 보니 갑자기 얼굴색도 좋지 않아졌군."

"술기운 때문일지 모르겠습니다."

"술은 센 편이 아니던가?"

"몸이 조금 안 좋은 듯합니다."

헤이로쿠는 황망히 자리에서 일어나서 물러갔는데, 그날 별실 쪽에 또 한 명의 손님이 와서 술을 마시고 있었다. 그 역시 오오가와 마찬가지로 오카자키의 가신이자 세도가 있는 야마다 하치조山田八藏라고 하는 오구라가타御藏方[14] 제일의 슈도닌出頭人이었다. 하치조는 오오가와 상당히 친밀한 사이인 듯 서슴없이 오오가가 있는 방으로 들어와서 마주 보며 말했다.

"너무 일찍 말을 꺼낸 듯하오. 혹 뭔가 눈치채고 돌아간 것은 아니오?"

오오가도 하치조와 똑같이 불안을 느끼고 있었던 듯했다.

"평소 순박하다는 말을 듣던 자라 쉬 내게 고마움을 느낄 거라 생각했는데 의외로 갑자기 불쾌한 얼굴을 하고 돌아갔네. 내 속말을 이상하게 받아들인 기색도 보였네."

"그럼 살려둘 수 없군."

"그렇게까지 할 정도로 중요한 말은 하지 않았는데……."

"만사 불여튼튼이라는 말도 있네. 내가 쫓아가서."

야마다 하치조는 즉시 정원의 문을 통해 밖으로 나가 헤이로쿠의 뒤를 쫓았다. 곤도 헤이로쿠는 배웅을 나온 오오가의 하인들과 한 마디 말도 섞지 않고 정문을 지나 밖으로 나왔다. 그리고 그 웅장한 정문을 바라보다 침을 뱉듯 무슨 말인가를 중얼거렸다.

뒷문에서 돌아온 야마다 하치조는 헤이로쿠를 발견한 뒤 토벽에 몸을 바싹 붙이고 서서히 다가가 어떻게 베는 게 좋을지 생각했다. 그런데 곤도 헤이로쿠는 정문에서 담장을 따라 열 걸음 정도 가다 담장 근처 도랑에 몸을 숙였다. 규모가 큰 저택이라면 반드시 담장 주위에 도랑이 있고 물이 흘렀다. 헤이로쿠는 입속에 억지로 손을 집어넣고 사뭇 괴로운 듯한 소

14) 무로마치 시대에 창고를 관리하고 금전과 곡물과 기재 등의 출납을 관장하는 사람.

리를 내며 방금 오오가 집에서 먹은 것들을 모두 토해내더니 눈을 비비며 중얼거렸다.

"아아, 시원하다."

그러고는 터벅터벅 걸어갔다. 그 모습을 본 야마다 하치조는 마음이 달라졌다. 역시 헤이로쿠가 갑자기 물러간 것은 몸이 안 좋았기 때문이 분명했다. 그에게 다른 뜻이 있는 것처럼 생각한 것은 신경과민이라고 생각했던 것이다. 그는 다시 오오가가 있는 곳으로 돌아와 그냥 온 이유를 이야기했다. 그러자 오오가가 안심한 듯 말했다.

"그것참 다행이오. 어쨌든 대사를 앞에 두고 있으니 아무 일도 없는 것이 가장 좋소. 자, 술이나 마십시다."

오오가는 손뼉을 쳐서 시녀들을 불렀다. 그곳은 백난을 극복하기 위해 번이 일치단결해서 검소한 생활을 하는 오카자키 성 아래에 있었지만 그런 것들과는 무연한 듯 보였다. 그들은 문을 닫아걸고 탐욕과 사리사욕으로 가득한 작은 나라를 이루고 있었다.

곤도 헤이로쿠는 부대의 우두머리인 오오카 츄에몬大岡忠右衛門의 사택을 찾았다.

"송구하지만 새로 하사받은 봉록을 다시 주군께 반납하고자 하니 성가시겠지만 그 절차를 밟아주시길 청합니다."

"뭐, 반납한다고? 오오가 님은 찾아뵈었는가?"

"예. 그래서."

"그런데 대체 무슨 연유로?"

"싫어졌습니다."

"바보 같은 소리 하지 말게. 하사한 봉록을 거절하고 반납한 예는 없었네."

"그렇다 하더라도 받을 수 없습니다."

"이유를 말해보게."

"오오가 야시로의 말하는 폼이 마음에 들지 않았습니다."

"오오가 님이 내린 것이 아니지 않는가."

"그렇습니다. 그럼에도 오오가가 말하길 이번 일은 오직 자신이 뒤에서 힘을 써서 주군께 중재한 덕분이라고 했습니다."

"그런 말을 했단 말인가?"

"오오가에게 신세를 질 수 없습니다."

"오오가 님은 본래 그런 분이다. 앞날에 그분의 미움을 사서는 봉공에 곤초를 겪을 것이니, 자네가 참도록 하게."

"싫습니다."

"자네도 참 고집이 세군."

"나리가 더 끈질기십니다."

"자네가 뭐라 하든 하사받은 봉록을 반납하는 절차는 밟을 수 없네. 계속 고집을 부리겠다면 자네가 직접 하마마쓰로 가서 말씀을 올리도록 하게."

오오카는 헤이로쿠가 가지 않을 것이라고 생각하고 쫓아버렸다. 그런데 며칠 뒤, 곤도 헤이로쿠는 태연스레 하마마쓰로 가서 이에야스에게 알현을 청하고 주군 앞에서 모든 것을 고했다.

"비록 소신이 미천하다고 하나 오오가와 같은 자를 따르며 녹지를 받을 마음은 추호도 없습니다. 그러한 봉록을 쌀 한 톨이라도 받는다면 무사의 오명이라 생각합니다. 혹여 주군의 기분을 훼손하여 할복을 명하신다 하더라도 봉록을 반납하고자 합니다."

곁에 있던 노신들이 달래고 얼러도 헤이로쿠는 완고했다.

"……."

이에야스는 곤란한 표정을 지었다. 번의 재무를 담당하는 오오가는 무엇과도 바꿀 수 없는 수완을 지니고 있었다. 오오가는 마구간지기였는데, 이에야스는 그의 재능을 인정해 직접 등용한 뒤 중책을 맡기고 지금은 누대의 가신들과 같은 대우와 광범위한 직권을 부여했다. 그러다 보니 헤이로쿠의 입장은 이해가 되었지만 어떻게 처리해야 할지 고민스러웠다.

"헤이로쿠."

"예."

"봉록을 더 내린 것은 내 마음에 따른 것이지 야시로의 중재로 인한 것이 아니라는 사실은 알고 있는가?"

"하지만 오오가의 말처럼 세상에서 들으면."

"들어보게. 자네도 잊지 않았을 것이네. 내가 오카자키에 머물던 무렵, 논을 시찰하기 위해 갔을 때, 논두렁에 칼을 풀어놓고 그 논 한가운데에 들어가 백성들과 함께 모내기를 한 일이 있었네. 그때 자네와 자네의 처자식도 있었으니 내가 뭐라 했는지 기억하고 있을 것이네. 그때의 약속을 오늘 조금이나마 지킨 것뿐이니 투덜대지 말고 받아두게."

"예?"

헤이로쿠는 그렇게 외치고는 아무 말도 하지 못하고 눈물만 흘렸다. 이에야스는 그때 헤이로쿠에게 전쟁에 나가서는 창을 잡고 고향에 돌아와서는 논에서 일하는 그런 가난을 오래 겪지 않게 하겠다고 말했던 것이다. 지금 이에야스가 그때의 일을 잊지 않고 말하자 헤이로쿠는 눈물을 흘린 것이었다.

미하타御旗[15]와 다테나시楯無[16]

다케다 가쓰요리武田勝頼는 서른 살 봄을 맞았다. 망부인 신겐보다 키도 훨씬 컸고 골격도 늠름했으며 미장부美丈夫라고 불리기에 어울리는 풍모를 지니고 있었다. 신겐이 홀연 세상을 떠난 것이 올해로 삼 년째였고 4월이면 탈상이었다.

"삼 년 동안 내 죽음을 숨겨라."

신겐이 죽으면서 내린 명은 엄격하게 지켜져 왔다. 하지만 그의 기일이 되면 혜림사를 비롯해 각지의 산속 깊이 자리한 사찰에서 법등을 켜고 만 부의 독경을 외는 소리가 들려왔다. 그날은 가쓰요리도 병무를 접고 비사당문 안에서 신록도 보지 않고 휘파람새의 울음소리도 듣지 않으며 삼 일 동안 지냈다.

---

15) 다케다 가는 가이甲斐 지방의 겐지源氏의 시조인 미나모토노 요시미쓰源義光 이래로 그곳을 대표하는 가문이었다. 미하타御旗는 미나모토노 요시이에源頼家와 요시미쓰頼光의 부친인 요리요시頼義가 고레이제이後冷泉 천황에게 하사받은 '히노마루日の丸'가 그려진 깃발로 겐지源氏의 직계 자손임을 상징한다. 야마나시山梨 현의 운봉사雲峰寺에 소장되어 있다.

16) 미나모토노 요시미쓰가 사용하던 갑옷으로, 방패가 필요 없을 만큼 칼과 창으로도 뚫을 수 없는 튼튼한 갑옷이다. 야마나시山梨 현 관전천菅田天 신사에 소장되어 있다.

이윽고 기일이 끝나 쓰쓰지가사키躑躅ケ崎의 성에 있는 방문을 열고 향의 연기를 밖으로 내보낸 날이었다. 가쓰요리가 의복을 갈아입고 모습을 드러내자 기다렸다는 듯 아도베 오이노스케跡部大炊介가 부복하며 한 통의 서신을 바쳤다.

"화급을 다투는 사안이라 일견하신 후에 일러주시면 답신은 제가 적도록 하겠습니다."

주위에는 아무도 없었다. 오이노스케의 모습을 보면 일부러 지금과 같은 때를 기다리고 있었던 듯했다.

"흠, 오카자키에서?"

가쓰요리는 서신을 받아들고 바로 봉을 뜯었다. 필시 그도 기다리고 있었음이 분명했다. 읽어 내려가는 동안 그의 얼굴에 심상치 않은 기색이 엿보였다. 그는 한동안 마음의 결정을 내리지 못한 듯 생각에 잠겨 있었다. 여름이 지척이라 파릇한 나뭇가지 사이로 휘파람새 울음소리가 들려왔다. 가쓰요리는 창밖 하늘을 한번 쳐다본 뒤 말했다.

"알았다. 답신은 이 한마디로 족할 것이니, 자네가 그리 전하라."

아도베 오이노스케는 깜짝 놀란 듯 얼굴을 들어 다시 한 번 확인했다.

"그렇게 전하기만 하면 되는 것인지요?"

가쓰요리가 결연히 말했다.

"그렇다. 하늘이 내린 기회를 놓칠 수 없는 법. 그런데 사자는 믿을 만한 자인가?"

"중대한 사안인 만큼 걱정하지 않으셔도 될 자입니다."

"외부로 새어나갈 일은 없을 터이지만 소홀함이 있어서는 안 될 것이라고 서신에 적어 보내도록 하라."

"알겠습니다."

오이노스케는 서신을 돌려받아 품속 깊숙이 숨긴 뒤 황망히 물러갔다.

오이노스케가 향한 곳은 사저가 아닌 성 안쪽에 있는 한 건물이었다. 그곳은 타국의 사신이나 각지로 보내는 간자 등을 맞이하는 곳이었는데 본성이나 성곽과는 단절된 비각秘閣이었다.

오이노스케가 그곳에 들어간 뒤 몇 각이 지나지 않는 사이 정문의 정무소 쪽에 군령이 내려지고 갑자기 분주해졌다. 밤이 되자 한층 더 분주해졌으며 밤새 사람들이 동분서주하고 성문을 드나드는 발길이 끊이지 않았다.

밤이 새기 시작하자 성 밖 광장에는 어느새 일만 사오천의 병마와 정기가 아침 안개에 젖은 채 엄숙히 정렬해 있었다. 아직도 속속 모여드는 군사들이 있는 듯했다. 해 뜰 무렵까지 출진을 알리는 나팔 소리가 몇 번이나 고후의 마을들을 잠에서 깨우고 있었다.

어젯밤 팔베개를 하고 잠깐 눈을 부친 가쓰요리는 갑옷을 입은 채 조금도 졸리지 않은 표정을 짓고 있었다. 남들보다 몇 배나 건강한 그의 육체와 장래의 원대한 꿈은 그날 아침 신록과도 같은 싱싱함을 머금고 있었다. 부친인 신겐이 죽은 뒤 삼 년 동안, 그는 단 하루도 편하고 한가로이 보내지 않았다.

고甲 산과 협수峽水의 방비는 공고했지만 부친의 유고를 계승하며 안주하고 있기에 가쓰요리의 담력과 무용은 부친인 신겐을 능가했다. 가쓰요리는 명문가 출신 중에서 흔히 볼 수 있는 이른바 '온실의 화초'와 같은 자식이 아니었다. 오히려 자부심과 책임감과 천부적인 무용이 지나칠 정도였다.

아무리 비밀에 부쳐도 신겐의 죽음은 얼마 지나지 않아 다른 나라에 새어나갔다. 우에스기가 급습해왔고 오다와라의 호조도 태도가 달라졌다. 거기에 오다와 도쿠가와 쪽에서는 틈만 나면 경계를 넘어 침범해왔다. 위대한 아버지를 둔 아들은 하루도 편한 날이 없었다.

가쓰요리는 지금 바로 그런 입장에 처해 있었다. 하지만 그는 부친의 이름을 욕보이지 않았다. 어떤 싸움에서도 대등하게 싸우거나 반드시 실리를 챙겨서 돌아왔다. 그러다 보니 근래 다른 나라들 사이에서 다음과 같은 소문이 돌았다.

"신겐이 죽었다는 건 거짓말일지 모른다. 언젠가 하루노부 뉴도 신겐이 여기 있다 하고 홀연히 세상에 나타날지도 모른다."

그러한 소문만 보더라도 신겐이 죽은 지 삼 년 동안 가쓰요리가 얼마나 경략을 잘하고 노력했는지 충분히 알 수 있었다.

"미노노카미 님과 마사카게 님이 출전하시기 전에 잠시 뵙고 싶다고 하십니다."

막 출전하려는 순간, 아나야마 바이세쓰穴山梅雪가 가쓰요리에게 말했다. 바바 미노노카미馬場美濃守와 야마가타 마사카게山縣昌景 두 사람은 선대 이래의 공신이었다. 가쓰요리는 문득 이렇게 되물었다.

"두 사람 모두 출전 준비는 하고 있던가?"

"갑옷을 입고 계십니다."

바이세쓰가 대답하자 가쓰요리가 다소 안심한 듯 고개를 끄덕였다.

"부르도록 하라."

두 사람이 오자 가쓰요리가 엄숙하게 말했다.

"그대들이 걱정해주는 것은 기쁜 일이나 내게 있어 오늘은 중요한 날이오. 게다가 아침 일찍 미하타다테나시御旗楯無에 배례하고 맹세한 뒤 나왔는데 이제 와서 생각을 접을 수는 없소."

'미하타다테나시!'

그 말을 듣자마자 두 장수는 손을 모으고 마음속으로 배례했다. 이 두 가지 물건은 다케다 가에 전해 내려오는 군신軍神의 신체神體였다. 미하타라는 것은 '하치만타로八幡太郎 요시이에義家'라는 통칭으로 알려진 미나모토노 요시이에源義家의 군기軍旗였다. 또 다테나시라는 것은 다케다 가문의 시조인 신라사부로 요시미쓰新羅三郎義光의 투구였다. 무슨 일이든 이 두 가지 가보 앞에서 맹세한 일은 절대로 어기지 않는 것이 다케다 가에 대대로 내려온 철칙이었다.

가쓰요리가 그 가보 앞에서 맹세하고 왔다고 하자 두 사람은 더 이상 간언할 여지도 없었다. 그리고 출전이 임박했음을 알리는 나팔 소리가 울리자 두 사람은 어쩔 수 없이 주군 앞에서 물러났다. 하지만 여전히 주가의 안위를 걱정하는 마음을 끊을 수가 없었던 두 사람은 오이노스케를 찾아갔다.

"자세한 것은 귀공에게 들으라고 주군께서 말씀하셨는데 대체 어떤 비책이 있어서 이리 급하게 출병하게 된 것인가?"

아도베 오이노스케는 사람들을 물리고 득의양양한 얼굴로 내막을 밝혔다. 그가 말하는 극비의 계책이란 다음과 같았다.

이에야스의 아들인 도쿠가와 노부야스가 지금 지키고 있는 오카자키성의 가신 중에 오오가 야시로라는 사람이 있는데 그는 이전부터 자신을 통해 다케다 가와 내통하고 있으며, 성에서도 깊이 신뢰를 받고 있다고 했다. 그리고 그제 쓰쓰지가사키에 온 사자가 오오가 야시로가 보낸 밀서를 가져왔는데 '이제 때가 무르익었다'라고 적혀 있었다는 것이다.

그 때라는 것은 이번 2월 이래로 노부나가가 교토에 머물러 기후는 비어 있었고, 또 그 이전에 노부나가가 나가시마의 정토진종 무리를 공격했을 때 이에야스가 원군을 보내지 않았던 탓에 두 나라 간의 동맹도 소원해져 있었던 것이다.

그래서 지금 다케다 군이 질풍처럼 미카와로 나가 쓰구데作手 부근을 공격한다면 오오가는 오카자키에서 호응하여 성문을 열고 다케다 군을 맞아들이고 노부야스를 죽이고 도쿠가와 쪽 가족들을 인질로 잡은 뒤 그곳을 발판으로 하마마쓰를 공격하면 하마마쓰의 장병들도 속속 투항하여 아군에 가담할 것이라고 했다. 그러면 이에야스는 분명 이세나 미노지로 도망칠 것이라고 호언장담했다.

"어떻습니까? 이것이야말로 하늘이 내린 절호의 기회라고 할 수 있지 않겠습니까?"

오이노스케는 이미 만사가 자신의 계획대로 된 것처럼 자랑하듯 이야기했다. 두 사람은 더 이상 아무 말도 하고 싶지 않았다. 아도베 오이노스케와 헤어지고 자신들의 부대로 돌아가는 도중 두 사람은 서로의 얼굴을 암울하게 바라보며 말했다.

"미노 님, 서로 살아서 망국의 산하를 보고 싶지는 않을 것이외다."

야마가타 사부로베가 그렇게 말하자 바바 미노노카미도 고개를 끄덕이며 침통한 표정으로 말했다.

"나나 야마가타 님이나 어느덧 천수에 이르렀소이다. 그러니 선군의 뒤를 따라 떳떳이 죽을 자리를 살펴 우리가 제대로 보필하지 못한 죄를 사죄하는 것밖에 다른 방도가 없을 듯하오."

바바와 야마가타라고 하면 다년간 신겐의 휘하에서 천하에 이름을 떨친 용장들이었다. 하지만 신겐이 죽은 뒤, 두 사람의 머리에는 급격히 흰머리가 늘었다. 고 산의 신록은 젊어 파릇파릇했고 후에후키笛吹 강의 강물은 올해도 뜨거운 여름을 앞두고 유유히 흘러가며 영원한 생명을 노래했지만, 신겐이 죽은 뒤 다케다 군은 예전의 다케다 군이 아니었다. 어딘지 일말의 비조悲調와 무상함이 느껴졌는데 그런 기운은 바람에 나부끼는 깃발과 발소리에도 깃들어 있었다.

하지만 일몰의 붉은 노을과 일출의 붉은빛이 닮은 듯하면서도 다른 것처럼 북을 치고 깃발을 펄럭이며 국경의 저편으로 행진해가는 일만오천의 정예군의 위용은 신겐이 살아 있을 무렵과 조금도 변함없다 보니 고후의 사람들 눈에는 위풍당당하게 비춰질 것이었다.

다케다 쇼요켄, 다케다 사마노스케 노부시게武田左馬助信繁, 아나야마 바이세쓰, 바바 미노노카미, 사나다 노부쓰나眞田信綱와 사나다 마사데루眞田昌輝, 야마가타 사부로베, 나이토 슈리, 하라 하야토노스케原隼人佐, 쓰지야 마사쓰구土屋昌次, 안나카 사곤安中左近, 오바타 카즈사노스케小幡上總介, 나가사카 쵸칸長坂長閑, 아도베 오이노스케, 마쓰다 미카와노카미松田三河守, 오가사와라 카몬小笠原掃部, 아마리 노부야스甘利信康, 오야마다 노부시게小山田信茂. 이들 각 부대들의 깃발을 보거나 가쓰요리의 전후를 두껍게 둘러싸고 가는 직속부대인 철포대를 보더라도 다케다 군의 쇠퇴한 기운은 전혀 보이지 않았다. 특히 대장인 가쓰요리의 얼굴에는 '오카자키 성은 이미 내 수중에 들어온 것이나 다름없다'라는 자신감으로 가득 차 있었다. 그의 두툼한 볼을 가리고 있는 투구의 햇빛 가리개에 박힌 황금은 그의 화려한 전도를 밝혀주는 듯했다.

사실 가쓰요리는 신겐이 죽은 뒤에 눈부신 업적을 세웠다. 도쿠가와가의 영지로 진출해 곳곳의 작은 성을 공격해 빼앗거나 아케치 성을 기습해 노부나가의 코를 납작하게 만들었다. 또 불리하다고 판단되면 질풍처럼 물러나서 사라지는 데에도 능했다.

고후를 출발한 것은 5월 1일이었는데, 특히 이번 출전은 만반의 준비를 하고 있었다. 그날 밤, 도오도우미遠江에서 히라야마고에平山越에 이른 뒤 이윽고 목표인 미카와로 공격해 들어가기 위해 강가 앞에서 야영을 하고 있을 때, 건너편 강가에서 헤엄쳐 건너오는 무사가 있었다.

경계를 보던 병사가 바로 사로잡아 살펴보자 도쿠가와 쪽 무사인 고타니 진자에몬小谷甚左衛門과 구라치 히라자에몬倉地平左衛門이었는데 도쿠가와 쪽 병사에게 쫓겨 도망쳐왔다고 했다. 두 사람은 중대한 사실을 고할 것이 있으니 즉시 가쓰요리에게 자신들을 데려가줄 것을 요청했다.

"뭐라? 고타니 진자와 구라치 두 사람이 도망쳐왔다고?"

가쓰요리는 뭔가 짐작이 가는 데가 있는 듯 그들을 기다리는 동안에도 조급해했다.

내부의 적

이에야스는 어젯밤 잠을 잘 이루지 못한 듯했다. 큰 근심이 있는 듯 아침부터 얼굴이 부어 있었다.

신록이 싱그러운 아침이었다. 예전 미카타가하라 싸움에서 적군이 성을 포위했을 때도 그는 하마마쓰 성의 문을 활짝 열어놓고 코를 골며 잠을 잤다. 그런 그가 이렇게 근심하는 모습은 드문 일이었다.

어제 오카자키의 곤도 헤이로쿠가 알현을 청해 봉록을 반납하겠다는 뜻을 밝히며 오오가 야시로의 천박한 말과 무례를 호소하고 돌아갔다. 다행히도 이에야스의 위로에 헤이로쿠는 봉록 반납에 대한 이야기는 거두었다. 하지만 이에야스의 가슴에는 깊은 근심이 생겼다. 오오가의 말에 의심을 품게 되었던 것이다. 주인 입장에서 자신이 중용한 신하를 의심하는 것만큼 불행한 일은 없었다. 이에야스는 근심이 깊었다. 그는 그 책임의 절반 이상을 자신의 부덕으로 여기며 자책하고 있었다.

외부의 환난과 사방의 강적은 두렵지 않았다. 오히려 적이 없는 나라는 망한다는 진리를 되새기며 기꺼이 역경을 극복해나가는 보람도 있었다. 하지만 군신 간의 의심암기疑心暗鬼는 내부의 적이었다. 더 나아가 번 전체의 질병이었다. 그 병을 치유하는 데에는 명의와 같은 노련함과 정치적인 결단이 필요했다. 이에야스는 아직 젊었지만 이런저런 생각에 심신이 피로했다.

"무사 방에 마타시로가 있는지 보고 오너라."

시종 한 명이 곧장 일어서서 나갔다. 잠시 뒤, 어깨가 다부지고 피부가 거무스름한 삼십 대 무사가 이에야스가 있는 서원 밖에 무릎을 꿇고 앉았다. 그는 이시가와 오스미石川大隈의 조카였는데, 전형적인 미카와 무사의 모습이었다.

"부르셨습니까?"

"좀 따분하여 자네와 장기라도 둘까 해서 불렀으니, 장기판을 가지고 이리 오게."

마타시로는 신기한 일도 다 있다는 듯 의아하게 여기며 장기판을 가져왔다.

"한동안 두지 않았으니 자넬 당할 수 없을 테고. ……자넨 진중에서 자주 둔다고 하니."

이에야스가 장기 알을 놓은 다음 뒤를 돌아보며 말했다.

"시종들도 모두 옆방으로 물러가서 쉬도록 하라. 옆에서 내 서툰 실력을 보고 있으면 정신을 집중할 수 없을 테니 말이다."

무사가 주군에게 '진중에서 자주 장기를 두고 있으니 꽤 강할 것이다'라는 칭찬을 듣는 것은 명예로운 일은 아니었지만 적어도 이시가와 마타시로에게는 불명예스러운 일이 아니었다. 거기에는 이런 내막이 있었다.

어느 해, 전쟁에서 이에야스는 적의 작은 성을 포위하고 공격할 곳을 살펴보기 위해 때때로 순시를 했다. 그런데 항상 성벽 위에서 이에야스를 향해 엉덩이를 까고 두드리던 적병이 있었다.

"참으로 얄미운 자로군."

이에야스는 혀를 차며 지나쳤다. 그런데 다음 날에도 그곳을 지나는데 적병이 성벽 위에서 엉덩이를 드러내고 연신 두드리는 것이었다.

"누가, 저 보기 흉한 것을 쏘아 떨어뜨리도록 하라."

무리들 중에 있던 이시가와 마타시로가 곧장 활을 들고 성벽 아래로 달려 나가 화살을 겨눠 쏘았다. 적병은 화살을 맞고 성벽 아래로 떨어졌다. 그런데 그 순간 성안에서도 화살이 날아오더니 마타시로 목에 꽂히고 말았다. 마타시로는 벌렁 나자빠졌다. 아군이 고함을 지르며 쾌재를 부르는 동안 이에야스는 곧바로 마타시로의 곁으로 달려가 그를 데려왔다.

"불쌍하게도……."

이에야스는 직접 화살을 뽑은 뒤 병사들에게 명을 내렸다.

"막사로 데려가서 잘 돌보도록 하라."

그날 밤, 이에야스는 현미를 쪄서 말린 호시이干飯 죽을 먹다 말고 문득 좌우의 무사들에게 마타시로에 대해 물었다.

"이미 숨을 거뒀을 듯하군."

무사들이 아직 죽었다는 보고가 올라오지 않았다고 하자 이에야스는 젓가락을 급히 놓았다.

"그런가? 그럼 숨이 붙어 있는 동안 얼굴이나 한번 봐야겠다."

이에야스는 한밤중에 부상병들이 있는 막사로 갔다. 사전에 아무런 예고도 하지 않았기에 부상이 가벼운 병사들은 웃으며 이야기를 나누고 있었고 부상이 깊은 병사들은 자리에 누워 신음을 하고 있었다. 이에야스가 들어가자 막사 한쪽 구석에 촛불 하나를 켜놓고 장기를 두고 있는 사내들이 있었는데 그중 한 명이 마타시로였다.

"화살을 맞은 목의 상처는 어떠한가?"

이에야스가 어이없어하며 묻자 마타시로가 자세를 바로 하며 말했다.

"좋아하는 장기를 두고 있으니 통증도 잊어버렸습니다. 내일은 진중에 나가 다시 싸울 수 있을 듯싶습니다."

"바보 같은 소리 마라. 좀 더 쉬는 것이 좋을 것이다."

이에야스는 마타시로를 꾸짖고 돌아갔지만 마음속으로 기뻐했다. 어느 날, 이에야스는 마타시로가 목에 천을 감은 채 갑주를 차고 볏섬 같은 꼴로 나오자 싱긋 웃었다. 그것은 이에야스가 만족할 때 흘리는 웃음이었다. 그 뒤로 주군 이에야스에게 마타시로는 목에 구멍이 뚫려도 직분을 소홀히 하지 않는 사내로 자리매김했다.

이에야스는 마타시로에게 장기를 두자고 해놓고 막상 장기판을 앞에 두자 말을 움직일 생각을 하지 않았다.

"자, 시작하시지요."

장기를 잘 두는 마타시로가 이에야스에게 선수를 양보하며 재촉했다.

"……."

이에야스는 그저 가만히 마타시로의 얼굴만 바라보았다. 시종이나 측신 들이 없다 보니 두 사람이 어떤 장기를 두는지 아는 사람이 없었다. 처음에는 조용했지만 이윽고 이에야스와 마타시로가 밀담이라도 나누는 듯하더니 말을 움직이는 소리가 들렸다. 그리고 얼마 뒤였다.

"무례하다."

"무례한 것이 아닙니다."

"방금 그 수는 물려주게."

"물릴 순 없습니다."

"주군한테."

"아무리 군신 간이라고 해도 장기의 승패는 별개입니다."

"고집 센 자로군. 물려줄 수 없다는 것인가?"

"그건 비겁한 짓입니다."

"이놈, 주군한테 비겁한 짓이라니."

큰 소리로 말다툼이 시작된 듯하더니 갑자기 이에야스가 '네 이놈' 하고 소리치며 벌떡 일어섰다. 뒤이어 장기판이 날아간 듯한 소리가 들리고 복도 쪽으로 도망치는 발소리가 들렸다.

"마타시로, 저놈을 붙잡아라!"

이에야스는 쫓아가면서 주위에 소리쳤다. 그의 손에는 칼이 들려 있었다.

"주군, 대체 무슨 일이십니까?"

가신들이 달려오자 이에야스는 분을 삭이지 못하는 표정으로 격노하며 명을 내렸다.

"장기를 두는데 어느 순간부터 주종의 구분도 망각하고 폭언을 해서 혼을 내주려 하자 더 심한 폭언을 하고 도망쳤다. 요즘 내가 너무 총애하는 듯하자 제 분수도 모르고 기고만장해진 듯하다. 마타시로 이놈을 무슨 일이 있어도 붙잡아서 본때를 보여줄 것이니 즉시 잡아오너라. 만일 반항하면 죽여도 상관없다."

이에야스의 명에 사람들이 찾아 나섰지만 이미 성안에는 마타시로가 보이지 않았다. 밤에 추격대가 마타시로의 집을 둘러쌌지만 그곳에도 없었다.

"저녁 무렵 오카자키 쪽으로 말을 타고 도망쳤다."

사람들의 말에 추격대가 밤새 쫓았지만 이미 너무 늦고 말았다. 더군다나 이시가와 마타시로는 하마마쓰에서 가장 발이 빠르다고 소문난 사내였다.

하루는 마타시로가 이에야스를 따라 전쟁에 참가하기 위해 서둘러 전쟁터로 가고 있었다. 이에야스는 평소 마타시로의 발이 빠르다는 소문을 듣고 마타시로에게 농담조로 물었다.

"내 말을 추월할 수 있겠느냐?"

"그야 식은 죽 먹기보다 쉬운 일입니다."

마타시로의 대답에 이에야스는 말의 엉덩이를 후려치며 달려 나갔다. 그런데 그날 밤 묵을 부락까지 달려가자 마타시로가 먼저 도착해서 태평하게 이에야스를 기다리고 있었다. 사람들은 모두 '당대의 준족'이라며 혀를 내둘렀다.

추격대는 그런 마타시로가 필사적으로 도망쳤다면 쫓아도 소용없다는 것을 알고 포기했다. 오카자키에도 전령이 전해지자 그곳에서도 마타시로를 찾고 있었다. 그로부터 삼사 일째 되는 날 저녁 무렵이었다. 오오가 야시로와 함께 오카자키의 오구라가타를 맡고 있는 야마다 하치조의 저택 담을 어떻게 넘었는지, 뒤편 정원에 모습을 드러낸 사내가 있었다. 사내는 저택의 무사를 통해 주인인 하치조를 은밀히 만나고 싶다는 청을 넣었다.

그 사내는 바로 이시가와 마타시로였다. 이윽고 그는 안내를 받아 일실로 들어갔다. 그것도 손님을 맞는 서원이 아니라 안쪽 깊숙한 곳에 있는 밀실이었다. 주인인 야마다 하치조가 낮은 목소리로 이시가와 마타시로에게 물었다.

"대체 몰골이 왜 그 모양인 것인가?"

하치조가 모를 리 없었다. 하마마쓰나 오카자키에서는 마타시로의 일을 모두 알고 있었다. 하치조는 사정을 알고 사람의 눈에 띄지 않는 밀실로 데려와 시종들까지 멀리 물렸으면서 짐짓 시치미를 떼며 물었다.

"야마다 님의 의義에 매달리고자 이렇게 찾아뵀습니다. 평소의 호의와 무사의 정에 호소하기 위해."

마타시로는 양손을 바닥에 짚고 떨리는 목소리로 말했다. 그의 부친인 오스미와 하치조는 일찍이 같은 직무를 맡았던 적도 있어서 마타시로를 어릴 때부터 잘 알고 있었다.

"무사의 정에 호소한다는 말을 들으면 어떤 일이라 해도 거절할 수 없을 것이나, 일단 먼저 자세한 경위를 말해보게. 대체 어찌 된 일인가?"

"실은 하마마쓰의 주군과 장기를 두다가 그만 폭언을 하자 저를 보고 무례한 자라고 하시며 당장이라도 칼로 찔러 죽이려고 하셨습니다. 전쟁터라면 몰라도 무사가 장기를 두다가 한 말로 죽는다는 것은 억울한 일이라, 아무리 주군이라 해도 다소의 공명을 세운 무사에게 너무 지나친 처사인 듯합니다."

"잠깐, 그럼 하마마쓰에서 도망쳐 행방을 감춰 추격 중이라는 자가 바로 자네란 말인가?"

"예, 저입니다."

"이 무슨 짓이란 말인가!"

야마다는 분연히 목소를 높여 외쳤다.

"그대와 같은 용자를, 더욱이 부친 대부터 도쿠가와 가에 공을 세워온 자의 아들을, 얼마나 화가 났는지 모르지만 장기를 두다 한 실언 때문에 목을 베려는 것은 너무나 가혹한 일이 아닌가. 알았네. 내가 숨겨줄 테니 걱정하지 말게."

"고, 고맙습니다."

"하마마쓰의 주군은 명군의 자질은 있으나 너무 매정하네. 때론 가문을 위해 냉혹하고 가혹할 만큼 무사들을 희생시키고 돌보지 않는 면이 있네. 그런 점을 생각하면 언제 어떤 이유로 처분을 받을지 몰라 늘 살얼음 위에 서 있는 듯한 심경이 드네."

하치조는 그렇게 한 마디씩 하며 곁눈으로 마타시로의 안색을 살폈다. 그러자 마타시로도 맞장구를 치듯 은근히 불평을 내비쳤다.

"자, 일단 목욕이라도 하게."

하치조는 다정한 말투로 젊은 마타시로를 달래고 위로했다. 그 뒤로 마타시로는 하치조의 집에 숨어 있었다. 사오 일 정도 지나자 상황이 진정되었다. 사람들은 마타시로가 나라 밖으로 도망친 것으로 생각했다.

"이시가와, 자네의 말을 전했더니 오오가 님께서도 매우 기뻐하시며 꼭 만나고 싶다고 하셨네. 하지만 오오가 님이 이곳으로 오시는 것은 남들의 이목도 있고 하니, 오늘 밤 은밀히 데려오라고 하셨네. 같이 가겠는가? 물론 나도 함께 갈 것이네."

하치조의 말에 마타시로는 기쁜 기색을 보이며 양손을 바닥에 짚고 대답했다.

"네, 꼭 함께 가주시길 바랍니다."

밤이 되자 두 사람은 검은 두건을 뒤집어쓰고 뒷문으로 몰래 빠져나갔다. 하치조는 저편에 오오가 야시로의 저택이 보이자 손으로 가리켰다. 그러고는 마타시로의 귀에다 대고 무슨 말인가를 속삭였다.

이시가와 마타시로가 갑자기 외쳤다.

"역적! 네놈의 의도가 이미 명백하니 그곳까지 갈 필요도 없다!"

하치조는 놀라 몸을 틀었지만 너무 늦었다.

"주명이다!"

마타시로가 달려들어 하치조를 땅바닥에 내팽개친 뒤 올라탔다. 그래도 하치조가 저항하자 그의 얼굴을 두세 대 주먹으로 갈기고 차분히 타일렀다.

"저항하지 않는 편이 신상에 좋을 것이다."

끝까지 저항하던 하치조는 더 이상 소용이 없다는 사실을 깨닫고 힘없이 소리쳤다.

"괴, 괴롭다. 손, 손을 놓아다오."

"할 말이 있느냐?"

"너는 주명을 받고 온 것이냐? 하마마쓰에서 도망친 것이 아니더냐?"

"어리석은 자, 그걸 이제 알았느냐? 모든 게 주군의 명이다. 거짓으로 성에서 도망친 것도, 네 저택으로 도망쳐 숨은 것도 다 네놈들의 의도를 살피기 위해서였다."

"나를 속인 것이구나."

"이를 갈며 분하게 생각해봤자 이미 늦었다. 떳떳하게 주군 앞에서 전부 실토하면 하다못해 목이 달아나는 일은 면할 수 있을 것이다."

마타시로는 사전에 오카자키 부교와 연락을 취한 듯했다. 그는 하치조를 밧줄로 묶은 뒤 옆구리에 끼고 질풍처럼 내달렸다. 그리고 봉행소에 던져넣더니 눈 깜짝할 사이에 몇 명을 데려가서 오오가 야시로의 저택을 포위했다. 부교인 오오카 마고에몬大岡孫右衛門과 그의 아들인 덴조伝藏, 또 이마무라 히코에몬 등이 마타시로와 함께 움직였다.

그날 밤, 오오가의 저택에는 구라치, 고타니 등이 모여 있었다. 그들은 곧 야마다 하치조가 마타시로를 데려올 것으로 생각해 여느 때처럼 주연을 열고 기다리고 있었다. 하지만 그들을 찾아온 것은 뜻밖에도 '주명, 군명'이라고 외치며 살진殺陣을 펼친 무사들이었다.

"발각됐다!"

오오가 야시로는 직접 저택에 불을 지르고 혼란해진 틈을 타 여자 장옷을 뒤집어쓰고 도망치다 오히려 그 모습을 의심스럽게 여긴 무사들에게 마을 네거리에서 붙잡히고 말았다. 구라치와 고타니는 무사히 도망쳐서 적, 아니 그들에게 있어서는 아군인 다케다 쪽 영지로 들어간 듯했다.

앞서 마타시로에게 붙잡힌 하치조는 바로 하마마쓰로 후송되어 일체를 자백한 덕분에 목숨을 건졌지만 머리를 자르고 참회하는 글을 한 통 남긴 뒤 행방불명되고 말았다. 사람들은 그가 승문에 들어가 몸을 숨겼을 것이라고 했다.

마침내 오오가 야시로가 주도하던 음모가 백일하에 드러났다.

"엄형에 처하라."

이에야스의 분노는 여느 때보다 한층 준엄했다. 오오가의 일족은 물론 아내부터 시종, 친교가 있는 무리들까지 그의 음모를 알면서도 묵인했던 사람들 모두 밧줄에 묶여 넨지가하라念志ケ原로 끌려가 이틀에 걸쳐 참수와 책형을 당했다. 그리고 바로 어제까지 같은 영지에서 오오가와 웃음을 짓고 이야기를 나누던 사람들도 형장의 이슬로 사라졌다.

삼사 일이 지난 뒤 마지막으로 오오가를 처형하는 날이 되자 격분한 백성들은 자신들의 손으로 오오가를 처형하기를 원했다. 가장 불쌍한 사람은 그의 아내였다. 조사를 받을 때 오오가의 아내가 한 말에 따르면 오오가는 붙잡히기 며칠 전 술상에서 아내에게 모반을 암시하는 말을 했다.

"나는 이 정도 생활에 만족할 사람이 아니네. 머지않아 사람들이 자네를 미다이사마御台様[17]로 우러러 보도록 만들어주겠네."

오오가의 아내는 깜짝 놀라며 한탄하듯 말했다.

"농담도 정도가 있습니다. 저는 지금의 생활을 행복하다고 여기지 않습니다. 당신이 일꾼으로 일했을 때 가난했던 생활이 그립기만 합니다. 그때 당신은 저를 진실로 대했고 다른 사람들과도 진심으로 사귀며 저와 함께 미래를 꿈꾸며 아침저녁으로 열심히 일했습니다. 그러다 주군의 눈에 띄어 지금은 누대의 가신들조차 흉내 낼 수 없을 만큼 출세했는데, 무엇이 불만이어서 그런 일을 도모하려고 하십니까?"

오오가의 아내는 울면서 말했지만 오오가는 코웃음을 치며 들은 척도 하지 않았다고 했다. 그때 그녀가 남편에게 예언한 천벌을 받는 날이 바로 오늘인 듯했다. 옥사의 사령이 한 마리 붉은 말을 끌고 왔다. 그러고는 오오가를 끌어내더니 말의 엉덩이 쪽으로 얼굴을 향하게 해서 짐말 안장에

17) 장군의 정실부인을 부르는 호칭.

붙들어 매고 형장으로 끌고 갔다.

네거리에는 이미 사람들이 왁자지껄 모여 있었다. 그중 한 명이 깃발을 들고 있었다. 깃발에는 반역의 장본인 오오가 야시로 시게히데重秀라고 적혀 있었다. 깃발을 든 사람은 같은 글자를 적은 작은 깃발을 야시로의 목덜미에도 꽂았다. 깃발과 말이 앞으로 걸어가자 사람들이 나팔을 불고 징과 북을 치며 따라갔는데 그 소리들은 흡사 오오가를 꾸짖고 비웃고 경멸하는 듯 온 마을로 퍼져 나갔다.

"짐승이 간다. 금수만도 못한 자가 간다."

돌을 던지고 침을 뱉는 사람도 있었으며, 아이들도 어른들을 따라 짐승이 간다고 소리쳤다. 관인은 그런 사람들을 말리지 않았다. 그것을 제지하면 사람들은 더 흥분해서 무슨 일을 저지를지 몰랐다. 그렇게 하마마쓰를 나와 오카자키로 끌려간 오오가는 그곳에서도 똑같이 온 마을을 끌려다니다 마을 네거리에서 판자에 목이 끼워지고 양발의 힘줄이 잘린 뒤 목만 남긴 채 묻히고 말았다. 그 옆에 대나무 톱이 놓여 있었는데 길을 가는 여행자들까지 그를 미워하며 오오가의 목을 톱으로 켰다고 했다.

아무리 불의를 참지 못한다 해도 다소 지나친 형벌인 듯했지만 오오가 야시로는 마지막까지 뻔뻔한 태도를 보였다. 자신 때문에 모두 참형에 처해진 넨지가하라의 형장을 지날 때, 그는 주위를 둘러보며 이렇게 중얼거렸다.

"모두 먼저 가고 나는 후위인 듯하구나. 먼저 가다니 축복할 일이로구나."

처벌이 끝나자 사람들은 벌써 모든 것을 잊은 듯한 얼굴이었지만 이에야스는 가슴속으로 자신의 어리석음을 자책하고 있었다. 세상은 난세의 전국戰國이었다. 공성攻城과 야전野戰의 진두에는 수많은 영웅과 인재가 앞다퉈 참가했지만 그보다 더 중요한 군비와 재정 업무는 아무도 자처해서 맡으려고 하지 않았다. 어쩌다 유능한 인재를 발견하면 흠이 있어도 너그럽게 보아 넘기며 중용해야 했다. 이에야스와 같은 인물조차 그런 풍조에 너무 익숙해져 있었던 것이다.

이렇듯 이에야스의 일생에서 고배를 마시게 한 인물이 둘 있었는데, 첫 번째 인물은 바로 지금의 오오가 야시로였고, 두 번째 인물은 훗날의 오쿠보 나가야스大久保長安였다. 그러고 보면 인간으로서 재무의 명장明匠이 되는 것은 전쟁의 명장이 되는 것 이상으로 어려운 일인 듯했다.

나가시노長篠 성 탈출

이미 미카와에 들어와 있던 다케다 가쓰요리의 대군은 여전히 행군 중이었다.

"나갈 것인가, 물러날 것인가."

가쓰요리는 크게 낙담하며 깊은 고민에 빠져 있었다. 이번 출정은 오로지 오오가 야시로만 믿고 결행한 것이었다. 모든 작전과 목표는 오카자키 내부의 분란과 오오가의 호응에 맞춰져 있었다. 그런데 일이 발각돼서 오오가가 붙잡히자 모든 일이 어긋나고 말았다. 아니, 더 큰 문제는 자신들의 작전이 도쿠가와 쪽에 모두 간파당하고 만 것이었다. 강을 헤엄쳐서 도망쳐온 구라치와 고타니에게 그 사실을 들었을 때, 가쓰요리는 당혹스러워 그만 말문이 막혀버렸다.

"여기까지 와서 허무하게 물러가는 것도 무사답지 못하지만 그렇다고 섣불리 전진할 수도 없다."

가쓰요리는 고민에 빠졌다. 그는 고슈를 출발할 때 계속해서 만류하며 간언한 바바와 야마가타 두 장수를 생각하자 오기가 발동했다.

"군사 삼천은 나가시노를 공격하라. 나는 요시다吉田 성을 공격해 손에 넣겠다."

가쓰요리는 날이 새기 전에 요시다 방면으로 출발했고, 오야마다 마사유키小山田昌行와 고사카 마사즈미高坂昌澄 두 장수는 나가시노로 향해 시노바노條場野에 진을 쳤다. 하지만 아무 계획도 없었던 가쓰요리는 니렌기二連木와 우시구보牛窪 등의 부락에 불을 지르고 위협만 가할 뿐 요시다 성을 공격하지 못했다. 이미 이에야스와 노부야스 부자가 내부의 배신자들을 모두 처벌하고 신속하게 하지가미가하라薑ケ原까지 군사를 이끌고 와 있었기 때문이다.

가쓰요리의 대군은 단지 체면 때문에 물러나지 못하고 있는 상황이었다. 그에 비해 도쿠가와 군은 수적으로 열세하긴 해도 나라의 흥망이 걸린 싸움을 앞두고 전의를 불태우고 있었다. 양군의 선봉대는 하지가미가하라에서 두세 차례 국지적인 싸움을 벌였다. 결국 다케다 군은 적들의 사기에 눌려 급히 방향을 전환해 멀리 나가시노로 물러나고 말았다.

나가시노는 숙원의 전쟁터였고 나가시노 성은 난공불락의 아성이었다. 에이쇼永正(1504~1520년) 무렵에는 이마가와 가가 다스렸는데 다케다 가가 겐기元龜 2년에 빼앗았다. 하지만 다시 덴쇼天正 원년에 이에야스가 공략해 지금은 도쿠가와 가의 오쿠다이라 사다마사奧平貞昌가 수장으로, 부장인 마쓰다이라 카게타다松平景忠와 치카도시親俊 휘하의 오백여 군사가 상주하며 지키고 있었다. 나가시노 성은 지형과 교통 등 모든 면에서 군사상 중요한 요지였기 때문에 성 하나 이상의 의미와 가치를 지녔다. 따라서 싸움이 없는 날에도 나가시노 성에서는 끊임없이 음모와 배신이 펼쳐졌다.

덴쇼 3년(1575년) 5월 8일 저녁 무렵, 고슈의 일만오천 대군은 나가시노 성안에 있는 오백 명의 병사를 봉쇄해버렸다. 지금 생각해보면 이 모든 게 가쓰요리의 위장 전술이었는지도 모른다. 가쓰요리는 앞서 오야마다와 고사카의 일부 부대만을 보내고 주력군을 요시다 성으로 보내 공격하는 것처럼 위장한 뒤 급히 이곳으로 우회해왔다. 그는 궁지에 몰렸다고 아무 계책도 없이 이삼 일이나 함부로 군사를 움직여 병마를 지치게 할 범장이 아니었다.

나가시노 성은 도요豊 강의 상류이자 오노大野 강과의 합류 지점인 미카와의 미나미시다라南設樂 군의 산지를 의지하고 있으며 서남쪽 방향을 향해 있었다. 성의 뒤편인 동쪽과 북쪽은 대통사大通寺가 있는 산과 의왕사醫王寺가 있는 산으로 둘러싸여 있었다. 또 오노大野 강과 다키瀧 강을 해자로 삼고 있었는데 강폭은 삼십 간에서 오십 간이나 됐다. 절벽의 높이도 낮은 곳은 구십 척, 높은 곳은 백오십 척에 이르렀고, 수심은 오륙 척에 지나지 않지만 격류였다. 더구나 장소에 따라서는 수심이 대단히 깊은 곳도 있었고 물보라를 일으키며 소용돌이치는 급류도 있었다.

평소 이 강물의 지리는 엄격히 비밀로 유지되었다. 강물 주변에서 수심을 재거나 먹과 붓을 가지고 서성거리면 성의 보초가 망루 위에서 쏘아 죽여도 무방했다. 이 천혜의 해자를 이루는 강을 사이에 둔 서남쪽 일대의 평야는 아루미가하라有海ケ原, 시노바노하라條場原라고 불렸다. 이 평야의 끝을 후나쓰기船着 산의 연산들이 둘러싸고 있었는데 도비가스鳶ケ巢 산도 그중 하나였다.

"참으로 삼엄하군……."

그날 저녁, 성의 수장인 오쿠다이라 사다마사는 망루에 서서 적의 빈틈없는 배치를 바라보며 전율을 느꼈다.

척후병들의 첩보를 종합해보면 성의 뒤편인 대통사 산에는 다케다 노부도요와 바바 노부후사, 오야마다 마사유키가 이끄는 이천의 적군이, 서북쪽에는 이치조 노부타쓰一條信龍와 사나다 형제의 부대와 쓰치야 마사쓰구 등의 이천오백 적군이 진을 치고 있었다. 다키 강의 왼쪽 기슭에는 오바타 부대와 나이토 부대, 남쪽의 시노바노하라 평지에는 다케다 노부카

도와 아나야마 바이세쓰와 하라 마사타네原昌胤와 스가누마 사다나오菅沼定直 등의 삼천오백여 적군이 있었다. 또 아루미가하라 일대에는 예비부대인 듯한 야마가타 부대와 고사카 부대의 깃발이 밤낮으로 펄럭이고 있었다. 여기에 가쓰요리는 약 삼천 군사를 거느리고 의왕사 산을 본진으로 삼고 있었고, 일족인 다케다 노부자네는 기습에 대비해 도비가스 산 일각에 군사들을 숨겨놓고 있었다.

공격은 그날 밤부터 11일 해질녘까지 이루어졌는데 성안의 사람들은 방어를 하느라 숨 돌릴 틈도 없었다. 시노바 평지에 있는 다케다 군은 다키 강의 격류에 뗏목을 만들어 띄우고 몇 번이나 접근해 성의 야규몬野牛門을 노렸지만 철포와 바위와 목재 등을 맞고 강 속으로 가라앉았다. 하지만 그들은 포기하지 않고 뗏목을 타고 끊임없이 접근해왔다. 성의 병사들이 기름을 붓고 횃불을 던지자 강물이 불길에 휩싸이고 뗏목과 사람들이 불에 탔다.

'너무 무모하다. 저런 작은 성 하나 때문에 이렇듯 큰 희생을 치르다니.'

야마가타 사부로베는 초조해하는 가쓰요리를 보며 한탄했다. 노장의 눈으로 봤을 때 총사의 심리 상태가 그러하다는 것은 심히 걱정스러운 일이었다. 하지만 가쓰요리는 공격을 멈출 기색을 보이지 않았다. 서북쪽의 이치조 부대와 쓰치야 부대는 땅굴을 파기 시작했다. 본성의 서쪽 성곽 안까지 땅굴을 판다는 계획 아래 밤낮없이 작업이 진행되었다. 개미굴처럼 무수히 파 올린 흙더미를 보고 성에서도 갱도를 팠다. 그리고 화약을 설치한 뒤 적의 갱도를 폭파해버렸다. 그때 칠백여 명의 다케다 군이 죽었다고 한다.

다케다 군은 땅굴 작전을 실패한 뒤 공중전으로 전환해 성의 정문 앞 몇 곳에 세이로井樓라고 하는 망루를 쌓기 시작했다. 세이로의 양식은 다양했지만 보통은 큰 목재를 정井 자로 몇십 척이나 쌓아 올리고 그 위에서 성안을 내려다보며 공격의 우위를 점하는 게 목적이었다. 도시 성벽이 있었던 중국에서는 오래전부터 이용된 전법이었는데 바퀴를 단 이동식 세이로도 있었다. 일본에서는 산악 지대에 성을 쌓던 산성山城 시대에서 평지에 성을 쌓는 평성平城 시대로 접어들면서 이용된 공성 전술이었다.

성병 오백 명의 목숨과 성의 운명을 짊어진 스무 살의 젊은 수장인 오쿠다이라 사다마사는 침착하게 적의 공격에 대처했다. 네 곳에 망루가 완성된 13일 미명 무렵이었다. 다케다 군은 새벽을 기다리지 않고 망루에 올라 총구를 겨누고 불을 붙인 마른 섶나무와 기름천에 저울추를 달아서 성문 안으로 집어던졌다. 성안 여기저기 떨어지는 화염을 끄기 위해 동분서주하는 성병들의 모습까지 빨갛게 보였다. 세이로 위에서 일제히 그들을 향해 철포를 쏘아댔다. 다케다 군의 압도적인 승리가 예상되는 순간이었다. 그런데 밤새 성벽 위에 서서 한숨도 자지 않고 지켜보고 있던 젊은 수장이 갑자기 호령을 했다.

"발사!"

그 소리에 갑자기 천지를 뒤흔들며 다케다 군의 병사들이 이제껏 들어보지 못한 굉음이 들리더니 성안 몇 곳에서 불길이 솟아올랐다. 소총을 몇십 배나 크게 만든 거대한 철포였다. 이윽고 세이로는 차례로 비명을 울리며 무너지기 시작했고, 그 위에 있었던 병사와 장수 들은 중상을 입었다. 결국 세이로는 완전히 파괴되고 말았다.

도쿠가와 가는 경제적으로 빈곤하고 평소에 위아래 할 것 없이 모두 검소했지만 최신식 무기를 구입하는 데에는 어떤 희생도 마다하지 않았다. 한편 다케다 가는 부강했지만 문화를 수입하는 데 불리한 지형에 위치해 있었다. 그에 비해 미카와와 도오도우미는 중앙에서 가깝고 배도 다녔기 때문에 다케다 군이 지니지 못한 무기를 이미 갖추고 있었던 것이다. 다케다 군은 거대한 철포의 위력에 크게 놀란 듯 그 뒤로 무리하지 않는 공격으로 방법을 바꿨다.

어느 날 밤, 성의 뒤편에서 밤새도록 성벽을 무너뜨리는 듯한 소리가 들렸다. 사다마사는 동요하는 병사들을 자제시켰다. 그리고 밤이 샌 뒤 적병이 뒤편 골짜기에서 굴러 떨어뜨린 큰 바위를 발견했다.

"만일 성의 한쪽이 무너졌다고 생각해서 당황했다면 적은 그 틈을 노려 기습을 가해왔을 것이다."

사다마사는 웃으며 말했다. 하지만 젊은 수장의 웃음은 날이 갈수록 비장해질 수밖에 없었다. 큰 철포는 오래 사용할 수 없었고 소총의 총알도 부족해졌다. 활과 화살로는 방어가 쉽지 않았다. 거기에 더 절박한 문제는 식량마저 부족하다는 것이다.

"성안의 병사와 식량이 얼마 남지 않았으니 함부로 공격해서 병사들을 잃을 필요는 없다."

적은 13일의 총공격 이래 공격을 삼가면서 성을 둘러싼 다키 강과 오노 강 일대의 강 한가운데에 말뚝을 박은 뒤 큰 그물을 치고 강기슭에 목책을 만들어 고립된 나가시노를 개미 한 마리 드나들 틈 없이 완전히 봉쇄했다.

"뭐라? 병량이 사오 일 치밖에 없다고? 그 이상 버틸 병량이 아무것도 없단 말이냐?"

오쿠다이라 사다마사는 병량을 담당하는 부교의 말에 몇 번이나 확인했다. 부교는 침통한 표정과 절망적인 목소리로 분명하게 말했다.

"없습니다. 아무것도 없습니다."

사다마사는 부교의 말을 곧이곧대로 받아들이지 않았다. 성안 오백 명의 생명이 사오 일밖에 남지 않았다고 단정 짓는 것이기 때문이었다.

"내가 직접 보고 확인해야겠다."

사다마사는 직접 조사를 했다. 성안을 구석구석 돌아다닌다고 해도 기껏 여섯 정町밖에 되지 않는 작은 성이었다. 하지만 결과는 역시 비참한 현실을 다시 한 번 확인할 뿐이었다. 절식을 넘어 굶주리는 사람도 있었다. 사다마사는 곳간의 흙을 채에 걸러 쌀알을 충당해온 부교의 고충을 듣고 아무 말도 할 수 없었다. 그는 묵묵히 돌아와서 많은 장병이 있는 대기소 한가운데에 털썩 주저앉았다. 사람들은 그의 얼굴 표정을 보고 모든 것을 깨달았다.

"카쓰요시勝吉! 카쓰요시는 어디 있느냐?"

사다마사가 불현듯 얼굴을 들고 사람들을 둘러보며 외쳤다.

"여기 있습니다."

들창 근처에 기대 묵묵히 무릎을 껴안고 있던 사촌 오쿠다이라 카쓰요시가 대답하고 앞으로 나와 엎드렸다. 사다마사는 그를 바라보던 시선을 문득 사람들에게 돌렸다.

"다른 자들도 들어라. 방금 전에 샅샅이 조사해본 결과 성안에 식량이 사나흘 치밖에 남지 않았다. 죽은 말을 먹고 풀을 뜯어 먹는다 해도 며칠 더 연명하지 못할 것이다. 이미 오카자키에 원군을 청했지만 어찌 된 일인지 아직까지 아무 소식이 없다."

"……."

"설마 굶어 죽는 일이야 없을 테지만 그렇다고 해서 이 성과 함께 오백의 아군이 죽고 오카자키와 하마마쓰가 위태로워질 것을 생각하면 가슴이 아프다. 끝까지, 마지막 순간까지 흙을 먹고 풀을 뜯어 먹는 한이 있더라도 싸워야 할 것이다. ……그래서."

사다마사는 다시 눈길을 카쓰요시에게 돌리며 말을 이었다.

"지금 오카자키에 계신 주군께 내 서찰을 가지고 원군을 재촉하러 가야겠다. 대임이다. 카쓰요시, 자네에게 임무를 맡기는 내 마음을 알겠는가?"

"잠깐 기다려주십시오."
"무엇인가?"
"사절하겠습니다. 임무를 수행하려면 이 성을 나가야만 하기 때문입니다."
"그럼 싫다는 것이냐?"
"다른 사람을 보내주십시오."
"적들이 성 밖 강에 방울을 단 말뚝과 그물을 둘러치고, 기슭에 높은 목책을 치고 경계하고 있으니 두려워서 돌파할 수 없다는 말인가?"
"그것이 아닙니다."
카쓰요시는 쓴웃음을 지으며 대답했다.
"성안에 있어도 죽을 것이고 성 밖에 나가도 죽을 것입니다. 제가 사절하는 이유는 저는 비록 젊지만 수장인 장군의 일족입니다. 만일 무사히 해자를 넘어 적의 포위를 뚫고 임무를 완수한다고 해도, 그 뒤에 혹여 성이 함락되면 저는 어디에서 죽어야 합니까? 제가 죽을 자리는 바로 이곳입니다. 하여 성 밖으로 나갈 수 없습니다."
그때 어슴푸레한 한쪽 구석에서 오열하는 소리가 들려왔다. 사다마사의 가신인 도리이 스네에몬鳥居强石衛門이었다. 모두 그를 보며 애처롭다는 듯한 표정을 지었다. 배신陪臣의 말단으로 봉록이 오륙십 석밖에 되지 않는 신분을 경멸해서가 아니었다. 생사를 함께 기약하고 있는 지금, 신분을 구분 짓는 사람은 아무도 없었다.
하지만 사람들은 스네에몬을 미더워하지 않았다. 성실해서 가정에 충실한 사람은 자식이 많다는 말처럼 스네에몬은 서른여섯밖에 되지 않았는데 자식이 네 명이나 있었다. 봉록이 적다 보니 오카자키에서도 손에 꼽을 정도로 가난했다. 부업도 하고 농사도 지었지만 배를 자주 곯았다. 쉬는 날에도 등에 부스럼투성이 아이를 업고 코흘리개의 손을 잡고 무가의 활을 고쳐주거나 갑주를 손질해 입에 풀칠을 할 정도였다.

스네에몬의 아내는 아이를 낳거나 선천적으로 병약해서 병상에 누워 있을 때가 많았다. 그러다 보니 스네에몬은 오랜만에 전쟁터에서 돌아와도 한가로이 지낼 틈이 없었다. 더욱이 그는 둔감할 정도로 더없이 정직한 성격이었다. 그런 스네에몬이 오쿠다이라 카쓰요시의 말을 듣고 무엇 때문에 오열하는 것인지 모두 의아하게 바라보지 않을 수 없었다.

"카쓰요시가 가지 못하겠다고 하면 다른 사람들 또한 성을 나가는 것을 바라지 않을 터. 그렇다고 해서 불과 사나흘밖에 남지 않은 병량으로 손을 놓은 채 원군이 오기만을 기다릴 수도 없는 법."

사다마사는 재차 그렇게 말하고는 카쓰요시를 대신할 사람은 없는지 물색하는 듯한 눈길로 사람들의 얼굴을 하나씩 바라보았다.

"……."

깊은 침묵만 흘렀다. 그사이에도 성 뒤편 어딘가에서 소총 소리가 들려왔다. 그저 총격전에 불과하다며 아무도 개의치 않았지만 직면한 문제에 대해서는 곤혹스런 표정이 역력했다. 그때 스네에몬이 무사 대기소 한쪽 구석에서 느릿느릿 나왔다. 수장과 부장이 있는 곳이 가까워질수록 상석의 사람들이 자리를 차지하고 있었기 때문에 끼어들 자리가 없었다.

"회의 중에 송구합니다만 제가 한 가지 청을 올려도 괜찮겠는지요?"

사람들 사이에서 스네에몬이 머리를 깊이 숙인 채 조심스레 말했다. 그러자 사다마사가 물끄러미 그를 바라보았다.

"스네에몬, 무엇인가?"

"방금, 카쓰요시 님께 말씀하신 임무는 꼭 일족이어야만 하는지요?"

"그럴 리가 있겠는가."

"저는 안 되겠는지요? 그 임무를 제게 내려주실 수 없는지요?"

"뭐, 자네가 가겠다고?"

"예, 가능한 일이라면."

"……?"

사다마사는 바로 대답하지 못했다. 그의 둔하고 굼뜬 점이 염려되기도 했지만 평소에 허세 한 마디 하지 않는 사내가 불쑥 그렇게 말을 꺼내자 다소 놀랐던 것이다. 스네에몬은 무의식중에 앞으로 나와서 커다란 몸집으로 열을 다해 말하며 이마를 바닥에 댔다.

"이렇게 간청을 올립니다. 제가 할 수 있는 일이라면 제게 명을 내려주십시오."

사람들은 그런 그의 모습을 바라보고 있었다. 모두 사다마사와 같은 생각을 하는 게 틀림없었다. 하지만 모두 스네에몬의 모습과 목소리에서 진실과 간절함을 느낄 수 있었다. 그때 한 손에 밀봉된 서찰 한 통을 든 병사가 황급히 달려와서 고했다.

"방금 단죠彈正 성곽 밖에 있는 제방을 순찰하던 중에 사민士民으로 변장한 사내가 강 건너편에서 말을 걸더니 화살에 이 서찰을 묶어 보냈습니다. 아무래도 아군의 밀사인 듯했습니다."

사람들의 눈이 희망으로 반짝거렸다. 사다마사는 즉시 서찰을 펼쳐 읽으면서 계속 서찰에 코를 대고 냄새를 맡았다. 서찰은 기후의 노부나가가 보낸 것이었는데 농성에 대한 견해와 그의 동정이 상세히 적혀 있었다. 즉 이에야스로부터도 끊임없이 원군을 요청하고 있지만 지금의 상황에서는 급히 군사를 보내기 어려우니 일단 성문을 열고 후일 다시 탈환할 기회를 기다리는 것이 좋겠다는 내용이었다. 사다마사는 쓴웃음을 짓고는 사람들에게 서찰의 내용을 들려주고 나서 크게 웃어 젖혔다.

"고슈의 지자智者에게도 빈틈이 있구나. 이것은 적의 기만술이 분명하다. 노부나가는 늘 교토에 드나들며 공경들과 서신을 주고받는다. 그런 그가 필묵에 신경 쓰지 않을 리 없다. 먹의 냄새를 맡아보니 교토의 묵향이 전혀 나지 않는다. 아교 냄새가 강한 시골 먹, 이것은 바로 고슈의 먹이다."

사다마사는 그렇게 말하고 다시 침울한 기색으로 당면한 문제로 돌아왔다. 그는 아까부터 자신의 앞에 엎드려 있는 스네에몬을 향해 힘 있는 목소리로 말했다.

"스네에몬, 그런 마음이라면 분명 적의 포위망을 뚫고 임무를 완수할 수 있을 것이다. 하지만 본래 이 임무는 구사일생의 요행을 바라며 죽음을 각오하지 않으면 안 된다. 그래도 가겠는가? 가주겠는가?"

"명령만 내려주신다면 저로서는 그저 감사하고 행복할 따름입니다."

스네에몬은 끝까지 허풍을 치지 않았다. 바라보고 있는 사람들이 불안할 정도로 몸을 낮추고 머리를 깊이 숙였다.

"부탁하네."

사다마사는 성안에 있는 오백 명의 생명과 도쿠가와 가의 안위를 위해 진심으로 말했다. 비록 주군이었지만 그는 머리를 숙여 부탁하고 싶었다.

"가라, 스네에몬. 소홀함은 없을 터지만 충분히 주의를 해서 성을 나가도록 하라. 알았는가?"

"예."

"자네가 준비하는 동안에 오카자키의 형님인 사다요시貞能께 보내는 서찰을 써놓겠다. 또 성이 처한 절박한 실정을 주군인 이에야스 님께 직접 말씀드리도록 하라."

"알겠습니다. 오늘 한밤중에서 새벽녘 사이에 성을 나가 적의 눈을 피해 강을 건너 탈출에 성공하면 안봉雁峰 산 정상에서 봉화를 올려 신호를 보내겠습니다."

"음, 봉화를 보면 성공했다고 생각하겠네."

"만일 내일 오후까지 봉우리에서 봉화가 오르지 않으면 불초 스네에몬이 헛되이 적에게 붙잡혀 목숨을 끊었다고 생각하시고 즉시 다음 계책을 세우도록 하십시오."

"알았네. 잘 알겠네."

사다마사는 머리를 크게 끄덕이며 대답하고는 스네에몬을 생각해서 다짐하듯 말했다.

"만일 적에게 붙잡혀 허망하게 죽게 되더라도 뒤에 남은 아내와 어린 자식들은 걱정하지 말게. 우리 모두 여기서 죽는 한이 있더라도 내 반드시 오카자키의 주군께 말씀을 올려 자네 아이들을 거둬달라고 청해두겠네. 그러니 그에 대해서는 부디 걱정하지 말도록 하게."

그러자 스네에몬이 머리를 옆으로 흔들며 천진난만하게 대답했다.

"황송하오나 주군께서야말로 그런 걱정은 하지 마십시오. 저는 지금 처자식을 위해 목숨을 바치려는 것이 아닙니다. 성안 오백여 아군을 대신하여 성을 나갈 각오를 하였기 때문에 더 강해지고 떳떳할 수 있는 것입니다. 그런 말씀은 오히려 저를 겁쟁이로 만들 뿐이니 거둬주십시오."

그날 밤, 스네에몬은 방으로 물러가서 혼자 바느질을 하고 있었다. 진중에서는 바느질도 무사의 소양 중 하나였다. 그는 예전에 적의 시신에서 벗겨낸 짧은 의복을 무릎에 펼쳐놓았다. 그런 다음 옷깃을 풀고 그 속에 성주인 사다마사의 밀서를 넣어 다시 꿰맸다.

"스네에몬, 아직 있는가? 아직 가지 않았나?"

이따금 동료들이 남의 일이 아니라는 듯 걱정하며 판자문을 살짝 열고 물었지만 스네에몬은 바느질을 하느라 쳐다보지도 않고 대답했다.

"음, 아직이네. 아직 한밤중이 아니지 않은가. 갈 때 말할 테니 맡은 위치로 가 있게."

서너 명의 동료가 그 말을 듣고 발소리를 죽이며 조용히 돌아갔다. 이윽고 스네에몬은 바느질을 다 했는지 이로 실을 끊었다. 스네에몬은 바늘을 들면 눈앞에 병상의 아내가 떠올랐다. 아내를 생각하면 아이들의 목소리가 귓가에 들려오는 듯했다. 스네에몬의 눈에서 툭하고 눈물이 떨어졌다. 그는 황망히 눈물을 닦고 행여 다른 사람이 보지나 않았는지 자책하면서 두터운 판자문을 돌아보았다. 그러자 그 아래에 낡은 각반과 짚신, 칼한 자루, 부싯돌, 봉화통 등속이 가지런히 놓여 있었다.

"이러면 안 돼!"

스네에몬은 머릿속에서 무언가를 떨쳐내려는 듯 머리를 흔들더니 주먹으로 한두 번 자신의 머리를 쥐어박았다. 그리고 준비를 서둘렀다. 그는 땅을 파는 고슈의 인부로 위장한 뒤 몇 번이나 자신의 행색을 세심하게 점검했다.

"됐다."

스네에몬은 그렇게 중얼거리고는 자세를 바로 하고 앉아 등잔불을 입으로 불어 껐다. 그러자 네모난 들창에서 푸르스름한 달빛이 그의 무릎 근처를 비췄다. 5월 15일, 평소 같으면 벌써 장마가 시작되어 구름이 짙었을 때인데 그날 밤은 공교롭게도 달빛이 아주 밝았다.

"스네에몬."

동료 네다섯 명이 또 판자문을 열고 얼굴을 내밀며 들어왔다.

"아직 있었나? 그런데 불은 왜 껐나?"

동료들은 달빛이 들어오는 네모난 들창을 바라보고는 모두 입을 다물고 자리에 멈춰 섰다. 성 아래쪽 대하, 강 건너편에 목책과 고슈 군이 새카맣게 진을 치고 있는 들판이 한눈에 보였다.

'저곳을 넘어가야 하는구나.'

모두들 그 지난한 대임을 생각하는 동안 죽을 각오로 성을 나서는 동료에게 깊은 감명을 받았다. 그중 한 사람이 스네에몬 옆에 술잔을 놓으며 앉았다.

"어이, 조장에게 부탁해서 조금 가져왔네. 술이네. 신주이니 마시고 가게."

스네에몬은 술을 좋아했지만 평소에는 가난해서 마실 수 없었고 근래에는 성안에 병량이 없었던 상황이라 구경도 할 수 없었다. 스네에몬은 동료들의 호의에 눈물을 지으며 술잔에 인사를 했다.

"반갑구나."

그리고 동료들에게 말했다.

"어이, 앉아서 모두 함께 마시세."

"모두 함께 마실 만큼은 안 돼서 하다못해 자네라도 마시게 하기 위해 받아온 술이네. 그러니 한잔 들고 가게."

"모두 조금씩 입만 축이더라도 함께 마셔야 제맛일세. 술잔은 있는가?"

"가지고 왔네."

"한 잔 따라서 모두 돌려 마시세. 자, 따라주게."

스네에몬이 먼저 한 모금 마시더니 차례로 잔을 돌렸다. 그렇게 술을 마시고 스네에몬은 이별을 아쉬워하는 동료들에게 부탁하듯 말했다.

"잠시 눈 좀 부쳐야겠네."

"그리하는 것이 좋겠네."

동료들은 술병을 들고 조용히 나갔다. 스네에몬 카쓰아키勝商는 이내 자리에 누웠다. 이 각 정도 잠을 잤을까. 어느새 달이 도비가스 산의 언저리로 기울어 있었다.

"곧 날이 밝겠군."

두견새 울음소리가 귓가에 들려왔다. 적의 진지와 아군의 성은 총소리 하나 들리지 않고 깊은 정적에 휩싸여 있었다. 여느 때처럼 성벽 아래에서 흐르는 다키 강의 격류 소리가 들려왔다.

"자, 그럼."

스네에몬은 등에 봉화통과 화약을 싼 보자기를 걸머메고 각반과 짚신을 신고 느릿느릿 밖으로 나갔다.

"그럼 이제 다녀오겠습니다."

스네에몬은 본성의 전각을 향해 머리를 숙이고 다시 성안 오백 명의 장병들에게 이별을 고했다. 자신의 두 어깨에 오백 명의 생명이 달려 있다고 생각하자 새삼 온몸에서 삶의 보람이 용솟는 듯했다.

"오늘까지 이렇다 할 공 하나 세우지 못했으나……."

오늘과 같은 대임을 맡게 된 것 또한 무사에게 있어 최고의 행운이자 자긍심이라고 생각하니 전신의 근육이 부르르 떨려왔다.

"스네에몬, 무사히 다녀오게."

"성공을 빌겠네."

작별을 고하는 낮은 목소리들이 들렸다. 뒤를 돌아보자 스네에몬이 속해 있는 부대의 조장과 동료들이 스네에몬을 배웅하기 위해 토벽을 등진 채 묵연히 서 있었다.

"……."

스네에몬은 말없이 공손히 인사한 뒤 그대로 바깥 성곽 쪽으로 달려갔다. 평소 모두 소등해놓아 새카맣던 본성의 전각에서 언뜻언뜻 불빛이 움직였다. 수장인 사다마사와 측신들도 밤새 잠을 자지 않고 그의 목숨을 건 탈출을 지켜보는 듯했다.

스네에몬은 성의 한쪽 구석에 있는 나무숲으로 들어가서 이윽고 후죠몬不淨門[18]이 있는 절벽 쪽으로 내려갔다. 그것은 성안의 오물을 흘려보내는 수문이었다. 그러다 보니 아군의 눈에조차 잘 띄지 않았고 강 건너편

---

18) 성이나 저택 등에서 분뇨를 푸는 사람이나 시신들을 옮기는 문.

적들도 그다지 주의를 기울이지 않아 경비가 느슨한 곳이었다.

스네에몬은 등의 짐과 옷을 하나로 말아 머리 위에 묶었다. 그리고 멧돼지처럼 성벽 아래의 수풀 사이를 기어가 물살을 재본 뒤 격류 속으로 들어갔다. 강한 수압과 함께 이내 강 속에 종횡으로 둘러쳐놓은 그물이 가슴과 발에 걸렸다. 그물에는 수많은 방울이 달려 있었다.

스네에몬은 무신武神인 하치만八幡에게 보살펴달라고 기원했다. 방울이 딸랑거리는 소리를 내며 흔들렸다. 그는 단검을 뽑아서 몸을 휘감는 그물을 끊고 헤엄치기를 반복했다. 그러다 간신히 다키 강의 건너편 기슭에 손이 닿았다.

"응? 방울 소리가 났는데?"

목책 뒤편에서 적병의 소리가 들렸다. 스네에몬은 바로 아래쪽 강기슭에 몸을 숨기고 입을 틀어막았다. 또다시 적병들의 말소리가 들렸다.

"장마철이니 잉어나 농어일 걸세. 오늘도 큰 놈을 잡았네."

스네에몬은 발소리가 멀어진 뒤 목책을 뛰어넘어 앞만 보고 내달렸다. 그는 사방의 적지를 어떻게 빠져나왔는지 모를 정도로 정신없이 달렸던 것이다.

날이 밝고 점심이 가까울 무렵, 사전에 약속했던 안봉 산 위에서 봉화가 하늘 높이 피어올랐다. 성안 오백여 명은 환희와 눈물에 젖은 얼굴로 연기를 바라보았다.

출정 전야前夜

10일 전후부터 기후 성에는 나가시노의 정세를 전하는 도쿠가와 가의 파발이 하루에도 몇 번이나 도착했다. 동맹국인 도쿠가와 가가 위급하면 오다 가도 위급하다고 할 수 있었다. 기후 성도 심상치 않은 긴장감에 휩싸여 있었다.

도쿠가와 가는 노부나가에게 서면은 물론이고 가신인 오구리 다이로쿠小栗大六, 그리고 뒤이어 급사로 온 오구다이라 사다요시를 통해 즉시 원군을 보내달라고 재촉했다.

"알았네."

노부나가는 그렇게 대답만 할 뿐 군사를 움직이려고 하지 않았다. 이틀에 걸쳐 군사 회의가 열렸다. 모리 가와치가 노부나가에게 간언했다.

"어차피 승산이 없으니 출전은 무용합니다."

그의 말을 반박하는 사람도 있었다.

"아니오. 그것은 의에 반하는 일이오."

사쿠마에몬과 같은 장수들은 중립적인 태도를 보였다.

"가와치 님의 말씀처럼 다케다 군의 정예에 맞서 싸우는 것은 승산이 없는 일이라고 할 수 있으나 그렇다고 하여 출전을 늦춘다면 도쿠가와 가는 다케다 군과 화친을 맺고 우리에게 등을 돌리고 창끝을 겨눌지도 모릅니다. 지금은 일단 적은 병력이나마 원군을 보내 돕는 것이 최선인 듯합니다."

그러자 부당하다고 주장하는 사람이 있었다. 나가하마에서 급거 군사들을 이끌고 달려온 지쿠젠노카미 히데요시였다.

"지금 나가시노 성 하나가 중요한 것이 아닙니다. 하지만 나가시노가 다케다 군에게 넘어가 그들의 공격 거점이 되면 도쿠가와 가는 이미 제방 한쪽이 무너진 것과 같은 형세에 빠져 다케다 군의 공격을 오래 막아낼 수 없을 것입니다. 신겐이 죽은 지금의 상황에서도 여전히 강한 다케다 군이 그런 우위를 점하게 되면 우리 기후 성의 안위 역시 보장할 수 없을 것입니다."

사람들은 큰 소리로 주장하는 히데요시의 얼굴을 그저 바라만 보고 있었다.

"일단 군사를 움직인다면 싸우는 것도 아니고 싸우지 않는 것도 아닌 애매모호한 태도는 피해야 합니다. 그것은 하책 중에서도 하책일 것입니다. 출전은 적극적으로 싸우겠다는 의지를 피력하는 행위입니다. 하여 지금은 상책을 세워 오다가 쓰러지는가, 다케다가 이기는가 하는 건곤일척의 전의를 명확하게 표명해야 합니다. 그런 다음 대군을 이끌고 동맹국의 위급을 도운 뒤 그와 더불어 오랜 환부를 일거에 제거해야 할 것입니다."

노부나가의 생각은 알 수 없었지만 다른 장수들은 어차피 원군을 보내야 한다면 육칠천이나 일만 정도를 생각하고 있었다. 그런데 다음 날, 노부나가는 삼만 대군에게 출정 준비를 명했다.

"이번 출정은 원군이라고는 하나 오다 가의 흥망을 결정하는 분수령이다."

노부나가는 회의 자리에서 '히데요시의 말이 지극히 옳다'고 말하지 않았다. 하지만 히데요시의 말이 노부나가의 마음을 움직였는지, 아니면 노부나가가 히데요시의 주장을 받아들였는지 확실하지 않지만 노부나가는 직접 출전하기로 결정했다.

전군은 13일에 기후를 출발해 14일에 오카자키에 도착했다. 노부나가 이하 원군의 모든 장수와 병사는 다음 날 15일 하루만 휴식을 취하고 16일 아침에 전쟁터로 출발할 예정이었다. 그로 인해 오카자키 마을은 더없이 복잡했다. 작은 마을에 기후에서 온 삼만의 대군이 머물며 집집마다 말을 매어놓고 밥을 짓고 술도 마셨기 때문에 마을 안은 가마솥의 물이 끓듯 떠들썩했다. 병자를 제외한 모든 마을 사람들이 그들을 접대하느라 정신이 없었다.

"이젠 괜찮다. 이젠 걱정할 것 없다."

집집마다 노인들부터 계집아이들까지 마음을 놓으며 북적대는 상황을 기쁘게 받아들였다. 기후의 원군이 와도 기껏해야 오륙천일 것이라고 예상했던 사람들은 삼만의 대군이 도착하자 환호했다.

"양국의 군사를 합하면 삼만 팔천, 이 정도 군사면 아무리 고슈 군이 강하다 해도 적의 두 배니까 질 리가 없다."

하지만 마을과는 달리 성안은 낙관할 수만은 없는 분위기였다. 첫 번째는 원군이 갈 때까지 나가시노가 버틸 수 있을까 하는 걱정 때문이었다. 그리고 두 번째는 고슈 군에게도 계책이 있을 터였고 특히 그들의 돌격대와 기병대의 돌파 전법은 천하에 비견할 데가 없을 만큼 용맹하기 때문이었다. 비록 수적으로는 아군이 훨씬 우위에 있었지만 대부분 다른 나라의 원군이라 질적으로는 문제가 있었다.

그중에서도 특히 첫 번째 근심이 가장 컸다. 이에야스를 비롯한 오카자키의 병사들은 나가시노에 있는 병력의 수나 방비가 미약하다는 사실을 알고 있었기 때문에 무척이나 불안해했다. 그런 점에서 보면 노부나가 군은 아무리 동맹국이라지만 역시 자신의 일이 아닌 남의 일이었기 때문에 불안이나 위기감을 느끼지 않았다. 15일 밤이면 내일 당장 전쟁터로 가야 하는데도 여기저기에서 무사와 병사 들이 화톳불을 빨갛게 피워놓고 한가롭게 노래를 부르며 말똥 냄새가 나는 마을을 돌아다니는가 하면 술을 마시며 박수를 치고 투구를 두드리기도 했다.

그렇게 밤이 샐 무렵, 한 사내가 거지와 같은 몰골로 마을에 나타났다. 갑주를 찬 무사나 번뜩이는 칼을 봐도 짖지 않던 개가 사내를 보고는 짖어댔다.

"쉿! 조용!"

사내는 돌멩이를 집어 던지며 도망치듯 오카자키 성 쪽으로 달려갔다. 해자의 물과 버드나무 가로수가 저편에 보인 순간, 우르르 몰려나온 무사들이 사내를 앞뒤로 둘러싸더니 양쪽에서 달려들어 덮쳐눌렀다.

"이놈, 어디를 가느냐!"

땅바닥에 털썩 주저앉아 아무 저항도 하지 않던 사내가 사람들을 둘러보며 말했다.

"아아, 당신들은 기후의 군사들인 듯하구려. 원군으로, 도쿠가와 가를 도우러 온 것이오?"

사내는 숨을 쉬기 곤란한 듯 지친 기색이 역력했다. 경비를 서고 있던 사람들 중 한 명이 발로 걷어차는 듯한 몸짓으로 말했다.

"시끄럽다. 물어야 할 사람은 네가 아니라 우리다. 너는 대체 누구냐? 어디에서 왔느냐?"

"나가시노에서 왔습니다."

"뭐, 나가시노에서?"

"나는 오쿠다이라 사다마사 님의 가신인 도리이 스네에몬이오. 성문까지 데려가주시오."

행색을 보면 고슈 쪽 인부였고 얼굴과 머리는 땀과 진흙으로 뒤범벅되어 있었다. 많은 것을 묻지 않아도 모습에서 온갖 역경을 헤치고 적지에서 빠져나왔다는 사실을 알 수 있었다.

"나가시노를 탈출해서 여기까지 사자의 임무를 띠고 왔다는 것이냐? 도리이 스네에몬이라고?"

"그렇소! 주인인 오쿠다이라 사다마사 님의 서신을 가져왔소이다. 성안 오백여 명은 지금 촌각을 다툴 만큼 절박한 상황이라 일각이 급하니 부디 보내주시오."

경비 무사들은 즉시 도쿠가와 쪽에 그 사실을 알리고 성문까지 그를 데리고 갔다.

"뭐라? 스네에몬이? 도리이 스네에몬이 왔다는 것이냐?"

사다마사의 형인 오쿠다이라 사다요시는 그 말을 듣자 의심 반 기쁨 반의 심정으로 황망히 성안의 밀실로 그를 맞이했다.

"대, 대체 어찌 된 일인가?"

사다요시는 그렇게 한 마디만 내뱉고는 말문이 막힌 듯 아무 말도 하지 못했다. 스네에몬의 비참한 모습을 본 순간, 고립된 성을 지키는 아군의 고충과 아우가 떠올랐던 것이다.

"무, 무사히 뵐 수 있어서 사자의 소임은 이로써."

어눌한 스네에몬은 엎드린 채 울고 있었지만 그것은 이곳까지 무사히 당도했다는 기쁨에 겨운 눈물이었다.

"어서 빨리, 보여주게. 사다마사의 서신을 가져왔다고 하지 않았는가?"

"예, 여기……."

스네에몬은 가슴쪽 옷깃을 풀고 더러운 옷의 아래 깃을 허리 부분부터 위로 들어 올리더니 솔기를 물어뜯었다. 그리고 옷깃 안에 숨겨온 한 통의 서찰을 사다요시 앞으로 내밀었다. 서찰은 기름종이로 몇 겹이나 싸여 있었다. 사다요시는 봉을 뜯어서 서찰을 읽어 내려가는 동안 눈물을 참을 수 없었다.

서찰에는 성안의 사기는 충분하며 총알은 다 떨어졌지만 다케다 군을 물리칠 바위는 남아 있다고 쓰여 있었다. 그런데 문제는 병량이었다. 스네에몬이 성에 도착할 무렵에는 병량이 필시 이틀 치밖에 남지 않을 것이라고 했다.

마지막 부분에는 이미 각오하고 있으니 적이 성안으로 들어오면 오백 명의 목숨을 대신해 자신은 할복할 것이라고 했다. 하지만 오백의 부하들은 적에게 사로잡혀 목숨을 연명하는 것을 떳떳하게 여기지 않을 것이며 오로지 원군을 학수고대하고 있으니 부디 한시라도 빨리 오기를 바란다는 말로 끝을 맺었다.

"스네에몬."

"예."

"더 상세히 묻고 싶지만 마음이 조급하구나. 이 서찰을 바로 주군께 보여드리고 올 터이니 잠시 여기서 쉬고 있게."

"알겠습니다."

"피곤할 테니 다리를 풀고 자리에 누워 쉬고 있도록 하게."

"아닙니다."

"배는 고프지 않은가?"

"실은 죽이라도 조금 먹었으면 합니다."

"그리 일러둘 테니 다리를 펴고 편히 쉬고 있게."

사다요시는 밖으로 나가 하인에게 무슨 말인가를 한 뒤 황망히 복도 안쪽으로 달려갔다.

밤도 꽤 깊었는데 본성 안에서는 북소리가 들리고 촛불이 밝게 빛나고 있었다. 객전은 양국의 중신으로 가득했다. 상단의 자리에 이에야스와 노부나가의 얼굴이 보였다.

노부나가는 좋아하는 춤과 소고를 청하고서 손에 술잔을 들고 온화한 표정으로 바라보고 있었다. 이에야스도 지금은 초조한 얼굴 표정을 노부나가에게 보이지 않고 있었다.

'나가시노의 아군들은 어떻게 됐을까?'

이에야스는 문득문득 그런 걱정이 솟았지만 억지로 웃음을 짓고 평소와 조금도 다름없는 모습을 유지하며 노부나가에게 약한 모습을 보이지 않았다. 그는 기요스 성에서 처음으로 노부나가와 회합을 가진 약관 때부터 오늘에 이르기까지 대등한 모습을 보였다.

"그런가. 으음."

이에야스는 측신에게 스네에몬이 왔다는 말을 듣고도 더없이 태연한 얼굴로 말했다. 그리고 노부나가의 시종이 춤을 추는 모습만 열심히 볼 뿐이었다. 그러다 춤이 끝나고 북소리가 멎은 뒤에야 새로 술잔을 들며 다시 말했다.

"오다 님, 방금 나가시노에서 사자가 도착해서 기다리고 있다고 하니 잠시 자리를 비우겠습니다."

이에야스는 그렇게 말하고 조용히 밖으로 나왔다. 그는 어슴푸레한 복도에 이르러서야 급히 외쳤다.

"사다요시, 어디에 있는가?"

이에야스의 목소리에는 어느새 조급함이 묻어 있었다.

"예, 주군."

"사다요시, 나가시노에서 왔다는 도리이 스네에몬에게 성안의 상황을 상세히 듣고 싶다. 그는 어디에 있는가?"

"제가 데려오겠습니다."

"시간이 걸릴 테니 그럴 필요 없네. 내가 그리 가는 편이 빠를 것이네."

이에야스가 안내하기를 재촉하자 사다요시는 총총걸음으로 앞서서 갔다. 이에야스도 큰 걸음으로 뒤를 따랐다. 스네에몬은 성문과 가까운 방에 있었다. 오쿠다이라 사다요시가 두꺼운 판자문을 열고 안으로 들어가 큰 소리로 말했다.

"스네에몬, 스네에몬. 주군께서 직접 이리로 오셨네."

스네에몬이 너무 피곤한 나머지 방에 누워 있을까 봐 미리 알린 것이었다. 하지만 스네에몬은 똑같은 자리에 똑같은 자세로 오도카니 앉아 있었다. 또 말끔히 비워진 죽 그릇이 담긴 앉은뱅이 상이 한쪽 구석으로 치워져 있었다.

스네에몬은 이에야스를 보고 멀찌감치 물러나 엎드렸다.

"저 사내인가?"

이에야스는 아무 자리에나 가서 앉았다. 뒤늦게 따라온 가신들이 방석과 요를 권했지만 안중에도 두지 않고 한동안 스네에몬을 바라보았다.

"말씀을 올리도록 하게."

사다요시가 재촉하자 스네에몬은 그제야 입을 열어 자신을 사다마사의 가신이라고 밝혔다. 그런 뒤 성안의 절박한 상황과 궁핍한 실상을 고했다. 이에야스는 듣는 내내 고개를 끄덕이면서 몇 번이고 손가락으로 눈가를 지그시 눌렀다.

"스네에몬, 그런 고초와 역경을 헤치고 참으로 잘 와주었네. 이젠 안심해도 될 것이네. 기후의 원군도 도착했고 나도 날이 새면 함께 출정할 것이네. 나가시노에는 늦어도 삼 일 안에 도착할 터. 수고했네. 자네는 다시 나가시노로 돌아가지 않아도 되니 여기서 성을 지키며 몸을 건사하도록 하게."

이에야스는 당연한 듯 그렇게 위로했지만 스네에몬 역시 당연한 듯 그에 대답했다.

"말씀은 황송합니다만, 저는 지금 바로 나가시노로 돌아가도록 하겠습니다."

이에야스는 놀란 눈으로 스네에몬을 물끄러미 바라보다 직감했다.

'이자는 죽을 각오를 했구나.'

죽을 각오를 하지 않은 이상, 적에게 몇 겹으로 둘러싸인 나가시노로 다시 돌아가겠다고 할 리가 없었다. 그곳에서 탈출해왔으니 그것이 얼마나 어려운 일이고 위험한 일인지 잘 알고 있을 터였다.

"돌아가겠다고?"

"예."

"지금 바로 말인가?"

"이러고 있는 동안에도 조바심이 일어……."

"그것은 안 된다. 자네 마음은 잘 알겠으나 그렇게까지 하지 않아도 될 것이다. 충분히 몸을 정양하면서 승전보를 기다리도록 하게."

이에야스는 스네에몬이 다시 성으로 돌아가서 원군이 며칠 내로 온다는 소식을 전하면 그만큼 성안 병사들의 사기가 올라가고 효과가 크다는 것을 알았지만 그를 사지로 돌려보내 죽게 하고 싶지 않았다.

"그 말씀만 들어도 피곤이 완전히 가시는 듯합니다. 하오나 성안에 있는 아군에겐 지금이 중요한 때입니다. 또한 나가시노에서는 목을 길게 빼고 길보를 기다리고 있을 터이니 반드시 돌아가서 소식을 전해야 할 것입니다."

스네에몬은 그렇게 말하고 오쿠다이라 사다요시 쪽으로 몸을 돌려 말했다.

"그럼, 이만 돌아가도록 하겠습니다."

스네에몬은 인사를 하고 자리에서 일어섰다.

"그런가……."

이에야스도 어쩔 수 없이 일어섰다. 그리고 애처롭고 소박한 그의 뒷모습을 바라보며 사다요시에게 말했다.

"성 밖까지 배웅하도록 하게."

그로부터 반 각 정도 지난 뒤 도리이 스네에몬은 어두운 마을 한가운데를 걷고 있었다. 집들은 모두 문을 닫아걸고 잠이 들어 있었다. 내일 이른 새벽의 출정을 기다리는 듯 밤하늘 구름 아래로 해오라기가 연신 울면서 날아갔다. 비를 예고하듯 물기를 품은 바람이 산 쪽에서 훅 불어왔다. 검문소마다 전령이 전해졌는지 돌아갈 때는 아무도 그를 멈춰 세우지 않았다.

스네에몬은 정신없이 걷다가 문득 어슴푸레한 뒷골목에서 옆쪽으로 들어갔다. 무너진 나무 담과 대나무 울타리가 어지럽게 이어져 있었다. 돌보지 않은 풀과 나무 사이로 널빤지를 댄 지붕과 담장이 있는 집들이 몇 채 보였다. 오카자키에서 오십 석의 봉록을 받는 무사가 사는 조장의 집이 얼마나 궁핍한지 알 수 있었다.

그중 한 집 앞에서 형태만 남은 쪽문을 밀고 들어가자 창이 곧 눈에 띄었다. 창에서 갓난아기 울음소리가 들렸다. 앞쪽 문은 닫혀 있었는데, 스네에몬은 문을 두드리지 않았다. 가만히 귀를 기울이고 있다가 곧 낮은 대나무 울타리를 넘어 발소리를 죽이며 풀밭을 지나 옆쪽으로 돌아갔다. 빗물에 이끼가 자란 돌이 있었다. 그 돌에 올라서자 창에 머리가 닿았다. 그는 대나무 창살 사이로 창문을 살짝 반 정도 열었다. 가난한 집 안이 보였다. 무심한 아비가 바로 지척에 있다는 사실을 아는 듯 갓난아이의 울음소리가 더욱 가까이 들렸다.

스네에몬은 숨을 죽이고 창밖에 바싹 달라붙은 채 유심히 집 안을 들여다봤다. 한 마디만 하면 아내가 바로 달려 나와서 문을 열고 손을 잡으며 반갑게 맞아줄 터였다. 하지만 그의 몸은 지금 자신의 것이 아니었다. 나가시노에 있는 전우들을 생각하면 집에 잠시 들른 것조차 미안한 마음이 들었다. 하지만 그는 두 번 다시 이곳으로 돌아올 수 없을 것이라고 생각하고 마음속으로 전우들에게 사죄를 하면서 작별 인사를 위해 집에 들른 것이었다.

"이 아비를 용서해라."

스네에몬은 창가에서 두 손을 모으며 말했다. 찢어진 창호지 너머에서 막내의 기저귀를 갈고 있는 듯 아내의 그림자가 움직였다. 스네에몬은 가슴이 저려왔다. 여전히 몸이 약한 듯 보였다.

"잘 있으시오. 그리고 아이들을 잘 부탁하오."

스네에몬은 소리 높여 그렇게 외치고 싶어 턱이 덜덜 떨렸다. 그는 품속에서 백지에 싼 물건을 꺼내더니 놓을 곳을 찾으려고 손으로 창가를 더듬었다. 백지에 싼 물건은 주가의 문장이 새겨져 있는 홍백의 과자였는데, 성안에서 기다리는 동안 품에 넣어두었다.

얼마 되지 않았지만 과자에 설탕이 들어 있다는 이야기를 들었다. 설탕을 먹어 보기는커녕 본 적도 없었다. 노부나가에게 대접하기 위해 선부膳部의 사람이 만든 것이라고 했다. 오늘 밤, 성안에서 과자를 받았을 때 스네에몬은 손톱으로 살짝 긁어 맛을 본 뒤 아내와 자식에게 주려고 가져왔다. 그는 손을 뻗어 과자꾸러미를 창 아래로 던졌다.

"누구세요?"

아내의 목소리가 들렸다. 어렴풋한 소리밖에 나지 않았는데 그녀는 찢어진 문을 열고 밖으로 나왔다.

"어머, 문을 닫아두었는데 창이 열려 있네."

아내가 아이를 안고 밖으로 나왔을 때 이미 스네에몬은 그곳에 없었다. 그는 도망치듯 길을 달렸다. 그 모습에는 나가시노를 향해 서둘러 달려가려는 마음보다 인간 본연의 나약함을 채찍질하며 집에서 멀어지려는 의지가 담겨 있었다.

필살의 땅

새벽녘 구름을 보자 마을에 있는 말들이 힘차게 울기 시작했다. 깃발은 바람에 나부끼고 나팔 소리가 우렁차게 울렸다. 그날 아침, 오카자키 성을 출발한 병마의 수는 실로 엄청났다.

"과연 오다 님이시다."

영민들은 넋을 잃고 강대한 동맹국의 병력과 무구를 믿음직스럽고 부러운 시선으로 바라보았다.

삼만의 오다 군을 깃발과 우마지루시로 구분하면 몇십 개의 부대로 편제되어 있는 듯했다. 시바타, 니와, 이케다, 다키가와 등의 숙장은 물론이고 노부나가 일족 중에서는 적자인 노부타다, 동생인 노부오도 참전했다. 미즈노水野, 가모蒲生, 모리, 이나바 잇테쓰 등도 있었다. 하시바 지쿠젠노카미, 마에다 마타에몬, 후쿠즈미 헤이자에몬福富平左衛門, 사사 구라노스케와 같은 젊은 무장들도 그 뒤를 따르고 있었다.

"철포가 정말 많구나."

연도의 영민들도 놀랐지만 도쿠가와 가의 장병들도 부러운 눈으로 바라보았다. 삼만 병력 중에 철포대 소속의 소총수만도 일만에 육박했고 소총의 수는 오천에 이르렀다. 또 거대한 대포도 밀고 갔다. 그런데 유달리 이상하게 여겨지는 것이 있었는데, 소총을 들지 않은 병사들이 목책을 세우는 나무를 하나씩 짊어지고 그것을 연결하는 노끈을 함께 가지고 가는 것이었다.

"저런 나무 말뚝을 가져가서 대체 어쩌려는 것일까?"

마을 사람들은 오다 가의 작전을 의심쩍게 생각했다.

같은 날 아침, 조금 시간을 두고 전선을 향한 도쿠가와 본군의 수는 팔천도 되지 않았지만 사기는 오다 군에 전혀 뒤지지 않았다. 오다 군은 원군으로 왔으니 이곳이 객지였지만 도쿠가와 군에게 있어 이곳은 선조들의 땅이었던 만큼 적에게 한 치의 땅도 내어줄 수 없는 삶의 터전이자 물러날 곳이 없는 필살의 땅이었다. 말단 병사들까지 그런 의기로 가득 차 있었고 비장해 보였다. 장비도 오다 군과는 비교할 수 없을 만큼 열세였지만 부족한 기색은 찾아볼 수 없었다.

행렬 속에는 이에야스의 장남인 노부야스를 비롯해 마쓰다이라 이에타다松平家忠, 이에쓰구家次, 혼다, 사카이, 오쿠보, 마키노, 이시가와, 사카키바라 등의 장수와 오쿠다이라 사다요시가 있었다. 성에서 몇 리 멀어지자 도쿠가와 군은 발길을 재촉하기 시작했다. 도중에 우시쿠보牛久保에 이르자 오다 군과는 방향을 다르게 틀어 시다라가하라設樂ヶ原 쪽으로 서둘러 갔다.

한편 하루 전, 도리이 스네에몬은 홀로 시다라設樂 근처에 이르렀는데, 곳곳에서 적의 척후병들과 후방을 감시하는 수색대와 마주쳤다. 이미 주변은 적지였기 때문에 방어선이 몇 겹으로 깔려 있었다. 스네에몬은 그 철통같은 엄중한 경계에 놀라고 말았다. 그는 어떤 때는 수풀 속의 메추라기처럼, 또 어떤 때는 들쥐처럼 날쌔게 움직이며 적의 눈을 피해 간신히 아루미가하라까지 도착했다.

"여기까지 왔으니……."

스네에몬은 다소 안심하듯 중얼거렸다. 하지만 이내 그런 자신을 경계했다.

"방심은 금물이다."

마침내 저편 멀리 나가시노 성이 보였다. 오백 명의 전우가 고군분투하고 있는 성이었다. 그 하얀 성벽을 아련히 보았을 때, 그는 자신도 모르게 두 손을 흔들고 싶은 충동에 사로잡혔지만 마음속으로 외쳐야 했다.

'버티고 있다! 아직 함락당하지 않았다.'

그때 뒤편에서 갑자기 떠들썩한 소리와 먼지가 일더니 말 울음소리와 수레바퀴 소리가 들려왔다. 살펴보자 말 등에는 잡곡과 채소, 그리고 수레에는 쌀이 산처럼 쌓여 있었다. 다케다 군의 운송 부대였다. 가까운 마을에서 징발해온 양식을 전선에 있는 병참 부대로 옮기는 중인 듯했다. 사람과 말이 흘리는 땀이 석양에 빨갛게 빛나고 있었다. 행렬은 끝이 보이지 않았다. 병사만 해도 백 명은 족히 넘을 듯했다. 징발당한 농민도 많이 보였고 고슈 쪽 인부도 말을 끌며 수레의 바퀴를 돌리고 있었다.

"제기랄!"

"어서 가자!"

이것도 전쟁이었다. 이 일대는 입자가 가는 먼지가 날리는 길이 아니면 갈대나 수초가 많은 늪지여서 바퀴와 말발굽이 푹푹 빠졌다. 길게 이어진 사람과 말의 숨결과 땀내가 끊어졌다가 다시 이어지기를 반복하고 있었다. 그 사이를 진흙투성이인 병사와 인부가 대오를 이루지도 않고 뛰거나 짐을 짊어지거나 해진 짚신을 들고 걸어갔다.

스네에몬은 어느 틈엔가 일행으로 가장해 그들 사이에서 함께 걸었다. 그 앞에는 늙은 농부가 무거워 보이는 지게를 진 채 걸어가고 있었다. 스네에몬은 빈손이었다. 아무것도 들지 않은 사람들도 있었지만 스네에몬은 왠지 노인에게 마음이 끌렸다.

"이보시오."

스네에몬은 노인의 곁으로 다가가 말을 걸었다.

"곱사등이 같은 모습으로 걸어가는 걸 보니 그냥 보고 있을 수가 없군. 내가 져줄 테니 지게를 벗으시오."

노인은 뜻밖의 말을 듣고 오히려 당황했다. 스네에몬은 노인의 대답을 기다리지 않고 그의 등에서 지게를 벗겨 짊어졌다.

"괜찮소, 괜찮아. 이 정도는 아무것도 아니니 앞에 있는 수레를 타고 가도록 하시오. 그럼 편할 거요."

석양은 어느새 구름 끝에 붉은 잔광만을 남기고 모습을 감췄다.

"멈춰라! 멈춰!"

앞쪽에서 큰 소리가 들렸다. 운송 부대 부장의 소리였다. 앞을 보자 진영의 임시 막사가 있는 책문이 있었다. 스네에몬은 섬뜩했다. 어느새 다케다 군 진영이 밀집해 있는 적지 한가운데까지 온 것이었다. 앞쪽에서부터 차례로 삼엄하게 검문을 하는 듯했다. 통과, 통과라는 앞쪽의 외침이 점점 가까워지자 스네에몬은 입이 바싹바싹 타들어갔다.

드디어 스네에몬의 차례가 되었다. 갑자기 갑주를 찬 무사의 손이 좌우에서 그의 몸을 더듬었다. 머릿속을 수색하고 품속에 손을 넣어보기도 했다. 스네에몬은 흡사 바보처럼 입을 벌리고 있었다.

"인부인가?"

"예."

"어디 소속이냐?"

"예, 저기."

"누구를 모시고, 어디 부대에 속한 자인가 묻고 있지 않느냐!"

"쇼스케庄助라고 하는데 이와무라 사람들과 함께 왔고 이와무라 부대에 있습니다."

"그만 됐다."

"예."

"통과!"

무사가 등에 진 지게를 밀치자 스네에몬은 비틀거리며 목책 안으로 들어갔다. 그리고 방향을 몰라 잠시 망설이던 스네에몬이 걸음을 옮기자 마부와 인부를 감독하는 병사가 호통을 쳤다.

"이런 멍청한 놈, 어디로 가는 게냐!"

말 등의 가마니와 수레의 쌀 포대 등을 진중의 병참 창고로 져 날라야 했던 것이다. 병사는 채찍으로 인부를 후려치는 일쯤은 아무것도 아니라는 듯 살기등등했다.

"한눈팔지 마라!"

스네에몬도 몇 번이나 엉덩이와 등짝을 맞았다. 하지만 맞고 있는 동안에는 안심할 수 있었다.

"밥이다. 식당 쪽으로 모여라!"

어느새 밤이 되었다. 큰 솥 아래에서 불이 빨갛게 타오르고 있었다. 인부와 농부 들은 그 주위에 둘러서서 밥그릇을 들고 국을 푸는 국자를 서로 집으려고 다투고 있었다. 그곳에 갑자기 순찰을 맡은 부장이 병사들을 이끌고 들어왔다.

"검문할 것이니 모두 줄지어 서라."

이와무라 부대의 대장이 말하자 가옥 안의 인부들이 모두 구석으로 물러섰다. 큰 민가의 봉당이라 어두컴컴했고 좁았다. 봉당 안은 서로 몸을 부대끼며 밀쳐야 할 정도로 사람들로 가득했다. 스네에몬은 아무 일도 없을 것이라고 확신했다. 무리에 섞여 있으면 수풀과 같은 색으로 위장한 벌레처럼 분간할 수 없을 것이라고 생각했던 것이다. 그런데 사태가 심상치 않았다. 아나야마 부대의 부장이라는 무사가 인부들의 머릿수를 조사하라고 큰 소리로 명령했다.

"목책을 통과한 자의 수가 한 명 더 늘었다. 누군가 이곳으로 들어온 것이 분명하다."

병사들이 입구를 막아섰다. 그리고 한 명씩 끌어내서 다시 조사를 시작했다. 스네에몬은 두려운 마음이 들었다. 설마 인부 한두 명 정도는 별 신경을 쓰지 않을 것이라고 마음 놓고 있었는데 다케다 군의 엄격함은 상상 이상이었다.

'큰일 났다.'

독 안에 든 쥐 신세였다. 그의 눈빛이 날카로워졌다. 그는 사람들이 눈치채지 않도록 등이 벽을 스치듯 옆걸음질 쳐서 뒷문 쪽으로 조금씩 이동했다. 그런데 갑자기 앞문에 서 있던 순찰 부장이 그를 가리키며 고함을 쳤다.

"앗, 저자다! 수상하다."

그 순간, 스네에몬은 몸을 날려 뒤쪽으로 도망치려고 했지만 그곳에도 병사가 있었다. 스네에몬은 눈먼 생쥐처럼 마루 위로 뛰어올라가 기둥과 벽을 향해 몸을 날렸다. 그리고 창으로 들어오는 별빛을 보고는 온몸으로 창살을 뚫고 밖으로 뛰쳐나갔다.

두세 번 총소리가 밤하늘에 울려 퍼졌다. 스네에몬은 초가지붕 아래에서 뛰쳐나와 가까이에 있는 뽕나무밭으로 뛰어들었다. 일견 현명한 선택인 듯했지만 그것이 오히려 화근이었다. 뽕나무잎에서 나는 소리는 그가 가는 곳과 숨은 곳을 알려주었다. 더군다나 가느다란 가지가 발목에 엉켜 몸을 마음대로 움직일 수도 없었다.

"더 이상 도망갈 데도 없으니 포기해라!"

뽕나무밭을 둘러싼 아나야마 부대의 부장이 소리를 쳤다. 적이지만 그의 말이 백 번 옳았다. 스네에몬은 얼굴을 들고 하늘을 향해 두 손을 들었다. 그리고 뽕나무잎 위로 몸을 반쯤 일으켰다.

"잠깐, 멈춰라!"

무차별적으로 총을 쏘아대는 적들을 향해 스네에몬이 다시 말했다.

"포기했다. 더 이상 저항하지 않을 테니 포박하라!"

스네에몬은 손을 뒤로한 채 움직이지 않고 가만히 있었다. 뽕나무잎을 헤치고 다가오는 발소리가 들렸다. 마침내 그는 밧줄에 묶여 밖으로 끌려 나왔다. 순찰 부장이 스네에몬의 모습을 머리에서 발끝까지 훑어보고는 물었다.

"나가시노 병사인가? 오카자키 병사인가?"

"나가시노다."

스네에몬이 서슴없이 대답했다.

무사의 혼

가쓰요리의 목소리는 의자에 앉아 있는 체구나 부하들을 제압하는 위엄에 걸맞게 굉장히 컸다. 그는 지금 격분해 있었다.

"평소와 달리 모두 겁을 집어먹었는가. 바바, 나이토, 오야마다, 야마가타 등 천하에 이름을 떨치던 자들도 결국 세월을 이기지 못하고 노쇠한 듯하군. 내가 보기에 오다의 삼만 대군은 허울뿐인 허세이며, 도쿠가와 칠팔천 따위는 결코 우리의 상대가 되지 못할 터인데 무엇을 그리 두려워하는지 이해할 수가 없다. 아도베, 오이노스케! 그대들은 어찌 생각하는지 기탄없이 말해보라."

"송구합니다만."

진막의 서쪽에 앉아 있던 오이노스케가 조금 앞으로 나오더니 말했다.

"뜻밖에도 숙장인 노신분들이 한결같이 퇴각을 권하는 모습에 선대인 신겐 공이 떠난 뒤 다케다 군도 쇠퇴한 듯하여 속으로 눈물을 흘리고 있었습니다."

"흐음."

가쓰요리는 만족한 듯 고개를 끄덕였다. 그리고 그의 말에 힘을 얻어 재차 장수들을 향해 주전론을 주장하려 했다.

"오이노 님! 다소 말씀이 지나치시오. 그것은 신라사부로新羅三郎 님 이래로 이십칠 대에 이르는 우리 다케다 가가 지금 흥망의 갈림길에 서 있다는 것을 깊이 숙고하시고 하는 소리이오?"

바바 미노노카미의 백발이 부르르 떨리고 있었다. 다른 노장들도 입은 굳게 다물고 있었지만 얼굴은 붉게 물들어 있었다. 그들은 일제히 오이노스케를 노려보듯 매서운 눈길로 바라보았다.

"지금은 평시가 아닌 진중입니다. 게다가 적을 앞뒤에 두고 피할 수 없는 결전을 목전에 두고 있습니다. 가문을 위해 자신이 믿고 있는 바를 말씀드리는 데 어찌 저어할 수 있겠소이까!"

오이노스케도 지지 않고 말했다. 그러자 그와 생각이 같은 가쓰요리가 노장들을 힐책하듯 타일렀다.

"아도베에게 발언을 허락한 것은 바로 나요. 어찌 그에게 자신의 의견을 말할 여유도 주지 않는 것이오?"

바바와 야마가타, 하라, 오야마다 등의 숙장들은 부끄러운 마음에 입을 다물고 말았다. 그 틈에 아도베 오이노스케가 다시 말했다.

"오카자키의 오가와의 계획도 어긋났고, 노부나가의 사자로 가장해서 나가시노 성에 항복을 권하는 편지도 실패로 끝났습니다. 그것들을 들어 노신분들은 이번 싸움을 탐탁지 않게 여기며 퇴각할 것을 주장하고 있습니다만, 일찍이 신겐 공이 살아 계실 때부터 적에게 등을 보인 예가 없었던 우리 다케다 군이 오다의 원군이 온다는 말을 듣고 도망친다면 그 오명과 치욕은 두 번 다시 씻을 수 없을 것입니다."

오이노스케는 노장들을 몰아세우며 말을 이었다.

"싸우지도 않고 물러서려는 생각은 버리시고 눈을 크게 뜨고 적의 실체를 보십시오. 어제 이후로 빈번하게 오다와 도쿠가와의 출전을 알리는 보고가 올라오고 있지만, 오다가 대체 무에 그리 대단한 자입니까? 또 삼만이라는 적군의 수는 사실일지 몰라도 그들은 그저 도쿠가와 가를 빼앗길 수 없다는 한낱 의리에 의한 것일진대 어찌 우리 용맹한 군사들을 이길 수 있겠습니까. 불리하다고 판단되면 그들은 후퇴하든지 방관하든지 둘 중 하나일 것입니다. 게다가 지금 도쿠가와 가의 선봉은 어쩔 수 없이 시다라가하라의 서쪽까지 나와 있는데 어찌 그들을 쳐부수지 않고 나가시노의 포위망을 풀고 허무하게 물러갈 수 있겠습니까. 나가시노 성은 이미 병량도 바닥나고 병사들은 생기도 잃어버렸습니다. 이러한 때, 도비가스 요새와 다른 두세 곳의 요새를 지키면 충분히 그들을 제압할 수 있습니다. 이후엔 전군을 들어 먼저 도쿠가와 군을 분쇄하고 뒤이어 오다 군을 맞아 격파하기에 절호의 기회일 것입니다. 하늘이 우리 다케다 가에 천재일우의 기회를 내렸음에도 기회를 잡지 않는 것은 무장의 그릇이라 할 수 없으며 단연코 무가라고 할 수 없을 것입니다."

오이노스케의 주장은 흡사 예리한 칼날과도 같았다. 신중론을 펴고 있는 숙장 중의 하나인 바바 미노노카미는 아무 말도 하지 않고 그저 부채를 무릎에 놓고 이따금 주위를 둘러보기만 했다.

"노부후사는 어떻게 생각하시오?"

가쓰요리는 부친의 가신들 중 가장 영향력이 큰 미노노카미 노부후사가 반대하는 건 아닐까 신경이 쓰였다. 이윽고 미노노카미가 대답했다.

"주군과 오이노 님의 말씀은 용맹하기 그지없으나 다소 필부의 만용을 닮은 듯합니다. 만일 말입니다, 반드시 싸워야만 한다면 하룻밤이나 반나절 동안 나가시노를 공략해서 함락시킨 후에 오다와 도쿠가와를 맞아 싸워야 할 것입니다."

가쓰요리는 안색을 바꿔 강하게 따져 물었다.

"성을 함락시킬 수 있단 말이오?"

미노노카미는 가쓰요리의 말에 개의치 않고 자신 있게 말했다.

"어찌 함락시키지 못하겠습니까. 성안의 병사는 오백, 철포의 수는 삼백에 지나지 않습니다. 그 삼백이 일제히 불을 뿜는다 해도 아군 병사 삼백밖에 죽이지 못할 것입니다. 또 그들이 두 번째 총을 쏠 때에는 역시 모조리 맞춘다 해도 희생은 육백일 것입니다. 즉 희생을 각오하면, 아군 천 명의 병사가 죽음을 각오하고 아군의 시체를 넘어 성에 달려들면 하룻밤, 아니면 반나절 사이에 성을 함락시키지 못하겠습니까. 하나 이것은 단지 무모한 작전이자 궁여지책입니다. 함부로 쓸 전법은 아닐 것입니다."

"그 역시 싸움을 피하는 것이 아니라 싸움을 하는 것이지 않소."

"그래서 어쩔 수 없는 경우라고 말씀드린 것입니다."

"같은 말이지 않소. 나는 오이노스케의 주장을 받아들이겠소. 불복하는 자는 후방을 맡도록 하시오."

가쓰요리는 결단을 내리고 이렇게 선언했다.

"미하타다테나시를 앞에 두고 맹세하니, 내일이야말로 오다와 도쿠가와, 양군을 맞아 자웅을 겨뤄 결판낼 것이다."

더 이상 퇴각을 고집하는 사람은 없었다.

"그럼 저희도 죽을 각오를 하고 싸우도록 하겠습니다."

신중론을 주장하던 사람들은 침통한 표정으로 자리에서 일어섰다. 그때 장막 밖에서 누군가 고했다.

"아나야마 바이세쓰 님의 휘하인 야쓰노오 도가노스케八尾梅之介입니다. 회의 중인 줄 아오나 바이세쓰 님이 계시는지요? 화급을 다투는 일이어서 이리 찾아뵙습니다."

"오, 야쓰노오인가?"

마침 회의가 끝난 참이라 바이세쓰는 그렇게 대답하며 밖으로 나갔다. 그러더니 얼마 뒤 황망히 안으로 돌아와서 말했다.

"방금 제 부하가 오쿠다이라 가의 무사인 도리이 스네에몬이라는 자를 사로잡아 왔습니다. 인부의 행색을 하고 진중에 잠입한 자인데 뭔가 중요한 밀명을 띠고 성안에서 탈출한 자인 듯합니다. 어떻게 하시겠는지요?"

바이세쓰의 말에 가쓰요리는 때가 때인 만큼 뜻밖의 수확을 얻은 듯 기뻐하며 자신이 직접 심문을 하겠다고 했다. 이미 숙장들은 먼저 일어서서 나갔지만 아직도 가쓰요리 주위에는 많은 장수가 남아 있었다.

얼마 뒤 그들 앞에 초라한 인부 행색을 한 스네에몬이 끌려왔다. 새로 밝힌 화톳불이 그의 옆얼굴을 빨갛게 비추고 있었다.

"오쿠다이라 가의 무사, 도리이 스네에몬이라고 하는가?"

"……예."

"언제 성을 탈출했는가?"

"날은 잘 기억하지 못하지만 삼사 일 전입니다."

"무슨 목적으로 탈출했느냐?"

"주인인 사다마사 님의 편지를 들고 오카자키 성까지 갔습니다."

스네에몬은 가쓰요리가 심문하는 보람을 느끼지 못할 정도로 묻는 말에 순순히 대답했다.

"그럼, 자네가 사다마사의 편지를 이에야스에게 전달한 것인가?"

"예, 오쿠다이라 사다요시 님을 통해서."

"칭찬을 받았는가?"

가쓰요리가 물었다. 어느 순간부터 그는 겉보기에도 선량하고 아무것도 숨기지 않는 스네에몬을 조롱하고 비웃으면서 심문하고 있었다. 스네에몬은 가쓰요리의 질문에 다소 의기양양하게 대답했다.

"예. 이에야스 님께서 직접 칭찬해주셨고 게다가 과자도 받았습니다."

가쓰요리는 돌연 옆에 있던 아나야마 바이세쓰와 아도베 오이노스케

등을 돌아보며 큰 소리로 말했다.

"저자는 보기 드물게 정직한 자구나. 하하하, 아니 참으로 사랑스러운 자구나. 과자를 받은 것을 기뻐하고 있구나."

가쓰요리는 다시 스네에몬을 내려다보며 말했다.

"이에야스는 참으로 무자비하지 않은가. 이런 삼엄한 포위망을 뚫고 오카자키까지 간 충성스런 자를 다시 성으로 돌려보내다니. 흡사 죽도록 내버려두는 것과 같지 않느냐."

"아닙니다."

스네에몬은 황망히 가쓰요리의 말을 부정했다.

"절대로 주군은 무자비하지 않으십니다. 제가 자처해서 성으로 돌아갈 것을 청한 것입니다."

"흐음, 그랬단 말이냐? 목숨을 걸고 돌아오면 얼마나 효과가 있을 것이라고 생각했느냐?"

"저 한 사람의 힘은 총이나 창 한 자루보다 못하지만 오다 님과 오카자키의 원군이 이미 이곳으로 오고 있다고 알리면 성안의 사기는 일거에 충천하여 마지막 순간까지 힘을 다해 싸울 것입니다. 그러니 제가 돌아가지 않으면 진실로 그 소임을 다했다고 할 수 없을 것입니다."

"옳은 말이다!"

가쓰요리는 신음 소리를 내뱉듯 말하고 눈을 감았다. 이윽고 그는 눈을 번쩍 뜨며 말했다.

"아아, 충직한 자이다. 감동했다. 저런 무사를 말단 배신陪臣으로 내버려두기엔 참으로 아깝구나. 스네에몬, 나를 섬기지 않겠는가? 이 가쓰요리의 휘하가 되어 한 부대의 무장이 되어 봉공하지 않겠는가? 어떠한가? 싫은가?"

스네에몬은 반신반의하는 표정으로 잠시 가쓰요리의 얼굴을 바라보다 갑자기 상기된 목소리로 말했다.

"지금 뭐라 말씀하셨습니까? 제 목숨을 살려줄 뿐 아니라 가신으로 거두어준다는 말씀……."

스네에몬은 자신도 모르게 몸을 앞으로 내밀었다. 손이 뒤로 결박되어 있어서 두 손을 땅에 짚고 머리를 숙이고 싶지만 마음대로 되지 않는지 답답해하는 것처럼 보였다.

"그리하겠는가? 받아들이겠는가?"

가쓰요리가 다시 한 번 물었다.

"저를 놀리시는 것이 아니라면 저에겐 더없는 영광입니다. 너무 기쁜 나머지 꿈이 아닌가 싶어 어떻게 대답해야 할지 모르겠습니다."

"자네와 같은 자도 역시 목숨은 아까운 듯한가 보군."

"어릴 적에 절에서 자라면서 아침저녁으로 죽음을 보았던 탓인지 제 머릿속에는 사람은 언젠가 죽는다는 사실이 각인되어 있었습니다. 그래서 오늘 밤, 밧줄에 묶인 순간부터 모든 것을 포기하고 있었는데 방금 고슈를 따르면 목숨도 살려주고 많은 녹도 주신다는 말씀을 듣자 갑자기 죽는 것이 두려워졌습니다. 그리고 집에 남아 있는 불쌍한 아내와 아이들도 다시 만나고 싶어졌습니다."

"정직한 사내. ……그것이 바로 스네에몬 자네일 걸세."

"예, ……예."

"방금 내가 말한 대로 진심으로 나를 따르면 처자식의 얼굴을 다시 볼 수 있을 뿐 아니라 평생 부귀영화를 누리도록 해주겠다."

"황송합니다. 반드시 성심을 다해 봉공하도록 하겠습니다."

"자네와 같이 순박한 자는 후일 반드시 큰 성공을 거둘 것이네. 하나 먼저 자네가 딴마음을 품고 있지 않다는 확증이 필요하네. 어떠한가. 그 마음을 보여줄 수 있겠는가?"

"무슨 말씀이신지?"

"뻔하지 않은가."

"어떻게 하면 되겠는지요?"

"내일 아침, 자네를 십자로 된 말뚝에 묶고 병사들이 성 아래 해자까지 짊어지고 갈 터이니 자네는 그 십자가 위에서 큰 소리로 이렇게 말하게. '사명을 띠고 오카자키까지 갔지만 이에야스는 다케다 군에게 패했고, 오다 군도 이세와 교토 쪽을 근심하여 아직 한 명의 원군도 보내오지 않으니 어차피 아군의 도움은 기대할 수 없게 되었다. 또한 나도 이렇게 사로잡혔으니 그대들도 그만 단념하고 속히 성에서 나와 항복하여 목숨을 보존하는 것이 현명할 것이네'라고. 어떤가? 쉬운 일 아닌가?"

"……."

스네에몬은 고개를 숙이고 있다가 이윽고 순순히 대답했다.

"알겠습니다. 저를 성 가까이로 데려가신다면 말씀하신 대로 성안을 향해 그리 말하도록 하겠습니다."

"그래. 지금 내가 가르쳐준 말을 잘 기억해놓도록 하게. 만일 다른 말을 한다면 그대로 십자가형을 처할 테니 명심하게. 자네 인생의 갈림길이니 명심하도록 하게."

"예, 예."

스네에몬은 끝까지 순순히 응했다. 가쓰요리는 스네에몬을 적을 속이기 위한 함정으로 이용하고 있었지만 내심 정직한 자라고 생각했다. 스네에몬은 다음 날 아침까지 아나야마 바이세쓰의 손에 맡겨져 있었다. 바이세쓰는 큰 책임감을 느낀 듯 부하와 함께 직접 그를 데리고 갔다.

한밤중에 계속해서 소나기가 내렸다. 가쓰요리는 기분이 좋은 듯 갑주를 찬 채 선잠을 잤다. 다키 강의 강물 소리만이 짧은 여름밤을 지키고 있었다.

날이 새자 스네에몬은 곧장 불려 나갔다. 아나야마 바이세쓰의 눈에는 졸음이 묻어 있었다. 중요한 포로를 맡으라는 주군의 명 때문에 잠을 잘 이루지 못한 듯했다. 바이세쓰가 스네에몬을 보자 이내 물었다.

"어젯밤에 잘 잤는가?"

"예, 잘 잤습니다."

"뭐, 잘 잤다고?"

"마음이 편한 탓인 듯합니다. 방금 전까지 숙면을 취했습니다."

바이세쓰는 의심이 들었지만 실제로 스네에몬의 눈은 맑기만 했다.

"아침밥을 주도록 하라."

낭도가 곧 스네에몬 앞에 매실장아찌 한 개와 파 한 뿌리에 된장을 곁들인 밥상을 가져왔다. 스네에몬은 죽을 두 그릇이나 비웠다.

"준비가 됐습니다."

다른 낭도가 와서 고했다. 그러자 바이세쓰는 위엄 있는 목소리로 어젯밤 가쓰요리가 일러준 말을 다시 반복해서 들려주었다.

"반드시 말씀하신 대로 말하도록 하겠습니다."

스네에몬은 공손히 말하며 순순히 따랐다.

"그럼 이제 십자가에 묶도록 하겠네."

낭도들은 미리 만들어놓은 십자가에 스네에몬의 손목과 발목을 붙들어 맨 뒤 병사들과 함께 십자가를 다키 강의 기슭까지 짊어지고 갔다. 스네에몬의 몸은 나가시노 성 쪽을 향해 하늘 높이 허공에 매달려 있었다. 가쓰요리를 비롯한 직속 부장들은 멀리 숨어서 지켜보고 있었다.

십자가 아래에는 바이세쓰와 다른 무장이 때를 가늠하며 지키고 서 있었다. 아직 아침 안개가 짙게 깔려 있었고 강 하나를 사이에 두고 떨어져 있는 성의 석축과 총안도 뿌옇게 보여 충분히 시야를 확보할 수 없었다.

구름 사이로 여름의 강한 아침 햇살이 비추기 시작했다. 스네에몬의 머리카락 한 가닥 한 가닥이 거꾸로 곤두선 것처럼 보였다. 이윽고 성의 총안이 선명하게 보이기 시작했다. 성의 병사가 이상한 풍경을 발견하고 즉시 성안에 알린 듯했다. 망루의 총구와 무사 대기소의 총안을 비롯한 망루와 성곽 곳곳에 병사들이 모여 술렁이고 있었다. 스네에몬의 귀에도 성안 병사들의 술렁이는 소리가 강을 넘어 들려왔다.

"스네에몬! 어서 말하라. 왜 잠자코 있는가!"

아나야마 바이세쓰의 부하인 가와하라 야타로河原弥太郎가 창대로 십자가를 두드렸다. 그러자 그 진동에 대답하듯 스네에몬이 입을 크게 벌리고 외쳤다.

"어이, 모두들 잘 있었는가? 나는 며칠 전 자네들과 작별을 고했던 도리이 스네에몬 카쓰아키이네. 오카자키의 답신을 지금부터 전할 테니 귀를 기울여 듣도록 하게."

스네에몬의 목소리가 똑똑히 들리는 듯했다. 그 순간, 다케다 쪽에서는 침을 꼴깍 삼켰다. 스네에몬은 입술을 축이고 다시 햇볕이 입속까지 비칠 만큼 입을 크게 벌리고 소리쳤다.

"먼저, 기후의 노부나가 님은 이미 출정을 해서 삼만의 대군이 오카자키 성에서 이곳으로 향해오고 있다! 또 죠노스케城之介(노부타다) 님도 출정하셨고, 이에야스 님, 노부야스 님도 각각 노다野田 부근까지 진군하여 이미 선봉대는 이치노미야一之宮와 모토노가하라本野ケ原에서 진을 치고 있네! 하니 성을 굳게 지키도록 하게. 늦어도 삼 일 안에 다케다 군은 최후를 맞이할 것이 불을 보듯 뻔하네. 조금만 더 힘내서 버티게!"

스네에몬의 말에 다케다 쪽 사람들이 길길이 날뛰며 외쳤다.

"네 이놈, 무얼 하는 게냐!"

당황한 무사들이 십자가 아래로 달려와서 스네에몬을 창으로 찔렀다. 그러자 선명한 핏빛 무지개가 피어오르더니 스네에몬의 절규 소리가 들렸다.

"성안에 있는 병사들이여, 그럼 잘 있게!"

스네에몬이 마지막으로 토해낸 절규는 성안에 있는 오백 명의 동료들 귀에 똑똑히 들렸다. 성의 병사들은 눈앞에서 펼쳐진 그의 숭고한 죽음과 희생을 목격하고 일순 자신들도 모르게 고함을 지르며 눈물을 흘렸다. 가쓰요리는 아연실색해서 얼굴빛이 변했고 아나야마 바이세쓰를 비롯한 다케다 군의 무장들도 당황한 나머지 어찌할 바를 몰라 했다.

"속, 속았다!"

서너 명이 십자가를 발로 차서 쓰러뜨렸다. 십자가 위에 묶여 있던 스네에몬이 기둥과 함께 땅으로 쓰러졌다. 그의 몸은 이미 몇 군데나 창에 찔려 떨어져 나가 있었다. 무사들은 닥치는 대로 스네에몬의 몸을 짓밟고 아무 소리도 내지 않는 얼굴을 걷어찼다. 그러다 문득 그들은 몸이 굳은 듯 발길질을 멈췄다. 그들 역시 무사였다. 스네에몬이 죽음을 각오한 이유를 너무나 잘 알고 있었다. 기개 있는 무사의 혼을 품고 더없이 만족한 얼굴로 죽어 있는 스네에몬의 모습을 보니 비록 적이지만 발길질을 하는 자신들이 부끄럽게 여겨졌던 것이다.

"멈춰라! 성의 병사들이 보는 앞에서 무슨 추태냐. 이제 와서 발길질을 해봤자 소용없는 일이다."

가쓰요리 옆에서 달려 나온 부장 오치아이 사헤이지落合左平治가 병사들을 향해 외쳤다.

"뭘 우물쭈물하고 있는 것이냐. 적들에게 비웃음을 살 것이다. 속히 시신을 들고 물러가라."

사헤이지는 그렇게 병사들을 힐책하고 목책 안으로 돌아갔다. 다케다 군은 한순간에는 이를 갈며 분하게 생각했지만 시간이 흐르자 모두 마음속으로 '적이지만 훌륭한 무사였다'고 스네에몬의 죽음을 애도했다.

훗날 여담이지만 당시 스네에몬의 장렬한 최후를 목격한 오치아이 사헤이지는 그때의 그림을 자신의 깃발에 그려 후대의 자손들에게 전했다고 한다. 사헤이지의 자손은 후일 기슈紀州 가를 섬기고 오천 석의 봉록을 받았으며, 도리이 스네에몬의 자손 또한 부슈武州의 제후가 거뒀다고 하니 스네에몬 후예의 핏줄은 도쿠가와 시대를 거쳐 오늘날까지 누군가의 몸안에 살아서 흐르고 있을 것이다.

적과 아군을 불문하고 스네에몬의 죽음이 얼마나 큰 감동을 주었는지는 나가시노 싸움 이후 노부나가가 스네에몬의 이야기를 듣고 '우리 가문에서도 보기 드문 천하무쌍한 무사의 혼을 지닌 자이다. 뼈라도 있으면 수습하여 그를 기리고 싶다'며 그의 유물을 수소문하여 쓰구데作手의 감천사甘泉寺에서 성대하게 장례를 치러준 것만 봐도 알 수 있었다. 또 스네에몬의 한 마디로 대패를 당하고 패주한 다케다 군 중에서도 누구 하나 도리이 스네에몬을 나쁘게 말하거나 욕하는 사람이 없었다는 사실만 봐도 분명히 알 수 있었다.

한편 모든 작전이 실패로 끝난 다케다 군은 이미 등 뒤로 다가와 있는 도쿠가와와 오다의 연합군으로 인해 한시도 안심할 수 없는 상태가 되고 말았다. 주장인 가쓰요리는 이 모든 게 아직 젊고 미숙한 자신의 탓이라는 반성은 전혀 하지 않았다. 노신들 중 일부는 그런 그를 근심했지만 그의 젊은 패기를 어떻게 할 수 없었다.

"시다라가하라야말로 노부나가와 이에야스가 뼈를 묻을 자리다."

자신만만한 가쓰요리는 그날 전군의 편제를 공성에서 야전으로 전환하고 생사를 건 건곤일척의 결전을 치르기 위해 움직이기 시작했다.

시다라가하라設樂ケ原 싸움

극락사極樂寺 산은 시다라가하라 일대를 앞에 두고 멀리로는 적이 있는 도비가스, 기요이다清井田, 아루미가하라 등을 조망할 수 있었다. 노부나가는 이곳을 본진으로 삼고 있었고 이에야스는 단죠彈正 산 한쪽에 본영을 두고 있었다. 구름으로 뒤덮여 있는 하늘에는 미동도 없었고 바람도 한 점 불지 않았다.

이날 극락사 산에 있는 오다의 본진에서는 군사 회의가 열렸다. 오다와 도쿠가와 양가의 숙장들이 모였고 물론 이에야스도 와 있었다.

"척후로 보낸 와타나베 한조渡辺半藏와 쓰게 마타쥬로柘植又十郎가 돌아왔습니다."

이에야스의 말에 노부나가는 마침 좋은 때에 돌아왔다며 즉시 그들에게 적의 동정을 듣고 싶다고 말했다. 이윽고 쓰게와 와타나베가 회의장으로 들어와 차례로 보고를 했다.

"먼저 적의 본진에 대해 말씀드리자면 대장인 다케다 가쓰요리는 아루미가하라의 서쪽에 진을 치고 용맹한 직속부대와 기마대 등을 배치했는데 그 수가 사천에 이르는 듯합니다."

한조의 뒤를 이어 마타쥬로가 기요이다 부근의 정세를 고했다.

“기요이다에서 조금 남쪽에 있는 야트막한 언덕에서는 오바타 노부사다, 노부히데 등의 예비대가 싸움터 일대를 주시하고 있습니다. 그곳에서 아사이淺井 경계까지 주력부대가 두껍게 전열을 이루고 있습니다. 중군에는 삼천 명 정도가 있는데, 다케다 노부카도, 하라 하야토, 나이토 슈리, 스가누마 교부 등의 부대이고, 왼쪽 날개에도 삼천이 넘는 병사가 있는데, 다케다 노부도요, 야마가타 마사카게, 오야마다 노부시게, 아도베 카쓰스케跡部勝資 등의 깃발이 보입니다. 그리고 오른쪽 날개에는 아나야마 바이세쓰, 바바 노부후사, 쓰치야 마사쓰구, 이치죠 노부타쓰 등이 있는데, 모두 말로 형언할 수 없을 만큼 삼엄하기 그지없습니다.”

“나가시노 성을 견제하기 위한 부대는 어떠한가?”

이에야스가 묻자 한조가 대답했다.

“그곳에는 여전히 오야마다 마사유키, 고사카, 무로가의 정예병 이천 정도가 남아 성을 엄중하게 견제하고 있고, 성의 서쪽 산에도 작은 요새와 도비가스 산 부근에 걸쳐 대략 일천 명의 감시 부대가 매복하고 있는 듯 보입니다.”

두 사람의 보고는 개략적이었다. 적의 대부대에는 이른바 명성이 자자한 맹장과 용장이 헤아릴 수 없을 만큼 많았고 특히 바바와 오바타는 천하의 전략가로 유명했다.

두 사람에게 적의 치밀한 포진과 불타는 전의, 그리고 전군의 주도면밀한 대비 상황을 들을수록 노부나가와 이에야스는 안색이 변했고 회의 자리는 싸우기 전부터 일종의 전율이 엄습한 듯 숨소리조차 들리지 않았다. 그때 사카이 타다쓰구가 입을 열었다.

“승패는 이미 명백하니 더 이상 회의는 무용합니다. 수에서 열세인 적군이 어찌 아군의 대군을 당해낼 수 있겠습니까.”

그러자 노부나가가 갑자기 옆에 있던 사람이 놀란 만큼 큰 소리로 말했다.

"회의는 그만 됐다!"

노부나가는 무릎을 치며 타다쓰구의 말에 호응했다.

"타다쓰구, 말 잘했네. 겁을 먹은 자의 눈에는 논 위를 날아가는 백로도 적의 깃발처럼 보여 무서워한다는 말이 있네. 하하하, 두 사람의 보고를 듣고 나도 크게 안심했네. 이에야스 님, 그렇지 않소이까."

노부나가가 칭찬을 하자 타다쓰구가 우쭐대며 덧붙여 말했다.

"제 생각에 가장 약한 적진은 후방의 도비가스라고 여겨집니다. 소수의 날랜 병사들로 하여금 멀리 우회하여 먼저 그들의 배후의 약점을 공격해서 격파하면 그 즉시 아군의 사기는 충천할 것이며……."

"타다쓰구, 대체 무슨 말을 하는 것인가. 지금과 같은 대전에 그런 작은 계책이 무슨 도움이 되겠는가. 자네는 어리석은 면이 좀 있군. 자, 그만하고 다른 사람들도 모두 물러가라."

노부나가는 그렇게 힐책하면서 회의의 산회를 선언했다. 사카이 타다쓰구는 면목이 없는 듯 사람들과 함께 물러갔다. 사람들이 모두 물러간 뒤, 노부나가가 이에야스를 보며 말했다.

"방금 제장들 앞에서 훌륭한 가신인 사카이 타다쓰구를 심하게 책망한 것을 용서하시오. 그의 체면을 무시하고 힐책한 것은 진심이 아니었소. 다만 그의 계책이 지극히 신묘한 탓에 적에게 새어나갈 것을 걱정해서 오히려 꾸짖은 것이니 나중에 도쿠가와 님께서 잘 말씀해주시길 바라오."

"아닙니다. 아군들만 있는 자리라고는 하나 그런 묘책을 공언하다니, 역시 타다쓰구가 부주의했습니다. 그에게도 좋은 약이 될 것이고 저도 좋은 것을 배웠습니다."

"내가 바로 일갈하며 부정했으니 아군들도 타다쓰구의 계책이 받아들여지리라고는 상상하지 못할 것이오. 도쿠가와 님은 즉시 타다쓰구를 불러 그의 말대로 도비가스에 기습을 가하는 것이 좋을 듯하오."

"알겠습니다. 타다쓰구도 그 말을 들으면 진심으로 기뻐할 것입니다."

이에야스는 은밀히 타다쓰구를 불러 노부나가의 뜻을 전했다.

"서두르도록 하라."

타다쓰구가 기뻐한 것은 말할 것도 없었다. 그는 극비리에 준비를 끝내고 은밀히 노부나가에게 인사를 하러 갔다.

"해가 지면 출발할 것입니다."

"그런가."

노부나가는 그렇게만 말하고 아무 말도 하지 않았다. 하지만 곧바로 가나모리 나가치카金森長近와 사토 마사히데佐藤政秀 두 장수를 불러 기후에서 데려온 소총수 오백 명을 두 편으로 나눠주며 명을 내렸다.

"타다쓰구를 돕도록 하라. 그리고 적의 요새를 빼앗으면 즉시 봉화를 피워 신호를 하라."

사카이 타다쓰구 이하 혼다 히로타카本多廣孝, 마쓰다이라 고레타다, 야스시게, 오쿠다이라 사다요시 등을 비롯한 사이고西鄉, 마기노, 스가누마 등의 부대는 해가 지자 진영을 출발했다. 군사는 총 삼천 명 정도였다.

5월 저녁, 모로가하라師ケ原에서 도요가와豊川에 이를 무렵 어둠을 가르며 빗방울이 후드득후드득 내리기 시작하더니 곧 억수 같은 장대비가 쏟아졌다. 삼천 군사는 흡사 물에 빠진 생쥐 몰골로 변했다. 마쓰야마 고개에 이르자 군사들은 산기슭의 사찰로 몸을 피한 뒤 말을 버리고 갑옷을 벗어 등에 짊어졌다. 군사들은 몸이 한결 가벼워져 있었다.

그곳은 지형이 대단히 험준했다. 거기에다 폭포의 급류와 같은 빗물과 어둠 때문에 군사들은 기어서 올라가다 미끄러지기를 반복했다. 뒤에 있는 병사가 앞에 있는 병사의 창대와 허리를 부여잡고 간신히 삼 정町이 넘는 고개를 넘어야 했다.

21일 새벽이 밝아오고 있었다. 구름이 걷히자 아침 해의 광채가 안개 낀 바다를 비추고 있었다.

"날이 갰다!"

"하늘이 보살펴주셨다."

"조짐이 좋다."

산 위에서 병사들은 갑옷을 다시 입고 전군을 세 부대로 나눴다. 한 부대는 나카야마의 적의 요새를 아침에 기습했고, 또 한 부대는 도비가스를 향해 출발했다.

"무슨 소리지?"

방심하고 있던 적들은 아침나절부터 함성 소리를 듣고 우왕좌왕했다. 이윽고 나카야마 요새에서 검은 연기가 피어올랐다. 기습을 가한 병사가 불을 지른 것이었다. 이곳에서 무너지기 시작한 적은 도비가스로 도망쳤다. 하지만 적들은 이미 방벽의 일부를 통해 요새 안으로 들어와 있었다. 난전 속에서 목이 찢어져라 고함을 치는 소리가 들렸다.

"다케다 노부자네를 죽였다. 수장인 다케다 노부자네의 목을 쳤다!"

그곳에도 불길이 일었다. 약속한 봉화는 아니었지만 극락사 산에 있는 아군의 본진에서도 두 곳에서 솟아오르는 불길을 똑똑히 볼 수 있었다.

전날 밤, 사카이 타다쓰구 부대가 은밀히 도비가스로 향한 뒤, 노부나가는 전군에 전진 명령을 내렸다. 하지만 그것은 개전開戰의 명이 아니라 비바람 속을 뚫고 전군을 차우스茶磨 산 부근까지 이동시키기 위한 명이었다. 물론 본영도 그곳으로 옮겼다. 그리고 전군은 새벽까지 긴 목책을 세웠다. 말뚝 하나를 박는 데에도 위치와 깊이에 법칙이 있었다. 목책도 포진의 일익을 맡고 있는 중요한 전투병이나 다름없기 때문이었다. 이단 목책, 미로, 산목算木 쌓기 등 다양한 방식으로 세웠다.

이른 새벽 무렵, 노부나가가 말을 타고 순시를 왔을 때에는 이미 비도 개도 목책 공사도 끝나 있었다.

"두고 보게. 오늘이야말로 고슈의 적들을 끌어들여 깃털이 빠진 종달새처럼 만들어줄 것이니."

노부나가는 도쿠가와 가의 제장들을 향해 씽긋 웃으며 큰소리를 쳤다.

'그렇게 되진 않을 것이다.'

제장들은 속으로 생각했다. 주군이 억지로 자신들에게 용기를 북돋아 주려고 하는 말이라고 여겼던 것이다. 하지만 지금 다시 생각해보면 기후의 모든 군사가 오카자키를 떠날 때부터 나무 말뚝 하나와 노끈을 짊어지고 전쟁터로 온 이유를 분명하게 알 수 있었다.

병사들에게 말뚝과 노끈을 가져가게 해서 대체 무엇을 하려는 것인지 궁금했는데, 지금 이 순간 그 비밀이 풀렸다. 그 삼만 개의 말뚝은 하룻밤 사이에 긴 목책으로 탈바꿈해서 다케다 군의 정예를 기다리고 있었다. 하지만 이것은 진격을 위한 수단이 아니었다. 노부나가의 말처럼 목책으로 적군을 끌어들여 섬멸하기 위한 절대적인 조건이었다. 사쿠마 노부모리 부대와 오쿠보 타다요의 소총 부대 일부는 적을 유인하기 위해 목책 밖으로 나가 기다렸다.

돌연 새벽하늘을 향해 와하는 함성이 일었다. 아직 적이 왔을 리가 없었다. 도비가스 방면에서 피어오르는 검은 연기가 보였던 것이다. 불길은 정면에서 보였지만 고슈 전군의 포진에서 보면 후방 쪽이었다. 그러다 보니 다케다 군이 놀란 것은 말할 필요도 없었다.

"적이 후방 쪽에서도 움직이고 있다."

"적이 후방을 공격했다!"

가쓰요리는 동요하는 군사들을 향해 단호한 목소리로 진격 명령을 내렸다.

"일 각도 유예하지 마라. 적을 기다리는 것은 적들에게 유리한 포진을 갖출 여유를 주는 것밖에 되지 않는다."

가쓰요리의 자신감과 그의 명령을 받아 움직이는 다케다 전군의 신념은 오직 신겐 이래로 불패를 자랑하는 자신들의 용맹함에서부터 오는 것이었다.

하지만 이미 이때를 기점으로 시대와 문화는 극명하게 변화하고 진보하고 있었다. 서양의 힘, 남만南蠻의 배를 통한 문화의 동진東進은 화약과 철포 등과 같은 무기에도 대변혁을 일으키고 있었다. 명장 신겐조차 문화적인 면에서는 선견지명이 다소 부족했다. 고甲 산과 협수에 둘러싸인 지세는 자연스레 중앙에서 멀어지고 해외의 영향에도 둔감하게 만들었다. 게다가 장병들도 산 나라 특유의 완고함과 자부심이 강해 다른 나라에서 배워 자신의 단점을 메우려는 기풍이 부족했다.

즉, 야마가타 사부로베 이하 아마리, 아도베, 오가사와라 등의 부대는 예전처럼 정예의 기마병을 이끌고 목책 밖에서 기다리는 사쿠마 노부모리와 오쿠보 타다요의 부대를 향해 맹렬히 공격해 들어갔던 것이다. 그에 비해 노부나가는 근대적인 지식과 병기를 가지고 과학적인 전법을 충분히 준비해놓고 있었다.

비가 갠 뒤라 들판은 질퍽질퍽했다. 다케다 군의 왼쪽 날개인 야마가타 사부로베의 이천 군사는 적의 목책을 조심하라는 대장 야마가타의 지휘를 듣고 급히 우회해서 렌지連子 다리의 남쪽인 목책이 끊어져 있는 사이로 돌진해 들어가려고 했다. 하지만 그곳은 수많은 작은 늪이 생겨 질퍽거리는 진창이었다. 어젯밤부터 내린 소나기로 작은 하천들이 넘친 게 분명했다.

그것은 사전에 지리를 충분히 조사한 야마가타 사부로베의 계산에는 없는 천재지변이었다. 병사들의 무릎이 진창에 빠졌고 말도 움직이지 못했다. 게다가 그 모습을 본 목채 밖 오쿠보 부대가 측면에서 철포를 쏘아 댔다.

"공격!"

야마가타가 명령하자 진흙투성이가 된 이천 명의 군사가 방향을 틀어 오쿠보 소총 부대를 향해 돌진해 들어갔다. 그들이 움직일 때마다 진흙이 사방으로 튀었다. 하지만 거기까지였다. 그들은 이내 철포를 맞고 여기저기에 쓰러지기 시작하더니 피를 흘리며 절규하고 말에 밟혀 비명을 질렀다. 그리고 마침내 양군이 서로 충돌했다.

근래 십여 년 사이에 무사들은 예전처럼 서로 누구의 후예이고 제자이고 아들이라며 이름을 밝힌 뒤 칼을 겨누는 싸움을 하지 않았다. 그래서 일단 백병전이 시작되면 그 처절함은 이루 말할 수 없을 정도였다.

무기는 철포를 가장 많이 사용했고 그다음으로 창을 사용했다. 창은 찌르는 데 사용하기보다 진법에 있어 높이 치켜들거나 옆으로 휘두르고 후려치도록 훈련을 받았다. 그러다 보니 긴 것이 유리해 두 칸에서 세 칸 정도 되는 장창을 사용하기도 했다. 잡병은 그저 후려치는 것을 능사로 삼고 있다 보니 변화나 임기응변에 능숙하게 대처하는 능력이 떨어졌다. 실력이 뛰어난 무사가 갑자기 그들 속에 뛰어들어 종횡무진 휘저으면 십여 명이 한순간에 쓰러지는 경우도 다반사였다. 특히 고슈 쪽에는 실력 있는 무사가 굉장히 많았다. 그들에게 공격을 받으면 아무리 도쿠가와나 오다 군이라고 해도 살아남지 못했다.

그로 인해 오쿠보 부대는 눈 깜짝할 사이에 무참히 궤멸당하고 말았다. 하지만 오쿠보 부대나 사쿠마 부대가 목책 밖에 나가 있는 목적은 적을 유인하기 위해서였지 이기기 위해서가 아니었다. 그들은 도망치면 그만이었지만 막상 눈앞에서 적병을 보자 오랜 적개심이 불타올랐다. 적에게 겁쟁이라는 소리를 듣고 싶지 않았다. 오직 나라와 무문의 명예를 위해 맞서 싸웠다.

그러는 동안 드디어 때가 왔다고 판단했는지 다케다 군의 중심인 일만 오천의 군사가 구름이 몰려오듯 전진을 개시했다. 그들은 이윽고 오다 군의 목책으로 가까이 진군해왔다. 그런 다음 하라, 나이토, 다케다 노부카도의 부대가 가장 먼저 새 떼가 날아오르듯 일제히 함성을 지르며 공격해 들어왔다. 그들의 눈에 목책의 전선 따위는 대수롭지 않게 보였음이 분명했다. 목책을 단숨에 걷어차고 돌파한 다케다 군은 송곳으로 찌르듯 바로 도쿠가와와 오다의 중군을 꿰뚫어버릴 심사인 듯했다.

다케다 군은 와하고 함성을 지르며 일거에 목책을 향해 달려들었다. 목책을 기어올라 넘기도 하고, 큰 망치와 철봉으로 쳐서 쓰러뜨리기도 하고, 톱질을 하고 기름을 붓고 불을 질러 태워버리기도 하는 등 그들은 필사적이었다. 노부나가는 그때까지 목책 밖의 사쿠마와 오쿠보 두 부대에게 전투를 맡기고 차우스 산 곳곳에 진을 친 채 숨을 죽이고 있었다.

"지금이다!"

본진 부근에서 금빛 채采가 바람을 가르자 곳곳의 철포 부대 부장들이 일제히 명령을 내렸다.

"쏴라!"

그 순간, 총소리가 대지를 뒤흔들며 진동하자 산이 무너지고 구름이 뿔뿔이 흩어졌다. 화약 연기가 끝없이 이어진 목책을 감쌌고 그 아래로 흡사 모기가 떨어지듯 다케다 군의 병마가 산을 이루며 쓰러졌다.

"물러나지 마라. 나를 따르라!"

그렇게 독려하던 장수는 물론이고 동료의 시체를 뛰어넘어 무작정 목책을 향해 달려들던 병사들도 소나기처럼 쏟아지는 총알을 피할 수 없었다. 병사들은 분한 듯 고함과 절규를 지르며 쓰러졌다.

"퇴, 퇴각하라!"

더 이상 견딜 수가 없었는지 네댓 명의 기마 장수가 비장한 목소리로 말 머리를 돌렸지만 그중 한 명은 이미 피를 흘리며 쓰러졌고, 다른 한 명은 타고 있던 말이 총을 맞고 발버둥 치는 바람에 말에서 내동댕이쳐지고 말았다.

하지만 고슈 군은 패하면 패할수록 강해지는 기질을 지니고 있었다. 첫 공격에서 군사의 삼분의 일을 잃었지만 다케다 군은 삼만 개의 말뚝에 흘린 선혈이 마르기도 전에 또다시 목책으로 진격해왔다. 그러자 기다리고 있었다는 듯 목책 안에 있던 총구가 일제히 불을 뿜었다. 다케다 군의 장수와 병사 들은 전우들의 피로 물든 목책을 노려보며 서로 격려하고 고함을 지르며 한 발도 물러서지 않겠다는 결의를 보였다.

"죽음을 두려워 마라."

"뒤쪽 아군을 위해 시니다테死循가 되자!"

시니다테란 자신을 희생해서 뒤에 오는 아군에게 방패가 되고 뒤에 있는 아군은 또다시 자신의 뒤에 있는 아군을 위해 방패가 되어 오로지 전진하는 비장한 공격 방법이었다. 아무리 용감무쌍하다고 해도 다케다 군의 이런 공격 방법은 어딘지 만용에 가까운 면도 있는 듯했다. 하지만 다케다 군의 중앙에는 오바타, 나이토, 하라와 같은 병법에 밝고 실전에도 정통한 지휘자가 있었다. 아무리 주장인 가쓰요리가 뒤에서 돌진하라는 엄명을 내린다고 해도 그것이 불가능하다는 것을 알면 막대한 희생을 치르면서까지 무리하게 밀어붙일 리가 없었다. 그들에게는 반드시 돌파할 수 있다는 신념이 있었던 것이다.

그 당시 사용한 총기는 한 발을 쏘고 다음 총알을 쏘기까지 정비하는 데 꽤 많은 품과 시간이 걸렸다. 그러다 보니 한순간 총알 세례가 지나가면 그 뒤에는 총소리가 뚝 멎었다. 다케다 군의 부장들은 그 순간을 노리고 '시니다테'를 아끼지 않았던 것이다.

하지만 노부나가는 사전에 그러한 단점을 잘 알고 있었다. 그래서 신무기 조작과 함께 새로운 용병술을 고안해냈다. 삼천 정의 철포를 보유한 철포대를 세 편으로 나눠 첫 번째 천 명의 철포대가 총을 쏘고 재빨리 좌우로 길을 트면 두 번째 철포대가 앞으로 나와 철포를 쏘았다. 그리고 그들이 다시 양옆으로 벌리면 세 번째 철포대가 앞으로 나와 총을 쏘는 식으로 적들에게 전혀 틈을 주지 않았던 것이다.

또 목책 곳곳에 출구가 있어서 노부나가와 도쿠가와의 창 부대는 기회를 엿보다 목책 안에서 밖으로 달려 나와 다케다 군의 양쪽 날개를 향해 돌격해 들어갔다. 고슈 무사들은 전진하려면 방책과 철포에 저지당하고, 물러서려고 하면 협공을 당해 용맹무쌍함을 발휘할 틈이 없었다.

야마가타 부대를 비롯한 오야마다, 하라, 나이토 부대는 모두 큰 희생을 치르고 퇴각했지만 바바 노부후사만은 물러서지 않았다. 노부후사는 사쿠마 노부모리의 부대와 격돌했다. 애초부터 유인작전을 썼던 노부모리의 부대는 일부러 패한 척하며 도망을 쳤지만 바바의 부대는 그들을 쫓아 마루丸 산의 진지를 점령했다.

"더 이상 깊이 들어가지 마라."

바바는 그렇게 명을 내리고 더 이상 적진 깊숙이 들어가지 않았다. 노부나가 쪽에서 보면 예상 밖의 전개였다. 또 가쓰요리의 본진이나 다른 아군의 부대에서도 계속 전진하라고 재촉했다.

"내게 생각이 있어 이곳에 진을 치고 한동안 전황을 살피려 하니 다른 제장들은 염려 말고 전진해서 공을 세우도록 하시오."

노부후사는 그렇게 말하며 군사를 움직이지 않았다.

다케다 군의 장수들은 목책에 접근하면 한결같이 참패를 당했다. 오다 군의 시바타 가쓰이에와 하시바 히데요시 두 부대는 멀리 북쪽에 있는 촌락을 우회해서 다케다 군의 본영과 전선의 중간을 차단하기 위해 공격을 가했다. 이 전투에서 다케다 군의 사나다 노부쓰나와 마사데루 형제가 고전하다 전사했고 쓰치야 부대도 전멸에 가까운 궤멸을 당하고 부장인 쓰치야 마사쓰구는 분전하다 죽음을 맞았다.

오후가 가까워지자 장마가 끝난 듯 중천에 떠 있는 태양이 무더운 열기와 햇살을 지상으로 토해냈다. 새벽 다섯 시 무렵부터 싸움이 시작되었던 탓에 다케다 군의 병마는 땀을 비 오듯 흘리고 호흡도 거칠어져 지친 기색이 역력했다. 아침에 흘렸던 피는 갑주와 머리, 피부에 들러붙어 바싹 메말라 있었다. 게다가 아군은 계속 피를 흘리며 죽어가고 있었다.

"아도베 오이노스케도 나가라. 아미리, 오가사와라, 스가누마, 다카사카 부대들도 일제히 전진하라."

중군의 가쓰요리는 야차처럼 포효했다. 그리고 만일의 사태를 위해 대비하고 있던 예비대까지 남김없이 전방으로 보냈다. 그때 가쓰요리가 자신의 과오를 빨리 깨달았다면 부분적인 손실로 끝났을지도 모른다. 하지만 가쓰요리는 자기 자신을 돌이킬 수 없는 사지로 시시각각 몰아가고 있었다.

이른바 그것은 단순한 사기나 용기의 문제가 아니었다. 노부나가와 이에야스 쪽에서는 사냥터에 함정을 파놓고 사냥감이 걸려들기를 기다리는 셈이었다. 그 함정을 향해 맹렬히 돌격해 들어가는 다케다 군은 결국 아까운 장수와 병사 들만 희생시키고 말았다.

아침부터 왼쪽 날개에서 선전했던 신겐 이래의 고굉지신股肱之臣인 야마가타 마사카게가 전사했다는 소식이 전해졌다. 그 외에도 이름 있는 무사와 누대의 용장 들이 차례로 목숨을 잃었고 전군의 사상자 수는 절반을 넘었다.

"적의 패색이 역력해졌습니다. 숨통을 끊어줄 때가 된 듯합니다."

노부나가의 옆에서 시종 전황을 보고 있던 사사 나리마사가 말했다.

"흠, 좋다!"

노부나가는 즉시 나리마사를 통해 목책 안의 전군에게 총공격의 명을 내렸다.

"목책을 나가 다케다 군을 섬멸하라!"

마루 산에서 움직이지 않고 있던 바바 노부후사는 멀리서 그 광경을 보고는 되뇌었다.

"지금이 바로 내 목숨을 바칠 때다."

다카마쓰高松 산의 한 언덕은 도쿠가와 군의 깃발로 뒤덮여 있었다. 오쿠보 시치로에몬大久保七郎右衛門, 도묘 지자에몬同苗治左衛門 형제도 진을 치고 있었다.

"형님."

"왜 그러느냐?"

"오늘 싸움은 우리가 주체이고 오다 군이 원군입니까?"

"당연한 걸 어찌 물어보느냐?"

"그런데 오늘 아침부터의 상황을 보면 오다 군이 주가 돼서 적을 괴롭히고 우리는 옆에서 구경만 하고 있으니 도쿠가와 가의 수치로 여겨집니다. 싸움이 끝난 뒤 오랫동안 오다 가의 휘하로 여겨질 가능성도 있습니다."

"아침부터 오직 철포만으로 싸우고 있다. 철포의 수를 보면 오다 가가 사천육칠백 정인 데 비해 우리는 사오백 정밖에 없다. 오다 쪽의 눈부신 활약에 비해 우리가 활약할 여지가 없는 것도 어쩔 수 없지 않느냐."

"하지만 머지않아 목책 밖으로 나가 싸우라는 명이 떨어질 것입니다. 그때에는 결코 뒤지지 않아야 할 것입니다."

"두말하면 잔소리. 그때가 오면."

형제는 부대를 이끌고 목책의 출입구 쪽으로 가서 숨을 죽인 채 산 위에서 명령이 떨어지기만을 기다렸다. 이윽고 적군의 머리 위로 패색이 짙게 드리워진 것을 본 노부나가가 급히 목책을 나가 공격하라는 명령을 내렸고, 이에야스 역시 전군에게 진격하라는 명을 내렸다.

두 사람은 드디어 때가 왔다는 듯 앞다퉈 목책 입구를 나와 선두에 서서 달려갔다. 그 모습을 본 부하들은 두 주군에게 뒤질세라 둑이 무너진 듯 성난 파도처럼 들판을 향해 달려 나갔다. 이시가와 가즈마사, 사카키바라 야스마사, 히라이와 치카요시平巖親吉, 혼다 타다카쓰 등의 부대도 함성을 올리며 다케다 군의 왼쪽 날개를 공격해 들어갔다.

애초부터 오다의 군세는 다케다 군보다 몇 배나 많았다. 하시바 히데요시와 시바타 가쓰이에는 먼저 멀리 서쪽에서 우회해 들어가 있었고, 지금까지 목책 안에서 지키기만 하다 일거에 시다라가하라 전면에 걸쳐 물밀듯 공세로 전환한 각 부대의 머리 위에는 사사 구라노스케, 마에다 마타에몬, 후쿠도미 구로자에몬福富九郎左衛門, 노노무라 산쥬로野野村三十郎, 니와 고로자에몬 등의 깃발이 아우성치듯 펄럭이고 있었다.

"우지사토, 우지사토!"

차우스 산의 다소 높은 곳에 서서 전황을 지켜보던 노부나가가 뒤에 있는 직속부대의 부장들을 돌아보며 가모 우지사토蒲生氏鄕를 불러댔다.

"부르셨습니까?"

우지사토가 바로 노부나가의 의자 옆에 무릎을 꿇으며 대답했다.

"저걸 보아라."

노부나가가 오른편의 난전을 가리키며 말했다.

"적과 아군 사이에서 적이 공격하면 물러서고 적이 물러서면 공격하는 것이 흡사 파도 사이를 날아다니는 옥토玉兎를 닮은 듯하다. 우지사토,

저 젊은 두 명의 부장이 보이는가? 자네의 눈에도 보이는가?"

우지사토는 노부나가가 가리키는 방향을 보며 말했다.

"예. 한 명은 금빛 호랑나비, 또 한 명은 옅은 황색 천에 고쿠모찌石餅[19]를 하얗게 칠한 깃발을 꽂은 무사 말씀이십니까?"

"그렇다. 아까부터 보고 있었는데 적인가 하면 아군인 듯하고 아군인가 하면 적인 듯, 진영에서 벗어나 분전하는데 대체 누구인지 자세히 알아보고 오너라."

우지사토는 즉시 말을 타고 달려 나갔다. 그러고는 얼마 뒤 돌아와서 고했다.

"역시 아군임에 틀림없습니다. 도쿠가와 님의 직신인 오쿠보 시치로에몬 타다요忠世 님과 동생인 지자에몬 타다스케忠佐 님이었습니다."

"뭐라? 두 명 모두 미카와 무사란 말인가? 사카이도 그렇고 오쿠보 형제도 그렇고 도쿠가와 님은 휘하에 참으로 좋은 가신을 두고 있구나. 저 두 명의 오쿠보를 보아라. 적에게 완전히 달라붙어 번개가 치더라도 떨어질 것 같지 않구나. 적에게는 참으로 성가신 적일 것이다."

노부나가는 좌우를 돌아보며 웃음을 지었다.

어느덧 대세는 기울어졌다. 다케다 군은 자신들을 뒤덮은 패색을 더 이상 어찌하지 못했다. 가쓰요리의 본진조차 몇 겹의 포위망에 빠져 있었다. 가쓰요리를 둘러싸고 있는 다케다 군의 깃발과 칼과 창은 왼쪽에서 다가오는 도쿠가와 군과 날카로운 송곳처럼 전위를 돌파하고 중군을 향해 맹렬한 기세로 돌진해 들어오는 오다 군의 한가운데에서 흡사 회오리바람에 휩쓸린 한 척의 거대한 배처럼 위태로워 보였다.

---

19) 떡餅을 닮은 검은 원형 안에 모양이 없는 문장紋章으로 지쿠젠筑前의 후쿠오카 번주인 구로다黑田 가문의 문장이다. 원이 하얀색이면 시로모찌白餅, 검은색이면 고쿠모찌黑餅라고 했는데, 나중에 '흑黑'과 '석石'의 발음이 같아 모두 고쿠모찌石餅로 부르게 됐다. 고쿠모찌石持라고도 한다.

그때 마루 산을 내려온 바바 노부후사의 부대만은 아무런 타격도 입지 않고 있었다. 노부후사는 휘하의 무사 한 명을 가쓰요리에게 보내 고했다.

"이젠 틀렸습니다."

노부후사는 가쓰요리에게 퇴각을 권했다.

"분하고 억울하다."

가쓰요리는 발을 동동 굴렀다. 그의 기질로는 응당 그러고도 남았다. 하지만 눈앞에 펼쳐진 현실을 부정할 수 없었다. 나이토 슈리를 비롯해 중앙 부대의 장수들도 모두 피투성이가 돼서 돌아왔다.

"지금은 일단 후퇴하시는 게 옳은 듯합니다."

"분하지만 후일을 기약하는 것이 좋을 듯합니다."

그들은 본진의 장병들을 독려해서 가쓰요리를 포위망에서 구출했다. 적의 입장에서 보면 고슈의 중군이 분명 패주하기 시작한 것이라고 할 수 있었다. 나이토 슈리는 대장 가쓰요리를 사루하시猿橋 부근까지 호위한 뒤 후위를 맡기 위해 이내 돌아가서 쫓아오는 적과 맞서 싸웠다. 그가 장렬히 전사한 장소는 스자와出澤 언덕이었다. 바바 노부후사도 도망치는 가쓰요리와 불쌍한 아군의 패잔병을 미야와키宮脇 부근까지 호위했다.

"아아, 돌이켜보면 참으로 짧고도 긴 생애였다. 어느 것이 진짜인지 모르나 그저 지금 이 순간만큼은 분명 영원할 것이다. 죽음의 순간, 영원한 생명이란 그 한순간에 달려 있구나."

이윽고 노장은 말 머리를 서쪽으로 돌리면서 만감이 교차한 듯 그렇게 되뇌었다. 그리고 적진 속으로 달려 들어가기 전까지 고향의 하늘을 바라보며 한 방울의 눈물을 흘렸다.

"돌아가신 신겐 공을 저세상에서 뵈면 어찌 사죄해야 할 것인가. 보필을 잘못한 우리 숙장들이 불민했다……. 아, 고슈의 산하여!"

그리고 그는 급히 말을 재촉하며 소리쳤다.

"죽기를 각오하고 신겐 공 이래 무문의 이름을 더럽히지 마라."

순식간에 열 배가 넘는 적의 대군 속으로 달려 들어간 그의 모습은 이내 사라지고 말았다. 바바 노부후사의 뒤를 따른 일족의 낭도들도 모두 그처럼 장렬한 죽음을 맞이했다.

이 싸움에 대해 처음부터 노부후사만큼 꿰뚫어본 사람은 없었다. 아마도 그는 이후의 다케다 가의 쇠망까지 운명을 깨닫고 있었음이 분명했지만 그의 선견과 충성도 주가를 위기에서 구할 수는 없었다. 시대의 힘, 거대한 대세의 추이는 거스를 수 없었던 것이다.

간신히 봉래사鳳來寺 산 방면으로 도망쳐 가쓰요리의 중군과 합류한 고슈 군의 수를 헤아려보면, 일만 오천에서 이만 가까이 있었던 군세는 불과 삼천도 남지 않았다. 가쓰요리는 수십의 측근 기마 무사와 함께 고마쓰가하라小松ケ原를 건너 간신히 부세쓰武節 성으로 도망쳤는데, 그사이 시종 벙어리처럼 아무 말도 하지 않았다.

시다라가하라 일대에 붉디붉은 석양이 내리고 있었다. 그날의 대전은 새벽 다섯 시 무렵에 시작되어 해질녘에 가까운 네 시 직전에 끝이 났다. 광막한 들판은 갑자기 적막에 잠겨 말 울음소리나 병사들의 소리조차 들리지 않았다. 아직 치우지 못한, 밤이슬에 젖어 쓰러져 있는 다케다 군의 시체만 해도 일만여 명에 이르렀다.

전후담戰後談

싸움이 끝난 광야에서 시체 처리나 전리품 정리 등을 지시하며 순시하고 있던 마에다 마타에몬은 누군가 부르는 소리에 말을 멈추고 뒤를 돌아보았다. 금빛 표주박 문양의 우마지루시가 눈에 들어왔다. 바로 지쿠젠노카미 히데요시의 진중이었다.

"마타 아닌가?"

"오, 지쿠젠이군."

"알리지도 않고 지나가는 법이 어디 있나. 잠시 들르게."

히데요시가 직접 목책 밖으로 나와 그를 맞아들였지만 애초부터 임시막사도 없는 곳이었다. 어제부로 대전은 일단락됐지만 아직 최고 군사 회의에서도 향후의 움직임에 대해 결론을 내리지 못하고 있었다.

이번 기회를 놓치지 말고 고후까지 공격해 들어가야 한다는 이에야스의 주장에 대해 노부나가는 이렇게 말했다.

"아니오. 싸워서 차지한 땅의 뒤처리가 더 중요할 것이오."

두 사람의 주장 모두 일리가 있다 보니 아직 결정을 내리지 못했던 것이다. 마타에몬은 쌀섬과 장작 등이 어수선하게 쌓여 있는 곳에 앉으면서 웃으며 말했다.

"싸움이 있는 날은 참 피곤하다니까."

히데요시는 이내 의자를 가져오게 해서 마타에몬에게 권했다. 하지만 마타에몬이 사양하자 자신도 적당한 돌 위에 앉으며 속으로 생각했다.

'그렇군. 이렇게 앉는 게 이야기하는 데 더 좋겠군.'

두 사람은 일찍이 서로를 '이누치요'와 '원숭이'라고 부르던 친구 사이였다. 입신은 어느 틈엔가 두 사람의 우정을 소원하게 만들어 근래에는 이렇듯 편히 이야기할 날이 좀처럼 없었다.

"지쿠젠, 술을 조금 주지 않겠나? 진중에 있는가?"

"술을? 있기는 하네만."

"무수한 시체를 묻고 왔더니 술을 조금 마시고 싶군."

"마에다 님에게 차 대신 술을 드리도록 하라."

히데요시는 뒤에 있는 시종에게 명했다. 그리고 마타에몬을 향해 웃으며 말했다.

"자네답지 않게 약한 모습을……."

마타에몬은 시종이 따라주는 차가운 술을 한 모금 마시며 말했다.

"뱃머리에서도 배에 취하는 경우가 있다 하지 않나. 이번 싸움만큼은 피에 취하고 말았네."

"어제는 어찌 싸웠는가?"

"그저 무아지경이었네. 자네는 어떠했는가?"

"승패가 역력해지고 나서는 조금 높은 곳에 올라 그저 말없이 바라보고 있었네."

"바라보고 있었다? 흐음……."

"나는 적이 불쌍하게 여겨졌네. 만일 가쓰요리가 다키 강을 방어망으로 삼고 굳게 지키기만 했다면 나가시노의 성도 함락될 수밖에 없었을 것이네. 또 우리 쪽 대군도 오래 진을 칠 수가 없었네. 길어야 열흘이나 반달이었을 걸세. 그때 우리가 퇴각하게 되면 적의 추격을 받았을 걸세. 생각해보면 참으로 위험한 싸움이었네."

"전쟁의 양상도 달라진 듯하네. 철포라는 새로운 무기가 전쟁을 급격히 변화시킨 것이네. 오케하자마 싸움과 이번 대전을 비교하면 격세지감이 드네."

"으음. 앞으로는 싸움이 없는 날이 진정한 싸움일 걸세."

"가쓰요리의 잘못은 인접국의 군비를 완전히 잘못 판단한 점에 있네. 설마 오다 가에 오천 정의 총이 있을 거라고는 전혀 상상도 하지 못했음이 분명하네. 오다 가가 새로운 무기와 장비에 있어서는 천하제일이라는 것을 간과했던 것이네."

"마타, 그것 역시 자네가 잘못 생각하고 있는 것이네."

"어째서?"

"철포와 대포, 화약 등을 보유하고 있는 곳은 절대 우리 오다 가만이 아니네. 오다 가는 아직도 뒤처져 있네."

"그럴까?"

마테에몬은 싱긋 웃었다. 그는 히데요시가 때때로 궤변으로 다른 사람을 골탕 먹이는 버릇을 가졌다는 것을 알고 있었다. 하지만 히데요시의 진지한 모습을 보며 그가 진실로 걱정하는 것이 무엇인지 이내 깨달았다.

"이제부터 중요한 것은 먼저 새로운 군비를 충실하게 갖추고, 그다음은 전법을 개혁하는 것이네. 또한 시시각각 변하는 시대에 뒤처지지 않는 마음가짐도 중요하네. 다케다 가문 하나를 섬멸했다고 해서 우쭐대서는 안 되네."

"나를 가르치고 있는 듯하군. 그런 말은 회의 자리에서 하는 것이 어떠한가?"

"아니네. 나는 요즘 말을 삼가고 있네. 사람들 앞에서 말을 너무 많이 하는 것은 좋지 않다고 생각하게 되었네."

"왜 그러는가? 자네에게서 웅변을 빼면 자네답지 않을 텐데."

"회의 자리에서는 사람들 모두 하고 싶은 말이 많을 걸세. 그런데 한 명이 너무 많은 말을 하면 그만큼 다른 사람이 말할 기회는 줄어들고 그들의 진정을 억압하는 것이 될 것이네. 그래서 앞으론 꼭 말을 해야 할 때만 하려고 생각하고 있네. 그것도 가능한 말을 간략하게 요령 있게 말이네. 요즘은 평소에 말하는 법을 연습하고 있네."

"자네의 천성인 줄 알지만, 언제 봐도 무언가 자신을 반성하고 노력하는 모습에 감탄하게 되네. 나도 배워야겠네. 그건 그렇고 방금 하던 말을 계속해보게."

"철포 말인가?"

"오다 가가 첫째가 아니라면 그런 신무기를 다량으로 보유한 나라는 서쪽의 다이묘 중에 있을 것인데, 모리毛利 가인가 아니면 시마즈島津 가인가?"

"아니네."

"흐음, 그럼 북쪽이라면 우에스기 겐신上杉謙信인가?"

"아니네. 절이네."

"절?"

"나는 오사카 이시야마 본원사를 중심으로 하는 지역이라고 보고 있네. 절은 당해낼 수가 없네. 재력이 있고 또 사카이에 인접해서 지리적 이점도 있네."

"그렇군……."

"오늘 아침 회의에서 도쿠가와 님은 이번 기회에 다케다 령을 평정하고 고후까지 일거에 제압하자고 주장했지만 그것은 도쿠가와 쪽에서 보면 오다 군 삼만을 이곳까지 불러들인 이상 다시없는 기회일 것이 분명하네. 그러니 우리 오다 가 쪽에서 보면 취할 바가 아니네."

"어찌 그것을 오늘 아침 회의에서 말하지 않았나?"

"말단인 내가 말하지 않아도 주군께서는 도쿠가와 님의 그런 의도에 넘어가지 않겠다는 표정을 짓고 계셨네. 그러니 그 점에 대해서는 안심해도 되네."

본진 쪽에서 나팔 소리가 들려오자 마타에몬은 급히 일어섰다.

"지쿠젠, 후일 다시 보세."

마타에몬은 종자에게 말을 불러오라 이르더니 급히 돌아갔다.

그날 밤, 회의에서 전후의 방침이 결정됐다. 물론 노부나가는 기후로 돌아가고 이에야스도 일단 군사를 이끌고 오카자키로 돌아가기로 했다. 헤어질 때 노부나가는 이에야스에게 말했다.

"이후 도쿠가와 님은 스루가를 공략하시오. 나는 이와무라를 취하고 시나노信濃로 들어가는 길을 조금씩 열도록 하겠소이다."

"알았습니다. 삼 년 후에 다시 시나노에서 뵙도록 하겠습니다."

이에야스는 상냥하게 웃으며 대답했다. 노부나가의 말투는 어느덧 이에야스보다 얼마쯤 위에 서 있는 것처럼 바뀌었다. 동맹국이라고 하지만 형이 동생에게 지시하는 듯한 느낌이 들었다.

이에야스는 기꺼이 노부나가의 명을 따랐다. 그리고 그 뒤, 미카와와 도오도우미 사이에 있었던 다케다 씨 소속의 성채 십여 곳을 매달 하나씩 공격해서 취했다. 예를 들어, 나가시노 싸움이 끝난 뒤 즉시 아스케足助 성을 격파하고, 6월에는 쓰구데와 다미네 등을 공략했고, 7월에는 부세쓰를 8월에는 스와가하라諏訪ケ原까지 놀라운 속도로 진출했다.

나가시노의 패전은 다케다 쪽에게 있어 분명 치명적인 것이었다. 이번 싸움에서 신겐 이래의 대부분의 숙장과 책사 들이 전사했을 뿐 아니라 더 큰 손실은 불패의 신념을 잃어버린 것이었다. 필승의 신념이 없는 군대는 마른 이파리가 떨어지기 시작한 가을 나무와 같았다.

가쓰요리의 가슴은 비통함으로 가득 찼다. 하지만 그는 신겐의 아들이었다. 다만 신겐의 전부를 물려받지 못하고 신겐의 일면만 물려받은 아들이었다. 나가시노에서 그런 깊은 내상을 입었음에도 그는 고甲 산을 등에 진 호랑이처럼 남은 군사를 이끌고 국경으로 진군했다.

그는 스와가하라의 성을 공격해서 일시적으로 탈환하거나 오야마小山 성에 급변이 일어나자 즉시 창끝을 바꿔 스루가에 불을 지르고 이에야스를 급습하려고 시도하는 등 여전히 예측할 수 없고 건재한 것처럼 보였다. 하지만 그런 움직임은 점점 더 명확한 방향성도 없고 완급이 결여된 임기응변에 불과한 즉흥적인 충동으로 변해갔다. 그것은 실체적인 힘이 급감한 증거라고 할 수 있었다. 이렇듯 일찍이 신라사부로 이래로 이십 대가 넘게 이어져온 미하타다테나시의 명가도 어느 틈엔가 삼류 국가로 전락하고 말았다. 하지만 그것은 모두 후일의 일이었다.

노부나가는 대전이 끝난 뒤 5월 25일에 즉시 나가시노의 진을 풀고 기후로 철수했다. 그리고 도쿠가와가 보낸 사신인 오쿠다이라 사다마사와 사카이 타다쓰구를 기후 성으로 맞아들여 대전 중에 있었던 이야기를 나누며 밤새 술을 마셨다. 다음 날 두 사람이 돌아갈 때, 노부나가는 타다쓰구에게 자신의 애검을 선물하며 공을 치하하고 오쿠다이라에게 자신의 이름 한 자를 내리며 말했다.

"사다마사貞昌라는 이름을 노부마사信昌로 고쳐 부르도록 하게. 또 가끔 놀러오도록 하게."

일견 그냥 하는 말과도 같은 '또 놀러오라'는 말을 듣는 것은 무문에 있어 더없는 명예였다. 노부나가는 노부마사와 함께 나가시노를 지키는 일곱 명의 가신들에게도 각각 은전을 내렸다.

오다 가의 가신들도 두 사람을 축하하며 배웅을 했다. 그런 노부나가의 온정은 앞서 나가시노 전쟁터에서 도리이 스네에몬의 유골을 찾아 성대하게 장례를 치렀을 때에도 느끼고 있던 것이어서 가신들은 노부나가를 점점 더 깊이 존경했다. 이 나가시노 싸움을 기점으로 노부나가의 위상은 모든 면에서 한층 굳건해졌으니 노부나가는 눈에 보이는 것 이상으로 큰 실리를 얻은 셈이었다.

"이젠 북쪽의 배후에 대해 근심이 없어졌다."

병사들까지 그런 분위기를 확연히 느끼고 있었다. 신겐이 죽은 뒤에도 고슈의 군마가 건재한 이상 게이키京畿로 향하거나 그 외 반노부나가의 제국을 상대할 때 반드시 배후의 호랑이를 대비해야만 하는 불안한 상태였던 것이다. 하지만 일부에서는 그러한 방심을 경계하기도 했다.

"한쪽의 적이 사라지면 또 다른 적이 생겨나기 마련이니 절대로 안심하면 안 된다. 이번에는 그동안 강대한 다케다 군이 있었기 때문에 자제하고 있던 에치고越後의 우에스기 겐신이 우리의 장해가 될 것이다. 겐신이 살아 있는 한은……."

실제로 겐신의 존재는 노부나가를 둘러싸고 있는 천지의 한쪽에서 여전히 북두칠성과 같은 찬연한 광채를 발하고 있었다.

미래의 적

본격적인 여름으로 접어들었다. 하늘은 뜨겁게 달아올랐고 구름 봉우리는 미동도 없었다. 6월 2일, 기후를 떠난 노부나가의 행렬은 미노에서 오우미의 경계인 야마나카 고개에 이르렀다. 멀리서 바라보면 끝없이 이어진 개미의 행렬을 닮은 듯했지만 가까이에서 보면 실로 눈이 부실 만큼 화려한 행렬이었다. 일개 노부나가가 교토로 올라가는데, 장수와 시종과 철포대와 활 부대와 창 부대부터 의원, 다도가, 서기, 승려, 운송 부대에 이르기까지 인마의 행렬은 도무지 끝이 보이지 않았다.

나가시노 대전이 일어난 게 불과 한 달 전이었다. 그때에 비하면 이날의 행렬은 더없이 평화로웠다. 사람들의 차림뿐 아니라 말들도 장식을 했다. 깨끗이 닦은 철포와 창에서는 아름다움마저 느껴졌다. 사전에 행렬이 지나간다는 전령이 전해졌기 때문에 부락에서는 촌장을 비롯해 모든 사람들이 처마 아래 엎드려 노부나가의 행렬을 맞이했다.

"이곳을 넘어가실 때마다 행렬은 점점 더 대단해지고 사람들도 늘어나는군."

백성들은 그렇게 속삭였고, 노부나가의 의도도 거기에 있는 듯했다.

이렇게 교토로 올라가는 것이 벌써 몇 번인지 알 수 없었지만 교토로 올라가는 일은 그에게 있어 커다란 기쁨이자 자신의 생애를 건 큰 대업이기도 했다.

노부나가는 한 곳에서의 싸움이 끝나면 반드시 교토로 올라가 천황에게 결과를 보고하며 근심을 덜어주었다. 마치 객지에 나가 공을 세운 아들이 고향의 가족에게 기쁜 소식을 전하는 것처럼 노부나가는 교토로 올라가 천황 앞에 엎드려 자신을 낮추며 신하 된 자의 마음을 잊지 않았다. 그는 그것을 가장 큰 기쁨이자 광영으로 삼고 있었다.

이번 상락도 그러했다. 물론 일반 백성들에게는 전쟁을 치를 때마다 강대해지는 융성한 국운의 실체를 과시하려는 마음도 있었다. 또 교토의 당상관이나 서민의 마음을 얻고 문화적인 면모를 과시하려는 의도도 있었다. 하지만 본질적인 의도는 자신의 통업의 대의大義는 오로지 천황에 의한 것이며 자신은 그런 천황의 뜻을 받들어 천하의 난세를 평정하고 천황의 백성들을 돌보는 조정의 신하라는 것을 몸으로 보여주고 세상에 분명하게 알리는 데 있었다.

게다가 그는 임금과 왕실에 충성을 다한다는 '근왕勤王'이라는 말을 쓰지 않았는데, 그것은 노부나가뿐 아니라 전국戰國 시대의 제장들 역시 마찬가지였다. 비록 전란이 끊이지 않는 난세였지만 한 인간으로서 조정을 섬길 뿐 대역을 범하는 적자賊子는 한 명도 없었다. 그들은 오히려 서로 경쟁하며 노부나가와 같은 위치에 올라 노부나가처럼 충절을 바치고 천황의 적자赤子로서의 기쁨을 느끼고 싶어 했다. 하지만 그것은 노부나가와 같은 자질을 갖추지 못한다면 불가능한 일이었다. 따라서 그가 이번 상락을 얼마나 만족스러워하고 최고의 여정으로 생각하는지 쉽게 짐작할 수 있었다. 또 그는 세상과 각지의 영웅들이 얼마나 자신을 선망의 눈으로 바라보는지 잘 알고 있었다.

"땀이나 닦으며 잠시 쉬도록 하자."

야마나카 고개 위까지 올라왔을 때였다. 노부나가는 급히 말에서 내려 가장 먼저 행렬에서 벗어나 길가에 있는 작은 마두관음馬頭觀音 그늘로 성큼성큼 다가갔다. 시종들은 당황했다. 숙장과 측신 들도 당황하며 급히 뒤를 쫓았다.

"어찌 이런 곳에서 느닷없이 휴식을 명하셨습니까?"

"잠시 멈추고 쉬도록 하라."

노부나가는 그렇게 말하고 계속 걸어갔다.

"의자를, 의자를 가져오너라."

"아니다. 요를 가져오너라."

노부나가 주위에 있던 근신들이 연신 수선을 피우자 매미 울음소리가 뚝 하고 멎었다. 노부나가는 마두관음당의 젖은 툇마루에 먼지도 털지 않고 방석도 없이 앉았다. 그 곁에서 시종 한 명이 금부채로 연신 부채질을 하고 있었다.

"그만 됐다."

노부나가는 나무 사이로 불어오는 시원한 바람에 땀이 식자 시종의 손에서 금부채를 받아 접으면서 가모 우지사토를 불러 명을 내렸다.

"저편에 향민들이 엎드려 있는 듯하니 그들 중에 나이가 많은 노인이나 촌장을 불러오너라."

올해 스무 살인 가모 우지사토는 노부나가가 무슨 뜻으로 그러는지 몰랐지만 예, 하고 시원스레 대답하고 달려갔다. 그 뒤 노부나가는 고자에몬을 불러 말했다.

"기후를 떠날 때, 말해둔 목면은 싣고 왔느냐? 그 목면을 이리 가져오너라."

니시오 고자에몬西尾小左衛門은 부하와 함께 가 마부에게서 목면을 담아 둔 고리짝을 받은 뒤 노부나가 옆에 사오십 단端의 천을 쌓았다.

모두 노부나가가 목면으로 무엇을 할지 궁금해했다. 노부나가는 사당 옆에 있는 연못으로 가더니 더위에 지친 병사들이 앞다퉈 손으로 물을 퍼서 마시는 모습을 바라보며 말했다.

"간스케勘助, 저들을 혼내고 오너라. 물을 마시면 안 된다고 하고 쫓아버려라."

니와 나가히데의 아들인 간스케가 병사들에게 다가가서 일갈했다.

"방해가 되니 썩 물러가거라!"

병사들은 깜짝 놀라 모두 나무 그늘로 도망쳤다. 노부나가 옆에 있던 니와 간스케의 부친인 고로자에몬 나가히데가 의아해하며 노부나가에게 물었다.

"오케하자마 때나 얼마 전 나가시노 때 모두 5월 무렵이었고 게다가 오늘보다 더 더웠는데도 무사들은 썩은 물이든 흙탕물이든 가리지 않고 장구벌레가 들어 있는 물을 손으로 떠 마시면서 싸웠습니다. 주군께서도 그러한 오수의 맛을 알고 계실 터인데 어찌 이 산 위의 연못물만 마시지 말라고 꾸짖는 것인지요?"

"하하하, 자네답지 않은 질문을 하는군. 전쟁터에서의 몸은 금강불괴와 같으나 평시가 되면 몸도 평시로 돌아가네. 전쟁터에서는 별문제가 없었던 물이라도 지금과 같은 때에는 부주의하게 마시면 탈이 날 염려가 있네. 저들도 평시에 병이 나서 쓰러지고 싶지는 않을 것이네. 그래서 꾸짖은 것이네. 곧 나이 든 향민이 오면 수질을 물어본 뒤 깨끗한 물이라면 마시게 하고 그렇지 않으면 골짜기에서 깨끗한 물을 퍼오도록 하는 게 좋을 것이네."

나가히데는 아무 말 없이 머리를 숙였다. 그때 가모 우지사토가 촌장으로 보이는 사람과 마을 노인들 대여섯 명을 데리고 돌아왔다. 향민들은 노부나가의 모습을 보자 스무 걸음이나 앞에서 납작 엎드려 땅에 이마를 댄 채 노부나가의 말을 기다렸다. 노부나가는 그 자리에 서서 직접 그들에게 물었다.

"먼젓번 상락에서 돌아가는 도중, 이 부근에 많이 보였던 거지 무리들은 여전히 이곳에 있는가?"

의외의 질문에 대부분의 가신들이 서로 얼굴만 바라보고 있었다. 그중에는 그때의 일을 기억하는 사람들도 있었다.

노부나가가 교토를 오갈 때, 이 부근에는 늘 거지가 많았다. 노부나가는 자신의 영지 안에 굶고 있는 사람들이 있는 것이 마치 자신의 잘못인 것 같은 마음이 들어서 매번 눈에 밟혔던 것이다. 그렇지만 모두 사는 곳이 일정하지 않아서인지 어제는 보였지만 오늘은 어디 있는지 보이지 않는 경우가 많았다. 하지만 오랫동안 주의 깊게 지켜본 결과, 이곳 야마나카 거지들인 곱사등이 사내나 장님 여자, 절름발이 소녀, 노인과 아이들은 모두 항상 같은 곳에 머물고 있었다. 그래서 이전 상락에서 돌아가는 도중, 가신을 시켜 무슨 연유로 야마나카 거지만은 이곳에 살고 있는지 마을 사람에게 물어보게 했다. 그러자 마을 사람이 다음과 같이 대답했다.

"저들의 선조가 예전에 이곳에서 도키와 고젠常盤御前[20]을 죽였다는 말이 전해져 내려오고 있습니다. 그 업보 때문인지 저들 중에 대대로 불구가 많이 태어나고 모두들 야마나카 원숭이라고 불리고 있습니다. 그래서 그들은 선조의 죄과를 이번 생에서 씻기 위해 이곳을 떠나지 않고 저렇듯 길가의 말똥을 청소하거나 자신들이 할 수 있는 일을 하면서 걸식을 하고 있는 것입니다."

---

20) 헤이안平安 시대 말기, 미나모토노 요시토모源義朝의 애첩이자 가마쿠라 시대 초기의 무장인 미나모토노 요시쓰네源義経의 생모다.

그 말을 들은 가신은 대수롭지 않게 여기며 노부나가에게 말을 전하고 잊어버렸는데 노부나가는 그것을 기억하고 있는 듯했다. 마을 노인들의 말에 노부나가가 고개를 끄덕이며 말했다.

"그렇군. 가련한 자들이니, 모두 이리 불러 여기에 있는 목면을 한 단씩 나눠주어라."

사람들은 노부나가 옆에 쌓여 있는 목면을 올려다보며 눈을 동그랗게 떴다. 그리고 아무도 거들떠보지도 않는 거지들을 불쌍하게 여기는 노부나가의 마음에 감동했는지 눈시울을 붉혔다. 그들은 서둘러 거지들을 데려왔는데, 기어 오는 자, 다리를 절뚝이며 오는 자, 업혀서 오는 자, 안겨서 오는 자들까지 그들의 모습은 마두관음당 주위를 가득 메우고 있는 상락의 화려하고 아름다운 행장을 한 무사들과 비교할 수 없을 만큼 극명한 대비를 이뤘다.

하지만 아무도 웃을 수 없었다. 명군은 인애가 금수에게까지 이른다고 했는데 노부나가의 마음도 그에 뒤지지 않는 듯했다. 최고의 지위에 있을 때일수록 다른 사람을 배려하는 게 어렵다고 하는데, 노부나가는 지금 나가시노 대첩을 승리한 뒤 불과 한 달, 속으로 인생 최고의 전과로 생각하며 남아로서 천하를 호령하는 행렬의 위엄을 보이며 화려하게 교토로 올라가는 도중이었다. 그런 지금, 노부나가가 기후를 출발할 때부터 길가의 거지들에게까지 마음을 쓰고 있을 줄은 어느 누가 상상할 수 있었을까. 가신들 모두 뜻밖이라고 생각한 것은 당연한 일이었다.

"앞으로도 굶어 죽는 일이 없게 마을 사람들이 잘 보살펴주도록 하라."

노부나가는 그렇게 말하고 가옥을 지을 돈까지 주고 갔다. 행렬이 멀어진 뒤, 다시 매미 울음소리가 들려왔는데 그것은 흡사 노부나가의 자비에 감동해서 우는 사람들의 목소리인 듯했다.

이렇듯 자비롭던 노부나가는 그로부터 두 달 뒤, 에이 산의 살육에 버금가는 잔인하고 피비린내 나는 싸움을 아무렇지도 않게 벌였다.

8월 12일, 기후를 떠난 노부나가는 14일 쓰루가敦賀에 들어가자마자 에치젠 정토진종 봉기를 토벌했다. 아케치 미쓰히데가 선봉에 섰으며, 나가하마의 히데요시도 참가했다. 니와, 시바타, 사쿠마, 다키가와 등 이번에 출전한 면면은 나가시노를 능가했다.

상대는 일향종의 승단이나 각지에 산재하는 종파가 연합한 세력이어서 국경의 경계가 명확하거나 일정한 영지를 가진 나라가 아니었다. 그러다 보니 봉기라고 할 수도 없고 전쟁이라고 할 수도 없었다. 그저 때를 가리지 않고 장소를 불문하고 일으키는 사변이었다. 그런 만큼 상대는 기습과 궤책을 주된 전법으로 삼으며 장기전을 꾀했고 결전을 피하면서 노부나가를 괴롭히는 데 목적이 있었다.

아사쿠라 가는 멸망했어도 에치젠은 사라지지 않았다. 에치젠의 권력자가 변해도 서민 속에 뿌리를 내리고 있는 교단의 세력은 쇠퇴하지 않았다. 아니, 오히려 옛 아사쿠라 가의 잔당이나 오사카의 이시야마 본원사와 연락을 강화해 전후 노부나가의 치세를 모조리 차단하고 날이 갈수록 노골적으로 반항했다.

노부나가는 그런 그들을 응징할 때를 기다리고 있었음이 분명했다. 그들만큼 노부나가를 괴롭힌 적은 없었다. 본래 노부나가는 인내와 끈기가 있는 사람이 아니었다. 하지만 그는 거북스러운 적에게만은 늘 꾹 참고 때를 기다리고 있었다. 그러던 참에 마침내 때가 와서 군사를 움직였고, 그는 에이 산에서 동원했던 방법이나 나가지마長嶋에서 벌인 살육도 마다하지 않았다. 일향종 토벌을 위해 출정한 때만큼은 평소의 노부나가가 아니었다. 적들이 그를 증오하고 비방하는 것만큼 그 역시 야차가 되었고 그의 모습은 악귀나찰이라고 해도 부족할 정도였다. 그때 그의 모습이 어떠했는지는 진중 기록인 《노부나가 코기信長公記》나 《소켄기總見記》만 봐도 잘 알 수 있었다.

에치젠 봉기는 대략 8월 중에 평정되었다. 시바타, 아케치, 이나바 부자는 노부나가의 명을 받들어 여세를 몰아 가가加賀까지 공격해 들어갔다. 그런데 얼마 뒤 노부나가는 갑자기 진격을 중지시켰다. 그 방면의 경계를 넘을 경우 우에스기 겐신과의 마찰이 생길 것을 염려했기 때문이다.

다케다 가의 패퇴 이후, 그전까지 멀게만 느껴졌던 노부나가 대 우에스기의 대립 구도는 서로 국경을 눈앞에 두자 가깝게 느껴질 수밖에 없었다. 겐신이 노부나가를 바라보는 눈과 노부나가가 겐신을 보는 눈 속에는 모두 '언젠가는 마주하게 될 적'이라는 감정이 여실히 드러나 있었다. 하지만 노부나가는 지금 그것을 행동으로 옮길 마음이 추호도 없었다.

노부나가는 노미能美, 에누마江沼, 히야檜屋, 대성사大聖寺의 군郡에 각각 수비군을 두어 향후의 기점으로 삼은 뒤 기타노쇼北之庄로 진을 옮겼다. 그곳에는 숙장인 시바타 가쓰이에를 두고 에치젠 여덟 군을 다스리게 할 생각이었다. 노부나가는 기타노쇼의 축성과 상가의 권역까지 직접 살펴보았다. 그 외에 가나모리金森, 후와不破, 사사佐佐 등의 제장에게 각 군을 분배하였고 마에다 마타에몬 도시이에에게도 두 군을 나누어주었다.

단고丹後에는 잇시키 사교一色左京를, 또 단바丹波에는 아케치 미쓰히데를 두었다. 그리고 호소카와 후지타카에게는 구와타桑田와 후나다船田 두 군을 내렸다. 그렇게 전후 처리가 끝난 다음 노부나가는 새로운 영주와 토착 무사에게 세세하게 항목을 정한 명령서 '오키테가키掟書'를 내렸다. 그중 한 조條에는 '자신을 존경하라, 믿으라, 그리고 따라오라. 그것이 무사의 본분이다'라고 명하고 있었다. 그 당시 아무리 자긍심이 높은 무인이라 해도 노부나가만큼 자신을 과신한 사람도 없었다. 이전부터 그를 섬기고 있던 장수들은 제외하더라도 정복당한 땅의 토착 무사나 일반 백성은 그것을 어떻게 생각했을까.

9월 하순, 노부나가는 기타노쇼에서 후츄로 진을 옮긴 뒤 26일 무렵 모든 것을 끝내고 기후로 개선했다. 그리고 나가시노 싸움 이후에 곧바로 상락했던 것처럼 에치젠 공략이 끝나자마자 상락길에 올랐다. 때는 가을이었다. 얼마 뒤, 여름 무렵에 말을 멈췄던 야마나카 고개를 넘어 오우미지에 이르렀다. 폭이 세 칸이나 되는 큰 도로는 산골짜기와 역참의 마을들을 지나 호반을 따라 교토까지 이어지고 있었다.

"지날 때마다 보아도 소나무와 버드나무가 아주 잘 자라고 있는 듯하구나."

노부나가는 소나무와 버드나무 가로수가 마치 자신의 권속이라도 되는 것처럼 한 그루 한 그루 바라보면서 말을 타고 갔다. 길가에 떨어진 소나무 낙엽은 깨끗이 치워져 있었고 버드나무 아래에는 물이 흐르고 있었다. 그러한 풍경을 바라보는 것도 상락길에 맛보는 즐거움이었다.

군웅이 할거하던 당시, 각 나라들은 가능한 길은 험준하게 하고 강에는 최소한의 다리만 놓고 곳곳에 검문소를 두었다. 신겐 역시 그러했고 아사이, 아사쿠라도 모두 마찬가지였다. 하지만 노부나가만은 정반대였다. 그의 영지에는 검문소가 없었다. 한 나라씩 차례로 영지를 넓혀갈 때마다 검문소들을 모두 철폐했고 다리를 놓고 도로를 넓히고 문화의 경계선을 밖으로 확장시켰다. 세 간 도로의 개통은 선도적 역할을 했다. 그리고 입국세나 다리세나 도선세渡船税와 같이 문화의 교류를 방해하는 것은 한때 희생을 치르더라도 모두 철폐했다.

노부나가는 이번 상락에서 특별히 길을 달리해 세다勢田를 선택했다. 그것은 그가 초여름부터 착수에 들어가 마침내 완성된 세다의 장교長橋를 보기 위해서였다. 이곳도 난이 있을 때마다 치열한 공방전이 반복되는 요지였기 때문에 왕래하는 데 어려움이 많았다. 다리의 폭은 스물네 척이고, 길이는 백팔십 간이었으며, 양쪽 난간의 끝에 커다란 난간법수의 굵은 기둥을 세웠다. 천하의 대도大道이자 문화의 동맥인 세다 장교가 당교의 위엄을 과시하고 있었다.

"다 되었구나."

노부나가는 다리를 보며 말했다. 그러고는 말에서 내리더니 좌우를 향해 걸어서 건너자고 말했다. 모두들 예전의 전투들을 떠올리며, 또 이윽고 중원을 제패할 내일을 대비해 호반의 지세를 살피는 듯 다리 위를 걸어서 건넜다.

다리를 다 건너자 세다의 서쪽인 오우사카구치逢坂口와 야마시나에서 사람들이 마중을 나와 있었다. 세쓰攝 가, 산조三條, 미나세水無瀨의 공경과 긴기의 다이묘들이었다. 상락 중이던 오슈奧州의 다테 데루무네伊達輝宗도 와 있었는데 남부의 명마와 매를 선물로 보냈다.

"오, 일부러 이렇듯."

노부나가는 한 사람 한 사람에게 공손히 예를 취하며 지나갔다. 노부나가의 인품 좋고 경박하지 않은 미소를 본 사람들은 모두 의구심이 들었다. 그것은 그가 에이 산을 불태우고 다케다를 격파하고 바로 어제는 에치젠에서 가가까지 전율하게 만든 맹장인가 의심스러웠던 것이다.

오사카의 이시야마 본원사도 일단 미요시 쇼간三好笑巖과 마쓰이 유칸松井友閑을 사자로 보내 우호적인 인사말과 선물을 전했다. 노부나가는 그런 사람들에게도 변함없이 온후한 모습을 보였다.

"이렇듯 먼 길까지 오시다니 송구합니다."

반슈播州의 아카마쓰赤松와 벳쇼別所라고 하는 지방의 무장들도 보였다. 그들을 비롯해 초청하지 않은 사람들이 도성 안에 흘러넘쳤다. 노부나가가 머물고 있는 것만으로 교토는 날마다 축제나 정월이었다. 백성들에게 흘러 들어가는 돈도 막대했다. 무엇보다도 백성들은 궁중의 상서로운 기운과 당상관들의 기뻐하는 모습을 보고 입을 모아 말했다.

“드디어 나라의 대들보가 세워졌군. 머잖아 천하는 노부나가 님이 평정하실 것이다.”

10월이 되자 노부나가는 묘심사妙心寺에서 다도회를 열었다. 사카이와 교토의 풍류가가 대거 모였다. 예전에 히데요시가 노부나가에게 명기名器라고 한 사카이의 소에키, 바로 리큐도 참석해서 다도를 시연했다.

아즈치安土

노부나가에 대한 천황의 신임은 두터웠다. 다이나곤大納言에 임명된 것이 얼마 전이었는데 다시 우장군右將軍[21]에 봉해졌다.

11월, 궁중에서 임명식이 성대하게 거행됐다. 문무백관들이 모두 참석해 조정의 위엄과 노부나가의 영광을 축하하며 만세를 외쳤는데, 그 광경은 전대미문일 정도로 성대했다. 노부나가의 서기는 그날의 감격을 다음과 같이 적었다.

황송하게도 천자께서 오카와라케御土器[22]를 하사하시니 상고말대上古末代까지 이보다 더 광영은 없을 것이다.

6월에 상락했을 때 천황이 노부나가에게 종오품을 하사했지만 노부나가는 다른 신하에게 양보하며 고사했다. 그때 종오품의 작위를 받은 부

21) 우근위대장右近衛大將의 약칭으로, 궁중의 경호 등을 관장하는 근위부近衛府의 장군.

22) 5월 5일, 교토에 있는 이나리稻荷 신사에서 열리는 큰 축제에 사용되는 작은 토기.

장은 시바타 가쓰이에, 하야시 노부카쓰, 사쿠마 노부모리, 니와 나가히데, 이케다 노부테루, 하시바 히데요시, 다키가와 가즈마스 등 열다섯 명이었다. 아케치 미쓰히데도 물론 포함되어 있었다. 다케이 세키안, 마쓰이 유칸도 모두 종오품을 하사받았다.

그와 더불어 노부나가는 그들에게 친제이鎭西(규슈九州)의 이름 높은 귀족의 성씨인 고레도惟任, 고레즈미惟住, 하라다原田, 베쓰기別喜 등을 내렸다. 미쓰히데는 '고레도 씨' 성을 하사받았다.

이제 노부나가는 시고쿠四國 규슈의 통일을 생각했다. 각 부장들에게 친제이 명족의 성을 가명으로 내려 머지않아 서쪽 정벌을 다툴 날이 올 것이라고 은연중에 내비친 것이었다. 그가 사용하고 있는 인장의 문장인 '천하포무天下布武'도 그런 이상을 위한 사전 준비 중 하나였다. 그런 연유로 노부나가는 교토를 떠나지 못했다. 그는 본래 아시카가 요시아키가 있던 니죠의 관館을 개축해서 그곳에 머물고 있었는데, 공경, 무인, 다인, 문인들, 나니와와 사카이 등의 상인들까지 방문객들로 문전성시를 이루었다. 교토가 그를 붙잡는 것인지 그가 교토를 떠나고 싶어 하지 않는 것인지, 계절은 벌써 초겨울을 지나고 있었다.

"내일은 날이 개겠군."

마구간지기들이 하늘을 보면서 말에게 먹이를 주고 있었다. 무사들도 방에서 행장을 싸느라 분주했다. 방금 노부나가의 측신이 와서 날씨에 상관없이 내일 기후로 출발할 것이라는 말을 전했던 것이다.

노부나가와 떨어져서 단바丹波의 영지로 돌아갈 예정이었던 미쓰히데가 날이 저물기 전에 출발하기 위해 인사를 하러 왔다. 그는 긴 마구간 건물을 멀리 바라보면서 회랑을 돌아 안쪽의 관사로 건너갔다.

"이거, 고레도 아니시오."

웃는 얼굴로 그에게 말을 거는 사람이 있었다.

"오, 지쿠젠이구려."

미쓰히데도 웃는 얼굴로 그를 맞았다.

"무슨 일이시오?"

히데요시는 두 손을 뻗어 미쓰히데의 어깨에 얹었다. 미쓰히데도 웃으면서 답했다.

"별일은 아니고 내일 출발해야 해서."

"그렇군. 내일 떠나시는구려. 또 언제 다시 만날 수 있을지."

"술을 드신 듯하오."

"교토에 있는 동안 술에 취하지 않은 날이 없소. 주군께서도 상락 중에는 날마다 주량이 느시는 듯하오. 지금 뵈면 또 술을 권하실 게요."

"주연 중이시오?"

미쓰히데는 문득 질린 듯 눈썹을 찌푸렸다. 근래 노부나가는 주량이 상당히 세졌다. 예전의 노부나가를 잘 아는 노신들 말로는 노부나가가 술을 좋아하기는 했지만 지금처럼 마시지는 않았다고 했다. 히데요시도 비슷한 부류였지만 그와 노부나가와는 건강 상태가 달랐다. 일견, 허약 체질처럼 보이지만 정신력을 봐도 알 수 있듯 노부나가가 훨씬 건강했다. 그런 점에서 히데요시는 반대였다. 겉모습은 거칠고 건강한 듯하지만 절대로 건강한 체질이 아니었다. 나가하마에 있는 히데요시의 모친은 지금도 히데요시가 건강을 돌보지 않으면 타일렀다.

"대범한 것은 좋지만 건강만은 세심히 돌보도록 해라. 태어났을 때부터 허약한 체질이어서 네 살인가 다섯 살 때까지 마을 사람들은 네가 어른이 될 때까지 살 수 없을 거라고 했다."

히데요시는 어머니의 근심을 잘 알고 있었다. 또 어릴 적 허약했던 이유도 알고 있었다. 어머니의 배 속에 있을 때나 한창 자랄 나이에도 극심한 가난에서 벗어난 적이 없었다. 그런 상황에서 남들만큼은 아니더라도 이렇듯 자랄 수 있었던 건 오직 노력 덕분이었다. 평소 술을 싫어하지는 않지만 술잔을 손에 들면 어머니의 말이 떠올랐다. 또 술을 좋아했던 남편 때문에 고생한 어머니를 떠올리지 않을 수 없었다.

하지만 그가 술에 대해 엄격하다는 것을 아는 사람은 아무도 없었다. 오히려 사람들은 히데요시를 보며 술을 별로 마시지도 않으면서 술자리를 좋아하고, 잘 떠들지만 취하면 실없는 사내라고 생각했다. 그만큼 술과 건강에 소심한 사람은 없었다. 지금 만난 미쓰히데도 주량은 히데요시보다 훨씬 셌다. 게다가 미쓰히데가 곤란한 얼굴로 주연 중인지 묻는 것만 봐도 노부나가의 주도가 신하들을 꽤나 곤혹스럽게 한다는 사실을 알 수 있었다.

미쓰히데가 진지한 얼굴로 주저하자 히데요시는 빨개진 얼굴과 손을 저으며 농담이라고 말했다.

"실은 놀리려고 한 말이었소. 주연은 벌써 끝났소. 이처럼 나도 대취해서 나온 것이 그 증거요. 하하하, 거짓말이었소."

"그만 속고 말았소이다."

미쓰히데는 쓴웃음을 지어 보였다. 그는 히데요시가 싫지 않았다. 히데요시 역시 미쓰히데에게 나쁜 감정을 품은 적이 한 번도 없었다. 언제나 고지식하고 진지한 미쓰히데에게 서슴없이 농담을 건넸지만 존경을 표하고 있었다. 그래서 미쓰히데도 히데요시를 '쓸 만한 사내'라고 생각하는 듯했다.

히데요시가 미쓰히데보다 고참이고 자리의 순서도 앞이었지만 다른 숙장과 마찬가지로 미쓰히데의 마음속에는 가문이나 태생이나 교양과 같은 것을 따지는 선입관이 잠재해 있었다. 절대로 히데요시를 경시하는 것은 아니었지만 도기土岐 일족의 명문이라는 자존과 현실 세계의 체험이나 새로운 시대의 교양을 겸비한 지식인이라는 자부심 때문인지 히데요시를 자신의 아래로 생각하는 듯한 태도를 보였다.

히데요시는 다른 사람이 자신을 내려다본다고 느껴도 불쾌하게 여긴 적이 없었다. 그것은 그의 성격이라고 할 수 있었다. 언젠가 자신의 뜻을 펼칠 날이 올 것이라고 믿고 있어서인지는 몰라도 '어디 두고 보자'라고 생각하거나 불쾌한 기색을 보인 적이 한 번도 없었다.

특히 미쓰히데처럼 뛰어난 지식인이 자신을 내려다보는 것을 오히려 당연한 일로 생각하는 듯했다. 인물을 떠나서 단순히 지성이나 교양 면에서 미쓰히데가 자신보다 훨씬 뛰어나다는 사실을 시인하는 듯했다.

"그렇지. 잊고 있었군……."

히데요시는 갑자기 떠오른 듯 말했다.

"먼저 축하를 해야 했거늘. 이번에 고레도 성씨를 하사받고 그전엔 단바의 영지를 받으셨으니 경사가 끊이질 않는 듯합니다. 적년의 봉공을 생각하면 당연하다 할 수 있으나, 드디어 귀공에게 개운의 시기가 도래하였으니, 앞으로도 무운장구長久를 기원하겠습니다."

히데요시는 공손하게 무릎까지 손을 내리며 말했다.

"과분한 명예, 모두 주군의 은혜입니다."

미쓰히데도 진지하게 답례를 건넸다.

"단바를 받았다고는 하나 아시는 바와 같이 그 지방은 옛 장군가의 영지이오. 지금도 어느 누가 오더라도 절대로 복종하지 않겠다는 듯 성을 근거로 뜻을 굽히지 않는 호족이 많소이다. 그런데 과연 내 힘으로 그들을 제압하고 잘 다스릴 수 있을지. 축하의 말을 듣는 것은 아직 이른 듯하오."

"아니오. 겸손이 지나치시오. 이미 북쪽에서 옮기자마자 호소카와 후지타카와 타다오키 부자와 함께 단바로 진출하여 가메야마龜山의 수장인 나이토內藤 일족을 군문에 넣고 실적을 착착 올리고 있지 않으시오. 가메야마에 들어갈 때, 어떻게 들어갈지 흥미를 가지고 지켜보았소만 군사를 한 명도 잃지 않고 적을 항복시키고 입성하자 주군께서도 크게 칭찬하셨소이다."

"가메야마는 서전에 불과할 뿐. 앞으로가 어려울 것이오."

"어려운 일을 앞두고 있을수록 삶의 보람이랄까, 가치 있는 일은 없을 것이오. 하물며 모든 것을 맡긴다는 명을 받고 새로운 영지의 평정과 치세에 임하는 것만큼 유쾌한 일은 없을 것이오. 자신이 주체가 돼서 모든 것을 건설할 수 있으니 말이오."

미쓰히데는 우연히 마주친 뒤 이야기가 그만 길어질 듯하자 인사를 하며 헤어지려고 했다.

"그럼 후일 다시."

"아, 잠시만."

히데요시가 갑자기 화제를 바꾸며 말했다.

"박학한 귀공이라면 알지 모르겠소. 현재 전국에 있는 성곽 중에 천수각을 가지고 있는 성은 몇 개나 되겠소이까? 또 천수각을 갖춘 성은 어디에 있소?"

"아와노구니安房國 다테야마館山의 사토미 요시히로里見義弘의 성, 그곳에는 삼 층의 천수각이 바다를 면해 있고 그 위용은 해로에서도 볼 수 있소이다. 또 스오노구니周房國 야마구치山口에는 오우치 요시오키大內義興의 사 층 천수각이 성곽을 중심으로 지어져 있는데 아마 그 장대함은 천하제일일 것이오."

"그 두 성뿐이오?"

"내가 알기론. 한데 어찌 그런 것을 내게 물어보는 것이오?"

"실은 오늘 주군 앞에서 축성에 대해 이런저런 이야기가 나왔을 때, 모리 님이 끊임없이 천수각에 대해 설명하면서 아즈치에 짓고 있는 성곽에 꼭 천수각을 지어야 한다고 말씀하셔서."

“모리 님이라니?”

“근신인 란마루 님 말이오.”

“흐음.”

미쓰히데는 문득 눈썹을 찌푸렸다.

“뭔가 이상한 것이라도?”

“아니, 딱히 그런 것은 아니오.”

미쓰히데는 이내 평소의 얼굴로 돌아와 있었다. 그리고 히데요시와 두세 마디 이야기를 나누다 실례하겠다며 노부나가가 있는 안쪽을 향해 서둘러 걸어갔다.

큰 복도에는 노부나가를 만나고 나오는 사람과 만나려는 사람들의 왕래가 끊이지 않았다. 또 누군가 히데요시를 불렀다.

“지쿠젠 님, 지쿠젠 님.”

“오, 아사야마 님.”

히데요시가 웃는 얼굴로 아사야마 니치죠를 돌아보았다. 아사야마 니치죠는 보기 드문 추남이었다. 같은 추남이라도 아라키 무라시게는 어딘가 사랑스러워 보였지만 니치죠는 능글맞은 도깨비처럼 보였다. 그는 히데요시에게 가까이 다가와서 목소리를 죽이며 물었다.

“지쿠젠 님, 무슨 일이오?”

“무슨 일이라니, 뭐가 말이오?”

“방금 고레도 미쓰히데와 뭔가 밀담을 나누는 듯하던데…….”

“밀담? 하하하, 이런 곳에서 밀담을 나누는 법도 있소이까.”

“두 사람이 니죠의 복도에서 오랫동안 속삭이는 것만으로도 다른 사람들은 두려운 마음이 들게요.”

“설마.”

“설마가 사람 잡소이다.”

"귀공도 술에 취한 듯하구려."

"꽤 마셨소이다. ……그나저나 조심하는 것이 좋소이다."

"술 말이오?"

"무슨 소리. 미쓰히데와 친하게 지내는 걸 삼가는 것이 좋다고 주의를 주는 것이오."

"어째서?"

"그자는 재식才識이 지나치오."

"당대의 재식은 아사야마 니치죠라고 모두 말하고 있소이다."

"나는 둔재이오."

"귀공의 재주에 비할 자는 없을 것이오. 무인이 가장 거북해하는 것은 공경과의 교류와 상가를 다루는 것인데 오다 가에서 아사야마 님을 능가할 자는 없소이다. 시바타 님조차 두 손 들고 있소이다."

"그 대신 내게는 무공이라고 할 만한 것이 하나도 없소."

"무인은 무공이라면 어느 누구에게도 양보하지 않을 것이오. 궁중의 공사, 도성의 시정, 또 이런저런 재무까지, 귀공은 참으로 이상한 천재이오."

"칭찬하는 것이오? 놀리는 것이오?"

"무문에 어울리지 않는 재목이자 가문을 잘못 태어난 인물이라고 칭찬하고 놀리는 것이오."

"그대는 당할 수가 없소이다."

니치죠는 껄껄 웃었다. 이가 벌써 두세 개 빠져 있었다. 그는 히데요시와 나이 차이가 많이 났다. 비록 히데요시가 자식뻘 되는 나이였지만 니치죠는 히데요시를 어른으로 대했다. 그렇지만 미쓰히데에 대해서는 왠지 거북한 느낌이 들었다. 히데요시의 조롱에는 화가 나지 않았지만 미쓰히데의 재식을 크게 인정하면서도 그의 말에는 왠지 신경이 거슬려 반발하고 싶어졌다.

“나만 그런 줄 알았는데 근래 우연히 똑같은 말을 들었소. 이건 골상骨相을 보는 명인에게 들은 말이니 틀림없을 것이오.”

“관상쟁이가 고레도 님을 뭐라고 평했소이까?”

“관상쟁이가 아니오. 당대의 석학이오. 주고쿠에서 명승이라고 소문이 자자한 안국사安國寺의 에케이라는 자가 은밀히 내게 말했소.”

“뭐라고 했소이까?”

“유감스럽지만 지식에 빠져 죽을 지자智者의 상이라고 했소이다. 게다가 하극상의 흉상凶相이 보인다고.”

“아사야마 님.”

“왜 그러시오?”

“연세에 어울리지 않게 그러한 말을 입 밖에 내는 것은 좋지 않소이다. 귀공은 수완 좋은 정략가라는 소리를 듣고 있는데 가신들까지 그런 정치 놀음의 대상으로 삼는 것은 보기 좋지 않소이다.”

시종들이 큰 방 한가운데 다다미 두 장 정도 크기의 커다란 그림을 펼쳤다. 고슈江州의 가모蒲生 군 아즈치安土 일대의 그림이었다.

“여기가 비와 호의 내호內湖.”

“오쿠시마奧島와 이사키시마伊崎島도 있군.”

“아즈치가 여긴가?”

“상실사桑實寺도 있고, 상락사常樂寺도 그려져 있군.”

시종들은 한쪽에 모여 제비 새끼처럼 고개를 나란히 하고 지도를 들여다보고 있었고, 란마루는 그들과 떨어져 혼자 얌전히 앉아 있었다. 란마루는 관례를 올릴 나이가 지났다. 스무 살이 되려면 아직 이삼 년은 남아 있었지만 앞머리를 자르면 어느덧 어엿한 무사였다.

"너는 그대로가 좋다. 몇 살이 돼도 어린 시종의 모습으로 있어라."

란마루는 주군인 노부나가가 그렇게 말했다고 말하곤 했다. 그래서 그는 다른 소년들과 경쟁하듯 머리를 쪽 지고 시동처럼 옷을 입었다.

"그렇군. 여기인가."

노부나가도 지도 한쪽에 요를 펴고 유심히 들여다보았다.

"잘 그렸군. 이건 내가 가지고 있는 군사 지도와는 비교가 되지 않을 만큼 정밀하군. 란마루."

"예."

"대체 어디서 이런 정밀한 지도를 이리 빨리 구해온 것이냐?"

"모친께서 한 사원의 비고秘庫에 있는 것을 전부터 알고 계셨습니다."

란마루의 어머니 묘코니妙光尼는 바로 오다 가의 충신인 모리 산자에몬 요시나리의 미망인이었다. 그녀에게는 여섯 명의 자식이 있었다. 그중 다섯 명이 아들이었는데 란마루는 셋째였고 다른 자식들도 모두 노부나가 가에서 총애를 받고 있었다. 란마루의 동생인 보마루坊丸와 리키마루力丸도 노부나가 가의 시종으로 이곳에 함께 있었다.

"전혀 닮지 않았다."

모든 사람이 그렇게 말했다. 보마루와 리키마루가 평범해서가 아니라 란마루가 너무 뛰어났기 때문이다. 그를 총애하는 노부나가뿐 아니라 누가 봐도 란마루의 총명함은 군계일학이었다. 모습은 아이였지만 군영의 장수와 측근 무사와 함께 있을 때에도 란마루는 결코 작게 보이지 않았다.

"뭐라? 묘코니에게?"

노부나가는 평소와 다른 눈으로 란마루를 응시했다.

"불자인 자네 모친이 사찰들과 왕래하는 건 당연한 일이나 나를 저주하는 정토진종의 첩자들에게 속아 넘어가지 않도록 자네가 때를 봐서 잘 말해두는 편이 좋을 것이다."

"그에 대해서라면 저보다 더 잘 헤아리고 계십니다."

"흐음, 잘 알아서 하게."

노부나가는 다시 몸을 구부리고 아즈치 일대의 지도를 유심히 들여다보았다. 최근에 그는 이곳에 자신이 있을 부府의 새로운 거성을 만들겠다는 말을 했다. 현재 그가 있는 기후는 다소 지방에 편중되어 있었다. 그가 앞날을 생각해서 점찍고 있는 지형은 나니와의 땅으로, 오사카에 있었지만 그곳에는 강건한 반노부나가의 법성인 본원사가 있었다. 그렇다고 해도 노부나가는 어리석은 무로마치 장군처럼 교토에 막부와 같은 구태의연한 체제를 만들 생각이 전혀 없었다. 게다가 정치적인 교섭도 가장 긴밀했고 주고쿠 서쪽을 견제하며 북으로 우에스기 겐신의 진출에 대비하기에도 좋았다.

"고레도 님이 뵙기를 청하며 기다리고 계십니다. 하직 인사를 하고 싶다며."

그때 무사 한 명이 와서 고했다.

"미쓰히데가 말인가? 들여보내라."

노부나가는 흔쾌히 말하고 다시 아즈치 지도를 바라보았다. 안으로 들어온 미쓰히데는 술 냄새가 나지 않자 안심하는 듯했다. 그리고 그제야 히데요시가 자신을 놀렸다는 것을 알았다.

"고레도, 이리 오게."

노부나가는 미쓰히데가 공손히 인사하는 것을 제지하며 친근하게 지도 옆으로 불렀다. 미쓰히데는 노부나가 곁으로 조심스럽게 다가갔다.

"새 성을 만드는 데 여념이 없으신 듯합니다."

아부 따위를 못하는 미쓰히데는 그렇게 말하는 것도 아부가 아닌가 생각하며 반성하는 성격이었다. 노부나가는 공상가였다. 하지만 그 누구에게도 뒤지지 않는 실행력을 가진 공상가였다.

"어떤가? 호수에 임한 이 산 일대를 성지로 하면."

노부나가의 머릿속에는 벌써 성곽의 구조부터 규모까지 모두 설계되어 있는 듯했다.

"여기부터 여기까지 이렇게 해서."

노부나가는 손가락으로 선을 그려 보이며 말했다.

"산 아래, 성을 둘러싸고 저택가를 만들고 거리에는 어디에서도 볼 수 없을 만큼 정비된 마을을 만들 것이네."

노부나가는 중얼거리더니 다시 말을 이었다.

"이번 축성에는 내게 가진 모든 재력을 쏟을 생각이네. 천하의 군웅을 부리는 데 부족함이 없을 장엄한 성을 만들 것이네. 천하에 비견할 데 없는 아름답고 장엄하고 견고한 성으로 만들고 싶네."

"그렇습니다. 반드시 필요합니다."

미쓰히데는 마음속으로 그것이 결코 허영이나 자만이 아니라는 것을 인정하기 때문에 스스로에게도 그렇게 설명하듯 말했다. 평소 주위 사람들이 노부나가의 말에 과장되게 공감하고 맞장구를 치다 보니 노부나가는 미쓰히데의 고지식한 대답이 뭔가 부족하게 느껴졌다.

"어떤가? 이상한가?"

"그럴 리가 있겠습니까."

"시기는 어떠한가?"

"시의적절할 것입니다."

"그런가."

노부나가는 한층 자신감이 붙었다. 그만큼 그는 미쓰히데의 재식을 인정하고 있었다. 노부나가에게는 근대인적인 지식도 있었지만 신념만으로 밀어붙일 수 없는 정치적인 고충도 있었다. 그렇기 때문에 미쓰히데의 재능을 칭찬하는 히데요시 이상으로 그의 재능에 대해 잘 알고 있었다.

"자네는 축성학에도 정통하다고 들었는데 이 일을 맡겠는가?"

"축성을 맡을 부교는 그것만으로는 부족합니다."

"부족하다니?"

"축성은 건설입니다. 그러니 큰 전쟁이라고 생각하지 않으면 안 됩니다. 물자와 인력을 아울러 최선의 방법을 찾아 구사해야 합니다. 따라서 숙장 중에서도 중진으로 하여금 그 일을 맡도록 해야 할 것입니다."

"그럼 누가 좋겠나?"

"인화人和가 가장 중요하니 니와丹羽 님이 적임이 아닌가 싶습니다."

"고로자 말인가. 좋을 듯하군."

노부나가는 마치 자신도 그리 생각한 듯 고개를 끄게 끄덕였다. 그러고 나서 다시 말했다.

"그런데 이건 란마루의 생각인데, 이번 축성에는 구조의 중심을 천수각에 두려고 하네. 천수각을 짓는 것에 대해서는 어찌 생각하나?"

미쓰히데는 대답하지 않고 곁눈으로 란마루를 바라보았다.

"천수각을 짓는 것에 대한 가부를 물으시는 건지요?"

"그렇다네. 있는 게 좋겠나, 없는 게 좋겠나?"

"물론 있어야 합니다. 위용 면에서도."

"천수각 양식에도 여러 가지가 있네. 자네는 젊을 적, 각 주를 돌아다녀 축성에도 밝다고 들었네. 어디 한번 자네의 구상을 말해보게."

"저와 같이 얕은 지식으로는……."

미쓰히데는 겸손해하면서도 기탄없이 말했다.

"오히려 저기 계시는 란마루 님이 더 정통할 것입니다. 전국 각지를 편력하던 중에도 천수각을 갖춘 성은 두세 곳밖에 보지 못했고, 그것도 유치한 구조였습니다. 란마루 님의 헌책이라면 반드시 그에 대한 생각도 있을 터이니."

노부나가는 두 사람의 미묘한 신경전 따위는 안중에도 없었다.

"란마루."

"예."

"자네도 미쓰히데에 뒤지지 않는 학구파인 만큼 어느새 축성까지 공부했는가. 천수각의 구조에 대해 자네에게 어떤 안이 있는가? 아니면 다른 가문의 비고에 있는 도면이나 자료를 모친에게 받은 것은 아닌가?"

"……."

"란마루, 어찌 대답하지 않는가?"

"대답하기 곤란하기 때문에."

"무슨 연유인가?"

"그저 부끄러울 따름입니다."

란마루는 진심으로 부끄러운 듯 양손으로 얼굴을 가렸다.

"아케치 님은 짓궂으십니다. 어찌 제게 천수각의 구조에 대한 안이 있겠습니까. 실은 제가 주군께 올린 말씀도 사토미里見나 오우치大內와 같은 가문의 성에는 천수각이 있다는 것을 언젠가 숙직을 설 때, 미쓰히데 님께 자세히 들은 이야기를 전한 것에 지나지 않습니다."

"그럼, 자네의 헌책이 아니란 말인가?"

"일일이 이것은 누가 한 말이라고 말씀드리는 것도 여의치 않아 그저 주군께서 참고하시길 바라는 마음에 천수각을 지으면 어떠할까, 하고 말씀을 드린 것뿐입니다."

"그런가? 하하하, 그런 가벼운 뜻이었는가?"

"그런데도 아케치 님께서 가볍게 받아들이지 않으시고 제가 다른 사람의 지혜를 훔쳐서 제 공으로 한 것처럼 저를 꺼리며 말씀하시니 당황스러웠습니다. 언젠가 숙직을 설 때, 미쓰히데 님의 말씀으로는 오우치 성, 사토미 성 등의 천수각을 옮겨 그런 그림이나 스미구라角倉의 먹줄 비서秘書

등도 모두 가지고 계시다고 들었습니다. 그런데도 무엇을 심려해서 저와 같은 이에게 물어보라고 하시는지 그저 당혹스러울 뿐입니다."

란마루는 아직 시동의 모습이라 아이처럼 보였지만 실은 이미 어엿한 젊은이였다. 이를테면 전국戰國의 책사나 삼국三國의 모사들도 꺼릴 만큼 란마루의 말속에는 지혜가 번뜩였다.

"미쓰히데, 그러한가?"

노부나가의 물음에 미쓰히데는 태연한 척 있을 수만은 없었다.

"예?"

미쓰히데는 그렇게 대답한 뒤 말문이 막혀 아무 말도 못했다. 그는 자신보다 훨씬 어린 란마루를 원망하지 않을 수 없었다. 축성에 대한 자신의 의견을 말하지 않고 란마루가 그 방면에 조예가 깊다고 말한 것은 노부나가가 그를 총애하기에 그 공을 돌리려고 한 것이었다. 아니, 란마루가 부끄러워하지 않도록 배려한 것이었다.

만일 미쓰히데가 분명하게 '천수각이나 축성에 대한 지식은 숙직을 설 때 무료함을 달래기 위해 란마루에게 이야기한 것인데, 그것을 란마루가 마치 자신의 생각인 것처럼 주군께 이야기한 것은 어불성설이다'라고 말했다면 란마루는 몹시 부끄러워했을 것이고 노부나가 역시 씁쓸하게 생각했을 것이다. 그것을 피하기 위해, 다른 사람의 감정을 꿰뚫어보는데 민감한 그가 완곡하게 그 공을 란마루에게 돌린 것이었다. 그런데 결과는 자신이 생각했던 것과 전혀 다르게 되었다. 그는 새삼 어린 모습을 한 어른의 심술에 등줄기가 서늘해졌다. 노부나가는 미쓰히데의 곤궁해하는 모습을 보고 속마음을 알아차린 듯 돌연 일소에 부쳤다.

"고레도, 자네와 어울리지 않게 소심하군. 어찌 됐든 상관없네. 중요한 것은 천수각의 그림과 먹줄의 자료 등이 자네에게 있는가 없는가?"

"실은 제게 얼마간 있습니다만, 그것으로 족할지는……."

"있으면 됐네. 내게 잠시 빌려주게."

"알겠습니다. 곧 가져오게 해서 올리겠습니다."

그 문제는 그것으로 끝났지만 미쓰히데는 잠시나마 주군에게 허언한 것을 자책하며 괴로워했다. 각 주의 성에 대한 평가와 세상 이야기로 화제가 옮겨졌고 노부나가의 기분도 결코 나쁘지 않았다. 미쓰히데는 만찬을 들고 물러났다.

다음 날, 노부나가는 니죠를 출발했다. 그날 아침, 란마루는 문안을 드리러 모친의 방을 찾았다.

"준비는 다 되셨는지요?"

란마루는 분주하게 준비를 하는 모친의 곁으로 다가갔다.

"어머님, 어머님께서 각지의 사원을 드나들며 아군의 기밀을 정토진종 승려에게 누설할 염려가 있다고 주군께 고한 사람이 분명 미쓰히데라고 보마루와 사람들에게 들었는데, 어제 고레도가 출사했기에 한 방 먹여주었습니다. 저희 모자는 아버님도 안 계시고 다른 사람보다 주군의 총애를 받고 있으니 다른 이들의 시기를 살 우려가 있습니다. 그러니 부디 어머님께서도 주의하도록 하십시오."

묘코니는 아무 말 없이 고개를 끄덕였다. 주군의 총애가 두터울수록 사람들 속에서 여섯 명의 자식을 데리고 살아가려면 굳은 마음이 필요했다. 방금 그녀는 손수 짐을 꾸리고 있던 상자 속에 위패 하나를 담았는데, 다시 그것을 꺼내더니 염불을 외면서 이마에 대고 절을 했다. 그것은 란마루의 부친이자 묘코니의 남편인 모리 산자에몬의 위패였다.

아즈치 축성

다음 해인 덴쇼 4년(1576년) 정월부터 아즈치 축성과 그를 둘러싼 대규모 도시계획이 착수되었다.

"도면을 그려서 계획을 검토해야겠지만, 지금은 전시 중이니 땅이 곧 도면이라 생각하고 착수하라."

축성 회의는 한 번밖에 열리지 않았다. 노부나가의 말 한 마디로 총감독 니와 고로자에몬 이하 관인과 직인 들까지 모두 한 번에 결정되었다. 놀랄 만큼 많은 인원이 공사에 동원되었다. 분명 이것도 전쟁, 흡사 건설 전쟁이었다. 백성들은 마음먹은 일은 무슨 일이든 신속하게 결정하는 노부나가의 성격을 칭송했다. 서민들은 속도가 빠른 것을 좋아했고 그런 일에 정열을 쏟았다.

교토에서 돌아오는 길에 아즈치에서 행렬을 멈추고 그곳의 산과 논과 초원을 일견한 게 지난 연말이었다. 그런데 초봄 일찍, 호수를 건너온 큰 배가 수많은 건축자재를 호숫가에 쌓아놓고, 배들이 도착할 때마다 뭍으로 쏟아져 나온 사람들이 눈 깜짝할 사이에 근교의 마을들을 뒤덮었다.

"온다, 와. 또 온다."

한가로운 노인들은 날마다 가도에 나가 오래 살고 볼 일이라는 듯 눈을 끔뻑이며 구경했다.

교토와 오사카는 물론 멀리 서쪽에서, 또 간토 지방과 북쪽에서 제자와 직인을 데리고 오는 장인들이 끊임없이 아즈치로 모여들었다. 총감독인 니와 나가히데 아래 공사 부교는 기무라 지자에몬, 목수 도편수는 오카베 마타에몬, 금구 조각은 고토 헤이시로, 옻칠은 오우시 교부가 맡았다. 그 외에 대장장이, 석공, 미장이, 표구사에 이르기까지 천하의 이름난 공인들이 자신들의 실력을 발휘하기 위해 모여들었다. 그리고 문, 장지, 천장 등의 의장에 뽑힌 가노 에이도쿠狩野永德는 자신의 화파畵派에 치우치지 않고 각 화파의 명장들과 일생의 걸작을 완성해서 전란 때문에 오랫동안 침체된 예술의 광영을 발휘하려고 했다.

뽕나무밭은 하룻밤 사이에 반듯한 도로로 변했고 호수에 면한 산 위에는 어느 틈엔가 천수각의 뼈대가 완성되었다. 불교의 수미須弥 산의 삼십삼천三十三天을 본떠서 주천主天으로 삼고, 그 아래 사천왕을 만들고, 그중 하나를 다문천각多聞天閣이라고 부르며 다문 망루를 지어 올렸는데 모두 오 층으로 된 누각이었다. 그 아래에는 돌로 지은 거대한 곳간이 있었다. 그 돌로 지은 곳간石藏에 이어 큰 연회장이 있었고 무수히 많은 다다미방이 이어져 있었다. 그 수가 몇백 개나 되는지 또 몇 층으로 되어 있는지 알 수 없을 정도였다.

흑매黑梅 방, 팔경八景 방, 꿩 방, 당자唐子 방 등 화공들은 잠도 자지 못하고 그림을 그렸고, 옻칠을 하는 장인은 한눈도 팔지 않고 붉은 난간과 검은 벽을 칠했다. 와공瓦工은 당나라에서 귀화한 잇칸一觀이라는 자였는데 중국의 요법으로 기와를 만들었다. 그 기와를 굽는 가마터는 호반에 있었는데, 가마에서는 밤이나 낮이나 소나무 장작 연기가 피어올랐다.

"오다 님의 안목은 참으로 넓구나. 이 성의 구성을 보면 어딘지 남만의 운치가 있고 당나라 양식의 좋은 점도 보이지. 그 모든 것을 일본화하셨구나."

멀리서 연신 그렇게 감탄하는 승려가 있었다. 얼핏 보면 행각승으로 보였지만 미골眉骨이 건장하고 입이 커서인지 이국적인 풍모가 느껴졌다.

"에케이 님 아니시오?"

누군가 뒤에서 승려가 놀라지 않을 정도로 살짝 등을 두드렸다. 저편에 몰려 있는 부장들 속에서 혼자 빠져나온 히데요시였다.

"오, 지쿠젠 님이 아니십니까?"

승려는 뒤를 돌아보더니 깜짝 놀란 표정을 지었다.

"이런 의외의 곳에서 다시 뵈었습니다."

히데요시도 활달하게 한 번 더 에케이의 어깨를 두드리며 사뭇 보고 싶었다는 듯 눈을 가늘게 떴다.

"정말 오랜만입니다. 하치스카 촌의 고로쿠 님 댁에서 뵌 뒤 처음인 듯 합니다."

"맞습니다. 그때, 고로쿠의 저택에 머물고 있던 객승이셨지요. 바로 얼마 전, 연말에 니죠의 관사에서 고레도 님께 얼핏 교토에 오셨다는 말을 들었습니다."

"모리 님의 사자 일행과 함께 교토에 머물고 있었습니다. 사자들은 벌써 돌아갔지만 딱히 급한 용무가 없는 몸이라 교토의 절들을 돌아다니다 축성 공사 모습을 보려고 잠시 들렀는데, 크게 감동하고 말았습니다."

"스님도 같은 일을 하고 계시지 않습니까?"

"예? 무슨 말씀인지?"

히데요시의 당돌한 물음에 에케이는 얼굴빛이 달라졌다. 그러자 히데요시가 웃으며 말했다.

"성곽을 말하는 것이 아닙니다. 근년, 머물고 계시는 아키노구니安藝國

의 안국사安國寺라는 사찰 말입니다."

"하하하, 가람 말씀이군요."

에케이도 웃으며 말했다.

"안국사는 벌써 낙성을 했습니다. 지금 그곳의 주지로 있는데 한번 기회를 봐서 찾아주시면 좋겠으나, 귀공은 어느덧 나가하마의 성주이니 그리 쉽게 오실 수 없을 듯합니다."

"성을 갖기는 했지만 아직 부자는 아니니 여전히 몸도 가볍고 입도 가볍습니다. 하치스카 저택에서 뵈었을 무렵보다 지금은 조금 어른스러워 보이는지요?"

"아니, 조금도 변함이 없습니다. 하시바 님은 젊으시지만 오다 님의 가신들은 거의 장년이고, 축성의 웅장한 모습과 저기 있는 장수들의 기개를 보니 바로 욱일旭日의 기세란 이를 두고 하는 말인가 생각하며 아까부터 넋을 잃고 바라보았습니다."

"안국사는 모리 데루모토毛利輝元 님의 시주로 지은 것입니까? 모리 님이야말로 서국의 중진이자 부강한 대국으로, 인재 면에서 우리 오다 가는 비할 수 없을 것입니다."

에케이는 그런 이야기는 하고 싶지 않다는 듯 천수각의 구조를 칭찬하거나 성지의 절경을 칭송했다.

"나가하마는 이곳에서 바로 북쪽 기슭에 있습니다. 제가 타는 배도 있으니 이틀 정도 묵으면서 놀다 가시지요. 저도 오늘은 허락을 받고 나가하마로 돌아갈 생각이었으니까요."

히데요시의 말에 에케이는 그것을 기회로 삼아 작별 인사를 했다.

"아닙니다. 다음에 다시 찾아뵙겠습니다. 하치스카 촌의 고로쿠 님에게, 아니지 지금은 히코에몬이라고 귀공의 휘하에 계시니 그분께도 안부를 전해주십시오."

에케이는 그 말을 남기고 급히 발길을 돌려 저편으로 걸어갔다. 히데요시가 바라보고 있자니 가도 끝의 민가에서 제자인 듯한 두 명의 승려가 그의 모습을 보고 황망히 뒤를 쫓아갔다.

히데요시는 호리오 모스케만 데리고 전쟁터 같은 공사장 쪽으로 발길을 옮겼다. 이번 축성에서는 그에게 책임 있는 역할이 주어지지 않았기 때문에 가끔 배를 타고 왔다가 다시 나가하마로 돌아갔다.

"하시바 님. 하시바 님."

누군가 부르는 소리가 들렸다. 살펴보니 란마루가 단정한 치열을 드러내고 웃으며 달려왔다.

"이거, 오란 님이 아니시오. 주군은 어디에 계시오?"

"아침부터 천수각에서 지시를 내리고 계셨는데, 방금 상실사로 가셔서 휴식 중이십니다."

"그럼 그리 갑시다."

"방금 저편에서 하시바 님과 친밀하게 이야기를 나누던 승려는 안국사의 에케이라고 하는 관상을 잘 보는 사람이 아닙니까?"

란마루는 왠지 흥미롭다는 듯한 말투로 물었다.

"그렇소. 그런 얘기를 들은 적은 있는데, 관상이란 건 맞기도 하고 틀리기도 한답디다."

히데요시는 그다지 흥미가 없다는 얼굴로 말했지만 란마루의 성격과 주군의 곁에 있는 그의 위치를 충분히 인식하고 있었기 때문에 일부러 그렇게 말한 것인지도 몰랐다. 란마루도 히데요시가 미쓰히데를 대할 때의 모습을 보고는 아무런 경계심을 갖지 않고 이야기했다. 때때로 친근함을 표하거나 바보 같은 모습을 보였기 때문에 교류하기 편한 사내라고 생각했던 것이다.

"제 어머님께서 관상은 잘 맞는다는 말씀을 종종 하십니다. 또 돌아가신 아버님께서도 돌아가시기 전, 어떤 관상가에게 은밀히 예언을 들었다고 합니다. 그래서 실은 저도 에케이 님과 같은 명인의 말이어서 다소 걱정되는 점이 있습니다."

"방금 전의 에케이에게 관상이라도 본 것입니까?"

"제 관상을 본 것이 아닙니다. 다만 다른 사람에게 말하는 것이 다소 걸리긴 합니다만……."

란마루는 앞뒤를 살피며 말을 이었다.

"고레도 님의 일입니다."

"고레도 님이 어쨌다는 것인지요?"

"그분의 말로는 주군을 칠 반골의 상이 보인다고……. 심히 흉상이라고 했다고 합니다."

"누가?"

"안국사의 에케이 님이 말입니다."

"그렇게 보면 그렇게 보일지도 모르겠습니다. 고레도 님의 관상뿐만 아니라."

"정말로 그리 말씀하셨다고 합니다."

히데요시는 싱글싱글 웃으며 듣고 있었다. 일부 사람들은 란마루를 극히 경계하며 신랄한 모사처럼 말하기도 했지만, 방심하고 이야기를 나누다 보면 역시 나이는 속이지 못하는지 아직 젖비린내 나는 아이라는 느낌이 들었다. 란마루는 히데요시가 자신의 말에 별반 동조하지 않자 안달이 나서 가볍게 보아 넘길 수 없는 말들을 했다.

"대체 그러한 말을 누구에게서 들었습니까?"

히데요시가 물어보자 란마루는 아무 생각 없이 털어놓았다.

"아사야마 니치죠 님에게서 들었습니다."

히데요시는 고개를 끄덕이며 말했다.

"니치죠 님이 란마루 님에게 직접 말했을 리가 없을 겁니다. 누군가 중간에서 그 말을 전한 사람이 있을 테지요. 맞혀볼까요?"

"맞혀보십시오."

"란마루 님의 모친인 묘코니 님일 겝니다."

"어떻게 아셨습니까?"

"하하하."

"아니, 대체 어떻게 그것을 아셨습니까?"

"묘코니 님은 본래 그런 것을 믿고 계실 것입니다. 아니, 좋아한다고 하는 편이 옳을 것입니다. 또 아사야마 니치죠 님과도 친하십니다. 그래서 얼추 헤아린 것입니다. 하나 제가 보기엔 에케이는 관상을 보는 것 이상, 적국의 국상國相을 보는 데 훨씬 능한 듯합니다."

"국상?"

"사람의 상을 인상이라고 한다면 나라의 상을 국상이라고 할 수 있습니다. 에케이는 그것을 보는 달인입니다. 하니 절대로 그런 자를 가까이 해서는 안 됩니다. 그는 승려 행색을 하고 있지만 모리 데루모토의 정략에도 참여하고 있는 인물입니다. 란마루 님, 어떻습니까? 제가 훨씬 사람의 관상을 보는 데 능하지 않습니까? 하하하."

어느 틈엔가 상실사의 산문이 저편에 보였다. 두 사람은 웃으면서 이야기를 나누며 낮은 돌계단을 걸어 올라갔다.

날이 갈수록 성의 공사는 진척되었다. 2월 말에 노부나가가 거처를 기후에서 이곳으로 옮기자 공사 부교인 니와 나가히데는 당황할 수밖에 없었다.

"아직 옮기시는 것은 무리입니다. 본성의 벽도 마르지 않았고 직인들도 많이 드나드는데 어찌."

나가히데는 노부나가에게 호소했다.

"기거할 수 있을 때까지 사쿠마 노부모리의 저택에서 기다리겠으니 가능한 빨리 하게."

노부나가는 손에 익은 다기만을 챙겨 신하의 저택에서 지냈다.

"참으로 난감하군."

역인들은 노부나가의 성급한 성격에 혀를 내두르며 공사에 박차를 가했다. 성도 성이었지만 노부나가가 성급하게 거처를 옮긴 덕분에 마을 조성은 눈부시게 진척되었다. 아직 제대로 집들도 갖춰지지 않았는데 노부나가는 마시장을 만들어서 다른 나라의 시세 이상으로 명마들을 사들였다. 그리고 인부들을 감독하는 사람들에게 앞으로 마시장은 아즈치에서만 정기적으로 열도록 하고 자신의 세력권 안에 있는 다른 마을에서는 엄금했다.

각지의 상가들은 앞으로 아즈치가 가장 큰 성 마을이 될 것이라고 예감하고 좋은 토지를 할당받기 위해 앞다퉈 이주해왔다. 그러다 보니 어느새 민가가 몇천 호에 이르렀다. 그리고 노부나가가 성의 본성에 들어갈 무렵에는 벌써 만 호 이상의 상가가 형성되어 매일 번창을 구가했다.

노부나가는 아들인 노부타다에게 기후를 물려줬다. 노부타다도 벌써 스무 살이었다. 그에게도 일성을 내리지 않으면 안 될 시기가 다가왔던 것이다. 아즈치 진출은 그런 의미에서도 오다 일문의 번영을 한층 공고하게 만들어주었다. 하지만 축성에 있어 신기원을 이룩한 천하무비의 견고한 성이 아즈치의 요지에 우뚝 세워졌을 때, 그 군사적 가치에 가장 큰 관심을 기울인 것은 이시야마 본원사와 주고쿠의 모리 데루모토, 그리고 호쿠에츠北越(에치고越後와 엣추越中)의 우에스기 겐신 등이었다.

특히 겐신은 아즈치가 에치고에서 교토로 이르는 길을 차단했다고까지 생각했다. 겐신의 의도도 당연히 중앙에 있었다. 기회만 있으면 당장이라도 에쓰越 산을 넘어 호북으로 나와 일거에 중원에 깃발을 꽂으려 했기에 당연히 마음이 편치 않았을 것이다.

그런데 그 무렵, 한동안 소식이 끊겼던 아시카가 요시아키가 밀서를 보내 근황을 자세히 알렸다. 밀서에는 '아즈치의 성곽은 대략 완성된 것으로 보이지만 실질적으로 완성되기까지는 적어도 이 년 반은 걸릴 것이고, 그것이 완성되면 이미 에치고와 교토의 길은 없다고 해도 무방하니, 칠 생각이 있으면 지금이 바로 절호의 기회'라고 부추겼다. 그리고 '그 뒤로 각지를 돌며 반노부나가 세력을 연계하는 데 성공해 주고쿠의 모리 님도 가맹했으며, 이제 다년간의 숙망인 사가미相望의 호조, 가이의 다케다, 에치고의 귀공 이렇게 삼국이 포위망을 결성하는 일만 남았다'고 했다. 또 그를 위해서는 '겐신이 맹주로서 가장 먼저 떨쳐 일어나지 않으면 성공을 장담할 수 없을 것'이라고 적혀 있었다.

아사카가는 망명한 뒤에도 여전히 예전의 습성을 버리지 못하고 있었던 것이다.

겐신은 아시카가의 철없는 행동에 쓴웃음을 지었다. 그는 그런 술수에 넘어갈 만큼 어수룩한 무장이 아니었다.

덴쇼 4년부터 5년 여름에 걸쳐 겐신이 가가加賀와 노도能登 방면으로 진출해 끊임없이 오다의 국경을 위협하자 오우미에서 신속하게 원군을 보냈다. 시바타 가쓰이에를 대장으로 다키가와, 하시바, 니와, 사사, 마에다 등의 부대들이 속속 향했다. 데도리가와手取川, 우치고시打越, 아타카安宅 등 곳곳의 적을 추격해 적을 후원하는 부락을 불태우고 가나쓰 앞까지 진출했을 때였다.

"겐신의 진영에서 오니고지마 야타로鬼小島弥太郎라는 자가 사자로 아군 진영에 가까이 와서 이 서신 한 통을 오다 님께 직접 보이라며 큰 소리로 말하고 돌아갔습니다."

부장이 이중삼중으로 진을 치고 있는 본영의 핵심부로 서신 한 통을 가져왔다. 실은 아군들조차 모를 정도로 노부나가는 진중에 은밀히 와 있었다. 노부나가는 자신이 와 있다는 사실을 적이 어떻게 알고 있는지 깜짝 놀랐다.

"겐신의 필적이 분명하군."

노부나가가 겉봉을 뜯자 다음과 같이 적혀 있었다.

고명은 익히 듣고 있었소만 아직 만날 날이 없어 한탄하고 있었는데 원로에 오셨으니 다시없을 호기好機인 듯하오. 그럼에도 허무하게 난군 속에서 엇갈린다면 서로 언제 다시 만날지 모르니 그 천연天緣을 원망하지 않을 수 없을 것이오. 하여 내일 묘시를 기해 일전을 치르기로 정하고 가나쓰 강으로 나와 나를 부르도록 하시오. 이 겐신도 그대를 부르도록 하겠소.

이른바 결전장이었다.

"사자로 온 오니고지마라는 자는 어디 있느냐?"

"답신은 필요 없다며 곧바로 돌아갔습니다."

"그런가."

노부나가는 전율을 느꼈다. 그날 밤, 노부나가는 급히 진영을 물리라는 명을 내리고 멀리 퇴각했다.

"과연 노부나가구나. 만일 그대로 머물렀다면 다음 날에는 모두 아군의 말발굽에 밟히고 칼을 맞아 강에 버려졌을 것이다."

겐신은 그렇게 말하며 크게 웃었다고 한다. 하지만 노부나가 역시 일부의 병사와 함께 아즈치로 돌아와 겐신의 고풍스런 결투장을 떠올리면서 싱글싱글 웃었다.

"가와나카지마川中島[23]로 신겐을 꾀어낼 때도 이 수법을 썼을 것이다. 분명 용맹한 자인 듯하다. 그가 자랑하는 아즈키 나가미쓰小豆長光의 장검을 내 눈으로 보는 것은 꿈에서도 상상한 적이 없다. 유감스럽게도 겐신 역시 금박을 칠한 갑옷과 미늘이 화려했던 겐페이源平 시대의 무사로 태어난 자다. ……이미 아즈치 성을 쌓는 직인들의 기술에도 남만의 미술이나 중국 교지交趾 등의 수많은 제법이 활용되는 것을 어찌 모른단 말인가. 가련하게도 그 역시 지방의 일개 영웅에 지나지 않는 듯하다. 무기와 문화 등 모든 것이 이십 년을 경계로 달라졌는데 어찌 전술이 달라지지 않았겠는가. 그는 나의 퇴진을 비겁하다며 비웃겠지만 나는 그의 시대 인식이 장인이나 직인에게도 뒤처져 있는 것을 비웃지 않을 수 없다."

그 말을 들은 사람들은 크게 깨달았다. 하지만 시대를 꿰뚫어보는 안목은 가르쳐준다고 되는 일이 아니었다. 물고기에게 강을 보라고 해도 갑자기 물고기가 육지로 올라올 수 없는 것처럼 말이다.

노부나가가 돌아간 뒤, 북쪽 진영에 주장인 시바타 가쓰이에와 하시바 히데요시 사이에 문제가 발생했다. 원인은 알 수 없지만 작전상의 문제로 둘 사이에 논쟁이 벌어져서 히데요시가 자신의 군사를 이끌고 임의대로 나가하마로 돌아가버린 것이다. 시바타는 노부나가에게 하시바 지쿠젠이 무단으로 군사를 이끌고 돌아간 것은 언어도단으로 불문곡직하고 처벌을 내려야 한다는 전령을 보냈지만 히데요시는 아무런 연락도 하지 않았다.

노부나가는 히데요시에게도 이유가 있을지 모른다며 북쪽 진영의 장수들이 돌아오는 것을 기다린 연후에 판결을 내릴 생각이었다. 하지만 '시바타 님이 여간 진노한 것이 아니다'거나 '진중에서 무단으로 철수하

---

23) 나가노長野 시 남부에 있는 치구마千曲 강과 사이犀 강이 합류하는 부근의 지역. 다케다 신겐武田信玄과 우에스기 겐신上杉謙信이 1553년부터 1564년까지 수차례 싸움을 벌인 숙연의 땅이다.

다니 지쿠젠 님이 다소 성급했다. 그래서는 대장의 권위가 서지 않는다'라는 말이 계속 들려왔다. 노부나가는 지쿠젠이 정말 나가하마로 돌아간 것인지 측신에게 조사를 시켰다. 그랬더니 '지극히 태평하게 나가하마에 있다'고 했다.

"무슨 이유든 있을 수 없는 일이니 근신토록 하라."

노부나가는 진노하며 사자를 보냈다. 얼마 뒤 사자가 돌아오자 노부나가가 물었다.

"히데요시는 내 문책을 받고 어떤 반응을 보이더냐?"

"예상했다는 듯한 표정이었습니다."

"그뿐이더냐?"

"당분간 정양이나 해야겠군, 하고 중얼거렸습니다."

"무례한 자. 점점 오만해지는군."

노부나가는 불같이 화를 냈지만 진심으로 히데요시를 미워하는 듯한 기색은 보이지 않았다. 하지만 이윽고 가쓰이에 이하 북쪽 진영의 제장들이 돌아온 무렵에는 그도 정말로 화를 냈다. 앞서 근신을 명했는데도 히데요시는 나가하마 성에서 근신을 하기는커녕 밤낮으로 술자리를 벌였고, 어떤 밤에는 호수가 보이는 큰 연회방의 문을 활짝 열어젖히고 촛불을 밝힌 뒤 자신은 북을 치고 시종들에게는 금은 부채를 들고 춤을 추게 했다. 그 모습은 호수 위에서 고기를 잡는 배나 왕래하는 범선에서도 손에 잡힐 듯 선명하게 보였다.

노부나가는 화를 내지 않을 수 없었다. 자칫하면 할복, 아무리 좋게 봐도 아즈치로 소환해서 군법에 처해질 것이라고 모두 예상하고 있었다. 하지만 노부나가는 마치 잊어버렸다는 듯 그 일에 대해서는 아무 말도 하지 않았다. 마에다 마타에몬과 아케다와 같이 평소 히데요시와 마음을 터놓고 지내던 친우들만 걱정에 싸여 있었다. 그들은 어느 날, 은밀히 나가하마로 가서 히데요시를 만나 진심 어린 마음으로 힐책했다.

"바보 같은 짓도 적당히 하시게."

그러자 히데요시가 말했다.

"고맙네. 걱정을 끼쳐 미안하게 됐네. 하지만 만일 내가 시바타와의 논쟁으로 주군의 힐책을 받은 뒤 성문을 닫아걸고 음울하게 숨을 죽이고 있었다면 어떻게 됐겠나? 설령 주군께서 그렇게 생각하지 않으시더라도 내가 주군의 명을 원망하고 역의를 품을지 모른다며 여기저기서 말들을 했을 것이네. 내가 주연을 연 것은 그런 음지의 책모를 떨쳐내기 위한 주술이었네. 하하하. 어떤가? 기왕 왔으니 누각에 올라 한잔하지 않겠나?"

히데요시는 그렇게 말하고 다시 껄껄껄 웃었다.

〈5권에 계속〉

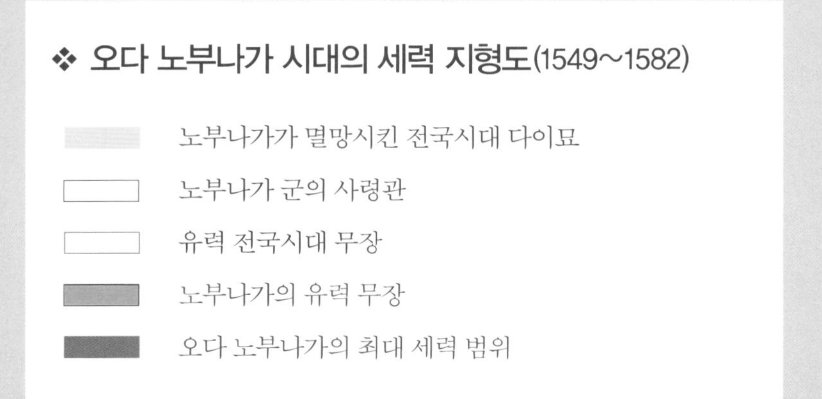
❖ 오다 노부나가 시대의 세력 지형도(1549~1582)
노부나가가 멸망시킨 전국시대 다이묘
노부나가 군의 사령관
유력 전국시대 무장
노부나가의 유력 무장
오다 노부나가의 최대 세력 범위

니와 나가히데
호소카와 후지타카
하타노 히데하루
아케치 미쓰히데
모리 데루모토
도요토미 히데요시
아자이 나가
오토모 요시시게
류조지 다카노부
조소카베 모토치카
시마즈 요시히사

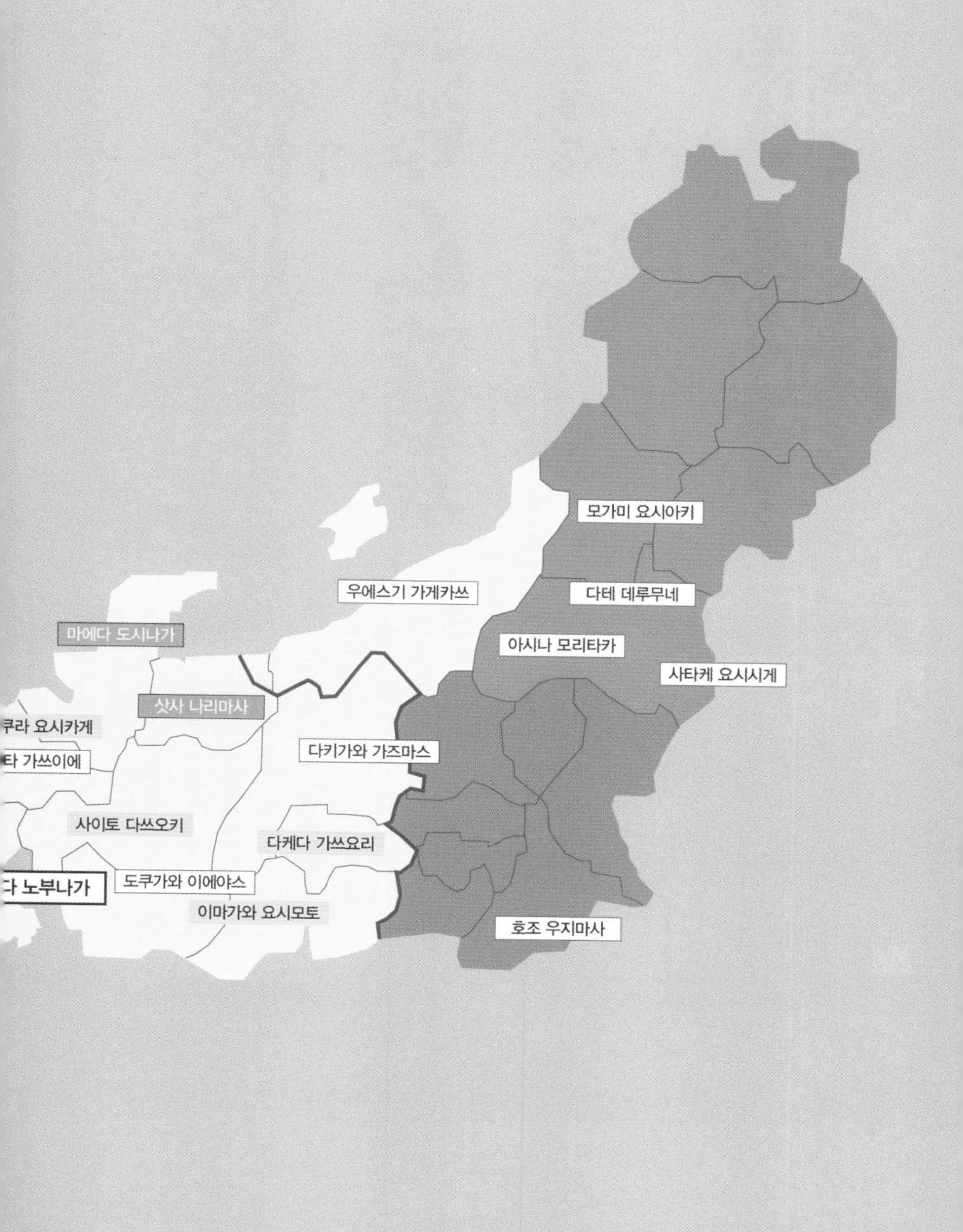
모가미 요시아키
우에스기 가게카쓰
다테 데루무네
마에다 도시나가
아시나 모리타카
사타케 요시시게
삿사 나리마사
쿠라 요시카게
다키가와 가즈마스
타 가쓰이에
사이토 다쓰오키
다케다 가쓰요리
다 노부나가
도쿠가와 이에야스
이마가와 요시모토
호조 우지마사